神南備山のほととぎす

―わたしの『新古今和歌集』―

諸井　学

ほおずき書籍

目次

『新古今和歌集』年譜

序

本来「年譜」というものは読者の便宜をはかるために巻末に付記しているものであるが、本書ではそれを冒頭に置くことにした。これも読者の便宜をはかって筆者が意図したことである。『新古今和歌集』という作品は、国文学史の中で名前のみが記憶されており、またその中の歌作品は古典の授業などで各歌人の作品として受容されてきた。だからその授業の中では歌人を中心にその作品を分析研究することはあっても、勅撰の詞華集を中心にその中の作品を分析研究することはあまりなかった。わずかに万葉調・古今調・新古今調という分類が国文学のなかで行われてきたに過ぎない。

わたしは以後の章で、『新古今和歌集』を様々な角度から様々な方法で語るつもりであるが、それがわが国の歴史の中でどのような位置づけになるのかを、読者にまず理解してもらうことが何よりも大事であると思い、年譜を冒頭にもってきた次第である。

『新古今和歌集』は五人の撰者によって撰ばれた詞華集であるが、実質は後鳥羽院の独撰であり、撰者たちは候補の作品を提出したに過ぎなかった。撰択という行為には選択者の思想及び才能が内包されている。後鳥羽院は多角的に芸術的才能に恵まれており、その感性は時代を超えたものがあった。よってこの勅撰集は他の集に較べて特異である。

例えばの話、この時代に後鳥羽院がいなければ、現在われわれが手にする『新古今和歌集』はないであろう。というのは、この強烈な個性をもった後鳥羽院がいなくても（いずれ「後鳥羽」という名の天皇は現れたであろうが、それは別人である）、第八勅撰和歌集は編纂されたであろうし、また『新古今和歌集』という名の勅撰集もいずれは編まれたであろう。しかし、それは文学的には前の勅撰集である『千載和歌集』の延長からそう遠く外れるものでなく、良くてもせいぜい『古今和歌集』以来の勅撰集の中興の作品に過ぎなかったと思われる。ところが現在われわれが手にする『新古今和歌集』は、二十世紀初めに興った西洋モダニズム文学よりもはるか七百年も前に、文学的前衛を実践した驚くべき作品であったのだ。ゆえに『新古今和歌集』は『古今和歌集』から『千載和歌集』にいたる和歌文学の延長よりもはるかに文学的高みにある特異点をなす文学作品である。これはわが国の和歌文学の熟成によるものであり、それを爆発的に開花させた後鳥羽院の才能によるものである。

藤原定家は歌道御子《みこ》左家《ひだりけ》を興した藤原俊成の嫡男であるが、和歌を宮廷の挨拶、また貴族の贈答であることから脱却して、ひとつの芸術作品に高めようとした天才である。彼は若い頃から和歌の新しい表現を求め、その新風の和歌は『万葉集』を尊重する旧派の六条家の歌人たちから新儀《しんぎ》非拠《ひきょ》達磨歌《だるまうた》と揶揄された。「新儀」とは従来見られなかった方法、「非拠」とは道理に合わないこと、「達磨」とは禅の難解さに例えて、手も足も出ない、即ち理解できないことを表わす。

ひっくるめて言えば、道理に合わない、理解も出来ない、従来にない変わった歌である、ということになる。現代で言えば、前世紀後半に流行ったフランスのヌヴォー・ロマンというところだろうか。筆者はアラン・ロブ＝グリエやミシェル・ビュトールの小説を読んだとき、確かに〝新儀非拠達磨小説〟とでも言いたくなるような感想を持った。ただ浅学であったために過去の文学へのしがらみがなく、逆に彼らがなぜこのような小説を書いたのかという方に興味をもったため、新しい試みの小説を次々に読むことができたと思う。中世和歌文学と二十世紀の世界文学を同列に語るわけにはいかないが、定家はわが国の和歌文学を世界水準の高みに引き上げた天才であった。彼は実作者として数々の名歌を残し、また理論家として様々に歌論を述べた。筆者は後鳥羽院と藤原定家を中心にして、それぞれ二様の年譜を書くことにした。よって本作品は年譜といいながら「序」と「Ⅰ」「Ⅱ」の三部構成の異形の態を示すことになった。これもまた〝新儀〟である。

『新古今和歌集』は後鳥羽院と藤原定家という二人の天才の出会いによってできた作品であるが、その場を準備提供したもう一人の天才藤原良経がいたことを付記しておく。

『新古今和歌集』年譜

一一八〇年（治承四年）

わが国の文学史上稀有《けう》な前衛文学作品である『新古今和歌集』の年譜は、その勅命者である後鳥羽院の誕生をもって初めとする。

後鳥羽院はこの年の七月十四日に生まれた。諱《いみな》は尊成《たかひら》、四の宮と呼ばれた。父は高倉上皇、母は従三位坊門信隆の女殖《むすめたね》子（後の七条院）である。

二月二十一日、三歳の長兄安徳天皇は父高倉天皇より譲位され践祚《せんそ》した。平清盛は天皇の外祖父となり平氏の野望はここに極まったのであるが、四月には以仁王《もちひとおう》による平氏討伐の令旨《りょうじ》が発せられ、五月以仁王、源頼政の宇治での敗死、六月福原遷都、八月源頼朝の挙兵、九月源義仲の挙兵があり、その一門は凋落《ちょうらく》を始める。

後鳥羽院はこの乱世に産声をあげたのであった。

ここでまず『新古今和歌集』に関わった歌人たちのこの年の年齢を列記しておく。藤原俊成六十七歳、寂蓮四十三歳、藤原有家二十九歳、慈円二十六歳、藤原家隆二十三歳、藤原定家十九歳、源通具十三歳、藤原良経十二歳、藤原雅経十一歳であった。

一一八三年（寿永二年）

木曽義仲に敗れた平家一門は、安徳天皇を奉じて西海に逃れた。後白河法皇は幼主安徳帝の還幸を諦め、新王を立てることにした。この時高倉上皇の皇子二の宮守《もり》貞《さだ》親王（のちの後高倉院）は平氏と共にあったので、三の宮惟明《これあきら》親王と四の宮尊《たか》成《ひら》親王が候補に挙がった。ここへ木曽義仲が以仁王の遺児北陸宮《ほくろくのみや》を推挙して横槍を入れたが、右大臣九条兼実は「王者の沙汰は人臣の最にあらず」（王を決めることに臣下がかかわるものではない）とこれを退けた。占いの結果四の宮に決まったが、法皇の寵姫丹後局の夢見の奏上によるとも云われる。さらに慈円の『愚管抄』によれば、「三宮・四宮なるを法皇呼びまいらせて、見まいらせけるに、四宮御面嫌ひも無く、呼びおはしましけり」と、四の宮が人見知りもせず、法皇を「おじいさま」と呼びかけたというのである。

かくして八月二十日尊成親王は践祚した。しかし、この時三種の神器は兄安徳帝の許にあり、後鳥羽天皇は神器のないまま帝位に就いたのだった。

一一八五年（元暦二年）

三月、軍事の天才源義経によって平氏は壇ノ浦に滅ぼされ、安徳帝は二位尼に抱かれて入水し、崩御した。この時三種の神器も共に西海に没したが、神璽と内侍所（鏡）は見つけられ、都に持ち帰られた。しかし、宝剣はついに見つからず、後鳥羽天皇は宝剣を持たぬ天皇となったのである。

ここで再び慈円によれば、「武士の君の御まもりとなりたる世になれば、それにかへてうせたるにやと覚ゆる也」と、武士が天皇を守護する時代になったのでそれと入れ替わって宝剣がなくなった、と言っているのである。『愚管抄』はこの年より三十年余り後の作品であり、武家寄りにこう論じているが、当の後鳥羽天皇にしてみれば、これがトラウマとなっていたことは後々の行動によって明らかである。即ち、治天の君は武士をも治める宝剣を必要とした。

一一九八年（建久九年）

正月十一日、後鳥羽天皇は譲位し、長男為仁親王が践祚して土御門天皇となった。これは権大納言源通親が天皇の外戚になる野望の実現であった。帝位の拘束を脱した十九歳の若き後鳥羽院は、譲位の翌日には早速蹴鞠に耽ったという。そして、院庁を始めた後も、洛中洛外の寺社へ毎日のように御幸した。さらには競馬《くらべうま》・鳥合《とりあわせ》に耽り、八月には父祖の定石に従って初度の熊野御幸に出発した。以後、院の熊野参詣は二十八度に及んだ。

一一九九年（正治元年）

二月、後鳥羽院は「大内《うち》の花」が盛りであると聞いて大勢の公卿・殿上人を引き連れて花見に行った。「大内」とは平安京本来の内裏である。この頃、天皇は居心地の良い外戚等の邸宅を「里内裏」としてそこで執務を取り、本来の内裏は重要な儀式を執り行うときにのみ使用された。この紫宸殿の前庭には、儀式の際に左右の近衛府が陣を敷く目印として、桜と橘が左右に植えられていた。この「左近の桜」が満開であると聞いて花見に出かけたのだった。これまで後鳥羽院は紫宸殿の中からしか見たことがなかった風景を、今回は略装で庭に立って見た景色に感慨を覚え、硯を召して、和歌を源通親に賜った。後鳥羽院の天皇時代の和歌は残っておらず、この時の詠が最も古い。

通親は当時の宮廷政治の主導者であり、また後鳥羽院を和歌に導いたと目されている。彼は「影供《えいぐ》歌合」をたびたび私邸で催し、院を招いた。「影供歌合」とは、白河院以来の歌道の家・六条藤家《ろくじょうとうけ》に代々伝えられたもので、柿本人麻呂の肖像画の前で和歌を披講《ひこう》し、詠作技術の向上を祈念する歌合であった。後鳥羽院はここで和歌の修練を積むようになり、次第にリーダーシップを取って、和歌にのめり込んでいったのである。

一二〇〇年（正治二年）

七月、後鳥羽院は当時の代表的歌人に「正治初度百首」の和歌を召した。百首歌は歌人が力量を世に問う形式として一般であり、この時召された歌人は二十三名である。主なところでは、六条派の源通親（内大臣）・忠良（権大納言）・季経・経家・師光、対立する新興の御子左家《みこひだりけ》からは藤原俊成・隆信・定家・家隆・寂蓮、また九条家の良経（左大臣）・慈円（前大僧正）などであった。さらには式子内親王・守覚法親王・二条院讃岐・小侍従・宜秋門院丹後が加わり、まさに当代の実力歌人が揃っていた。

当初、この人選は通親主導で行われたため、新進の御子左家の気鋭の若手歌人定家・家隆らは選に漏れていた。和歌に堪能な四十歳以上の老者を選ぶ、というのがその理由であった。『千載和歌集』を撰んだ御子左家の当主俊成は、六条藤家の撰修がいい加減なものであり、また四十歳以下の者が百首歌に選ばれた例を挙げて、「正治和字奏上」という書状をもって後鳥羽院に訴えた。院も通親も素直にこれを認め、定家・家隆らが参加することになったのである。このことは重大事であって、もしこの時、後鳥羽院と定家の出会いがなければ、現在われわれが見る『新古今和歌集』は成立しなかったであろう。八月に提出された定家の百首歌に院は感銘し、すぐに昇殿を許した。以後しばらく定家は後鳥羽院歌壇を主導する立場になり、二人の蜜月はしばらく続いた。

続いて「院二度百首」が召され、新しく藤原雅経・源具親・同家長・鴨長明・宮内卿・七条院の女房越前らが加わった。

一二〇一年（建仁元年）

六月、この頃「院三度百首」が出揃った。これは当代の三十人の歌人に百首歌を召した、大規模なものだった。この合計三千首の和歌は左右千五百番に結番《けちばん》され、十名の判者が百五十番ずつ判を分担し、後に「千五百番歌合」として完成した。この時、院は折句によって判を加え、摂政良経は漢詩で、慈円は和歌で判詞に替えたと云われている。これは院や摂関家の人々が、晴れの会で身分の低い臣下と同様の判詞（散文）を避けたためと考えられている。

七月末、御所二条殿の弘御所北面に「和歌所」を設置し、寄人《よりうど》に良経・通親・俊成（出家して釈阿）・通具・有家・定家・家隆・雅経・具親・寂蓮の十一名が任命された。後に、藤原隆信・鴨長明・藤原秀能が加えられ、また八月五日に源家長が和歌所の開闔《かいこう》（事務長）に任じられた。院は勅撰集編纂《へんさん》の意図をもって「初度百首」を召したと思われる。そして、三度の「百首歌」によって思いの外秀歌が寄せられたので、第八勅撰和歌集の編纂を決意した。

十一月三日、源通具・藤原有家・定家・家隆・雅経・寂蓮の六名に、「上古以後の和歌、撰進すべし」と、いよいよ勅撰集の編纂を命じたのだった。

一二〇二年（建仁二年）

七月二十日、撰者寂蓮没（六十四歳）。

十月二十日、後鳥羽院を和歌に導いた内大臣源通親没（五十四歳）。

一二〇三年（建仁三年）

撰者各々が勅撰集入集候補の和歌を撰び、院に提出し終えたのが四月頃と思われる。岩波文庫版『新古今和歌集』には、撰者名注記が略号で印されており、それぞれの撰者がどの和歌を撰んだか、またその重複具合も分かるようになっているので興味深い。

九月七日、源実朝が征夷大将軍になる。

一二〇四年（元久元年）

撰者たちによって提出された和歌を、院自らが吟味・精選し、合点（印）を付すことによって選定歌が決められた。そのため『新古今和歌集』は後鳥羽院の親撰、即ち独撰といわれる。なお院はこの通覧撰歌を三回行い、それらの和歌をほとんど暗記してしまったと云われている。

七月以降、院によって選定された和歌を、撰者たちが部類・配列する作業を始め、翌年の二月頃に一応終了した。

一二〇五年（元久二年）

三月二十六日、『新古今和歌集』の完成祝賀の竟宴《きょうえん》が行われた。これまで勅撰和歌集の完成を祝う竟宴が催された例はない。これは平安時代の宮廷で『日本書紀』の連続講義が終了した際、一同が和歌を詠み、宴を催したのを真似たものと云われている。しかし、この時摂政良経の仮名序はまだ出来ておらず、また能筆源家長による本文の清書も出来ていなかった。これに反発した定家は、父俊成の服喪を理由に竟宴に参加しなかった。

院が竟宴を強行したのには理由があった。この勅撰和歌集が範と仰いだ『古今和歌集』は延喜五年（九〇五年）の完成であり、この年はちょうど三百年という節目の年であった。また干支の「乙丑《きのとうし》」までが一致している。院は『新古今和歌集』の完成をこの日とし、三月二十九日に草稿が出来上がった良経の仮名序も、「時に元久二年三月二十六日なむ、記しをはりぬる」と完成の日を合わせている。

同二十八日、院は『新古今和歌集』の「切継《きりつぎ》」を命じ、これは承元五年（一二一〇年）九月頃まで行われた。一般に勅撰集というのは最上の格式である「巻子本」（巻物）と呼ばれる装丁で書写される。「切継」には、新たに入れたい部分を切り離し、新しい紙に新たに撰ばれた和歌を書き入れて継ぐ「切入れ」と、必要でなくなった和歌の部分を切り取り、前後を繋ぐ「切出し」がある。また、順序を入れ替えることもある。度々の院の命によるこの作業を、撰者たちは延々と行ったのである。

竟宴後も、院は新しい和歌を求めてさらに歌会や歌合を行い、六月十五日には「元久詩歌合」が行われた。詩歌合とは、詩人と歌人が左右に分かれて題詠を行う、異種の文学合わせである。そして、その中から八首が新たに入集した。

一二〇六年（建永元年）

三月七日、摂政良経が自邸で就寝中に急死した（三十八歳）。

一二〇七年（承元元年）

六月、院の護願寺《ごがんじ》である最勝四天王院の壁面を飾る「名所障子和歌」を召した。これは院を筆頭に、慈円、定家、家隆、俊成女、有家ら十人の歌人に、四十六箇所の名所絵に伴う四十六首の和歌を詠ませ、それに合わせた和歌一首を撰び、両者を合わせて障子絵とし、最勝四天王院の内面を飾ったのである。そして、その中から新たに十三首が入集した。

一二一〇年（承元四年）

四月二十五日、『新古今和歌集』再披露、という説があるが確認できない。しかし、この頃には切継・切出がほぼ終了しており、院の和歌への情熱も冷め始めたように思われる。この激しい切継・切出の期間に多くの写本が流布した。現在伝わっているのはそれらの写本であり、決定稿はない。

十一月、土御門天皇が譲位して皇太弟守成《もりなり》親王（順徳天皇）が践祚した。順徳帝は熱心に和歌に取り組み、新たに歌壇が形成され、後鳥羽院歌壇の主な歌人も参加した。数え年三十歳の若い院は、蹴鞠、管弦のほかに「有職故実」と呼ばれた宮廷文化の振興にも力を入れた。また競馬《くらべうま》、笠懸《かさがけ》、水連等の武技にも励み、「御番鍛冶」作成の銘刀を臣下に拝領したともいわれている。これらは『新古今和歌集』撰集によって文化的に極められた宮廷の権威を、さらに武力的にも高めるために行われたことと推察される。

一二一九年（承久元年）　一月二十七日、源実朝が鎌倉鶴岡八幡宮前で甥の公暁に暗殺される（二十八歳）。

一二二一年（承久三年）　五月、院は北条義時追討の院宣を発し、これに従わない京都守護伊賀光季を討ち取った。「承久の乱」の始まりである。この戦いは天皇家と武家が覇権を争った日本国史上特筆すべき事績であるが、その叙述は本稿の目的でないので割愛し、院の敗北による隠岐遷幸の経過のみを語ることにする。

六月、幕府軍の圧倒的な戦力によって上皇軍は大敗し、院は六波羅の本営に使者を派遣し、義時追討の院宣を撤回した。敗北宣言である。

七月、院は鳥羽殿に移され、藤原信実に似せ絵を描かせたのち、八日、皇子道助法親王を戒師として落飾した。十三日、隠岐へ遷幸。同行者として、殿上人二人（藤原能茂、藤原清房）、女房一人（坊門局）、白拍子の亀菊（伊賀局）、聖一人、医師一人（和気長成）が許された。

八月五日、院一行が乗った御座船は大時化《しけ》に遭い、崎の港に漂着した。以後、院は帰京の望みを果たすことなく、終生隠岐に居ました。

一二三五年（嘉禄元年）　「後鳥羽院御口伝」の成立はこの頃とされているが、二説が並立している。一つは、歌壇が仙洞から宮廷に移行した時期に、院が順徳帝に向けて書いたとする、状況的理由によるものである。いま一つは、定家への激しい批判を、承久二年の勅勘事件を院が隠岐で思い返して書いたとする、内容的理由によるものである。

一二三六年（嘉禎二年）

『隠岐本新古今和歌集』がこの頃成立したと思われる。「跋」と伝えられる一文によれば、元久の頃から三十年が過ぎたとされているからである。また、収録された和歌二千首は多すぎて、すべてが名歌というわけではない。さらに自らの和歌を三十首余りもいれたのは自らの和歌への執念によるもので、歌集の価値を低くしている。よって、三百八十三首の和歌が削除されたのである。

一二三九年（延応元年）

二月二十二日、後鳥羽院はついに還幸の望みを果たすことなく、隠岐国海部郡苅田郷の遷幸の地に崩ずる。苅田山中に火葬され、この時、能書家源家長筆になる『新古今和歌集』の最終奏覧本は院と共に葬られたと思われる。

Ⅱ

一一八〇年
（治承四年）

十九歳の藤原定家は、この年の二月五日より日記『明月記』を書き始めた。それは七十四歳の嘉禎元年（一二三五年）正月までの五十六年間記述されている。その間には源平の争乱、承久の乱等を経た貴族政治から武家政治への社会的変革があって、この日記はその一級の資料となるのだが、定家の関心はそこになく、宮廷での自らの昇進と和歌の上達に執心したことが記されている。そして、彼ら平安貴族の末裔は、この重大な政治的パラダイムの変革の時に、そのうねりに身を任せながら、わが国の文学史上稀有な前衛的文学作品である『新古今和歌集』を完成させたのであった。「世上乱逆追討耳に満つと雖も、これを注せず。紅旗征戎吾が事にあらず」（＊A）

一一八三年
（寿永二年）

二月、定家の父俊成は、後白河院より「近古以来の和歌」の選集を命じられた。元来後白河院は和歌に興味がなく、今様（当時の流行歌）の勅撰集ともいうべき『梁塵秘抄』（本編一〇巻・口伝集一〇巻）を自ら編纂し、また、その練習のため生涯に三度声が出なくなったというほどの今様狂いであったという。その後白河院が勅撰和歌集選集の院宣を発したのは、兄崇徳院の祟《たた》りを畏《おそ》れ、その御霊を鎮めるためであったといわれる。

これまで第七勅撰集『詞花和歌集』の選集を藤原顕輔が行うなど、当時は藤原顕季を家祖とする六条藤家が歌壇を主導していたのであるが、俊成が勅撰集の撰進を命じられることによって、以後御子左家が歌壇を主導するようになった。

勅撰集に一首でも入集《にっしゅう》することは、歌人として名誉であった。俊成は広く家集を求めたのであるが、自ら自選歌を持ち込む者も多かった。有名なのは、木曽義仲の軍勢に追われて都落ちする平氏の中で、平忠度が五条三位俊成の邸《やしき》を訪ね、たとえ一首でも御恩を蒙りたいと、鎧の中から自選歌の巻物を差し出して立ち去った話である。また歌僧西行も、「心なき身にもあはれは知られけり　鴫立つ沢の秋の夕暮」という自讃の和歌の入集を気にした逸話が残されている。

俊成はその勅撰集を『千載和歌集』と名付け、四年後の文治三年（一一八七年）九月十日に出来上がったと「序」に書いてあるが、実際に奏覧したのは翌文治四年四月二十二日のことであったと、定家が『明月記』に記している。「巳の刻許りに、入道殿院に参ぜしめ給ふ。勅撰集奏覧の為めなり（中略）未斜に出でしめ給ふ。御前に於て殊に叡感ありと云々。自ら読み申さしめ給ふ」（＊A）

一一九〇年
（建久元年）

二月十六日、西行入寂。西行は後の勅撰集『新古今和歌集』に自らの歌が第一位の九十四首入集したことを知らない。また『千載和歌集』の俊成に採られなかった「鳴立つ沢」の和歌が、『新古今和歌集』で後鳥羽院に採られたことも知らない。西行は平安末から鎌倉初の頃の一級の歌人である。しかし、西行が遺した和歌はわが国の詩歌の変遷の歴史の中で語られるべきであって、決して『新古今和歌集』の範疇で語られてはならない。

西行の和歌「願はくは花の下にて春死なん　その如月の望月のころ」は、六十歳代と思われる創作当時は大した評価を受けなかったが、実際に彼がこの月この日に亡くなり、ゆえに極楽往生を遂げたと信じられ、人々は賛嘆をもって受け止めた。俊成さえも「長秋詠藻」に西行の往生について語り、その他定家の『拾遺愚草』、慈円の『拾玉集』、九条良経の『秋篠月清集』にもそれぞれ和歌を詠んで偲んでいる。「建久元年二月十六日西行上人身まかりにける終みだれざりけるよし聞きて三位中将のもとへ　望月のころはたがはぬ空なれど消えけむ雲のゆくへかなしな」（＊B）

一一九三年
（建久四年）

九条家の若き当主左大将良経は、建久三年（一一九二年）百の歌題を自らを含め十二人の歌人にあたえた。叔父の慈円をはじめ、六条藤家からは季経、経家、有家、阿闍梨顕昭、御子左家からは定家、家隆、沙弥寂蓮らである。そして、翌建久四年の秋頃十二人の和歌が出揃い、この千二百首を左右六百番に結番《けちばん》されたので「六百番歌合」といわれている。そして、判者を御子左家の総師俊成が務めた。

この歌合では、『万葉集』を旨とする旧来の和歌を信奉する六条藤家と、物語や漢詩に典拠を求めて新風の和歌を推し進める御子左家が、互いを批判し合い、優劣をせめぎ合った。特に独鈷《どっこ》を握った顕昭と、坊主頭の鎌首をもたげた寂蓮の論争は、居合わせた女房たちの評判になったという。しかし、この歌合の冬上の十三番「枯野」で、俊成が「源氏見ざる歌詠みは遺恨のことなり」と判を下したことが象徴するように、歌壇は旧来の和歌から新風の和歌へ、所謂「新古今風」へと移行していったのであった。「判に云わく、左、『何に残さん草の原』といへる、艶にこそ侍めれ。右の方人《かとうど》、『草の原』、難じ申すの条、尤もうたゝあるにや。紫式部、歌詠みの程よりも物書く筆は殊勝なり。その上、花の宴の巻は、ことに艶なるものなり。源氏見ざる歌詠みは遺恨のことなり」（＊C）

一一九九年（正治元年）

七月、定家は義弟の西園寺公経から、後鳥羽院が百首歌「正治初度百首」を召していることを知らされた。当然自分にも沙汰があると思っていたところ、案に相違してその人数に入れられていなかった。宰相中将公経を通じて運動してみると、老者を撰んで事に預るということだった。これは六条藤家の季経が源通親に賂して自分を排斥したと定家は邪推して、公経に憤懣を訴えた。そこで、当時の歌壇の重鎮俊成が院に「正治仮名奏状」を後鳥羽院に提出した。ここで、「堀川百首」や「久安百首」などの例をみても、作者を老人に限るという例はないと指摘し、新しい歌を詠もうと努力する定家も加えられるべきであると訴えた。定家の歌を〝新儀非拠達磨歌〟と誹謗する六条藤家の歌人たちが、いかに物知らずで見識がないかを痛罵した。この効果はてき面で、八月九日に早速作者仰せの奉書が到来した。定家は「誠に以って抃悦《べんえつ》（手を叩いて喜ぶ）」「二世の願望已に満つ」と大喜びした。そして、二十五日百首歌の詠進を済ませると、院は定家の和歌に感動し、翌二十六日には内昇殿を許す旨の仰せがあった。後鳥羽院と定家の短い蜜月の始まりである。「昇殿に於ては、更に驚くべきにあらず。又懇望にあらず。今百首を詠進、即ち仰せらるるの条、道のため面目幽玄なり。後代の美談たるなり。自愛極まりなし。道の中興最前、已に此の事に預る」（＊A）

一二〇一年
（建仁元年）

三度の百首歌を召した後鳥羽院は、延喜（醍醐天皇）・天暦（村上天皇）の聖主に倣って、いよいよ勅撰和歌集の編纂を思い立った。七月二十六日、定家のもとへ「明日、和歌所の事を始めらるべし。寄人《よりうど》となす」という奉書が来た。さらに、和歌所での初めての歌会を催すので、講師を務めるよう仰せがあった。題は「松ノ月夜涼シ」。

同二十七日、二条殿の弘御所北面に和歌所が設置された。寄人は、藤原良経・源通親・慈円・藤原俊成・源通具・藤原有家・藤原定家・藤原家隆・藤原雅経・源具親・寂蓮の十一名である。後日、さらに藤原隆信・鴨長明・藤原秀能が加えられた。

八月五日、通具・具親らと和歌所に着到《ちゃくとう》（出勤簿）をおくこと、源家長を年預《ねんよ》（事務長、開闔《かいこう》ともいう）とすること、召次《めしつぎ》（雑役）を一人おくことを院より許された。

以後、和歌所を舞台に院は様々な歌会・歌合を催した。そして、十一月三日、六人の寄人、即ち通具・有家・定家・家隆・雅経・寂蓮に「上古以後の和歌、撰進すべし」と院宣が下った。いよいよ『新古今和歌集』編纂の始まりである。「かようにつねのことなれば、よきあしきおほくつもれる歌ども、又ふるききはの歌もむかしの人おのづから見およばざるも有べし。かれこれを心のおよばんかぎりもとめあつめて奉るべきよし六人におほす」（＊D）

一二〇二年
（建仁二年）

寂蓮は定家が生まれるまで俊成の猶子であった。その後も歌壇で活躍し、後鳥羽院にも認められ、今回の勅撰和歌集編纂の命を受けた。しかし、その選歌作業も終わらぬ七月、病をえて入滅した。六十五歳であった。「二十日、午の時許りに参上す。左中弁の云ふ、少輔入道（註・寂蓮）逝去の由、（中略）未だ聞き及ばざるかと。

之を聞きて、即ち退出す。已軽服の身たるに依りてなり。浮世の無常、驚くべからずと雖も、今之を聞き哀慟の思ひ禁じ難し」（＊A）「寂蓮はなほざりならず歌よみし者也。あまり案じくだきし程に、たけなどぞかへりていたくなかりしかども、いざたけある歌よまむとて、たつたのおくにかかる白雲と三體の歌によみたりし、おそろしかりき。をりにつけてきと歌よみ連歌し乃至狂歌なども俄の事にゆゑある様によみしかた眞實の堪能とみえき」（＊E）

一二〇三年（建仁三年）

二月二十四日、定家は午前中に家族を連れて大内裏の左近の桜の花見に行ってきた。午後になって、和歌所の寄人雅経や鴨長明らがまた大内《うち》の花見に誘いに来た。定家は断ることも出来ず、その日二度目の花見に同伴したのだった。「南殿の簀子《すのこ》に坐して、和歌一首を講ず。狂女等、謬《びゅう》歌を擲《な》げ入る。雑人多く見物す。講了《おわ》りて連歌あり。（中略）家長盃酒を取り出す。秉燭《へいしょく》、大内を出づ。家長・長明横笛を吹き、少将（註・雅経）篳篥《ひちりき》なり。四人相乗り、蓬戸に帰る」（＊A）

都大路を牛車に乗って、ぴいひゃら演奏しながらご機嫌で帰ったらしい。

翌る日、院より御召があって、定家は痩せ馬に跨って大内へ駆けつけた。そこは殿上人や北面の武士たちでごった返していた。昨夜、院が家長から和歌所の寄人たちの花見の話を聞き、興味をそそられての御幸であった。しかし、花はすでに盛りを過ぎ、散り始めていた。定家は和歌所の同僚たちのところへ行った。一同院から紙を賜り和歌を召された。沈思するに及ばず、と云う。即ち、速詠である。定家は院から召され、参上して和歌を読み上げた。院はお還りになる前に、庭に散った花びらを硯の蓋にかき集め、この日参加できなかった摂政良経に歌とともに遣わせた。「大内より硯のはこのふたに庭の花をとりいれて、中御門摂政（註・良経）のもとへつかはしたりしに、さそはれぬ人ためにやのこりけむと返歌せられたりしは、あながちに歌のいみじきにてはなかりしかども、新古今に申しいれて、このたびの撰集のわが歌にはこれ詮なりとて、たびたび自讃し申されけりとききて侍りき」（＊E）

四月二十日頃、撰者たちが撰んだ和歌が院のもとへ提出された。院はそれらを家長に書きださせて自ら精選して、翌元久元年七月末、撰者たちに差し戻した。このとき院はそれらの和歌をほとんど暗記してしまっていたといわれている。

十一月二十三日、俊成の九十歳を祝う賀が和歌所で執り行われた。当代の歌人たちの和歌を色紙貼りした四季の屏風が立てられ、院が出御したのち、俊成は長男成家と定家に支えられながら入場した。そして、院から鳩杖《きゅうじょう》と法服装束が下賜された。九条家歌壇、後鳥羽院歌壇を指導した御子左家にとって、最高の栄誉となった。翌元久元年十一月三十日、俊成は亡くなった。死ぬ前に俊成は雪を欲しがり、北山で入手した雪を差し上げたところ喜んで雪を食べ、「めでたき物かな、猶えもいはぬ物かな」、さらに食べては「おもしろいものかな」と繰り返した。そして、しばらく眠った後「死ぬべくおぼゆ」と言い、念仏を唱えながらやすらかに往生した。

一二〇四年（元久元年）

七月、院により選定された和歌を、撰者たちが部類・配列する作業を始めた。『新古今和歌集』という名称もこの頃決定されたらしい。部類という大詰めの段階に入ってからの院の打ち込みようは凄まじく、近臣たちが何か伺いを立てても、耳に入らぬ状態だった。これには寄人たちも音を上げた。「近日和歌の部類、日毎に催すと雖も、所労術無き由、披露す」「和歌所に於て、大府卿と、部類歌ニ御製を切り入れお了んぬ。中の時に退出す。（中略）毎日出仕、筋力の疲れ極めて甚しく、堪へ難し」（＊A）

一二〇五年（元久二年）

部類、詞書の叙述の手入れなどの作業ののち、寄人たちが持ち回りで饗宴の亭主を務めた。二月二十日は家長が、二十二日は具親が饗応した。そして二十三日、定家は『伊勢物語』をモチーフにして、海松《みる》・ひじきなどの海藻や菓子、魚鳥、飾りちまき、飯などの酒肴を用意した。『伊勢物語』の視覚的な凝縮であった。このまま院のお目にかけるべきであると家長らが主張し、御前に出した。すると、院はすべて召し上がって、柏と高坏だけを和歌所へ返したという。

三月二日、「各巻の巻頭歌がほとんど故人の作ばかりであるのはよくない。定家・家隆・押小路女房（註・俊成卿女）ら三人の歌を巻頭においた巻を設けよ」と院から命令があった。よって、家隆の歌を秋下、俊成卿女の作を恋二、定家の詠を恋五の巻頭歌とした。

三月二十六日、「新古今和歌集竟宴」、即ち完成を祝う宴が執り行われた。これまで勅撰集の完成を祝って竟宴が行われたことはなかった。先例は『日本書紀』講説の竟宴であった。この時に詠まれた竟宴歌（『新古今和歌集』神祇・一八六五で入集）の存在を院が知り、それを真似ようとしたと云われている。竟宴を行うにあたって、定家は風情の歌一首を凝らし参るように院から命ぜられたけれど、父俊成の喪から復任の儀を行っていないという理由で欠席した。このとき『新古今和歌集』は完成していなかった。摂政良経が担当した仮名序も、家長が担当した清書本も出来上がっていない状況で、院は完成の竟宴を強行したのだった。これには理由があった。この年元久二年は、この度の勅撰集の模範となる『古今和歌集』が延喜五年（九〇五年）に撰進されてからちょうど三百年目に当たり、干支も同じく乙丑《きのとうし》であった。院はそれに合わせようとしたのだった。「抑々此の事、何の故に行はるる事ぞや。先例にあらず。卒爾の間、毎事調はず。歌人又歌人にあらず。其の撰不

審なり」(＊A)
三月二十九日、摂政良経による仮名序の草稿がようやくできあがった。慈円・定家はその出来栄えに感嘆し、すぐに院に進覧するように勧めた。この仮名序は、先の竟宴に合わせて、「時に元久二年三月二十六日なむ、記しをはりぬ」となっている。
そして、竟宴直後から、さらに激しい切継ぎが行われた。院は新しい歌を求めて歌会・歌合を何度も行ったのだった。

一二〇六年
(建永元年)
三月七日、摂政良経が突然薨去した。六日は通常通り政務を執って夜の御座《おまし》に入り、朝女房たちが起こそうとしたところ、すでに冷たくなっていたという。三十八歳であった。あまりの突然死に、天井から刺し殺されたという噂や、後白河院の祟りという風聞も流れたらしい。「故摂政はたけをむねとして諸方をかねたりき。いかにぞやみゆることばのなき歌ことによしある様不可思議なりき。百首などのあまり地歌もなく見えしぞかへりて難ともいひつべかりし。秀歌あまり多くて両三首などはかきのせがたし」(＊E)

一二〇七年
(承元元年)
竟宴が終わったにもかかわらず、院は満足せず、切継は続けられていた。前年秋、家隆がとんでもないことに気付いたのだった。集中夏歌、山部赤人の「旅ねして妻恋すらしほととぎす　神なび山にさ夜ふけて鳴く」が、『後撰和歌集』にあるというのだ。撰歌にあたってこれまでの七代の勅撰集にある歌を入れてはならない、という規律があった。それに反するのである。ならば切り出してしまえばよいのだが、ことはそう単純ではなかった。仮名序に「夏は妻恋する神奈備《ママ》のほととぎす」と古歌の例に挙げていたのである。そして、その仮名序を書いた摂政良経は亡くなっていたのだった。良経は勅命者後鳥羽院の意を代弁して、仮名序を書いたのだった。定家は早速院にこの事を奏上したが、解決を得ぬまま年が改まった。春になって、定家はさらに奏上した。「仮名序は一字も変えてはなりません。また、序に引用された歌がないのは不審となります。そこで、「神なびのつまこひの郭公《ほととぎす》」の歌を新しく院の御製を入れるのが最上の解決策であります」と。

三月十九日、院は三様に歌って、三首の御製を提示し、定家・家隆はそのうちの一首を撰んで奏聞した。ただちに勅許を得て、その歌を切継ぎしたのだった。御製「おのが妻恋ひつつ鳴くや五月やみ　神南備山の山ほととぎす」但し、この歌は「よみ人しらず」として切入れられたのだった。「今日、下さる御製、殊勝々々。其の内の一首、猶殊に宜しき由、清範を以て奏聞す。仰せに云ふ、然らば早く切り入るべしと。即ち、経師を召して之を切り継ぐ。本歌を出して、新しき御製を入る（読み人知らずと書く）」（＊A）

最勝四天王院は後鳥羽院の護願寺で、鎌倉将軍源実朝調伏のために建立されたと伝えられている。院は自らをはじめ慈円・定家・家隆ら十人の歌人に、壁面を飾る名所絵四十六箇所について、四十六首の和歌を詠ませ、それに合わせた和歌を一首撰び、両者を合わせた障子で各部屋を飾ったのだった。定家は四月より名所の選定及び配置、絵師の指導、そして和歌の選定と、院の命ずるままに尽瘁した。しかし、定家らが選定した和歌を院はまるで掌を返すように変更した。定家にしてみれば、これまでの評定が徒労に帰したという憤懣があり、院の選歌の不明をあちこちで愚痴をこぼした。この頃には、院と定家の和歌観の違いがあからさまになっていたようである。この時の障子和歌から十三首が『新古今和歌集』に切り入れされた。十一月二十九日、完成した最勝四天王院に院の御幸があった。「最勝四天王院の名所の障子の歌に、生田の森のいらずとて、所々にしてあざけりそしる。あまつさへ種々の過言かへりておのれが放逸をしらず、まことに清濁わきまへざるは遺恨なれども、代々勅撰承りたる輩もかならずしも萬人の心にかなふ事はなけれども、傍輩猶誹謗する事やある」(＊E)

一二二〇年
(承久二年)

後鳥羽院は『新古今和歌集』完成後、興味が笠懸《かさがけ》・賭弓《のりゆみ》等武技に移っていった。歌壇は順徳帝の内裏に移り、定家・家隆らが指導した。そして、院は後見として、その作品を校閲、品評したのだった。二月十三日、内裏で二首歌会が催されたが、定家はその日が亡母の遠忌にあたり、追善供養の仏事を理由に参上を辞退した。しかし、忌日をはばからず参上せよとの使いを三度も遣わされ、定家は仕方なく二首題を書きつけて持参した。ところが、この時の「野外柳」の和歌「道のべの野原の柳したもえぬ　あはれ歎きの煙《けぶり》くらべに」が院の勘気に触れ、以後内裏の歌会への参加を止められた。定家はすぐに閉門蟄居したのであった。院と定家はついに決裂してしまったのだった。

「禍福は糾《あざな》える縄の如し」という諺があるが、定家は院の勅勘を受けて遠ざけられた禍が福となり、翌年の承久の乱にかかわることなく、院が隠岐に遷幸されたのち、鎌倉幕府主導の後堀河天皇の宮廷に出仕するようになった。そして、新しい宮廷歌壇を指導し、第九代勅撰集『新勅撰和歌集』を撰進したのだった。以後、御子左家は歌道の家元として君臨し、その末裔は現在も冷泉家として存続している。

（引用書）

＊A　『明月記』　　＊D　『源家長日記』

＊B　『拾遺愚草』　　＊E　『後鳥羽上皇御口伝』

＊C　『六百番歌合』

桐火桶

さてもさてもこのような山深い荒寺にお越しになられて、わたくしごときものにむかし話をせよと仰せになられても、いまはもう年老いた身でもありますので、すでに忘れてしまったことも多々あるかとは思います。しかしながら、あなたさまとお話しておりますと、若い頃に美濃とよばれてお仕えした俊成さまのことが懐かしく思い出されましたので、少しばかりお話してみたくなりました。

あれは文治五年（一一八九年）の冬のことでした。驕る平氏の公達たちを西海に沈めた義経さまが、陸奥の国で頼朝さまに討ち取られたとのうわさがながれ、これからは鎌倉の世になると都のひとびとは憂えておりました。

俊成さまも『千載集』を後白河院に奏覧してからは、歌人としては並ぶものなく、歌会に招かれたり、歌合に出詠や判を求められたりすることがおおくなりました。

そして、その夜も更けてからようようにしてあるじ俊成さまのしのび泣くような声が帳《とばり》のむこうから聞こえて参りました。和歌がひとつできあがり、それを詠じているのでございます。

日が落ちてからは寒さが身に沁《し》みて参ります。わたくしも局に引き下がってからは古い袿《うちぎ》などを重ね着て、お家の流儀である和歌の道に励まんと細い灯火の下で『後撰集』などを繰っておりました。

俊成さまも齢《よわい》七十七を重ねられ、身は枯れ木のごとく、この寒さが応えるようでございます。さきほど火桶の炭を足すためにおそばに参りましたが、との油を細くして薄暗い中で、身は煤けた直衣《のうし》をうち掛け、古い烏帽子を耳まで被り、脇息《きょうそく》に寄りかかった姿で桐の火桶を抱えておられました。これがいつもの和歌を案じておられる姿でございます。

此度は甥にあたられます藤原実定さま、のちに後徳大寺左大臣といわれるかたの求めに応じられて、十首を詠歌なされておいでございます。そして、今宵は夏歌であるほととぎすの和歌を案じておられるとお聞きしました。

この厳しい寒さの中で、火桶を抱えた姿で夏歌を案じるなど、異なことと思われるかもしれませんが、見るもの聞くものにつけて和歌を詠んだのは遠く貫之さまのときのことであり、いまはときところに関わりなく与えられたお題に応えて和歌を詠まねばならないのでございます。

俊成さまは、和歌は歌合などで読み上げもし、また詠じたりするものであるから、優雅でしみじみとした情趣を感じられるように聞こえねばならないと申しておられました。ゆえにみずからおつくりになるときも、夜も更けてひとびとが寝静まった頃に、忍ぶようなお声で詠吟して情趣をお確かめになっているのでございます。それがときには感極まって涙をながしながら吟ずることもあるようでございます。

わたくしは、夜陰にまぎれて聞こえてくる俊成さまの枯れたお声を聞きのがすまいと、目を閉じて耳をかたむけておりました。

初句は、わがこころ、と聞こえます。続いて、いかにせよとて、腰句は、ほととぎす。下句は、くもまのつきの……かげになくらん。斯様に聞こえてまいりました。

わたくしも聞いたままに口ずさんでみたのでございます。

わがこころ……いかにせよとて……ほととぎす……、くもまのつきの……かげになくらん……。

夏の夜、眠れぬままに庭に出てみると、月はすでに高くにあり、雲がときどきその光をさえぎっております。遠くからほととぎすの哀しく鳴く声が、夜陰にまぎれて聞こえてまいります。さて、いったいわたしの心をどうせよと、ほととぎすは雲間を洩れる月の光の中で鳴いているのだろうか*、と詠っているのでございます。

俊成さまもそのようなことをお思いになって、この和歌を詠んでおられるのかと想像して、わたくしもわが身を振り返り、果たせぬ思いに独り涙を流したことでした。

この和歌は、のちに後鳥羽院さまの院宣によって、ご子息定家さまらがお撰びになった『新古今和歌集』にも入れられたのでございます。

（参考）
『新古今和歌集』　巻第三　夏歌
後徳大寺左大臣家に十首歌よみ侍りけるに、よみてつかはしける
皇太后宮太夫俊成
わが心いかにせよとてほととぎす雲間の月の影に鳴くらむ

＊この和歌の通釈は、久保田淳訳注『新古今和歌集』（角川ソフィア文庫）に従いました。

草の庵《いおり》

日が暮れかかり、夕立*はようやく過ぎ去った。庭のところどころにできた水溜りが煌《きら》めき、木々の葉がしずくを垂らす音が聞こえる。遠くの空に広がる黒雲の向こうを時々照らす稲光が、先ほどのはげしい驟雨《しゅうう》の余韻をとどめている。藤原俊成*は廂《ひさし》の下に立ち、しばらく空をながめていた。家司《けいし》の昭光*が燭台を手に入ってきて、灯《とも》りを点した。やがて炎が大きくなり、部屋が明るくなるにつれて、几帳の奥に控えていた女性の姿が朧《おぼろ》に浮かんできた。美濃*と呼ばれ、俊成に女房として仕える女性である。彼女は静かに俊成の姿を見守っていた。

「これで少しは涼しくなったかのう」

独り言のように言いながら、俊成は部屋に戻って脇息《きょうそく》に凭《もた》れ掛かった。少し声が弾んでいるように聞こえるのは、何か和歌の想を得たのかもしれない。この頃、俊成は右大臣九条兼実から百*首の和歌を詠進するように求められていた。

「郭公《ほととぎす》、か……」

燭台の炎が揺れる中で、俊成は静かに詠じ始めた。

「……蘭省《らんしょう》*の……花の時の……錦帳《きんちょう》の下《もと》……、美濃、次の句はいかに」

「……草の庵を…たれか尋ねん」

奥の几帳《きちょう》の近くに控えていた美濃は消え入るような声で答えた。

「清少納言枕草子か……、さすがは八条院ノ三条が娘につけてわしのところへ寄越しただけのことはある」

まさに口頭試問の態《てい》であった。

俊成の娘である八条院ノ三条は八歳になる娘を父の養女にするにあたり、自分に仕えていた美濃が和歌の才があるゆえに守役を兼ねてともに父の元へ遣わした。美濃は老俊成の身の回りの世話をしながら童女の指導をした。そして、この童女がのちに俊成卿女《むすめ》として宮内卿らとともに後鳥羽院歌壇の華となる。

「昭光はどうじゃ」

俊成は縁の方に向かって言った。

「はあ、廬山の雨の夜の草庵の中、と憶えております」

「初句は」

「は、はぁ……、それが……」

「まあ、よいわ」

そのまましばらく無言の時が過ぎた。

雨が上がると暑さが戻ってきた。さらに風が止んでいる。燭台はじりじりと燃えていた。

「昭光、郭公の声は聞こえぬか」

藤原昭光は薄闇が広がりはじめた外の様子を窺った。

「ははあ、聞こえませせぬ」

「美濃はどうじゃ」

彼女もしばらく無言でいたが、やがてか細い声で和歌を詠んだ。

「……*雨の夜の…草の庵を尋ね来よ…昔語らん…山ほととぎす」

「なるほど、聞こえぬから郭公《ほととぎす》に来いというわけか」

俊成は扇を手にして自らをあおぎ始めた。美濃もしばらく近寄り、扇の風をあるじに送った。

「けっこう、けっこう……」

俊成はたいそうご機嫌の様子で頷いた。


その夜、美濃が西の対の屋で細い灯火の下で『後撰集』を繰っていると、寝殿の方からしのび泣くような声が聞こえてきた。あるじ俊成がその日一日案じて出来上がった和歌を詠じているのだった。

和歌は歌合の場で読み上げられ、また歌会などで詠じられたりするのであるから、聞く人々に優雅でしみじみとした情趣が感じられるようでなければならないと、俊成は常々語っていた。それを実践して、人々が寝静まった*深更《しんこう》にしのび泣くような声で詠じ、自らの耳で情趣を確かめているのであった。

美濃は渡殿《わたどの》へ出てその声を聞いた。掠れて聞こえにくいが、毎夜のことなのであるじの声は聞き慣れている。彼女は聞こえてくるままに口に誦《ず》し、意味を確かめる。俊成も同じ言葉を何度も吟じている。或いは言葉を変えて詠じてくる。今宵は興に乗じているのか、新しい和歌がつぎつぎと聞こえてくる。

やがて、夕方に話題になったほととぎすの和歌が聞こえてきた。美濃はなぞるように口にしてみた。

「むかしおもう……くさのいほりの…よるのあめに……、なみだなそえそ……やまほととぎす」

彼女はもう一度確かめるように誦してみた。

「昔思ふ草の庵の夜の雨に涙な添へそ山郭公」*

美濃は胸が熱くなるのを感じた。まるで先ほどの自分の和歌を本歌取りしたように思えた。いやいや、それは思い上がりというものだろう。また、本歌は古歌に限られる。あるじ俊成は、和歌はこのように詠むものだと、手本を示してくれたのだ。彼女はそう理解した。

美濃は自らの和歌を詠じてみた。

「雨の夜の草の庵を尋ね来よ昔語らん山ほととぎす」

見上げると廂のむこうで雲間から明るい月が覗いている。しばらくそれを眺めていると、遠くでほととぎすが鳴いているのを、彼女は確かに耳にした。

【注釈】

夕立

治承二年（一一七八年）閏《うるう》六月十三日（旧暦）のことである。世は平氏専横の時代であった。

この日、俊成は終日五条の邸にいた。正午頃寂蓮が訪ねてきた。先頃俊成が仁和寺宮守覚法親王の仰せによって自撰した『長秋詠藻』を借りていたのを返しに来たのである。彼は俊成の甥にあたるのだが、若い頃は定家が生まれるまで俊成の歌道の養子になっていた。その間柄である。俊成はこの時十七歳になる定家を呼び、三人で語り合った。

この年の三月に賀茂別雷神社（上賀茂社）の歌合（通称「別雷社歌合《わけのいかずちしゃうたあわせ》」）があり、定家は公の歌合に初めて出詠した。この歌合には寂蓮も参加しており、また俊成が判者をつとめた。寂蓮にしても出家後の初めての歌合で、このときから「僧寂蓮」を名乗っている。この歌合の歌題は「霞」「花」「述懐」であった。寂蓮は平忠度と番えられ、勝1、持（引分）2であった。忠度は清盛の異母弟で、平家一門では経盛と並んで歌人として名高い。定家は藤原公時と番えられ、持2、負1であった。定家の歌を列記しておく。

霞　神山の春の霞やひとしらにあはれをかくるしるしなるらん　（持）

花　桜花また立ちならぶ物ぞなき誰まがへけん峰のしら雲　（負）

述懐　ふかからぬ汀にあとをかきとめて御手洗河をたのむばかりぞ（持）

まだまだ未熟で、「初学百首」を詠んで俊成を安心させたのはこれから三年後であった。

未《ひつじ》の刻（午後二時）が過ぎて寂蓮は帰った。そのあと俊成は寝殿でひとり過ごし、庭の草木を眺めたり、物語本を繰ってみたりして思いつくまま言葉を書き散らし、懸案の右大臣家百首歌を案じていた。

夕食を終えてから西の対の美濃を呼び、和歌の指導をした。俊成は『勅撰集』こそが大事であり、『古今集』から『詞花集』までの六千首あまりを暗唱することを彼女に求めていた。そして、美濃にそれらの中から好みの和歌を詠じさせ、それらの判を講じて聞かせた。これは美濃への指導を装いながら、自らも古い和歌をおさらいし、また自らの歌論を整理する機会であると俊成は考えていたのである。

その最中に遠くで雷鳴が聞こえはじめたので、俊成は話をやめてしばらく外の様子を窺った。俄かに空が掻き曇り、雨粒がぽつりと落ち始めるやたちまち驟雨となり、庭の木々も霞んでしまった。雨ははげしく廂を打ち、雷鳴はいよいよ近づき大きくなってくる。真っ黒な空に稲妻が走る。落雷の乾いた音が轟き響く。美濃は生きた心地もせず袿《うちぎ》で耳を覆い、慄きながら奥の几帳の陰に打ち伏した。老俊成は立ち上がって廂の下に行き、雨が激しく打つ庭を静かに見つめていた。

昭光が奥より出てきて格子を上げようとしたが、俊成はそれを止めた。

掻き曇る空もとどろに鳴神の物おそろしきこの夕べかな

この時俊成は、永久四年（一一一六年）に六条院ノ大進《だいじょう》（肥後守定成女）が詠んだ和歌を口誦さんでいた。

藤原俊成

永久二年（一一一四年）～元久元年（一二〇四年）九十一歳。御堂関白藤原道長の後裔で御子左家権中納言俊忠の子。父の没により葉室顕頼の養子となり顕広と称した。仁安二年（一一七六年）五十四歳で本流に帰復し俊成と改名した。定家らの父。正三位皇太后宮太夫。

この年俊成は六十五歳。二年前の安元二年（一一七六年）重病に陥って官を辞し、臨終出家して法名釈阿を名乗っている。したがって本作品では釈阿と記すべきであるのだが、俊成のほうが通りがよいと思うのでこちらを記す。

俊成にようやく運が向いてきた。というのは右大臣九条兼実の歌壇は六条藤家が支配しており、『詞花集』を撰進した藤原顕輔、その子清輔・顕昭らが大家であった。兼実は清輔を重用していたが、治承元年（一一七七年）清輔が死去すると、代わって俊成が和歌顧問役に就任した。

これによって俊成は九条家歌壇の第一人者になったのである。そして「別雷社歌合」の判者を務めたのち、この度の「右大臣家百首」の詠進、翌治承三年「右大臣家歌合」の加判後、寿永二年（一一八三年）二月に後白河院より勅撰集撰進の下命があり、文治四年（一一八八年）に『千載和歌集』を奏覧した。勅撰集の撰進は歌人一代の栄誉であった。

この前の年（治承元年）の六月、世にいう鹿ヶ谷陰謀事件が発覚して、宮廷を支配する平氏に逆らう兆しが現れた。この後（治承四年・四月）以仁王によって平氏討伐の令旨が発令され、伊豆頼朝の挙兵、木曾義仲の挙兵と続き、世上の乱逆追討が始まったのである。しかし、御堂関白道長の傍流であって今は中流の貴族と成り果てた御子左家の当主俊成にとって、嫡流の九条家の庇護を受け、六条藤家に代わって歌壇の主流になることが最大の関心事であった。俊成にとって源平の政争は自らの処世に関係なく、ただ歌の道を制覇することだけが後生の大事であった。この処世は息子定家にもきつく申し渡していたようである。定家『明月記』の有名な「世上乱逆追討耳ニ満ツト雖モ、之ヲ注セズ。紅旗征戎吾ガ事ニ非ズ」という文章もさることながら、同じく（治承四年）十二月二十四日の項に、高倉院（清盛の孫である安徳帝の父）主催の法会に参加しようとして父俊成に叱られたという記述がある。これは明らかに若い定家（当時十九歳）が政争に巻き込まれるのを制止したものと思われる。俊成は若い頃から位階は遅々として進まなかったけれど、政界に対しては確かなバランス感覚を持っていた。ゆえに時代が貴族社会から武家社会に移行する激動期をしたたかに生き抜き、和歌の家としての御子左家の名を確立したのである。

昭光

伝未詳。後述する『美濃聞書』によれば、この頃御子左家に家司として仕えていた。琵琶の上手で、しばしば演奏して俊成を慰めたという。また龍笛の上手な家司や美濃の箏と合わせて管弦を演奏することもあった。

和歌を創るにあたって、近頃は物語の一場面を描くように詠むのが秘訣であり、そのために『源氏物語』や『伊勢物語』、さらには『白氏文集』は必読の書であるというのが俊成の持論であった。しかし、もとより和歌の成り立ちは四季の移ろいに感応し、また美しい景色に感動し、さらには恋人を想うこころの発情が根本である。『万葉集』ならびに勅撰集を研究し、漢詩文や物語本を読むことも大事であるが、四季の移ろいに感受するこころ、美しい景色を愛するこころ、また恋人への哀楽のこころを涵養することが作歌の第一であったと思う。そのために朝な夕なに自然に触れ、名所旧跡に旅をし、また恋の成就のために己を捨てることも大事であった。そして、さらには優れた音楽や美術に触れることによって創作のこころを育成することも大事であったと思うのだが、当時の歌論はそれを述べていない。他の芸術に触れることによって創造の精神を高揚させる、これは創作の秘密である。その証拠に、現代においても音楽や絵画に詳しい詩文の創作家は枚挙にいとまがない。

おそらく俊成も自らの詩精神を涵養するために音楽を愛し、嫋々と鳴り響く昭光の琵琶の音を大事にしたであろうと、筆者は思う。また、『美濃聞書』の研究者である井上久塩田大学教授（国文学）の報告によれば、当時美濃のもとに通っていた男がおり、それは藤原昭光であったという。

美濃

美濃守藤原俊則の女。生没年未詳。父の役職によって「美濃」と呼ばれる。はじめ俊成の娘八条院ノ三条に仕えた。三条が藤原成頼と再婚するにあたって、先夫である尾張守隆頼との娘を俊成に預けることになった。その時、美濃は和歌の才を見込まれて三条の娘（のちの俊成卿女）とともに俊成邸に来たのである。そして、俊成に仕えながら俊成卿女の養育指導をした。その後、彼女は藤原忠定の妻となり二男二女を生む。夫との死別後は出家して、晩年を嵯峨の古寺持妙院で過ごした。

以上は宜秋門院（後鳥羽天皇の中宮で九条兼実の女《むすめ》任子）の女房備前の記録である。彼女は晩年の美濃と親交があり、『美濃聞書』を遺した。

備前は建久の政変で御所を出た後の任子に仕えたようであり、美濃の娘と同世代と思われる。おそらくは美濃の娘との縁、さらには九条家と俊成との縁で美濃と懇意になったのであろう。そして、彼女はときおり嵯峨の古寺を訪ね、年老いた美濃を慰めたらしい。

『美濃聞書』は俊成の邸で過ごした頃のことを主に記している。それだけに当時の俊成の様子を知る上での第一級の資料である。

その中で興味ある部分を紹介すると、ある日、西の対で幼い俊成卿女が手習いをしているところへ俊成がやって来た。ちょうど『古今集』の和歌を手本にしていると聞いて、彼は貫之の和歌をどれくらい憶えているか、童女に尋ねたのだった。もとより利発な俊成卿女は『古今集』の中の貫之の和歌をすらすらと答え始めた。例えば「袖ひじてむすびし水のこほれるを春立つけふの風やとくらむ」と朗々と答え始めたのであろう。たちまちそれを美濃が止めて、いかにも知っておりますと賢そうに末の句まで答えてはなりません、上の句だけにとどめなさい、と童女をたしなめたのだった。すると俊成卿女は貫之の和歌の上の句を弾むように詠い、その声に老俊成は眼を細めて頷いていたという。この童女が後に、『新古今和歌集』巻第十二・恋歌二の巻頭歌

下燃えに思ひ消えなむけぶりだに跡なき雲のはてぞかなしき

を詠み、宮内卿とともに後鳥羽院歌壇の華となったのである。

百首の和歌

通称「右大臣家百首」といわれ、治承二年（一一七八年）五月に右大臣九条兼実より題の提示があり、俊成は七月に詠進した。散逸しているので詳細は不明であるが、俊成がこのとき詠進した百首の中から『千載和歌集』に自ら六首採り、また『新古今和歌集』に十三首採られている。

そのほか筆者の乏しい資料で捜してみると、息子定家が撰した『新勅撰和歌集』に三首、また京極為兼（俊成の孫為家の孫）が撰した『玉葉和歌集』に一首あった。捜せばまだ出てくるかもしれない。いったいに勅撰集に一首採られれば歌人の本懐とまでいわれるのに、このときの百首の中から二十三首も採歌されている。まさに力作秀歌ぞろいであり、清輔亡き後の九条家歌壇を率いる和歌の名人俊成の意気込みが現れている。

以下、その和歌を列記しておく。

『千載和歌集』

五三一　　あはれなる野島が崎のいほりかな露おく袖に波もかけけり（巻第八　羇旅歌）

六二六　祝歌　百千《もも ち》たび浦島の子は帰るとも藐姑射《はこや》の山はときはなるべし　（巻第十　賀歌）

七〇二　初恋　ともしする端山が裾のした露や入るより袖はかくしをるらん　（巻第十一　恋歌一）

七〇三　忍恋　いかにせん室の八島に宿もがな恋のけぶりを空にまがへむ　（巻第十一　恋歌一）

八三九　後朝《きぬぎぬ》　忘るなよ世々の契りを菅原や伏見の里の有明の空　（巻第十三　恋歌三）

一〇五六　　雲のうへの春こそさらに忘られね花は数にも思ひ出でじを　（巻第十七　雑歌中）

『新古今和歌集』

五　立春　けふといへばもろこしまでもゆく春を都にのみと思ひけるかな　（巻第一　春歌上）

二〇一　郭公　昔思ふ草の庵の夜の雨に涙なそへそ山ほととぎす　（巻第三　夏歌）

二〇二　郭公　雨そそく花たちばなに風過ぎて山ほととぎす雲に鳴くなり　（巻第三　夏歌）

三四一　いとかくや袖はしをれし野辺に出でて昔も秋の花は見しかど　（巻第四　秋歌上）

五二七　紅葉　心とやもみじはすらむ立田山松はしぐれに濡れぬものかは（巻第五　秋歌下）

九七三　旅　難波びと蘆火たく屋に宿かりてすずろに袖の潮垂《しほ》るるかな（巻第十　羇旅歌）

一一一一　忍恋　散らすなよしのの葉草のかりにても露かかるべき袖の上かわ　（巻第十一　恋歌二）

一四三六　立春　年暮れし涙のつららとけにけり苔の袖にも春や立つらむ（巻第十六　雑歌上）

一四六六　花　今はわれ吉野の山の花をこそ宿のものとも見るべかりけれ　（巻第十六　雑歌上）

一四六八　照る月も雲のよそにぞゆきめぐる花ぞこの世の光なりける　（巻第十六　雑歌上）

一五八六　老いぬともまたも逢はむとゆく年に涙の玉を手向けつるかな　（巻第十六　雑歌上）

一八八二　神風や五十鈴の川の宮柱いく千代すめと立ちはじめけむ（巻第十九　神祇歌）

一八九八　春日野のおどろの道のうもれ水末だに神のしるしあらわせ　（巻第十九　神祇歌）

『新勅撰和歌集』

六六九　みしめひきうづきのいみをさすひよりこころにかかるあふひぐさかな　（巻第十一　恋歌一）

七八六　おもひわびいのちたえずはいかにしてけふとたのむるくれをまたまし　（巻第十三　恋歌三）

八〇九　となせ河いはまにたたむいかだしやなみにぬれてもくれをまつらん　（巻第十三　恋歌三）

『玉葉和歌集』

一〇〇一　まきもくの珠城《たまき》の宮に雪ふればさらに昔の朝《あした》をぞ見る　（巻第六　冬歌）

蘭省の花の時の錦帳の下

『白氏文集』巻十七・律詩、「盧山草堂、夜雨獨宿、寄牛二・李七・庾三十二員外」の中の句である。白楽天（七七二〜八四六年）のこの詩句は、三船（漢詩、和歌、管弦）の才を謳われた藤原公任が編集した『和漢朗詠集』巻下、山家、に採られており、広く愛唱されていた。

白楽天はわが国においては都が平安京に遷された頃の人であり、彼の詩文は遣唐使たちによってほとんどリアルタイムに輸入されていた。それゆえ『白氏文集』は、『源氏物語』や『枕草子』などとともにわが国の平安文学に多大の影響を与えている。彼の詩は平易で、中国はもちろんわが国でも広く人口に膾炙されている。筆者も高校生の時、『燕ノ詩』と『長恨歌』を習い暗誦した。「思へ爾雛《ナンジヒナ》為《タ》リシ日、高飛《コウヒ》シテ母ニ背《ソム》キシ時。当時父母ノ念《オモ》ヒ、今日爾応《ナンジマサ》ニ知ルベシ。」「天ニ在ッテハ願ハクハ比翼《ヒヨク》ノ鳥ト作《ナ》ラン、地ニ在ッテハ願ハクハ連理《レンリ》ノ枝ト為《ナ》ラント。」今も口をついて出てくる。

さて、掲出歌の全文と通釈を明治書院版（新釈漢文大系）『白氏文集』によって紹介する。

「盧山草堂《ろざんそうどう》に、夜雨《やう》獨《ひと》り宿《しゆく》し、牛二《ぎうじ》・李七《りしち》・庾三十二《ゆさんじふに》員外《いんぐわい》に寄《よ》す」

丹霄《たんせう》　手《て》を攜《たづさ》ふ　三君子《さんくんし》、

白髪《はくはつ》　頭《かしら》に垂《た》る　一病翁《いちびやうをう》。

蘭省《らんしょう》の花時《くわじ》　錦帳《きんちょう》の下《もと》、
廬山《ろざん》の雨夜《うや》　草庵《そうあん》の中《うち》。
終身《しゅうしん》　膠漆《かうしつ》　心應《こころまさ》に在《あ》るべし、
半路《はんろ》　雲泥《うんでい》　迹同《あとおな》じからず。
唯《た》だ無生三昧《むしやうざんまい》の觀《くわん》有《あ》り、
榮枯《えいこ》は一照《いつせう》にして　兩《ふた》つながら空《くう》と成《な》る。

【通釈】　貴公ら三人は手を取り合って宮中に仕えているが、私だけは白髪を垂れた病翁となって江州に貶されており、貴公らは尚書省の花盛りの時に錦の帷帳の下で愉快な時を送っているが、私は廬山の雨の夜に草堂の中で寂しく過ごしている。こうして君らの栄達と私の困窮とは人生の半ばにして雲泥の大差がついたが、生涯の友情はきっと固く変わらず続いているであろう。とはいえ今私には、ただ分別の相を超越した絶対の生にひたすら没入する観念しかなく、これによれば、世俗の栄枯はいずれも同じ虚像であって、両方とも結局は空の真理に帰着する。（傍点筆者）

さて、この唐詩を典拠にした和歌を、俊成をはじめ、定家及び九条兼実の弟である前大僧正慈円も詠んでいるので紹介する。

昔思ふ草の庵の夜の雨に涙な添へそ山郭公　　俊成
静なる山路の庵の雨の夜に昔恋しき身のみふりつつ　　定家
草の庵の雨に袂をぬらすかな心より出し都こひしも　　慈円

この中で俊成の句の「昔思ふ」、定家の「昔恋しき」、慈円の「都こひし」という言葉から判断すれば、彼らが三人とも「主人公が昔の都での栄華を恋しく想っている様子」を詠じているのである。ところが前の通釈の傍点部分を参照してもらえば分かるが、白楽天はかつての自らの長安での生活を思い出しているのではなく、牛僧孺・李宗閔・庾敬休ら三人の長安での生活と、自らの廬山の草堂での生活を対比して詠っているのである。俊成・定家はともかく、大僧正慈円までもがこの詩を誤って解釈しているのが腑に落ちない。当時はこの誤解が一般的解釈だったのか、それとも彼らが和歌作詠のためにあえて曲解しているのか、先達のご教示を願うところである。

清少納言枕草子

当時は『枕草子』のことをこういう言い方をしていた。

さて、ここで筆者がこの尋常でない注釈を記すにいたった理由を釈明しておこうと思う。

俊成が「蘭省花時錦帳下」の次の句を美濃に問い、彼女が「草の庵《いほり》を誰《たれ》か尋ねむ」と答えたのは、『枕草子』の中の有名な話によるものである。この話を知る人にとっては今さらめいた話であるのだが、小説作品としては、知らない人のために注釈めいた説明文を入れるのが常道である。ところが原稿用紙にして七枚ばかりの掌編小説に、二枚近くの説明文を挟めば当然話の腰は折れてしまい、作品として完成度を損なってしまう。分かる人だけに分かればよい、とそのまま作品を送り出すことは、日頃小説の可能性を論じる筆者には出来かねることだった。

さまざまに思案をめぐらすうちに、かつてウラジーミル・ナボコフが『青白い炎』で用いた方法に思いあたった。この作品でナボコフは、架空の詩人ジョン・フランシス・シェイドの長編詩『青白い炎』に、その詩人の隣人でかつ大学での同僚教授チャールズ・キンボードが長文の注釈を付すという体裁で、まったく奇想天外な文学空間を創りあげたのだった。そこで筆者は、ナボコフにならって掌編小説に長文の注釈を付し、新しい文学空間の創造を試みたのである。もちろんナボコフに及ぶべくもないけれど、読者に気に入ってもらえれば幸甚である。

さて、『枕草子』のなかのその有名な話（第七十八段）を紹介しておく。頭中将《とうのちゅうじょう》藤原斉信が、清少納言の才を試みようと、『白氏文集』の「蘭省花時錦帳下」の句を書いて、この下の句は何か、答えよと彼女に手紙を遣わした。清少納言は、次の句が「廬山雨夜草庵中」であることはもちろん知っているのであるが、いかにも知っておりますといった顔付きでなまなましい漢字で書いて答えるのも見苦しいので、「草の庵《いほり》を誰《たれ》か尋ねむ」と書いて与えた。こう返事をすれば、「廬山雨夜草庵中」であることはわかるはずである。（傍点筆者）

この「草の庵を誰か尋ねむ」という句は清少納言の咄嗟の発案ではなかった。この句は藤原公任の『公任集』の「いかなるおりにか、草の庵をたれか尋ねむとの給ひければ、くら人たかただ、九重の花の都をおきながら」から採ったものと思われる。これには頭中将《とうのちゅうじょう》斉信も参ってしまった。

翌朝、源中将が「草の庵は居りますか」と清少納言を捜しに来たので、彼女は「妙なお尋ねですこと。そのようなみずぼらしい者はおりません。せめて玉の台《うてな》とお呼びでしたら、お答えしますのに」と答えたのだった。この「玉の台《うてな》」も『拾遺集』・夏・読人知らずの「けふ見れば玉の台《うてな》もなかりけりあやめの草の庵のみして」から採ったものであった。

いやはや大変な教養である。ところがこんな清少納言を、紫式部は「学問をふりかざし、また漢字などを書き散らしているので、女としてはまだまだ未熟である」と批判しているのだ。清少納言は、頭中将の手紙に真字《まなじ》（漢字）で答えるのを憚《はばか》って「草の庵を…」と返事を書くなど、現代から見れば実に奥ゆかしい女性に見えるのだが、当時としてはこれでも鼻持ちならなかったらしい。そもそも評判をたてられることを恥ずかしいと思わねばならなかったのだ。しかし、木石のように振る舞う紫式部よりも、ちょっとおきゃんな清少納言のほうが、男性にとっては魅力的な女性のように思えるのだが、いかが？　さらには筆者の深読みのし過ぎかもしれないが、頭中将斉信と清少納言のあいだに、ちょっと男女の間のきな臭い匂いを感じるのだが、これまたいかが？

雨の夜の草の庵を尋ね来よ…

この和歌の成立事情は本文に示したとおりなのだが、ここで注釈しておきたいのは第二句「草の庵」である。美濃は俊成との問答による「廬山雨夜草庵中」から想を得ているのであるが、自らの和歌に仕立てたとき、「草の庵」は鄙《ひな》の山間にある粗末な家の謂《い》いではなくなった。前にも記したように、このとき俊成は出家して「釈阿」を名乗っていた。それゆえ美濃は五条三位入道の邸を隠遁者が住む「草の庵」と表現したのである。俊成に「ほととぎすの声は聞こえぬか」と問われ、この和歌を詠んで「聞こえません」と答えたのだった。そして、美濃が郭公に訪ねて来なさいと言った庵は、正三位皇太后宮太夫、貴族の寝殿造りの邸である。けっして文字通りの「草の庵」ではなかった。

ところで俊成のこの五条の邸は、わが国の文学史のなかで高名な逸話が残っている。『平家物語』巻七「忠度都落《ただのりみやこおち》の事」である。

このときから五年後の寿永二年(一一八三年)七月、木曽義仲に都を追われた平家一門は安徳天皇を擁して西海に逃れた。そのとき平清盛の異母弟である薩摩守忠度は、都を離れるにあたって五条三位俊成の邸を訪れた。そして、「近ごろ後白河院より勅撰集の沙汰を承っていると聞いたが、生涯の面目にたとえ一首なりとも御恩を蒙りたい」と、鎧の引合せから自らの秀歌を集めた巻物を取り出し、俊成に願い出たのであった。一門の命運はもはや尽き、死を覚悟した忠度の言葉に俊成は感動し、採歌を約束した。

その後世が治まって、俊成が『千載和歌集』を撰進したとき、忠度との約束を果たした。しかし、その時忠度はすでに勅勘の身であったので、名前を出すことを憚り、「読人しらず」としたのである。『千載和歌集』から詞書とともに引用しておく。

故郷花といへる心をよみ侍りける　　読人しらず
さざ波や志賀の都は荒れにしをむかしながらの山ざくらかな

深更

俊成は深夜ひとびとが寝静まった頃に、新しく作詠した和歌をしのぶような声で吟じて情趣を確かめていた。それが時には感極まって涙を流しながら吟ずることもあったという。『美濃聞書』によれば、寒さ厳しい冬の夜に、との油を細くした薄暗い部屋の中で、老俊成は身に煤けた直衣《のうし》をうち掛け、古い烏帽子を耳まで被り、脇息《きょうそく》に寄り掛かった姿で桐の火桶を抱えて和歌を吟じていたという。拙著『桐火桶』参照。

昔思ふ草の庵の夜の雨に…

『新古今和歌集』巻第三・夏歌。治承二年右大臣家百首。

懐かしい昔を思い出しながら草庵で過ごしている夜に、五月雨が降るさらにその上に悲しげな声で涙を添えてくれるな、山ほととぎすよ。

俊成のこの和歌も美濃と同じく「廬山雨夜草庵中」から想を得ているのであるが、この場合の「草の庵」は美濃とは違って鄙の山間にある粗末な家の謂《い》いである。前に述べたように、俊成は白楽天が廬山の草堂でかつての長安生活を思い出していると誤って解釈しているのだけれど、それは和歌の出来を左右するものではない。秀歌である。

治承二年（一一七八年）七月、俊成はこの和歌を含めた百首を右大臣兼実に詠進したのち、翌三年十月には「右大臣家歌合」の判者を務めた。そして文治四年（一一八八年）四月、俊成は『千載和歌集』を後白河院に奏覧して当代第一の歌人の地位を示した。しかし、『梁塵秘抄』を編集した今様狂いの後白河院は和歌にまったく興味はなく、都の歌壇は依然九条家が主導していた。その後九条家当主は兼実から左大将良経に代替わりし、建久三年（一一九二年）、俊英良経は十二名の歌人に百首の和歌を給題したのである。この千二百首が建久五年に左右に結判《けちばん》され、後に「六百番歌合」と呼ばれる和歌史上逸することのできない催しとなった。そして、この歌合を八十一歳の老俊成が加判した。

この歌合の重要な点は、『万葉集』を重んじる六条藤家と物語や唐詩に典拠を求める御子左家との最後の鎬《しのぎ》の場となり、のちにわが国の文学史上最高の傑作『新古今和歌集』を準備したことである。このとき俊成は冬上・十三番・枯野での「源氏見ざる歌詠みは遺恨の事なり」という有名な判詞によって六条藤家の論客を退けた。以後御子左家流がわが国の歌壇を主導したのである。

さて年代は戻るが、寿永二年(一一八三年)八月、安徳天皇を奉じて西海に逃れた平氏一族の官位は奪われ、後白河院主導によって後鳥羽天皇が践祚《せんそ》した。この英邁な天皇は、建久九年(一一九八年)正月に突然長子土御門天皇に譲位し、院政を始めると蹴鞠、管絃、武芸百般等諸道に興じ、やがて和歌にも興味を持った。そして師範に老俊成を召し、歌壇の主導は九条家から仙洞《せんとう》(院の御所)に移されたのである。後鳥羽院による正治二年(一二〇〇年)七月の「初度百首」の下命、続く「二度百首」を経て、建仁元年(一二〇一年)六月の「三度百首」は三十名に下命され、この三千首は後に空前絶後の「千五百番歌合」として結番《けちばん》され、わが国和歌史上の最盛期を迎えたのだった。そして同じく七月に「和歌所《わかどころ》」を設置し、十一月には源通具、藤原有家、同定家、同家隆、同雅経、寂蓮の六名に「上古以後ノ和歌、撰進スベシ」と、第八代の勅撰集の撰進を命じた。これが後に『新古今和歌集』というわが国文学史上未曾有の傑作となったのである。『新古今和歌集』の特徴は、下命者である後鳥羽院の親撰であったことである。選者六名は単に秀歌の推薦者であり、院が撰した和歌を部立てし、編集したに過ぎない。そしてそれも院の意向によって度々切継が行われた。藤原定家はその日記『明月記』で「身に於いて一分の面目なし」と嘆いている。象徴詩においてステファン・マラルメに劣らぬ(と筆者が評価する)定家でさえ後鳥羽院の趣向に引き摺られる恰好で新古今調の和歌を詠んだのだった。

藤原俊成は『新古今和歌集』の完成を見ることなく、元久元年(一二〇四年)十一月、九十一歳で死去した。これは老俊成にとって幸いであった、と筆者は思う。後鳥羽院、摂政良経、定家、家隆、彼らはすべて御子左家流俊成の弟子であったけれども、彼らは俊成の思いも及ばぬ芸術文学の高みへ飛翔してしまったのだった。もし老俊成が生きながらえて『新古今和歌集』を手にしたならば、彼の驚きと戸惑いはいかほどのものであったか、察して余りある。

『新古今和歌集』は『千載和歌集』の延長に属するものではなかった。それは二十一代の勅撰和歌集の中の異端であった。後鳥羽院を筆頭に、彼らは新しい詩境を求めて和歌のために和歌を詠んだ。ヨーロッパの文学が二十世紀の初めにようやくたどりついた文学の前衛に、彼らは七百年も前に打ち興じていたのである。『新古今和歌集』は今もって世界の文学の中に屹立するものである、と筆者は確信する。そして、この前衛文学を継承するものは以後わが国の文学史にはない。

【国文学セミナー】

六百番歌合

―新古今時代の幕開け―

第一講　院政期の和歌と九条家歌壇

みなさん、こんにちは。ただいま館長からご紹介に預かりました諸井です。文芸同人誌『播火』に、主に小説を発表しております。『播火』は播磨を代表する同人誌と神戸新聞で紹介されますが、商業雑誌ではありませんので、わたしはアマチュアの小説家ということになります。いくら原稿を書いても一銭にもなりません。いや、逆に『播火』に掲載してもらうのに金がかかるのです。プロとアマ、収入と支出、まったく逆の話です。原稿を書き上げるたびに、うちのカミさんが渋い顔をします。だから、家ではできるだけ小さくなって、うず高く積んだ本の陰に隠れています。

ところで、「講師の諸井って、いったいどんな奴かと思って来てみたら、なんや、電気屋のオジサンやないか」というような顔で座っておられる方々が後ろの方におられます。そのとおり。わたくし、日頃は電気屋家業で糊口を凌いでおります。（笑）今流行の地デジが映る液晶テレビを商《あきな》っております。後ろにおられる方々は、日頃お世話になっているお客様でありました。毎度ありがとうございます。（笑）

昨年はじめてこのセミナーに講師として呼んでいただき、『新古今和歌集』の話をさせていただきました。万事不慣れなことなので思うほどにお話できませんでしたが、館長から「評判が好かったよ」などとお世辞を言われ、「今年もいかがですか?」と誘われると、ついつい嬉しくなって今年もお引き受けした次第です。

昨年も話しましたが、わたしは小説家になりたくて若い頃から文学を勉強して参りました。それもおもに西欧の文学であります。そして、二十世紀の文学史は文学の新しい方法と新しい形式の模索の歴史であったと理解したのでした。リアリズム小説はフローベールの『ボヴァリー夫人』で完成しました。十九世紀末からの象徴主義(サンボリズム)、二十世紀に入るとシュールレアリズム、アンチ・ロマン、ウリポの実験、ヌボォー・ロマン、マジック・リアリズム、ニュー・ウェーブ、ニュー・ライターなどなど、すべて文学の新しい方法、新しい形式を模索したものでありました。あのう、そこの方、今の話、書かなくてもけっこうです。試験に出ません。(笑)文学者の世迷い事ぐらいに思って聞いてください。もともとこのセミナー、試験などないのですけど……。大事なことは、お手元に配ってあるプリントに書いてありますので、随時参照してください。

その二十世紀の文学の中で、双璧と謳《うた》われる作品があります。マルセル・プルーストの『失われた時を求めて』とジェームス・ジョイスの『ユリシーズ』です。これはお手元のプリントに書いてあります。紛れもない傑作です。例えば評論家或いは小説家と名乗る文学者百人に、二十世紀の十大小説を挙げよと言えば、百人が百人とも『失われた時を求めて』と『ユリシーズ』をその中に挙げると思います。いえ、間違いなく挙げます。たとえ読んでいなくても挙げます。（笑）挙げなければ、文学者としての沽券《こけん》に関わるから……。このわたくしも、正直なところ、『失われた時を求めて』は通しで読んでいません。ごめんなさい。（笑）新潮社版の七巻本を持っているのですが、齧《かじ》ったという程度です。それでもわたしは自信をもってプルーストを挙げます。

ところでプリントには、ジョイスの方は『ユリシーズ』のほかに、『ダブリン市民』『若い芸術家の肖像』『フィネガンズ・ウェイク』と書いてあるでしょう。これらは彼の作品で、実のところ、わたくし、読んでいるのです。（笑）ジョイスの話は後のほうで、皆さんが忘れた頃に話す予定です。楽しみにしておいてください。

このように西欧の文学にかぶれていたのですが、あるとき岩波文庫の『新古今和歌集』を読んだのでした。ずいぶん昔に本居宣長の随筆『玉勝間《たまかつま》』を読んだ時、『新古今和歌集』がわが国の最高の歌集であると書いていたのをふと思い出したのでした。もともと和歌が好きで、『古今和歌集』や『百人一首』などを時々繰っていました。そこで『新古今和歌集』を繰ってみたのですが、ちょっと勝手が違うのです。ここに岩波文庫版を持参して参りました。後で皆さんに回しますので見てください。この本は校訂がなされているだけで、脚注及び解説がないのです。いえ、脚注や解説などなくても『古今集』なら読めます。おおよそのことは分かります。ところが『新古今集』は読めないのです。なぜなら、『古今集』から『新古今集』まで、およそ三百年の間に詠まれた夥《おびただ》しい和歌を礎《いしずえ》にして、すさまじいテクニックが『新古今集』には込められているからです。

実際に見てみましょう。まず『新古今和歌集』の巻第一「春歌上」の巻頭歌。「春立つこころをよみ侍りける」とあって、摂政太政大臣の和歌です。その横に小さく良経《よしつね》と書いてあるのですが、実はこれが注になります。おそらく底本にある注だと思います。この頃は身分の高い人は名前でなく、位《くらい》・役職で呼ばれます。摂政太政大臣といえば位《くらい》人臣を極めています。今で言うなら総理大臣。最近の総理大臣、ちょっと値打ちがありませんが、この当時でも政治の実権は鎌倉幕府が握っていたので、まあ名目の総理大臣にすぎません。名前は藤原良経《ふじわらのよしつね》、実はこのセミナーのテーマの主役なんです。ヨシツネといっても、源義経ではありませんよ。間違いのないように。源義経は武略の天才ですが、こちらの藤原良経は和歌の天才です。詩情は幽玄奥深く、詠歌のテクニックは抜群です。玄人好みなんですねえ。プリントにもちゃんと名前を書いてあります。『六百番歌合』の横に主催者左大将藤原良経《ふじわらのよしつね》と。『六百番歌合』というのは『左大将家百首歌合』というのが正式な名称なんです。

さて、その『新古今集』の巻頭歌。

みよし野は山もかすみて白雪のふりにし里に春は来にけり

「吉野の山も霞がかかって、白雪が降った古里にも春が来たのだなあ」これくらいの意味でしょうか。別に難しいことはない。「ふり」という言葉が、雪が「降る」と「古い」里との掛詞《かけことば》になっている。それくらいまではすぐに分かります。……それでいいじゃないか、ですって？　いいえ、それが良くないのです。実はこの和歌、「本歌取り」がしてあるんです。「本歌取り」って、聞いたことがありますか？　「本歌取り」というのは、以前に詠まれた有名な和歌の一句または二句を借用して和歌を詠むことなんです。本歌となる和歌はだいたい『万葉集』や勅撰集から採られます。勅撰集というのは、『古今』『後撰』『拾遺』の三代集、それから『後拾遺』『金葉』『詞花』『千載集』といったところです。プリントに集名及び勅命者、成立年を一覧にしてありますから参照してください。そして、これらに『新古今集』を加えて八代集になります。

さて、この和歌の本歌を紹介します。

春立つといふばかりにやみ吉野の山も霞みて今朝は見ゆらむ

これは『拾遺和歌集』の春、壬生忠岑《みぶのただみね》の和歌です。その第四句「山も霞みて」が採られているのです。ちなみに、藤原定家は良経がこの第四句「山も霞みて」を採ったことをたいへん褒めているらしいのです。どこがいいのか、これはもうテクニックの話なので、わたしには分かりません。小説のテクニックなら話は別ですが……。

では「本歌取り」をするとどうなるのか。本歌の情景を踏まえてさらに言葉を重ね、重層的な世界を表現することができます。また本歌を踏まえたうえでさらに違った方向に展開することによって、新しい詩情を表現することができるのです。

和歌というのはもともと三十一文字の限られた定型詩です。この少ない文字数で自らのテーマを精一杯表現しなければならないのです。一つの言葉に二重の意味を持たせる掛詞や、連想を展開させるための縁語などもその修辞法の一つです。そして、さらに「本説取り」というのがあります。本説とは和歌の典拠になった物語や漢詩・漢文のことを言います。物語としては『源氏物語』『伊勢物語』『狭衣物語』あたりです。そして、漢詩・漢文のほうは『文選』『白氏文集』『和漢朗詠集』といったあたりです。ちなみに前者を「物語取り」、後者を「漢詩取り」と分ける場合もあります。プリントにありますので参照してください。こういうテクニックが『新古今和歌集』には使われているのです。だから『新古今和歌集』を読むためには和歌に対するかなりの教養を必要とします。本歌も知らずして解釈の仕様もないのです。読んだことにはならないのです。

そしたら、われわれのような素人はどうすればよいか。答えは簡単です。岩波文庫以外の『新古今和歌集』を読めばいいのです。(笑) どれもみな親切な注がついています。岩波書店も「新日本古典文学大系」の『新古今和歌集』は立派なものです。そのほかに新潮社や小学館からも出版されていますが、わたしはきょう角川ソフィア文庫の『新古今和歌集』を持って参りました。久保田淳訳注です。このあたりが素人には適切ではないでしょうか。さらにさわりだけという人には、同じく角川ソフィア文庫の「ビギナーズ・クラシックス日本の古典」シリーズをお勧めします。みなさんにお回しします。ちょっと中をご覧になってください。

ところで、『新古今和歌集』を勉強していて、ある日、ふと気づきました。こいつら、いや、いけません、地が出ました。（笑）訂正します。こいつら、即ち彼らは和歌の前衛をやっていたのです。和歌は物語以前にわが国の文学の本流であります。その文学の前衛、アヴァンギャルドです。前衛とは、この場合芸術の最先端と言い換えてもいいでしょう。新しい形式、新しい境地を志向していたのです。振り返ってみれば、これは二十世紀の西欧の文学も同じことでした。彼らも文学の新しい形式、新しい境地を模索していたのです。わかりやすく言えば、先ほど例にあげたフローベールの『ボヴァリー婦人』からどれだけ離れた小説を書くか、あるいはどれだけそれを超えた作品を書くか、模索していたのです。だとすれば、わたしの大好きな西欧の文学が二十世紀にようやくたどり着いた文学の前衛を、八百年も前に、わが国の平安貴族の末裔たちがやりきっていたのでした。これは驚くべきことです。信じられないことでした。そして、そういう眼で『新古今和歌集』を読んでいると、次に何が出てくるのか楽しみでわくわくしてくるのです。思わずアラン・ロブ＝グリエに教えてやりたくなりました、わが国には八百年も前に前衛文学があったことを。ロブ＝グリエはフランスのヌボォー・ロマンの小説家で、彼の『新しい小説のために』は小説家を志すわたしのバイブルのような本でした。そして、ついにわたしは『新古今和歌集』のことを、わが国が世界に誇りうる前衛文学である、とあちこちに吹聴してまわるようになってしまったのです。

あるとき、賢明女子学院短期大学で国文学を教えておられた森本穫先生に、わたしは臆面もなく『新古今和歌集』の話をしてしまったのでした。この生意気なわたしに、先生は丸谷才一の『後鳥羽院』を読むように教示してくださったのでした。丸谷氏は西欧の文学、特にジョイスやエリオットを研究したのちにわが国の勅撰和歌集の偉大さに気づき、『新古今和歌集』を研究した人ですので、立場を同じくする諸井さんの参考になるでしょう、と。そして、わたしは付箋を片手に『後鳥羽院』をむさぼり読んだのでした。だからわたしの『新古今和歌集』における多くの知見は、丸谷才一の影響を受けていると申し上げておきます。

昨年、このセミナーの依頼を館長から受けたとき、わたしは、『新古今和歌集』をやりたい、と話しました。館長はもちろん、ご随意に、と応えてくれました。少し難しいのですが、とわたしは恐る恐る言いましたところ、案ずるには及びません、本セミナーの受講者の大半は『源氏物語』の講義を二年間受けてこられた方々です、と館長は自信たっぷりに話してくれたのです。『源氏物語』といえば、これこそわが国が世界に誇る大小説であります。今から千年前に、これほど爛熟した男女の機微を描いた小説が西欧にあったでしょうか。そして、『源氏物語』は現代においても十分通用する大小説であるのです。わが国の古典中の古典である『源氏物語』を勉強された方々に、相手に不足はないとばかりに昨年は『新古今和歌集』の話をしたのでした。わたしの未熟な講義であったにもかかわらず、皆様からはたいへん好意的な意見をアンケートに答えていただき、今年もこのセミナーに呼ばれたのでした。わたしとしては、これはなかなかの兵《つわもの》ばかり、いや失礼、なかなか教養深い昔のお嬢様方（笑）ばかりだと、頼もしく思った次第です。そこで、今回は『新古今和歌集』を準備した時代の話をしようと思いました。そのために、さらにマイナーな『六百番歌合』についてお話ししなければなりません。

やれやれようやく本題の『六百番歌合』にたどり着きました。時間はすでに半分近く過ぎております。ひとえにわたくしの未熟さによるものです。これから少し端折ってお話したいのはやまやまですが、ここは基本中の基本でありますので、できるだけ分かりやすく、じっくりとお話したいと思います。

『六百番歌合』は先にも申しましたが、『左大将家百首歌合』というのが正式な名称であります。左大将藤原良経の求めに応じて十二人の歌人がそれぞれ百首、計千二百首の和歌を詠んだのです。すごいですねえ。そして、各々六人ずつ左右に別れ、六百番の歌合を行ったのでした。時に建久四年、一一九三年の秋のことです。「一一九二《いいくに》つくろう鎌倉幕府」の翌年、世は源平の争いが終わり、源頼朝が征夷大将軍に任ぜられて鎌倉に幕府を開き、政治の実権が公家から武士に移り変わった頃のことです。この争乱の世の中で、公家たちはこういう和歌の遊びをやっていたのです。そして、彼らは故実に則った宮廷行事を執り行っていたに過ぎず、政治を行う力はほとんどなかったのでした。

この貴族たちの政治との乖離の話になりますと、ちょっと有名な話があります。この頃藤原定家という大歌人がいます。あの『百人一首』を撰んだ人です。もちろんこの六百番の歌合にも参加しております。そして、現在も脈々と続いている歌道の家、冷泉家の祖であります。その定家が『明月記』という膨大な日記を遺しているのですが、その最初の頃、治承四年、一一八〇年九月の項に有名な文章を書き遺しているのです。「世上乱逆追討《せじょうらんぎゃくついとう》耳に満つと雖《いえど》も、之《これ》を注《ちゅう》せず。紅旗征戎《こうきせいじゅう》吾が事にあらず」と書いています。定家十九歳の時です。もちろん原文は漢文なんですが、わたしは『訓読・明月記』というのを買いました。「世の中騒々しくなって、東国で源氏が旗揚げしたとか、平氏が追討に向かったとか色々噂を聞くけれど、そんなことはいちいちこの日記には書かない。官軍とか賊軍とかいっても、わたしには関係ないことだ」それくらいの意味でしょうか。この頃の定家の位は従五位上のはずですから殿上人で公家の端くれです。それが「わたしは世の中の動きとは関係ない」と宣言しているのです。まったくわが道を行く、という感じなんですねえ。これを通せば格好いいのですが、定家も所詮は人の子、若い頃はともかく、歳がいくにつれて、位を上げて欲しくてあちこちに運動しているんです。そして、思うようにいかなくて、この日記に恨み辛みを書き遺しております。

　この「紅旗征戎吾が事にあらず」というのは有名な話で、どの本にも載っています。ところが「之を注せず」と書いたこの文章の最後に、「右近少将《うこんしょうしょう》維盛《これもりの》朝臣《あそん》、追討使《ついとうし》となり、東国に下向《げこう》すべきの由《よし》、其の聞えあり」とちゃっかり書いているのです。源氏も平氏も関係ないと言いながら、その舌の根も乾かないうちに、平維盛のことを書いているのです。これはどの本にも書いてありません。わたしは『訓読・明月記』を読んで初めて知りました。まあ、先の恨み辛みといい、これは定家の人間味溢れたところと解釈しておけばいいのでしょうか。

ところで余談ですが、右近少将維盛というのは平清盛の孫で、源頼朝追討に行って富士川で源氏の軍と対峙し、水鳥の飛び立つ音を源氏の大群と勘違いし、驚いて京に逃げ帰ってきたのでありました。彼は世の哂《わら》い者となり、これが平氏凋落《ちょうらく》の始まりでした。この経緯は『平家物語』に詳しく書いてあります。

さて、これから歌合についてお話したいと思います。と言いますのも、歌合についてある程度の知識がないと、これからの話が面白くないからです。歌合というのは、左右に分かれた歌人が同じ題で詠んだ和歌を一首ずつ戦わせて、勝ち負けを決して行くのです。『六百番歌合』というのは、それを延々六百回やったわけですよ。まったく気が遠くなるような話です。そして、この『六百番歌合』によって、今日「新古今風」と呼ばれる和歌が、古きを尊び『万葉集』を旨とする旧来の和歌を決定的に退けたのでした。

わが国の歴史の上で院政期と呼ばれる時期があります。平安時代の末から鎌倉時代の初めの頃です。一〇八六年に白河上皇が院政を始めてから、一二二一年後鳥羽上皇が「承久の乱」で失脚するまで、およそ百三十年あまりの期間です。この間に、白河・鳥羽・後白河・後鳥羽の四人の上皇が院政を執り行いました。

その院政期における歌道家としては、院の近臣である六条家が宮廷和歌の指導的立場にありました。六条（藤原）顕季《あきすえ》の子顕輔《あきすけ》は勅撰集である『詞花《しいか》和歌集』の撰者となります。プリントを参照してください。そして、その子清輔《きよすけ》は『続《しょく》詞花和歌集』を撰ぶのですが、勅命者である二条天皇の突然の崩御によって勅撰集にはなりませんでした。しかし、清輔《きよすけ》は九条兼実に認められ、晩年は九条家で行われた歌会・歌合の指導者になりました。

プリントをごらん頂くと、『詞花和歌集』の次に『千載和歌集』があって、これの撰者が藤原俊成となっています。顕輔《あきすけ》、清輔《きよすけ》の次の歌壇の実力者で、今回の六百番歌合では判者即ち審判を務めています。それぞれの和歌の優劣を俊成が決めたのです。

この俊成は藤原道長の六男長家の曾孫にあたり、長家の住んだ家にちなんで代々御子左家《みこひだりけ》と呼ばれるようになりました。俊成は、六条清輔《きよすけ》が亡くなったあと、九条家歌壇に指導者として迎えられたのでした。六条藤家には顕輔《あきすけ》の子重家《しげいえ》・季経《すえつね》や猶子《ゆうし》の顕昭らがおり、俊成の子定家も若い頃から九条家に家司《けいし》として出入りしておりましたので、九条家歌壇は六条藤家と御子左家が入り混じった状態になっていたのです。そして、そんな中で、九条家の次代を担う若き左大将藤原良経が、六百番の歌合を主催したのでした。それゆえ、この歌合は単に和歌の優劣を競っただけでなく、六条藤家と御子左家がそれぞれの歌論を闘わす場となったのでした。『万葉集』を旨とする旧来の和歌を信奉する六条藤家と、物語や唐詩に典拠を求めて新風の和歌をおし進める御子左家が、互いを批判し合い、せめぎあったのでした。こういう時代を経て、新古今の時代を迎えたわけなのです。だから『六百番歌合』は『新古今和歌集』を準備したといえるのです。

ちょっと話が難しくなってしまいました。すみません。できるだけ易しく、分かりやすくお話するつもりなんですが、未熟ゆえになかなか思うように話せません。

藤原俊成は後白河上皇の命により、『千載和歌集』を撰びました。そして、俊成は『千載和歌集』によって、勅撰集を『古今和歌集』の形に戻したといえるのです。プリントをご覧になっていただくと分かるのですが、『金葉集』『詞花集』は十巻ですが、『千載集』からはまた二十巻になります。さらに先の二集の和歌が詞の連想や視覚化に重きがあったのに対し、俊成は抒情性においても『古今集』にたち返ろうとしたのでした。この件《くだり》はかなり専門的になりますので、今回は割愛します。

さて、この『千載和歌集』に関する逸話でもっとも有名なものは、『平家物語』の「忠度《ただのり》都落ち」の段であります。ご存知の方も多いと思いますが、そうそう、そこのお嬢さんは頷いておられます、ご存知ですね。和歌の逸話は数々ありますが、平忠度と俊成の逸話が一番だと思います。わたしはこの話が大好きなので、ここで触りだけお話しします。

平忠度は清盛の末弟で、一族の中でも和歌の上手でありました。寿永二年、即ち一一八三年七月、木曽義仲が平氏の軍を破り京の都に迫ったとき、平氏一族は安徳天皇を奉じて西海に逃れました。その都落ちの慌《あわただ》しいおりに、忠度は郎党をつれて京五条の俊成の屋敷を尋ねます。屋敷では落武者が来たと騒ぎますが、忠度が名乗りを上げると、俊成は門を開いて面会しました。忠度とは歌人としての付き合いがあったからです。忠度は言います、「もはやわが一門の命運は尽きました。わたしもこの戦で命を落とすことになるでしょう。聞くところによると先般撰集の沙汰が三位殿（俊成）にあったと伺っています。そこでわたしの生涯の面目に、一首なりとも三位殿の御恩を蒙りたく、お伺いした次第です」。忠度は鎧《よろい》の引合せから自ら秀歌と認めた百首余りを書き抜いた巻物を取り出し、俊成に預けて立ち去ったのでした。そして翌年、平忠度は源義経・範頼の軍と一の谷で戦い、戦死しました。その後、壇ノ浦にて平氏が滅亡したのは周知の事実です。

源平の戦いは終わり、源氏の世になりました。文治三年、即ち一一八七年九月に俊成は『千載和歌集』を後白河法皇に奏覧しました。命じられた勅撰集をお見せしたのです。そしてその中の、巻第一春歌上に忠度の和歌が入っていました。俊成にとって、忠度との経緯は思い出してもあわれを催すものだったのでしょう。預かった巻物に名歌はたくさんありましたが、世はすでに源氏の世、時代の流れから平氏は勅勘の身になってしまいましたので、平という名前を出すこともできず、「読人知らず」としてただ一首を撰入し、忠度の願いに答えたのでした。プリントをご覧ください。

故郷花といへる心をよみ侍りける　　読人しらず
さざ波や志賀の都は荒れにしをむかしながらの山ざくらかな

今風に言えば、「心に残るいい話」であります。
さて、ここで「読人しらず」について、触りだけお話しておきます。時間も迫って参りました。

歌合の話は次回に持ち越すことに致します。そして、脱線ついでに、『千載和歌集』の勅命者である後白河法皇の今様好き、『梁塵秘抄』についても今回話しておきます。

昨年このセミナーで『新古今和歌集』についてお話したとき、「読人しらず」についてかなり詳しくお話しました。よって、今回はさっと流すだけにしておきます。

「読人知らず」というのは、一般的に言って撰者が本当に作者を知らない場合の措置であります。例えば『新古今集』の本歌取りの和歌で、よく本歌にされる『古今集』巻第三夏歌の

さつきまつ花橘の香をかげば昔の人の袖のかぞする

などがそうです。

ところが、ことはそう簡単ではありません。プリントをご覧になってください。勅撰集で「読人しらず」とされる場合を六つ箇条書きにしてあります。ちなみに、この分類は丸谷才一氏の説を借りております。

プリントをちょっと読み上げてみます。

①撰者が和歌の作者を本当に知らない。
②作者の伝承はあるが、必ずしも信じにくい場合。(左注にて作者名を記す)
③作者のプライヴァシーを尊重するため。(恋歌に多い)

④編集上、撰者の作を密かに入れる場合。
⑤身分が低い者の和歌、或いは無名の歌人の作など。
⑥政治的理由で名前を伏せる場合。
以上です。

今回の『千載集』における平忠度の場合は、六番の政治的理由に相当します。ただ『平家物語』では勅勘の身なればといわれておりますが、これは朝廷に対する配慮ではなく、むしろ鎌倉に対して遠慮があったのではないかと思われます。

昨年「読人しらず」についてお話したときは、四番の編集上、撰者の作を密かに入れる場合についいて詳しくお話しました。というのは、『新古今和歌集』巻第三夏歌の

おのが妻恋ひつつ鳴くや五月やみ神南備山の山ほととぎす

が後鳥羽院の作であるにもかかわらず、「読人しらず」として編入されているのです。この間の事情はたいへん興味深く、この場でもお話したいのは山々ですが、時間がありませんので割愛します。詳しくは、拙作『神南備山のほととぎす』をご一読ください。『播火』第六十五号に掲載されています。ちょっとコマーシャルしました。（笑）

このように、「読人しらず」というのは、単純に和歌の作者が分からないというだけでなく、

撰者の勅撰集への強烈な意図が隠されているのです。今回は、藤原俊成が『千載和歌集』で自ら読み捨てたと思われる和歌を披露しておきます。先に断っておきますが、勅撰集に一首撰ばれるのは、今日で云えば正月皇居で行われる「歌初め」に選ばれるくらいの栄誉であります。それを編集上のためにとはいえ、自ら詠みながら名を記さずに「読人しらず」にすることは、まさしく詠み捨てたという表現が相応《ふさわ》しい。『千載集』巻第三夏歌の巻末歌、

六月祓《みなつきばらへ》を詠める　　読人しらず

みそぎする川瀬にさ夜やふけぬらんかへる袂《たもと》に秋風ぞ吹く

が、俊成作ではないかと疑われるのです。俊成は編集上秋歌へすんなりとつなぐ和歌を必要としたけれど、意にそう和歌を見つけられなくて、自ら詠み捨てたのではないか、というのです。撰者としてのなかなか力量のあるところです。こういう芸ができるのは、古くは紀貫之、そして藤原俊成、後鳥羽院といったところでしょう。

さて、いよいよ時間が参りました。後白河法皇の今様好きについて簡単にお話して、今日の講演を終わりたいと思います。

まず、驚いたことに、第七代勅撰集『千載和歌集』の勅命者である後白河法皇は和歌にまったく関心がありませんでした。院は若い頃から今様に打ち込んでいたのです。今様というのは、平

安時代後期に流行した歌謡であります。

遊びをせんとや生まれけむ　戯《たはぶ》れせんとや生まれけん
遊ぶ子どもの声聞けば　わが身さへこそ揺るがるれ

仏《ほとけ》は常にいませども　現《うつつ》ならぬぞあはれなる
人の音《おと》せぬ暁《あかつき》に　ほのかに夢に見えたまふ

どこかおぼえがあるでしょう？　むかし、古典の教科書で習ったおぼえが…。そうそう、これは『梁塵秘抄』に載っている今様なんです。後白河法皇はこの『梁塵秘抄』を勅撰、即ち自ら編集したのです。

『梁塵秘抄』はもと二十巻で、歌詞集『梁塵秘抄』十巻と『梁塵秘抄口伝集』十巻から成っていました。現存するのは歌詞集『梁塵秘抄』巻一の一部と巻二、そして『梁塵秘抄口伝集』巻一の一部と巻十のみです。ほとんどが失われた、否、八百年以上経過した現在これだけでも残っているのが奇跡だと思ったほうがいいでしょう。わが国の古典文学の本流であった和歌とは違う、歌謡なんですから。

さて、この『口伝集』巻十には、後白河院が十歳あまりの頃から今様に打ち込んだ回顧録が書かれています。練習し過ぎて声が出なくなったことが三度もあったと書いてあります。まさに血を吐く思いだったでしょう。そして、側近の今様の名手たちに習うのに飽き足らず、傀儡《くぐつ》や遊女を呼び寄せて習い、ついには美濃国青墓の傀儡乙前を生涯の師として習ったとあります。すごいですねえ。これは天皇陛下が美空ひばりに歌謡曲を習ったというよりすごい。もともと院政というのは、ややこしい宮廷行事は天皇に預け、権力だけを身につけて自由に政《まつりごと》を行おうとする、実に身勝手な制度だったのです。鴨川の水、骰子の目、山法師くらいが意のままにならない、と言ったのです。これは後白河のお祖父さん、白川院のことばです。

後白河院は歌合など一度もしたことがありません。しかし、承安四年九月には、前代未聞の十五夜にわたって今様合《いまようあわせ》を行っているのです。公卿三十人を左右に分け、毎夜一番ずつ勝負がなされたといいます。一昔前の歌合戦のようなものでしょうか。話していて、だんだんアホらしくなってきました。でも、『口伝集』巻第十末文における、後白河院の嘆き、そして本音を紹介しておきます。角川ソフィア文庫の訳文を引用します。

そもそも漢詩を作り、和歌を詠み、書を書く人々は、書きとめておけば後世までも朽ちてなくなってしまうことはない。声技《こえわざ》の悲しいことは、自分がいなくなった後に残ることのない点である。そのために、わたしの死後、人が見るように、いまだ世にはない今様の口伝を作っておくのである。

カセットテープもコンパクトディスクもない時代でした。自らの歌声を後世に残す手段がなかったのです。後白河院の今様への思い入れが、ひしひしと感じられます。

そんな今様一筋で、歌合など一度も催したことがない後白河院が、俊成に和歌の勅撰集の編纂《へんさん》を命じたのです。何故でしょうか？ 保元の乱で戦った兄崇徳院の怨霊を鎮めるためといわれておりますが、ここでは深入りしないことにします。ただ藤原俊成は後白河院勅命の『千載和歌集』を編纂することによって、『金葉集』『詞花集』などで本来の勅撰集の姿から外れかかったものを、もとの三代集の伝統的な姿に戻したという、大きな仕事をしたのでした。そして、この俊成の弟子たちが、『新古今和歌集』編纂《へんさん》という偉業に向かって研鑽《けんさん》したのです。

以上で本日のお話を終えたいと思います。ご清聴ありがとうございました。（拍手）

第二講　六百番歌合の成立

みなさん、こんにちは。先ほどは館長からわたしへの励ましを込めた、あたたかいお言葉をいただきました。館長の人柄を感じますねえ。『六百番歌合』という、とてもマイナーなテーマを四回も話そうというのですから、できるだけ分かりやすく、そして、和歌の基本的な話も充分盛り込んでお話したいと思っています。その所為ばかりではないのですが、前回は寄り道も多すぎて、ついに歌合の話ができずに終わってしまいました。これはひとえにわたしの話の遣り繰りの拙さによるものでありました。今回はその歌合の話から始めようと思っています。

ところで、その舌の根も乾かぬうちに寄り道で恐縮なんですが、前回この講演が終わったあと、前に座っておられた方々と少しお話をしました。わたしとしてはどれくらい理解してもらえたか、或いは感想などをお聞きできたのでたいへん有意義ではありました。その話のなかで「本歌取り」が話題になりました。というのも、『新古今和歌集』の中には本歌取りした和歌が多数あるのですが、当時の人たちは、みんながみんな本歌が分かったのでしょうか、という疑問なのです。いったいどれくらいの人が分かったのでしょうか。実はわたしも同じような疑問を持つ者です。できることなら、タイムマシンなんかに乗って、この時代を覗きに行きたいくらいです。

わたしの推測ですが、当時の歌詠み、即ち歌人とみなされていた人々は、おおかた分かったのではないかと思います。彼らの頭の中には数千首くらいの和歌は入っていたでしょう。本歌取りされる本歌はもちろん有名な和歌です。改めて勅撰集を繰ってみないと出典が分からないような和歌は本歌になりえません。本歌となる和歌は共通の記憶としてあるものに限られたのです。これは物まねも同じです。だれも知らない人間の物まねを披露しても、何も面白くありません。そうでしょう?

平安時代を通して、男子の教養のまず第一は漢籍の知識及び読み書きでした。当時の文章ならびに男子の日記はすべて漢文で書かれております。だから貴族の男子は小さい頃から漢籍の教育を受けています。ほら、『源氏物語』の作者、紫式部の逸話で有名な話があるでしょう。紫式部のお父さんが、彼女の兄さんに漢籍の手ほどきをしていて、兄はなかなか憶えられないのに、後ろで聞いていた紫式部がすらすらと暗唱できたという話。「嗚呼、この子が男子だったら」と嘆いた話。そこの前の方、頷いておられます。知っているのですね。男子の教養はまず漢籍だったのです。だから今回のセミナーのテーマである『六百番歌合』の主催者である藤原良経は、和歌の名人ではありますが、「詩歌合《しいかあわせ》」という、漢詩と和歌の歌合では、彼は漢詩の方で出詠しております。また『六百番歌合』のさらにのちに、後鳥羽上皇主催の『千五百番歌合』というとんでもない歌合、これは三十人の歌人にそれぞれ百首の和歌を召して、その三千首を千五百番に番《つが》わせた壮大な歌合があったのですが、その時藤原良経は十人の判者の一人として漢文で勝敗の判詞を書いております。

そういう時代背景ではありましたが、和歌はわが国の伝統として貴族が身につけておかなければならない教養でありました。また、わたしは風巻景次郎の『中世の文学伝統』を読んで、「上代より中世を通じて、和歌こそがわが国の文学の伝統である」という主張に、眼を洗われる思いがいたしました。上古より和歌こそがわが国の文学の本流だったのです。確かにわが国の中世には、『源氏物語』という偉大な小説があります。しかし、これはわが国の文学の伝統から生じたものではなく、紫式部という一人の天才によって生み出されたものでありました。山にたとえるなら富士山のようなもので、孤高の作品であります。前後に連なる物語文学がありません。わが国の小説は江戸時代の井原西鶴によって始められ、上田秋成、滝沢馬琴へと続いて行くのです。ちなみに、近松門左衛門はシェークスピアになぞらえるべきわが国の大劇作家であります。芭蕉、西鶴、近松等を筆頭に、明治時代の近代化によって捨てられた江戸時代の文学は、今後もっと研究されねばならないと考えます。

すみません、和歌の話をしていたのでした。すぐ脱線してしまうのです。（笑）それも脱線に次ぐ脱線で、本題がどこにあったか、分からなくなりそうです。今のところ本題は歌合なんですが、今しばらく脱線いたします。（笑）

さて、平安時代、公家と呼ばれる貴族たちは、上手下手は別として、まず和歌を詠めねばならなかった。和歌を詠めなければ恋のひとつもできなかったのです。例えば好きな女性ができた、或いは気になる女性がいる。まず、和歌を詠んで花などを添えて遣わすのです。相手が公卿のお姫様ともなれば周囲には女房たちがついています。彼女たちによって、遣わされた和歌の品評から男の品定めまでされるでしょう。そして、返しの和歌が遣わされてくるのです。姫様が和歌を得意でない場合、女房の代作が遣わされることもあります。そして、おおかたは婉曲にお断りして参ります。なぜ断りだと分かるのか。それは例えその気があったとしても、待ってました、とばかりに返しをするものではありません。ここはひとつ、男を試すためにも、さりげなく断って見せるのです。これぐらいでたじろぐような男では話になりません。また、男もここから頑張って再び和歌を遣わすのです。
現代なればメールを遣り取りします。その前は電話。ひと昔前は恋文を遣り取りしました。ちなみにわたしは恋文の世代です。色気がつき始めた高校時代、ラブレターをせっせと書きました。（笑）この歳になれば臆面もなく話せます。ええ格好を見せようと、辞書を引きながら、手紙にはいっぱい漢字を使いました。（笑）そして、徐々に文章が上手になったのです。副産物として国語の成績もアップしました。（笑）今となれば、当時のわたしの手紙がすべて焼却されていることを願うのみです。当時の手紙の反故を今も手元にとってあるのですが、読むに耐えません。嗚呼恥ずかしい。（笑）
当時の貴族はまず和歌を遣り取りしました。そうして恋は発展し、手順はまだまだあるのですが、逢うことになるのです。逢うということは、肉体関係をもつという別の意味があるのですが、ここはさらりと流して脱線しないことにします。この手順に興味がある方は、『源氏物語』や『和泉式部日記』などを参考にしてください。
和歌を詠む話を続けます。この当時、さらに公の場で和歌を詠まねばならぬこともありました。或いは付き合いの場で和歌を求められる。上手下手は別として、どうしても和歌を詠まねばなりません。そして、そのために和歌を勉強しなければならなかったのです。勉強の第一は他人の上手な和歌を読むこと。勅撰集や有名な歌人の私家集は繰り返し読んで、有名な和歌などは暗誦していたでしょう。本歌取りを成立させるためには、名歌の共通の記憶が前提となるのですが、こうして多くの人が和歌を暗誦して文学の伝統を支えていたのです。

では、いったいどれくらいの人が本歌を見抜けたでしょうか。わたしも俗な人間で、こんな詰まらぬことに興味があるのです。国文学の先生方に、下世話な話だと叱られるかもしれません。でも、彼らはそんな話を書いていないのです。もちろんわたしは素人で、国文学の和歌の関係の文献を網羅して読んでいるわけではありません。或いは誰かが、何処かで発表しているかもしれません。でも、わたしは未だそんな下世話な話を読んでいないのです。

そこで、わたしの勝手な推量になるわけです。まず、先に紹介した後鳥羽上皇の『千五百番歌合』に召された歌人三十名。彼らはほぼ本歌を見抜く力はあったでしょう。そして、この選に漏れた歌人。多めに見積もって約二十名。だいたいこの五十名くらいでしょう、理解できたのは。勝手な推量ですが、それくらいだと思います。それに、彼らの全部が全部すぐに分かったとは思えません。すぐに気づかなくとも、ほら、だれそれのあれじゃない、と言って、上の五文字も唱えてやれば、ああそうか、と答えることはできたであろう、ということです。

ところで、この本歌を見抜けたと思う五十人を多いと思いますか、それとも少ないと思いますか？　そこのピンクのジャケットの方、どう思われますか？　すみません、目立ったものですから。（笑）

少ない？　じゃあ、どれくらいだと思いますか？　百人くらい……。

ちょっと説明が足りなかったかもしれないのですが、時代を通じてではなく、例えば本歌取りが流行になった『新古今集』編纂の頃に限った話になります。時代を通じて言えば百人以上、いや数百人には及ぶでしょう。しかし、ひとつの時代に、その当時にどれくらいいたか、という話になりますと、わたしは、五十人は多いと思うんです。先に自分で五十人くらいと言っておきながら否定するのは矛盾も甚だしいのですが、わたしはせいぜい三十人くらいかな、と思っているんです。だれか、この辺に詳しい国文学の先生に教えてもらいたいのです。

いい加減にしろ、と後ろの席で館長が腕時計を見ながらわたしを睨んでいます。話の枕が長すぎるではないか。早く本題の歌合に入れ、と眼で言っています。（笑）分かりました、これから本題に入ります。閑話休題。

ところで本題に入る前に……、（大笑）すみません、歌合の話だからといって、いきなり歌合の話をするわけには参りません。物事には順序というものがあって、外堀から丁寧に話します。

平安時代には物合という遊びがありました。多くの人が集まって左右に分かれ、双方の事物を合わせ、優劣を競ったのです。合わせる事物には、草合や菊合など植物があり、鶏合や虫合のような動物があり、扇合や貝合のような器物があり、物語合・詩合・歌合のような文学、香合のような芸道、また琵琶合や、前回に後白河院のところでお話した今様合のような音楽もありました。プリントに書いてあります。この時代には「庚申《こうしん》」などという忌むべき日があって、その夜に盛んに行われたというのです。この「庚申」というのは「かのえさるの日」で、この夜は終夜寝ずに起きているという習慣がありました。「庚申」のいわれは省略しますが、この夜、宮中では上達部《かんだちめ》や女房たちが様々な物合をして遊んだようです。

歌合も初めの頃は宮中の女房たちの遊びとして行われていたのですが、次第に真剣さが増し、形が整備され、規模も大きくなりました。そして、平安時代から鎌倉時代の前半までに四百回以上催されたといわれています。その形態も時代とともに様々に変わりましたが、まずは史上最も有名な「天徳四年内裏歌合」を少し話したいと思います。

天徳四年、西暦にして九六〇年の三月三十日、第六十二代村上天皇の内裏でこの歌合が行われました。後に天暦の聖代と仰がれる、藤原家による摂関政治が始まる前の天皇家がもっとも力を持っていた時代です。

ところで、次の和歌はご存知でしょうか?


恋すてふわが名はまだき立ちにけり人知れずこそ思ひ初めしか

忍ぶれど色に出でにけりわが恋は物や思ふと人の問ふまで

前のほうの方で、わたしよりも先に下の句を唱えた人がおられます。(笑) よくご存知ですね。実はどちらも百人一首にある和歌なのですが、先のは壬生忠見《みぶのただみ》、後のは平兼盛《たいらのかねもり》の作品です。そして、この二首は「天徳四年内裏歌合」の最後の二十番に番《つが》わされた和歌なのです。

この「恋すてふ」というのは、「恋すちょう」と読みます。歴史的仮名づかいで「ちょうちょう」のことを「てふてふ」と書くでしょう、あれと同じです。「恋をしているらしいというわたしのうわさが、はやくも世間に広まってしまった。だれにも知られないように密かに思い始めたばかりなのに」くらいの意味でしょうか。そして次の和歌は「隠し通してきたつもりだったけれど、わたしの恋心は顔に出てしまったらしい。恋わずらいですか、とひとからあやしまれるほどに」くらいの意味です。どちらもむずかしい和歌ではありませんが、ともに有名な和歌です。『拾遺集』には並んで撰ばれていますし、百人一首にもともに撰ばれています。

さて、この二首は「天徳四年内裏歌合」で、「忍恋《しのぶこひ》」の題で詠まれたのを第二十番で番《つが》わされたのでした。判者、即ち勝敗の審判を務めたのは左大臣藤原実頼《さねより》、後に摂政太政大臣になった人です。歌人としては有名ではないけれど、出自・身分は申し分なしです。そして、この歌合は宮廷の行事であったので、壬生忠見と平兼盛の二人の歌人は村上天皇や藤原実頼の近くにはいなかったでしょう。要するに位階の問題があったのです。壬生忠見はこの二年前の天徳二年に摂津大目とありますから、「官職要解」を参照しますと、相当する官位は従八位上で殿上にいる資格はなく、おそらく地下にいたことでしょう。一方平兼盛は親王でしたが、この十年前の天暦四年に越前権守となって臣籍に下っております。この歌合の六年後の康保三年に従五位上とありますから、当時は従五位下と思われ、殿上の端っこにいたことでしょう。この当時はもちろんのこと、江戸時代までは身分・位による居場所は厳格に定められており、部屋は畳一枚くらいの段をつけて居場所を区別していたのです。だから例えて言えば『暴れん坊将軍』で、お庭番である才蔵が座敷に上がって吉宗と直接話をするなんてことは絶対にありえなかったのです。例えが卑近ですみません。吉宗が縁に出て、傍らに側用人《そばようにん》加納五郎左衛門が控え、才蔵は庭石の横で平伏するのが本来の姿です。そして、吉宗の言葉は側用人を通じて伝えられ、才蔵の返事は側用人を通じて吉宗に答えられたのです。将軍が市井に出て事件を解決するという荒唐無稽は娯楽番組として充分興味深い話なのですが、だからといってご都合次第の何でもありでは話になりません。荒唐無稽をもっともらしく成立させるためには、厳密な時代考証が必要だと思うのです。わたしは『暴れん坊将軍』が大好きで、ケーブルテレビで毎晩観ておりますが、この点がたまらなく不快なのです。いや、またまた脱線してしまいました。（笑）閑話休題。

さて、この二人の名歌を前に、判者藤原実頼は大いに困り果てました。ともに甲乙つけがたく、とても判定できない。「持（引分け）」にしたいのですが、村上天皇はしっかり判定せよと勝敗を付けるように言い放ちます。補佐役の大納言源高明、『源氏物語』の光源氏のモデルといわれる人なのですが、その大納言に判を譲ろうとしますが彼は恐縮して答えない。態よくにげたのです。また左右の念人《ねんにん》たち、現代でいうサポーターたちは、互いに応援する和歌を詠唱してアピールしています。天皇は黙したままだ。万事休した実頼に、高明がそっと合図を送りました。天皇の様子を見ろという。よく見ると、村上天皇はそっと右方の兼盛の和歌を口ずさんでいたのです。これで実頼は右方の勝を宣言したのでした。これまで劣勢だった右方に、村上天皇が最後に花を持たせたとも言われています。

そして、その後日談として、この番《つがい》で負けた壬生忠見は悔しくて情けなくて、ついには拒食症になって死んでしまったと、この歌合から三二〇年余り後の『沙石集』に語られています。話としては面白いのですが、これは明らかに嘘八百、忠見はこの後も和歌を詠んで遺しております。

そして、いよいよ『六百番歌合』です。やっと本題にたどり着きました。しかしながら、きょうもすでに半分近くの時間が過ぎ去っております。（笑）これからは極力脱線しないようにお話します。要点はプリントに書いてありますので、随時参考にしながら聞いてください。

『六百番歌合』は建久四年、一一九三年に行われました。「一一九二つくろう鎌倉幕府」ができた翌年です。社会的な出来事としては、源範頼が頼朝に殺されています。また、有名な曾我兄弟の仇討ちもこの年でした。わたしが持っている岩波文庫版、また同じく岩波の新日本古典文学大系版の『六百番歌合』は、共に宮内省書陵部蔵本を底本としていて、建久五年と本文に記されていますが、校訂者は共に、藤原定家の家集『拾遺愚草《しゅういぐそう》』の「歌合百首建久四年秋、三年給題」を典拠にして、建久四年秋に行われたとしております。

主催者は当時左大将、後の後京極《ごきょうごく》摂政太政大臣藤原良経で、京の都一条の彼の邸《やしき》で行われました。もちろん思いつきで興に任《まか》せて突然行われたわけではありません。先の定家の『拾遺愚草』にあったように、前年の建久三年に、九条家歌壇に近い歌人十一名に、百の題を与えて百首の和歌を召したのでした。そして、自らも百首詠みました。春十五首、夏十首、秋十五首、冬十首、恋五十首の計百首です。十二人が計千二百首を詠んだのです。たいへんな企画です。

その百の題ですが、プリントに一応全部書き出してみました。別に憶えなくてもいいのですが、どうです、すごいでしょう。春は元日宴《ぐわんにちのえん》から始まり、余寒《よかん》、春氷《はるのこおり》、若草、賭射《のりゆみ》と、ここまでが初春の題です。野遊《やいう》から雉《きぎす》（きじのことです）、雲雀《ひばり》、遊子《いとゆふ》、春曙《はるのあけぼの》までが旧暦二月頃の仲春の題。遅日《ちじつ》、志賀山越《しがのやまごえ》、三月三日《やよひみか》、蛙《かはづ》、残春《ざんしゅん》が晩春の題です。こうして春十五首といっても、初春から晩春まできっちりと順番に題が定められているのです。そして、当時の歌人たちは、その題にしたがって自ら描く虚構の世界を、自らの才能を賭して和歌を詠んだのでした。春先に庭に出てみれば梅の花が見事に咲いていたのでそれを和歌に詠んだというような、能天気な詠み方はできない時代でした。与えられた題にしたがって、自らの想像力を駆使して虚構の世界を和歌にして詠まねばならなかったのです。彼らはどこそこの歌会に出かけていって、与えられた題で和歌を詠み、またそれぞれに題を与えられて和歌を召されるのに応えねばならなかったのでした。そして、極端な話、彼らは行ったこともみたこともない土地を、歌枕によって、和歌に詠みこまねばならなかったのです。これは絵師にしても同じことで、彼らも実際に見たこともない土地の画を、屏風や障子に描いたのでした。これも面白い話がいっぱいあるのですが、また機会があれば話すことにします。

このように春から夏、秋、冬へと季節が順次移ろうように題が決められています。例えば元日宴、ふつうは立春から始めるのですが律儀に一月一日から始めています。これは元日の朝賀の後、天皇が主催して、文武百官を集めて行われた祝宴をいいます。ところがこれまでに元日宴という題は出されたことがなく、この六百番歌合で初めて出されたのでした。それも春の一番です。今までにない題を与えた左大将良経の、この歌合への意気込みが感じられるのです。ただ、この頃藤原定家が九条家に家司《けいし》として仕えておりましたので、良経が題をはじめ歌合の運営について様々の相談をしたことは充分考えられます。

ではは元日宴という題で、どんな和歌が詠まれたか。まずは左一番良経の作です。

あら玉の年を雲井にむかふとてけふ諸人に御酒《みき》たまふなり

これに番えられたのが大僧正慈円の作です。テキストには信定となっています。のちに説明しますが、隠名《かくしな》です。ちなみに、良経の場合も女房となっています。

ももしきや春をむかふるさかづきに君が千歳の影ぞうつれる

ところがところがおかしなことに、この番に俊成は持、即ち引分けの判定をしているのです。わたしはこの二首の和歌を解釈するつもりはありません。六百番歌合の春上一番を例に出したに過ぎないのです。ただ判の解説は次回にじっくりとする予定なのですが、ちょっと先走ってこの判定だけ説明しておきます。一般に歌合で左一番は、女房と名を隠していますが、主催者或いはその場の最高位の人です。一番は左勝が通例なのです。それを俊成は持としました。右の方人《かとうど》は左歌にまったく難をつけていません。左の方人は右歌に対して「節会の心確かならず」と難をつけております。ところが俊成は判詞で、左歌の「御酒たまふなり」は日常的な言葉で歌詞に相応しくない、また右歌は祝宴の和歌に決まっているではないかと弁護して、引分けにしてしまったのでした。これには一同唖然としたことでしょう。この歌合の判定は通常ではないぞ、という俊成の矜持《きょうじ》の現れであったのかもしれません。このとき俊成は八十歳、矍鑠《かくしゃく》としておりました。

題の説明をしていたら、時間がいくらあっても足りません。ほどほどにしておきたいのですが、三月三日《やよひみか》だけ説明しておきます。（笑）三月三日は五節句のひとつで、桃の節句を連想しがちですが、宮中ではこの日曲水の宴が催されたので、多くの作者がこれを詠んでいます。誤解のないように説明しておきます。曲水の宴とは、ほら、小川を杯が流れてくるまでに和歌を詠む、あれですよ。

そして、恋五十首です。すごいですねえ、何とかの恋と事細かに題をつけて和歌を詠ませているのです。最初の「初恋」は、「はつこい」と読むのではなく、「初めたる恋」、或いは「初めの恋」と読むらしいのです。要するに恋をし始めた頃のことです。現代の初恋とは意味が違いますので、これも誤解のないように。

初恋、忍恋、聞恋、見恋、尋恋と二字の題が二十五並びます。その次は寄月恋《つきによするこひ》、寄雲恋、寄風恋と三字の題が二十、そして、寄遊女恋《ゆうじょによするこひ》、寄傀儡恋など四字題が五つ、計五十です。最後の寄商人恋《あきびとによするこひ》とは如何なものでしょうか。わたくし、日頃は家電製品を商って生計を立てている身でありますので、少々気になっております。商人《あきびと》であるわたくしを恋しく慕ってくださる女性が和歌を詠めば、それは寄商人恋になるのかしらん、などと勝手なことを妄想しました。（笑）どんな和歌が詠まれているのか、ちょっと立ち寄って紹介したいのですが、脱線することになりますので、ここは我慢いたします。

わたしは先に風巻景次郎を紹介して、わが国の文学の伝統は和歌である、という意見に同意すると話しました。そして、ここでさらに付け加えて、和歌の伝統は恋歌である、と付け加えおきましょう。これは何も私独りの意見ではありません。多くの国文学者が同意して下さると思います。題詠とはいえこれだけたくさんの恋歌を詠んでいたというのが明らかな実証になると思います。恋歌は非常に重要なテーマではありますが、いずれ別の機会にお話させていただくことにして、ここは脱線することなく素通りいたします。

さて、いよいよ作者です。プリントをご覧ください。左右総勢十二名です。一度読み上げてみます。

左

女房（後京極《ごきょうごく》）

従三位藤原朝臣季経《すえつね》〈六〉
正四位下行《ぎょう》左近衛権中将藤原朝臣兼宗
従四位上藤原朝臣有家〈六〉
従四位下行《ぎょう》左近衛権少将藤原朝臣定家〈左〉
阿闍梨顕昭《あじゃりけんしょう》〈六〉

右

従二位行《ぎょう》左近衛権中将兼中宮権大夫藤原朝臣家房
従三位藤原朝臣経家《つねいえ》〈六〉
正四位下行《ぎょう》右京権大夫藤原朝臣隆信
従五位上藤原朝臣家隆〈左〉
従五位下源朝臣信定（大僧正慈円）
沙弥寂蓮《しゃみじゃくれん》〈左〉

以上です。

女房というのは、先にもお話しましたが、この歌合の主催者である藤原良経であります。当時二十五歳、左大将です。括弧して後京極としてあるのは、後に後京極摂政太政大臣と呼ばれたからです。『小倉百人一首』ではこの名前になっております。ちなみに『新古今和歌集』では、現役でしたから単に摂政太政大臣と書かれています。『新古今集』に入撰している歌は七十九首です。そして、仮名序の作者です。

先に、この歌合は歌道の六条藤家と御子左家のせめぎ合いの場となった、とお話しました。そこでプリントに印刷してある作者たち、方人《かとうど》ともいうのですが、その名前の下に括弧で〈六〉または〈左〉と書き記しました。〈六〉が六条藤家、〈左〉が御子左家のメンバーです。ちなみに、女房・藤原良経は御子左家風の和歌を詠みます。そして、この歌合の判者、即ち審判を務める藤原俊成は御子左家の総帥であります。

さて、一人ずつ簡単に解説しておきます。だいたいどんな人間がこの歌合に参加したか、参考程度に聞いておいてください。

まず左から、女房・藤原良経の次は従三位藤原季経。『詞花集』の撰者藤原顕輔の息子で、清輔や重家の弟であります。六条家で筋はいいのですが、和歌はたいしたことはありません。『新古今集』入撰は一首です。次は藤原兼宗。六条藤家でも御子左家でもない、中立の立場です。『新古今集』入撰は二首です。正四位下行《ぎょう》左近衛権中将とありますが、この行《ぎょう》というのは位が高くて役が低いことを示しています。この場合、正四位下が位で、左近衛権中将が役になります。『官職要解』の「官位相当表」を参照しますと、近衛中将は従四位下に相当しますので、正四位下は位のほうが上になってしまうのです。この十二人のメンバーの中でも、ほかに藤原家房、隆信、定家が行《ぎょう》と記されています。また逆に、役が高くて位が低いときは守《しゅ》と記されています。このメンバーにはいませんので、手近な資料を当たってみますと、『千五百番歌合』の中に従五位上守《しゅ》左近衛権少将藤原朝臣雅経というのがありました。藤原雅経は『新古今和歌集』の撰者の一人で、歌道の飛鳥井家の祖でありますが、近衛少将は正五位下に相当しますので位の方が低かったわけです。雅経は蹴鞠《けまり》の名人で、後鳥羽院から寵愛されておりましたので、位よりも官職が上というようなことになったのでしょうか。

次は藤原有家。先の季経の甥、右方の従三位経家の弟です。有家は六条家ではありますが、御子左家に近い歌風で、のちに『新古今和歌集』の撰者にもなっています。『新古今集』入撰は十九首です。

そして、次が御子左家のホープ、藤原俊成の息子定家です。説明はいりませんね。

次が阿闍梨顕昭《あじゃりけんしょう》、密教の高僧です。藤原顕輔の猶子《ゆうし》で、清輔・季経とは義兄弟になります。万葉学者で、六条藤家きっての論客です。のちに判者である藤原俊成の判詞を不服として、『六百番陳状』を提出して論難しています。この遣り取りが面白い。来週のセミナーでは主要人物となります。次回は俊成の判詞と顕昭の陳状のせめぎあいを解説する予定なんです。ただ論は立つけれど和歌はあまり上手でなく、『新古今集』入撰は二首です。

次に右方。従二位藤原家房。良経と同じ摂関家で、良経の父である兼実の兄基房の息子、即ち良経の従兄にあたります。良経とは漢詩文の友で、和歌はたいしたことはありません。『新古今集』入撰は一首です。よくぞ一首撰ばれていた、と安堵いたしました。(笑)　ただ歌合という儀式には、飾り物のようにこういう位の高い人物を並べるのです。良経との心安い付合いから誘われたのでしょう。

次が従三位経家。六条藤家で、先に有家の同母兄として紹介しましたが、和歌は有家の方が上手です。『新古今集』入撰は二首、話になりません。

その次は藤原隆信。この人は定家の異父兄になります。俊成と美福門院加賀とのあいだに定家が生まれるのですが、加賀には藤原為経（寂超）とのあいだに隆信という子がいたのです。定家と隆信は二十歳くらい歳が違うはずです。母の結婚（この当時に結婚という概念はなかったと思うのですが）によって、隆信は御子左家の縁に連なるようになるのですが、プリントの一覧の中には〈左〉の印は入れておりません。和歌はたいしたことなく、御子左家風ではないからです。『新古今集』入撰は三首。ただ、藤原隆信は似せ絵、即ち肖像画の名人でして、わたしたちがよく教科書などでみる国宝源頼朝像は彼の作だといわれています。また女性関係も一流であったらしく、以仁王《もちひとおう》を奉じて挙兵した源三位頼政と双璧をなしたといわれています。有名なところでは、建礼門院右京太夫もひと頃恋人であったらしい。建礼門院右京太夫といえば、恋人は平資盛が有名なのですが、もう時間がないので脱線するわけには行きません。

次が家隆。俊成に師事した御子左家の歌人です。定家より四歳年上なのですが、いつも定家を越えないように気を配っている感じがします。もちろん和歌の名人です。『新古今集』入撰が四十三首。定家が四十六首ですから、ちょっと出来すぎの感じがしないでもありません。承久の乱後、隠岐に流された後鳥羽院に最後まで仕え、遠島御歌合にも子女とともに参加し、また院と都《みやこ》歌壇との橋渡しの役目も致しております。家隆の人柄が偲《しの》ばれます。

次が従五位下源信定。これが曲者《くせもの》です。括弧《かっこ》して大僧正慈円と書きました。慈円が身をやつしてこの歌合に紛れ込んだという態になっているのです。大僧正というのは大納言に準じ、慈円の場合は比叡山延暦寺の最高位天台座主です。そして、出自は北家摂家《ほっけせっけ》相続流、関白太政大臣兼実の弟で、良経の叔父にあたります。北家摂家相続流というのは、分かりやすくいえば藤原道長の流れをくむ摂関家の直系です。本来なら筆頭になるべき人物なのに、この場合九条家の家人の名を借りているのです。身分を隠して判を公平にするための隠名《かくしな》というのですが、こんなことをしてもみんな知っていることなんです。この歌合の場合も、春上一番は女房と定信の番《つがい》なんです。実質の左右の最高位である良経と慈円です。この二人、ほかでも妙なことをしています。良経が南海漁夫《なんかいぎょふ》、そして慈円が北山樵客《ほくざんしょうかく》と号して私的な歌合を行っているのです。漁師と樵《きこり》を装って歌合をしているのです。貴種というのは落魄《らくはく》の志向があるのかしらん、身をやつして遊びたがるのです。岩波の新古典文学大系『中世和歌集・鎌倉篇』の中に載っていますので、興味のある方はのぞいてみてください。ともに名人同士、和歌は一流です。申し遅れましたが、慈円の『新古今集』入撰は西行の九十四首に次ぐ第二位の九十二首です。いやはや立派なものです。

右方最後が沙弥寂蓮《しゃみじゃくれん》です。沙弥というのは小坊主をいうのですが、寂蓮はこのとき五十四、五歳のはずです。出家はしたけれど、得度をしてないので沙弥となっているのでしょうか、ちょっと分かりません。本名を定長といい俊成の甥にあたるのですが、若い頃歌才を認められて俊成の養子になっていました。御子左家の歌道の後継とみなされていたのです。ところがやがて定家が生まれたので（定家は俊成が四十九歳のときの子なんです）、先方の都合を斟酌《しんしゃく》して養子を辞退したといわれています。美談のようですが、このあたりの話は寂蓮の出家と絡んでちょっとどろどろしたものを感じます。『新古今集』入撰は三十五首、それに『新古今和歌集』の撰者の一人です。ただ完成する前に亡くなってしまいました。

話し忘れていましたが、この十二人の歌人の中で『新古今和歌集』の撰者が四名います。六条藤家の有家、そして御子左家の定家・家隆・寂蓮の三名です。さらに仮名序を書いた良経もいるのです。わたしはこのセミナーの副題として「新古今時代の幕開け」と書き加えましたが、この『六百番歌合』において、主だった役者が揃い、この時代の和歌の方向性が決定付けられた、と考えるからです。ちなみにこの時、『新古今和歌集』の勅命者で実質の撰者である後鳥羽院は、未だ十四歳の少年天皇でした。後鳥羽院の仙洞歌壇が始まるのは、七年後の正治二年（一二〇〇年）に初度百首を召した時と考えています。

そして、最後が判者藤原俊成です。このとき八十歳、判詞を読んでも衰えを感じさせません。まだこの四年後に、式子内親王《しょくし》に歌論書『古来風体抄《こらいふうていしょう》』を進覧しておりますので驚きです。前にもお話したと思うのですが、歌合が盛んになって和歌の優劣を論ずるために歌論が発展したと思われます。そして、俊成の紹介は前回に行いましたので今回は割愛します。

以上で作者及び判者の紹介が終わりました。いよいよ当セミナーの終わる時間が迫ってまいりました。今回は『六百番歌合』行われた年、場所、題、作者、判者についてお話しましたが、実を言うと、六百番という膨大な歌合がどのような方法でなされたのか、それもお話しようと思っていたのです。例えば左右十二人の歌人から提出された千二百首の和歌を、各題ごとに一番ずつ番えていかなければなりません。左右の似た和歌どうしを番えるのですが、左右だれとだれを番わせるか。そして、番えられた六百番を一番ずつ左右の方人が論難します。そして、その論難に基づいて判者が一番ずつ勝敗の判をつけ、判詞を書いていくのです。それらがどのような方法で行われたのか、お話したかったのですが、もう時間がありませんので、次回に簡単にお話したいと思います。

以上で本日のお話を終わります。ご清聴ありがとうございました。（拍手）

第三講　独鈷《どっこ》と鎌首

みなさん、こんにちは。外はすばらしくいい天気ですね。部屋の中にいるのがもったいないくらいです。今日は少し早く公民館へ来たので、館長としばらく雑談をしました。その中で、前回最後のほうで少し時間が迫ってきたので、早く終わらせようと遮二無二お話したため、話の内容が少し難しかったのではないか、とお尋ねしました。館長はいつものように鷹揚に、気になさることはないですよ、と言ってくださったのですが、諸井さんの話は脱線したほうがおもしろいですね、と付け加えられました。これって、ほめられたのか、注意されたのか、いまだに判断に苦しんでおります。(笑)

ところで前回も講演が終わってから、やはりどれくらい理解してもらえたか、また感想などをお聞きしたいと思って、ピンクの服を着ておられた方とその周辺の方々、おや、今日は目立ちにくい白のブラウスですね、(笑) その彼女たちとお話しました。わたしは『六百番歌合』の内容についてお話したかったのですが、彼女たちはわたしが冒頭に口走った恋文の話を最後まで引きずっておられて、ついにはわたしが恋文を書いたのはT子だったのか或いはK子だったのか、と詰問される始末でたいへん往生しました。えらい話が具体的で生臭くなったのでした。それというのも、彼女たちは青春を共に過ごしたわたしの高校時代の同級生の皆様でありました。身内の話ですみません。昨年このセミナーで、『新古今和歌集』の講演をしたという話を後《あと》で彼女たちに報告したところ、なぜ教えてくれなかったのかといたく叱られましたので、今回は事前に案内したところ、たくさんの同級生の方々が語らいあって参加してくださったのでした。先に紹介したように、後ろの席にはわたしの本業の電気屋のお客様の方々が控えておられ、前の席にはわたしの高校時代の同級生の方々が詰めておられます。身内が多くてすみません。(笑) みんな女性ばかりじゃないか、なんて突っ込まないでください。(笑) すべて成り行きです。(笑)

さて、わたしは高校時代に井出義朗先生に古文と漢文を教えていただきました。先生はなかなかの読書家で、授業中に、最近読んだ本の評価、作家論や作品論、そして時事解説から職員会議の報告まで様々に話してくださったのでした。おかげで授業はまったく進みませんでした。（笑）先生の薫陶よろしくて、わたしは工業大学で漢文即ち中国古典ばかりを読んでいる変わった学生になっておりました。その井出先生が、わが国で書かれた最高の恋文は北村透谷が石坂ミナに宛てた手紙である、と教えてくれたのでした。恋文として、愛を語ることは自らの人生を語ることである、と。そして、大学に入ってから『透谷全集』でその手紙を読みました。草稿をいれてわずか五通です。ところがひとつも面白くない。まったく当たり前のことで、他人の恋文など面白いわけがない。例えば渡辺淳一が有名人の恋文を編集した『キッスキッスキッス』という本がありますが、これなどもアホらしくて読むに耐えません。ちょっと拾い読みしただけで投げ出してしまったおぼえがあります。しかし、透谷の手紙はみんな読みました。振り返ってみれば、わたしも若くて一途だったのですねえ。そして、石坂ミナに宛てた最初の手紙が、父母について語り、祖父母について語り、自らの経歴と性格を語っていたので、恋文として一級の手紙とはこの手紙のことだ、と見当はついたのですが、実際に読んで面白いものではありませんでした。あくまで当事者間のことで、第三者にとってどうでもよいことばかりなのです。

余談になりますが、わたしがいつも不思議に思うのはフランツ・カフカの手紙です。みなさん御存知ですね、『変身』の作者です。ある朝眼が覚めたら、虫になっていたという話。そして、虫になってしまったことにあまり驚かず、仕事のことや家族のことを気にしている奇妙な話です。

わたしは最初の講演で、二十世紀の世界文学の双璧として、マルセル・プルーストとジェームス・ジョイスを挙げたのですが、もう一人フランツ・カフカをつけ加えておきます。彼もまた二十世紀の文学を決定付けました。そして、およそ小説家を名乗る者、また小説家を志す者にとって、自らの作品がカフカのようだ、或いはカフカ的と評されることは、物書きの冥利に尽きることであります。自分の話で恐縮ですが、以前『播火』六十四号に「ガラス玉遊戯」というウンコまみれの作品を発表したとき、『図書新聞』で福田信夫氏が書評で「カフカ的」と評してくださり、まさに天にも昇る喜びを味わいました。

そのカフカが膨大な手紙を残しております。邦訳全集十二巻のうち五巻が手紙であります。おもな相手は親友のマックス・ブロート、婚約者フェリーツェ・バウアー、人妻ミレナ・イェセンスカ、そして最愛の妹オットラです。そして、最初に断っておかなければならないのは、カフカ及びその周辺の人々がすべてユダヤ人であったということです。そのユダヤ人はナチス・ドイツの反ユダヤ民族主義のために一千万人に近い人々が強制収容所で殺戮されたという事実があります。それを念頭においてこれからの話を聞いてください。なお、この強制収容所で何が行われたか知りたい人は、フランクルの『夜と霧』、エリ・ヴィーゼルの『夜』、プリーモ・レーヴィの『アウシュヴィッツは終わらない』等を読んでください。『夜と霧』の冒頭の写真を見ただけで胸が悪くなります。

フランツ・カフカは一九二四年結核によって四十一歳で亡くなりました。死ぬ直前にカフカは親友のマックス・ブロートに自らの原稿をすべて焼却するように依頼しました。しかし、ブロートは親友の遺言を守らずに、カフカの原稿が一杯詰まったトランクを抱えてナチスから逃げ回り、戦後カフカの作品を編集発行したのでした。今日わたしたちがカフカの偉大な文学を読むことができるのは、マックス・ブロートのおかげです。

フェリーツェ・バウアーはカフカと二度婚約し、二度とも婚約破棄をしました。カフカは「きみなしにはいきられないが、きみとともにも生きられない」などと勝手なことをほざいています。彼は結婚すれば小説が書けなくなると思っていたのです。結局フェリーツェは別の人と結婚しました。しかし、カフカの手紙は処分しなかったのです。彼女もナチスに追われアメリカに渡りました。その時もカフカの手紙を携えていたのです。二段組で七百ページに及ぶ手紙の量です。全集では二分冊になっております。それほど大量の手紙の束を持って逃げ回ったのですから驚きです。

ミレナ・イェセンスカはカフカの作品をチェコ語に翻訳していてカフカと親しくなりました。ミレナは銀行員の妻であったにもかかわらず、二人の恋は急速に燃え上がります。実はこの時、カフカはユーリエ・ヴォリツェクなる女性と婚約していたのですが、婚約を解消してしまいました。まったく恋多き人なのですねえ、カフカという人は。カフカはミレナに二段組で二百ページあまりの量の手紙を書きました。そして、ミレナはナチスに追われ、亡命する友人にカフカの手紙を預け、自らは捕らえられて強制収容所で亡くなりました。

カフカの妹オットラも強制収容所で亡くなっています。亡くなったと穏便な表現をしていますが、実際はガス室で殺されたのでした。

そのほかにドーラ・ディマントというカフカの最期を看取った女性がいます。彼女はのちにゲシュタポの家宅捜索を受け、カフカに関する書類を押収されてしまいました。彼女はかろうじてイギリスに逃れ、一九五二年にロンドンで亡くなっています。

このようにわが身ひとつ逃れるのが危ういときに、みんなカフカの原稿や手紙を携えてナチスから逃げ回ったのでした。このときだれもカフカの天才を知りませんでした。カフカ自身、自らを諦めて原稿の焼却を依頼して死んだのです。カフカが文学的に評価されたのは戦後です。代表作の『審判』や『城』はノートに書かれた未完の作品でした。

わたしが不思議に思うのは、フェリーツェやミレナがカフカの偉大な文学を知らなかったにもかかわらず、カフカの手紙を身に代えて遺したという事実です。わたしはカフカの手紙を読み通したことはないけれど、何度も拾い読みをしながら考えました。そして、ある日やっと思い至ったのです。彼女たちはカフカの天才も、カフカ文学の偉大さも知らなかったけれど、カフカの文学に対する誠実さをだれよりも知っていたのだ、と。カフカが自らの身体を犠牲にしてまで、自らの信じる文学をやり遂げようとしたことを知っていたのでした。半官半民の保険事務所に勤めていたカフカは、夕食後しばらく仮眠したのち、朝方まで小説を執筆していたのです。まさに自らの身体を省みずに文学に没頭したといって過言でないでしょう。しかし、カフカは生前ついに偉大な小説家とは認められませんでした。

いけません、国文学のセミナーでついカフカの話をしてしまいました。申し訳ありません。いい加減にしろと、後ろの席の館長の目が怒りに満ちてまいりました。これから本日の演題に入りたいと思います。

今回は「独鈷《どっこ》と鎌首」と題しました。独鈷は仏具のひとつで、握りの両端が槍の穂先のような形をしており、密教の坊さんが手にしていました。また鎌首は、蛇が攻撃する際の鎌のように曲がった形の首のことをいいます。

わたしは最初に、六百番歌合は六条藤家と御子左家の歌道のせめぎ合いの場であった、とお話しました。そこで六条藤家の万葉学者阿闍梨顕昭は、密教の高僧であったので、おそらく独鈷を手にして論難したのでしょう。また御子左家の論客寂蓮は、坊主頭を蛇が鎌首をもたげるように応戦したといわれます。

実はこの話、出典がありまして、南北朝時代の歌僧頓阿《とんあ》の『井蛙抄《せいあしょう》』に書かれているらしいのです。え〜っと、……すみません、わたしは用意したコピーを探しているので、プリントにはこのことは書いてありません。軽く聞き流してください。……ありました、ありました。『井蛙抄《せいあしょう》』を読んでいないので孫引きになりますが、朗読します。最近読んだ田渕句美子の『新古今集・後鳥羽院と定家の時代』（角川選書）からです。

一条法印云、左大将家六百番歌合の時、左右人数日々に参じて、加二評定一て、左右申詞を被レ書けり。自余人数不参の日あれども、寂蓮、顕昭は、毎レ日参ていさかひありけり。顕昭ひじりにて、独鈷をもちたりけり。寂蓮は、かまくびをもたてていさかひけり。殿中の女房、例の独鈷かまくび、と名づけられけりと云々。

方人《かとうど》たちの評定は幾日にも及んだため、ほかの人々は不参の日もあったけれど、顕昭と寂蓮は毎日必ず参って激論しあったのでした。独鈷を持った顕昭と、鎌首をもたげた坊主頭の寂蓮が激しく言い争ったので、その様子を見ていた良経邸の女房たちは、二人を「独鈷かまくび」と命名したというのです。そして、この象徴的な姿を今回の演題にした次第です。

前回紹介した「天徳四年内裏歌合」はわずか二十番の番《つがい》でしたので、深更に及んだといわれますが一日の行事でありました。酒宴を交えた歌舞演奏の催しがあったので時間がかかったわけです。しかし、今回は千二百首、六百番に及ぶ番でした。とても一日で済ませられる量ではありません。それゆえに、この六百番歌合の各番《つがい》の評定及び判詞がどのように行われたかが問題になるわけです。

プリントに百の題をことごとく書き出しましたが、それらが五題ずつ並べてあるのにお気づきでしょうか。おそらくこの五題が一セットであったのではないかと推測されています。そして、一題につき十二名の十二首、六番が番わされ、五題で三十番になります。おそらくこれだけが一日に評定されたのではないかといわれています。そうすれば、計六百番ですからおよそ二十日を要し、また連日というわけにもいかなかったと思われますので、およそ二ヶ月を要したのではないかと推測します。

またその前に、この歌合では同一題のなかで、なるべく類似した発想や共通の表現を有する和歌を番えようとしていますので、かなりの時間をかけて結番《けちばん》したと思われます。その作業に当たった人物は明らかではありませんが、おそらく主催者良経をはじめ叔父の慈円、さらに家司であった定家、そして、九条家歌壇に出入りしていた季経や顕昭等であったと推測します。

天徳の内裏歌合では作者は遠く末席に控えていたとお話しましたが、この六百番歌合は九条家の私的な催しであったので、作者たちはそれぞれ方人として左右の席に分かれ、各番ごとに相手方の和歌を論難し、また味方の和歌の弁明を行ったのでした。ただ全員が毎回出席したわけではなかったと思われます。その中で顕昭と寂蓮は毎回必ず参加して激しく言い争ったというのです。そして、この二人にはもうひとつ逸話があります。

このときのいさかいで、ついに顕昭が「和歌ほどやさしいものはない、寂蓮ほどの無学でもあのように名人になれる」と言ったらしいのです。すると寂蓮が言い返しました。「和歌ほど難しいものはない、顕昭ほどの大学者でも和歌はまずい」と。

いつの世も、喧嘩になればたわいないことを言い合うものですねえ。ところでみなさんは、この二人の言い分のどちらに軍配をあげますか？　わたしは寂蓮を是とします。ただこの二人、土俵が違うのですけど。寂蓮は根っからの歌人ですし、顕昭は歌学者です。前回にも紹介しましたが、寂蓮はのちに『新古今和歌集』の撰者に任命され、三十五首入撰しております。顕昭は入撰わずか二首ですが、のちにお話しする「六百番陳状」では、俊成の判詞に対しておびただしい例歌をあげて反論しています。贔屓目に見ても俊成の負けと思われる場面が度々あるのです。顕昭陳状はあまりに煩瑣で専門的で難しいので、今回は分かりやすい有名なところだけ紹介するつもりです。ただ歌合というのは、当初は遊びを旨として盛んになりましたが、その優劣を判定するための根拠が必要になり、またその判定に対する反証を論じることによって、歌論が整理され、歌学が発展したということがよく分かります。

　さて、この『六百番歌合』がどのように進められたか、もう一度整理しておきましょう。まず建久三年冬、当時左大将の藤原良経が、百の題を十一名の歌人に与えて百首歌を召しました。自ら詠んだ百首を加えて計千二百首、これを六百番に番えたのです。最後に百首歌を提出したのは藤原定家で、建久四年の秋のことでした。ゆえに歌合が行われたのはこれ以後になります。

　定家の提出が遅れたのにはわけがありました。この年の二月十三日に彼の母である美福門院加賀が亡くなったのです。そして、喪に服していた定家が復任したのが六月の終わりでした。ゆえに、再び良経の求めに応じて百首を提出したのが秋であったと推測されるわけです。余談になりますが、藤原家隆が百首歌提出したのは建久四年の正月頃か、それ以前であったと推測されています。というのは、『六百番歌合』の初めに揚げられている作者名で、彼は従五位上と記されているからです。『公卿補任』によれば、家隆は建久四年正月二十九日の除目で正五位下に昇進しているのです。だから百首歌を提出したのはそれ以前であると推測されているのです。

建久四年秋、京一条の良経の邸で六百番の歌合せが始められました。この席には、歌合せの当事者たちのほかに、九条家の家司たちや女房たち、縁者たち等たくさんのギャラリーがいたと思われます。だからこそ「独鈷と鎌首」の逸話が伝えられたのです。

まずこの歌合を仕切る読師《とくし》から、番えられた和歌を書き記した懐紙が講師に渡され、講師はその和歌を朗誦します。これを披講《ひこう》といいます。そして、その番わされた和歌に対して、左右の方人《かとうど》たちがたがいに評定します。そして、この評定でのたがいの論難を聞いていた判者が最後に勝負の判定を下すのです。しかし、この歌合では判者である俊成は一度も出席しませんでした。ゆえに、評定の内容の要約を「申状」という形で書き記し、披講された和歌に付されて俊成のもとに届けられたといわれています。そして、俊成はその申状を読んで、評定の場を想像しながら判詞を記し、勝負を付していったと推測されるのです。

一日の披講・評定は、前にも話したように例えば「春上」の五題・三十番くらいだったでしょう。そして、その単位で申状が俊成のもとに送られたと考えられます。披講・評定は連日行われたわけではありません。主催者良経自身が政治の要職についていました。三十番ずつにしても二十回の六百番。おそらく月をまたぎ、披講・評定を終えたのは冬であったかもしれません。そして、俊成が加判を終えたのは年の暮れ、或いは年明けであったかもしれないのです。そうなれば建久五年が意味をもってきます。定家の百首歌の提出が遅れた原因は、母である美福門院加賀、即ち俊成の妻の死であったのでした。八十歳という老齢に加え妻の死を抱えていた俊成にとって、六百番の歌合せの加判はたいへんな重荷であったと推測されるのです。そういう状況を了解されていたからこそ、この歌合せが後日判という形式をとったのかもしれません。

では、実際に『六百番歌合』から例を取ってみましょう。「春上」から元日宴の五番、今回の講演の表題どおり、独鈷と鎌首の番《つがい》です。以下、プリントを参照しながら聞いてください。

五番

左　持　　顕昭

むつき立《たつ》けふのまとゐや百敷《ももしき》の豊明《とよのあかり》のはじめなるらん

右　　寂蓮

百《もも》敷や袖を連《つら》ぬる盃にゑひをすすむる春の初《はつ》風

「左　持《ぢ》」とあるのは、この番は引き分けである、と判定されたことを示しています。

そして、この後左右の方人《かとうど》の評定が簡潔に書かれているのですが、ここでは意訳してお話しします。まず右方が、「むつき立つ」という言葉は聞き馴れない感じがする、と難をつけました。左方が弁明します、この五文字は『万葉集』から用いられているのだ、と。「知らないのか、そんなことも」というのが言外に感じられます。おそらくこのやり取りの主は、右方寂蓮、左方顕昭という気がします。右方はさらに、「豊の明」という言葉がはっきりしない、と突っ込みます。左方は、諸々の節会《せちえ》を「豊の明」といって、宣命《せんみょう》にもかかれているじゃないか、と弁明します。宣命というのは、和文で書かれた天皇の命を伝える文書のことです。宣命などと天皇の権威を借りて答えるあたりが、顕昭の学者らしいところです。そして、左の方人は、右の和歌には特にこれといって非難すべき点はない、と言いました。

左の和歌には論難がいっぱいあって、右の和歌には全然ないから、右の和歌が勝ち、という訳には参りません。先に紹介したとおり、この勝負は引き分けでした。判者即ち審判は、たがいの言い分は聞きますが、意見の強い方を勝ちにすることはない。ここに判者としての見識があるのです。

そして、この後に俊成の判詞があります。これも意訳しておおまかに話します。まず、左の和歌の「む月立つ」というのを右方は咎めるけれど、わたしはそうは思わない。『万葉集』にも確かに詠まれています。しかし、いくら『万葉集』に典拠があるからといっても、歌合の時に無批判に証拠とすべきだとは思わない。『万葉集』からは優雅な事柄や言葉をとるべきである、とわたしの師である藤原基俊も言っておられた。それは『万葉集』にも優雅とは程遠い聞きにくい和歌が多くあるからです。例えば「山田朝臣の鼻の上掘れ」とか、「酒飲みて酔い泣きするにあにしかめやも」などという和歌はとても典拠にしがたいものです。その上『万葉集』の頃は、歌病といって和歌の修辞上の欠陥をいうのですが、それを問題にしていないので、必ずしも歌合のときに例歌とすべきではないと思います。これは特にこの和歌について言っているのではなく、全般的な話です。判詞はまだまだ続くのですが、ここで一度切ります。そして、歌病についてはあまりに専門的になるので詳しく触れません。そこで、俊成が例にあげた「山田朝臣」と「酒飲みて」について、このあとまだ面白くなるからお話しておきます。実は俊成はこの二つの和歌をうろ憶えで引いてしまったのです。これを顕昭が咎めます。

先に顕昭が『六百番陳状』を書いたと話しましたが、その冒頭の部分でこう言っています。「むつきたつ」という言葉は遠ざけるべきではなく、春の宴にはもっともよく引きもちいられるべく思います。「はなのうへを」とか、「ゑひなきす」とかいう言葉とは較べるべきではありません。また『万葉集』には、大神朝臣《おほみわのあそみ》陸奥守奥守《おきもり》が、池田朝臣の歌に報《こた》えて嗤《わら》う歌として、

　仏つくるあかにたらずは水たまる池田朝臣が鼻のうへ《(を)》おほれ

というのがありますが、判詞には「山田朝臣」と書かれています。『万葉集』とは違うのですが、どうですか？

これには俊成も返す言葉もありません。俊成は池田というのを誤って山田と引用してしまった

のでした。八十歳の俊成の勇み足です。やみくもに『万葉集』から採るべきではない、と言うにとどめておけばよかったのです。

この頃は自らの記憶力のみが頼りでした。前回に本歌取りの話の中で、彼らのおびただしい記憶量に触れましたが、それゆえに語句の多少の異同は避けられませんでした。そして、それは記憶だけの話に限らず、伝えられた歌集や書物にしても、すべてが写本であったために、癖字による読み違えなどによって、多少の異同があったのでした。

この時代からすこし後に、藤原定家は鎌倉の三代将軍源実朝に御子左家伝来の『万葉集』を献上したのですが、その『万葉集』はこのときまだ俊成の手元にあったと思われます。しかし、俊成はこの六百番の判定にいちいち原典に当たっていないでしょう。だからこういう間違いもあったのです。

俊成の判詞はこの後も続き、「豊の明」について述べていますがここでは割愛します。そして、最後に「共に歌に勝つべしとも覚え侍《はべ》らぬにや。よりて、また、持《ぢ》と申すべくや」と言って引分けの判定を下しました。

いかがでしょうか。判詞の後半を割愛しましたが、一つの番を解説するのにこれくらいかかります。もちろんわたしは六百番をすべて解説するつもりはありません。いくら鷹揚な館長でも、わたしにそれだけの時間をこの場で与えてくれないでしょうし、また国文学の研究の場ではないのですから意味がありません。だから今日はプリントにあるように、四番だけ準備してまいりました。この後、今日の題にちなんで顕昭と寂蓮の番をもう一つ、そして良経と慈円、定家と家隆の番を解説したいと思います。

では、次にず～っととんで、恋七から寄海恋《うみによするこい》で七番、顕昭と寂蓮の番です。プリントをご覧ください。

七番　寄海恋《うみによするこい》

左　　　　　　　　　　　顕　昭

鯨取るさかしき海の底までも君だに住まば波路しのがん

右　勝　　　　　　　　　寂　蓮

石見潟千尋《ちひろ》の底もたとふれば浅き瀬になる身の恨《うらみ》かな

評定では、右方は、左の和歌は恐ろしいという印象を与える、と難をつけました。左方は、右の和歌には特にこれといって非難すべき点はない、と言っています。

そこで俊成の判ですが、左歌の「鯨取る」という歌の例は『万葉集』にもあるように思うけれど、それは狂歌体の歌が多く並んでいる中にあったように思う。それにしても、鯨というだけで恐ろしく聞こえます。むかし秦の始皇帝は蓬莱山へ行って大魚を「射よ」とは仰せになったが、「取れ」とまでは言わなかった。この始皇帝の譬えには、わたしはちょっと首を傾げます。さらに続けて、およそ、和歌は優雅で美しいことをこいねがうべきなのに、ことさらに人を恐れさせるのは、歌道のためにも当人のためにも無益なことではないか。また、右歌の「石見潟」「身の恨みかな」というのは、官位が昇進しないことの怨みのように聞こえて、恋心が少ないように思える。それでも左歌の無粋は許しがたいので、以って右を勝ちとする、と言っています。

「鯨取る」というのは駄目だ。この部分だけ聞くと、まるで「グリーンピース」の回し者のように聞こえますねえ。捕鯨は『万葉集』の頃にはすでに行われていたらしいのです。

ここは捕鯨のほうへ脱線しないように頑張ります。（笑）

そこで顕昭が『六百番陳状』で弁明します。「鯨とるかしこの海」というのは、別に人を怖がらせようと思って詠んだのではありません。また、これは『万葉集』の狂歌や戯れ歌の中にもありません。『万葉集』の長歌の中に「鯨とるあはの海」というのがあって、わたしはそれを典拠にこの和歌を詠んだのです。そう言って、万葉学者顕昭の本領を発揮します。

鯨は恐ろしいものでしょうか。人が和歌にむやみに恐れることもないでしょう。「虎に乗る」とか「竜とりてこん」とか詠んでいるのも、別に怖がらせようとするものではないでしょう。

ただし、と顕昭は迫ります。ここからが大事です。「始皇帝が大魚を射よと仰せになったが、取れとまでは言わなかった」というのは、おかしいじゃないですか。もとより和歌は『万葉集』を大本とするものであるのに、その中で「鯨とる」と詠んでいるのだから、三史・文選という漢籍に「鯨とる」の典拠がないといっても、それは別に問題にすることではなく、和歌の本筋から外れたことのように思います。という具合です。これも顕昭の勝ち。秦の始皇帝の譬えなんか出さなくてよかったのに、「山田朝臣」のときと同様、俊成もちょっと軽はずみなんですねえ、顕昭にグサリとやられてしまいました。

ここでちょっと俊成のために弁解したいと思います。俊成は、「鯨取る」の句に難を付けて、始皇帝の事跡を挙げたけれど、顕昭に、漢籍に典拠を求めるのは和歌の本筋に外れたことだ、と反論されました。ここだけ見ればもっともなことで、弁解の余地もありません。しかし、俊成には、別の目論見があったと思うのです。最初の講演で本歌取りの話をしたとき、物語取りや漢詩取りの話をしました。この物語取りや漢詩取りは、当時御子左家が強力に主張していた作歌法で、何でもかんでも『万葉集』を典拠にする六条藤家に、俊成は少し苛立っていたのではないかと思います。そこでこの和歌には関係ない漢籍の典拠を、思わず言い立ててしまったと思うのです。

御子左家の歌人が別に『万葉集』を軽んじているわけではありません。現代風に言えば彼らは前衛で、『源氏物語』や唐詩に典拠を求め、サンボリズム即ち象徴主義をめざしていたとさえ言えるのです。特に藤原定家の和歌は、ステファン・マラルメの詩にも劣らぬと思われるのですが、当時は六条藤家から「新儀非拠達磨歌《しんぎひきょだるまうた》」と非難されました。「新儀非拠達磨歌」とは、先例もなく典拠もない理解不能の和歌と説明したらよいでしょうか。これについては、次回に話す予定ですが、師であり親でもある俊成にさえ定家の和歌は理解されなかった面があるのです。親の

心子知らず、とよく言われますが、逆に子の心親知らず、ということもままあるものなんですよ。時間がないので急ぎます。（笑）

これまでに、今回は顕昭と寂蓮の番《つがい》一番を解説しました。これだけの時間をかけて、たった三番しか解説していない。もちろんわたしの話の未熟さ、特に脱線が多いのが原因の一端なのですが、それにしても『六百番歌合』というのがいかに膨大なものであったか、少しは分かっていただけると思います。

次は『六百番歌合』の中の最高の番《つがい》に入りたいと思います。これはわたしが最高だと言っているのではありません。「現代の定家」とわたしが密かに尊敬している塚本邦雄がそう言っているのです。春中の二十九番、良経と慈円の番《つがい》です。題は春曙。プリントを参照してください。読み上げます。

二十九番

左　持　　　　　　　　　　　　女　房

見ぬ代まで思《おもひ》残さぬながめより昔にかすむ春の明けぼの

右　　　　　　　　　　　　　　信　定

思ひ出ばおなじながめにかへるまで心に残れ春のあけぼの

評定では、「左右、互いに甘心す」とありますから、名人同士の番《つがい》で共に文句のつけようがなかったということでしょう。俊成の判はこうです。両方とも結句は「春の明けぼの」であるが、左は「昔にかすむ」といって過去を想像し、また右は「心に残れ」といって未来を予想しており、互いに対照的な発想で、詩情・歌の姿共にすばらしい。双方とも良い和歌で、引き分けである。俊成も文句のつけようがない、と言っているのです。塚本邦雄によると、俊成は落涙せんばかりに褒《ほ》め称《たた》えた、というのです。彼はこの名歌が『新古今和歌集』に採られなかったのが不満ではあるが、これを採れば、すでに採られた和歌だけで春の曙は飽和状態ゆえ春の初めが色濃くなり過ぎると、妙な理屈をつけて自らを慰め、納得しています。そして、この番が光厳院親撰の『風雅和歌集』に揃って採られたことに感涙しております。

塚本邦雄ともあろう大歌人が何を言っているのか、とわたしには不思議でなりません。良経や慈円の和歌は名歌ではあったけれど、「新古今風」ではなかった。ゆえに後鳥羽院が採らなかった。ただそれだけのことだったと思います。『新古今和歌集』に撰ばれなかったから名歌ではない、そんなことはありません。撰者たちが撰んだ名歌を、後鳥羽院は遠慮なく切り捨てました。撰者としての面目が立たない、と藤原定家は『明月記』の中で散々愚痴をこぼしています。何度も話したことですけれど、『新古今和歌集』は五人の撰者によって選ばれましたが、彼らは候補作を撰んだに過ぎず、後鳥羽院がすべてを撰んだ、いわゆる親撰だったのです。

わたしは和歌の評釈をしないということを建前にしておりますが、例外的にこの番《つがい》の和歌の感想を言わせてもらうと、意外にシンプルなのに驚きました。テクニックがシンプルなのです。本歌取りも掛詞も縁語もない。それでいて悠久の時間と空間を感じます。そこのところを立ち入って説明しますと、良経の和歌は「見ぬ代」から「昔」まで、また慈円の和歌は「思ひ出で」から「心に残れ」まで、ともに過去から未来にかけての時間を詠んでおり、その悠久の時間の中でさらに空間的に拡がる「春の曙」の世界を詠み込んでいるのです。手法としては象徴詩なのでしょうが、それを言うのも空々しく感じます。彼らはともにとてつもない時空を詠んだのでした。いや、いけません、いけません、時間が来てしまいました。（笑）どうして時間が経つのがこんなに早いのでしょうか？（笑）定家と家隆の番を説明する時間がなくなってしまいました。カフカの話が余分だったのです。（笑）カフカの話になると、どうも向きになってしまうのです。いま頃反省しても、後の祭りです。（笑）次回は話の枕なしに、定家と家隆の番から始めます。

ご清聴ありがとうございました。（拍手）

第四講　源氏見ざる歌詠み

こんにちは。いよいよ暑くなって参りまして、エアコンが入りました。わたしはきょうも少し早く来まして、館長とお話しました。そしてその中で、館長にひとつお願いをいたしました。

きょうは少し時間を延長させて欲しい、というお願いです。いえ、いえ、きょうも脱線しようという魂胆ではありません。（笑）　前回にとんでもない失敗をしました。カフカの話に夢中になってしまったのです。あれはまったく予定にないことでした。とにかくわたしは脱線・余談はよくしますが、（笑）　大概はテーマに関係あることなのです。しかし、カフカはいけません。今回のテーマとはまったく関係のない話だったのです。わたくし、カフカを口走ると理性を失う自分を発見しました。（笑）　でも、もう取り返しがつきません。覆水盆に返らず、とはこのことです。

そう言いながら、ここでちょっとお断りしておきますが、今回は後半にジェームス・ジョイスの話をする予定です。これはけっして余談でも脱線でもありません。（笑）　憶えておられる方もいると思いますが、わたしは初回に「ジョイスの話は後のほうで、皆さんが忘れた頃に話す予定です。楽しみにしておいてください」と言いました。ええ？　憶えていない？　わたしも憶えていてくださるとは思っていませんでした。（笑）　だから、皆さんが忘れた頃に、と言ったのです。（笑）『六百番歌合』の話の中で、どのようにジョイスが出てくるのか、ここは楽しみにしていてください。

では、前回に定家と家隆の番を話す時間が無くなってしまったのですから、今回はこの二人の話から始めます。できるだけ時間内に終わるように努力しますが、時間が延長したおりは、どうかお許しください。（笑）

さて、前回の良経と慈円の番のひとつ前、同じく「春曙」の二十八番に定家と家隆の番があります。プリントをご覧ください。読み上げます。

二十八番

左　　　　　　　　　　　　　　　　　定家朝臣

霞かは花鶯にとぢられて春にこもれる宿の明けぼの

右　勝　　　　　　　　　　　　　　　家　隆

霞立つ末の松山ほのぼのと浪にはなる丶横雲の空

定家と家隆はともに御子左家の歌人です。俊成の兄弟弟子と言ったらいいでしょうか。御子左家歌人の双璧であります。家隆は定家よりも四歳年上なのですが、位はいつも定家の後を辿るように昇進しました。歌才は定家の蔭に隠れていますが、家隆の温厚な態度、また隠岐に流された後鳥羽院に子女とともに最後まで仕えた姿をみると、むしろ懐の深さを感じさせられます。

この番の評定は、右方は左の定家の和歌に対して、別に難はない、と言っています。また左方は、右の和歌には甘心しました、と言っています。六条藤家の面々も、ともに御子左家どうしの番なので、ことを荒立てるような文句も言わなかったのでしょう。

俊成の判はこうです。左の定家の歌の「霞かは」というのは、「霞のみかは」という意味であり、音数の関係で「のみ」という言葉を省いたのでしょう。また、「花鶯にとぢられて」「宿の曙」

などというのは、杜甫の「秦城《しんせい》の楼閣は鶯花の裏《なか》 漢主の山河は錦繍の中」という詞からの意と思うので、まことに宜しき和歌であります。いわゆる「漢詩取り」なんですねえ。ところでこの漢詩の中の、「秦城」というのは長安の都城のことで、また「漢主」というのは唐の天子の意でありまます。直截には言わない。白楽天の有名な『長恨歌』の冒頭の一節、「漢王色を重んじて傾国を思い」と同じなんです。「漢王」は唐の天子、即ち玄宗皇帝のこと。また「傾国」は国を傾けるほどの美女、即ち楊貴妃のことなんです。ここはこれ以上脱線しないようにぐっと我慢します。（笑）

俊成の判を続けます。右の家隆の歌は、「末松山《すえのまつやま》」に思い寄せて、「浪にはなるゝ横雲の空」というありさまは仰々しく感じられます。初句に「霞立つ」とおいて、「霞」「波」「雲」と同じようなイメージの言葉が重なりすぎているように思います。しかし、「横雲の空」という言葉が特に強そうでございますうえに、左方、甘心ス、と言っています。「宿のあけぼの」の方は負けてあげなさい、という判定でした。

ちょっと待った、と叫んでしまいそうです。定家の歌は「漢詩取り」のまことに良い歌で、家隆の歌は仰々しくてくどいけれど、「横雲の空」という言葉が特に良いので、息子の定家に負けてやれ、と言っているのです。俊成ともあろう人が身びいきもはなはだしい。家隆の歌をくどいと言うけれど、定家の方も、「霞」「花」「鶯」「春」「曙」と、相当くどいんじゃないですか。さすがに後鳥羽院は醒めています。家隆のこの和歌を『新古今和歌集』に入撰させています。俊成もつまらないことを言わずに、あっさりと家隆の勝ちにしておけば良かったのに、と思います。

ところで、この「横雲の空」という言葉は、この頃たいへん流行った言葉でして、定家にもこの言葉を使った名歌があります。それも、さすがは定家という、とびっきりの代表歌です。後白河院の皇子である守覚法親王《しゅかくほっしんのう》、この人は以仁王《もちひとおう》や式子《しょくし》内親王の弟にあたるのですが、その法親王が五十首の和歌を召したときに詠んだ歌で、もちろん『新古今和歌集』巻第一・春歌上に採られています。プリントにも挙げておきました。読み上げます。


春の夜の夢の浮橋とだえして峰に別るる横雲の空

これはまぎれもない定家の傑作のひとつです。そして、『新古今和歌集』を代表する名歌であります。まさにモダニズム文学の傑作といえるでしょう。西欧の文学に先駆けること八百年、わが国にはこれほど完成度の高い象徴詩が誕生していたのでした。

この和歌は今回のテーマである『六百番歌合』のものではありません。しかし、藤原俊成率《ひき》いる御子左家の歌人たちが、『万葉集』を押戴くばかりの六条藤家としのぎを削り、新しい技法・新しい題材を求めて到達したのがこの和歌である、とわたしは思います。ゆえに、『六百番歌合』が『新古今和歌集』を準備したと考えるのです。

この和歌の意味は難しいものではありません。最近出版されたコレクション日本歌人選『藤原定家』村尾誠一著（笠間書院）から引用しますと、「朝を迎えて春の夜の夢が途絶えた。見ると峰から横に棚引いた雲が離れて行く」となっています。さらに付け加えれば、前半は春の夜の閨房の快楽を、後半は後朝の別れを表現しています。そして、もちろん「本歌取り」がしてあり、本歌は『古今和歌集』恋歌二、壬生忠岑の

風吹けば峰にわかるる白雲のたえてつれなき君が心か

であります。プリントを参照してください。去って行く恋人を雲に喩え、雲を擬人化した本歌の表現を取り込んで、春の歌に恋の世界を重ねているのです。

この和歌はさらに漢籍も取り込んでいるのです。『文選《もんぜん》』に「高唐賦《こうとうのふ》」という物語詩があります。巫山《ふざん》を訪ねた王が昼寝の夢の中で神女《しんにょ》と契《ちぎ》り、彼女が自分は雲の化身《けしん》だと打ち明け、朝には山の雲となり、夕べには雨を降らすので、その様を見て自分を思い出すように言い残して去ったといいます。この「朝雲暮雨《ちょううんぼう》」の故事を踏まえているのです。そして、「雲雨《うんう》」とは男女の事の意であります。

さらに「夢の浮橋」といえば『源氏物語』の最後の巻です。この言葉によって、定家は『源氏物語』の世界全体を想起させようと企《たくら》んだに違いありません。この連想による複雑化、そして「春の夜」「夢の浮橋」「峰」「横雲の空」と断片をちりばめるフラグメントの技法は、まさしく現代

のモダニズム文学の手法であります。たった三十一文字の短詩の中に、定家は詰めるだけ詰め込みました。T・S・エリオットなど足元にも及ばぬと言ったら言い過ぎでしょうか？

藤原定家は、後朝《きぬぎぬ》の朝、峰に横たう雲を見て、この和歌を詠んだのではありません。彼は『古今和歌集』を踏まえ、『文選』を踏まえ、『源氏物語』を踏まえて、王朝文学の粋を詠いあげたのでした。

さて、ここまでが前回に終わっていなければならなかった話です。カフカに血迷うたおかげで、これだけ遅れたのでした。いよいよ本題に入ります。

今回の題である「源氏見ざる歌詠み」とは、『源氏物語』も読んだことがない歌人という意味で、暗に六条藤家の歌人たちを意味しています。実際に六条藤家の歌人たちが『源氏物語』を読んでいなかったのではなく、喩えです。これは判者藤原俊成が判詞の中で述べた言葉で、『万葉集』をお題目のように唱え、その和歌が『源氏物語』を「物語取り」しているのに気づかぬ六条藤家の方人に活を入れた次第です。いわく、「源氏見ざる歌詠みは遺恨のことなり」と。

では、早速その番の解説を致しましょう。冬上の十三番。題は枯野です。プリントを参照してください。読み上げます。

十三番　枯野
左　勝　　　　　　　　　　　　　女　房

見し秋を何に残さん草の原ひとつに変る野辺のけしきに

右　　　　　　　　　　　隆信朝臣

霜枯の野辺のあはれを見ぬ人や秋の色には心とめけむ

藤原良経と藤原隆信の番です。ともに御子左家のメンバーではありませんが、御子左家風です。俊成は良経の和歌の師匠であり、また隆信は俊成の義理の息子になります。

まず、評定を見てみましょう。右方申して云わく、「草の原」、聞きよからず。即ち、「草の原」というのは修辞的に良くないという意味でしょう。何故かというと、「草の原」というのは墓所を暗示するので、歌語として相応しくないというのです。ちょっとプリントの、この歌合のメンバーの欄をご覧ください。右方で六条藤家の歌人は従三位藤原経家ただ一人です。よって、この論難は経家のものと推理できます。そして、顕昭の入れ知恵もあったことでしょう。これに俊成がカチンときました。いや、「切れた」と表現したほうが適切かもしれません。もう論理の飛躍もはなはだしい無茶苦茶な判詞を書いたのですから。後で詳しく説明します。評定に戻りますと、左の方人は、隆信の和歌を古めかしいと言いました。古風だと言ったのです。問題にもなりません。左の勝ちです。

問題は、俊成の判です。判詞を読んでみます。プリントにもありますので参照してください。

判に云わく、左、「何に残さん草の原」といへる、艶にこそ侍めれ。右の方人、「草の原」、難じ申すの条、尤もうた、あるにや。紫式部、歌詠みの程よりも物書く筆は殊勝なり。その上、花の宴の巻は、ことに艶なる物なり。源氏見ざる歌詠みは遺恨の事なり。右、心詞、悪しくは見えざるにや。但し、常の体なるべし。左の歌、宜しく、勝と申すべし

適当に意訳してお話しします。まず左の和歌の「何に残さん草の原」というのはまことに優艶でありま す、と言いました。ここは解説が必要です。というのは、この和歌の「草の原」というのは、『源氏物語』の「花宴《はなのえん》」から出てきた言葉です。『源氏物語』を勉強してきた方々はもちろんご存知だと思いますが、そうでない方々もおられますので、復習の意味をこめて「花宴」の概要をお話したいと思います。

「花宴」は光源氏が二十歳の春の話です。宮中紫宸殿《ししんでん》で桜花の宴《うたげ》が催されたのち、夜が更けてから光源氏は酔い心地で藤壺のあたりをうかがっておりました。目的は女なんです。光源氏はとにかくマメ男ですから、アバンチュールを求めてよく徘徊するのです。わたしの周囲にもこういう手合いがいます。旅行に行ったときなんか、宴会のあとでホテルの内外をうろうろする奴がいるんです。いいえ、わたしじゃないですよ。（笑） わたしはダメなんです。アルコールが入ると、すぐに眠ってしまう。（笑） 日頃偉そうに、「毎晩原稿を書いているから、寝るのはいつも三時頃だ」などと嘯《うそぶ》いておきながら、旅行に行ったら寝るのは一番、とてもアバンチュールとは

縁のない人生です。（笑） わたしとは対照的に、光源氏はいつも女性と出会うのです。このときも、たいそう若い美しい声で「朧月夜に似るものぞなき」と大江千里の和歌を口ずさみながら女性がやって来たのです。プリントをご覧ください。その女性が口ずさんだ本歌を載せていますので、読み上げます。

照りもせず曇りも果てぬ春の夜の朧月夜にしくものぞなき

ちなみにこの和歌は、『新古今和歌集』巻第一・春歌上に撰ばれています。
光源氏は嬉しさのあまり本能的に女の袖をとって引き入れます。女は愕《おどろ》いて人を呼ぼうとしますが、「無駄ですよ、わたしは許されている身ですから」と言うのを聞いて、相手が光源氏であることを悟ります。ここで二人は契りを結ぶわけです。紫式部はたいへん奥ゆかしい作家ですので、現代の作家のように事露わには書きませんでした。しかし、こういう男女の機微は『源氏物語』を読む上でたいへん大事なことなんです。高校の古典の授業ではこういうことはけっして教えないけれど、大学の国文学科ではこういう大事なことをちゃんと教えてくれるらしいのです。いいえ、わたしは知りませんよ、聞いた話です。わたしは不幸にして工業大学の卒業で、数学や物理・化学に関係した授業ばかり受けて卒業しました。しかも教室の中は野郎ばかり。国文科の教室って、女性に囲まれていいだろうなあ、なんて、いけませんいけません、すぐに脱線してし

まう。（笑）

やがて夜が明けようとしてきますが、光源氏には相手の女君の素性がわかりません。女君の方も思い乱れている気色です。「お名乗りになってください。便りのしようがありません。まさかこのままこれで終わりにしようなどとは思っていないでしょうね」などと源氏は迫ります。そのときの女君が、

うき身世にやがて消えなば尋ねても草の原をば問はじとやおもふ

という和歌を詠んだのです。ここで「草の原」が出てくるのです。すごい話ですねえ。良経の和歌を解説するのにここまで話をしなければなりません。ちなみにこの女君は弘徽殿《こきでん》の女御の妹で、後に「朧月夜の内侍《ないし》」と呼ばれる女性でした。関心のある方は帰ってから『源氏物語』の「花宴」の巻を読んでください。

さて、良経は御子左家の歌人ではありませんが、師匠である俊成の教えをすぐに会得できる天才でありました。その良経が源氏を「物語取り」した和歌に、右の方人が難を付けたのです。それも肝心の言葉である「草の原」が、墓所を暗示するから相応《ふさわ》しくないというのです。これに俊成がカチンときました。判詞にもどりますと、それがどうした、というのです。異常なことですか、と開き直りました。さあ、ここから俊成が無茶苦茶な飛躍をして、六条藤家の輩《やから》に挑むので

す。いきなり紫式部がでてきます。紫式部は歌人としてはたいしたことはないけれど、物語作家としての筆は格段にすぐれている、と言いました。紫式部は歌人としてたいしたことがないなんて、和歌の名人俊成だからこそ言えたことなんです。でも、彼女は『百人一首』にも撰ばれているんですよ。無茶苦茶に論理を飛躍して進めています。しかし、紫式部が書いた『源氏物語』は立派なものだ、と続けます。確かにそうです。『百人一首』に較べれば、『源氏物語』はわが国が世界に誇りうる大小説であります。俊成の言うとおりです。そして、その『源氏物語』のなかで、「花宴《はなのえん》」の巻は特に優艶な話である。先ほどの光源氏と朧月夜の内侍の話です。その「花宴」の巻を踏まえて詠んだ和歌だとも知らずに難をつけるとは、『源氏物語』も読んだことがない歌人は残念ながら歌人とはいえない人たちだ、と俊成は言い放ち、六条藤家の歌人たちをばっさりと切り捨てたのでした。「源氏見ざる歌詠みは遺恨の事なり」というのがそうです。よほど頭にきていたのでしょうね、六条藤家の方人たちの万葉乞食ぶりに。時に俊成は八十歳、年をとって少し短気になっていたかもしれません。でもこの言葉は、和歌史上とても有名な言葉なんです。

さて、このように俊成は『六百番歌合』の判詞において、六条藤家の方人たちを退けました。ただ、勇み足も目立ちます。前回、独鈷と鎌首の諍いの話をしたとき、顕昭の『六百番陳状』を紹介して、俊成がやり込められる話をしました。また息子定家に、家隆との番で、明らかに定家の負けと思われるのに、「ここは負けてやれ」などと言って妙な判を下しています。千二百首・六百番を一人で判定したのですから、まあ色々あってもいいでしょう。ただ、ここで誤解のないように断っておかねばならないのは、俊成は判において、六条藤家の歌人たちの和歌をことごとく否定したのではありません。彼は和歌の典拠を『万葉集』一点張りに主張する六条藤家の論を否定して、物語や漢籍を典拠に新しい言葉・新しい詩境を求める御子左家風を主張したのです。しかし、和歌に関してはさすがに名人らしく、出来の良し悪しを判定しているのです。だから総合的にみて六条藤家と御子左家の勝敗の数はほぼ互角であったというのが実情です。そして、もうひとつ断っておかねばならないのは、六条藤家の歌人たちがけっして万葉ぶりの和歌を詠んだのではないということです。顕昭が万葉がかった和歌を詠んだという程度です。顕昭は当代随一の歌学者ではありましたが、前回の寂蓮との諍いのところで話したように、彼の和歌は歌論ほど達者ではありませんでした。この時代に万葉ぶりの和歌を詠んだのは、もう少し後の源実朝であります。実朝はご存知のように、兄頼家の子である公暁に殺害されました。享年二十八歳でした。明治時代に短歌と俳句を大改革した正岡子規は、この実朝が長生きしておれば万葉ぶりの大歌人になっていただろうと、『歌よみに与ふる書』の中で褒めちぎっております。正岡子規はこの書の中で、「紀貫之は下手な歌詠みで、『古今和歌集』は下らぬ歌集である」と断じました。そして、『万葉集』こそが和歌のもとであり、そこにたち返るべきだと主張したのです。江戸時代の和歌をみれば、これくらいの活を入れないと、改革を断行できなかっただろうとは思います。即ち、『古今集』から連綿と続く和歌の伝統を、正岡子規は断ち切ろうとしたのでした。そして、この三十一文字の短詩に、和歌・短歌とは言わず敢えてこの表現を使います、新しい息吹を吹き込もうとしたのでした。わたしには正岡子規の意図は理解できます。しかし、『新古今和歌集』を信奉するわたしとしては、心情的に子規を許せません。貫之は実朝など足元にも及ばぬ大歌人です。そして、言わせてもらえば、実朝が長生きしたとしても、けっして万葉ぶりの和歌の大成を目指さずに、勅撰集の伝統を目指したであろうと思うのです。というのも、実朝は定家に師事していました。定家は実朝に『新古今和歌集』を献じていますし、また先にも話したと思いますが、御子左家伝来の『万葉集』も献じています。さらには「詠歌口伝一巻」即ち『近代秀歌』を献じました。実朝は都の文化に憧れ、都ぶりの和歌を〝まねび〟ました。この「まねぶ」という言い方は、「学ぶ」ということが本来「真似る」ということから始まったと思うので、それを思い起こすために敢えて使用しました。そして、実朝は都から遠く離れた東国で、自ら身につけた詩境で叙景歌を詠んだとき、彼の詩才が開花して武家の棟梁をうかがわせる雄大な万葉ぶりの和歌を詠んだのでした。二十八歳で落命した実朝が、もしも長命を得ていたならば、彼はこの万葉ぶりにとどまることなく、勅撰集という時代の枠組みの中で新しい詩境を求めたであろうとわたしは思うのです。先に実朝が貫之に及ばぬと申しましたが、紀貫之は歌聖柿本人麻呂にも比肩する大歌人でありまして、較べるのがおかしいくらいでした。実朝は「百人一首」にも撰ばれたわが国の代表的な歌人であります。しかし、長い歳月の間に時代の塵にまみれておりました。その実朝を拾い上げ、塵を払ったのは、江戸時代の国学者賀茂《かもの》真淵《まぶち》は別として、正岡子規の手柄であります。そして、今日あちこちの新聞に素人の短歌・俳句が数多く掲載され、市井に歌人・俳人が跋扈するのも子規の偉業であると、わたしは素直に認めます。正岡子規が写実を唱え、和歌・俳句を庶民のもとに引き戻したからこそ今日の隆盛があるのです。・・・・・・・・・・・・・？どうしてわたしは正岡子規の話をしているのでしょうか？（笑）すみません、また熱くなって脱線してしまいました。（大笑）

俊成は「源氏見ざる歌詠みは遺恨のことなり」と断じて、歌論において、六条藤家の万葉主義を退けました。しかし、六百番の和歌の良し悪しについては、両者拮抗した判定であったと先ほど述べたとおりです。

さて、わたしは先ほど『源氏物語』の話をしたとき、工業大学で授業を受けたとお話しました。断っておきますが、これは話が脱線しているのではありません。（笑）あらかじめ準備した話の導入部です。この工業大学というのは、教養課程は別として、すべての授業が数学と理科に関係したものであるといって過言ではありません。学生たちも、小学以来数学と理科が得意な野郎ばかりでした。それだけに教室で漢籍や小説ばかり読んでいたわたしは特異な存在でした。

教養課程一年の英語の授業は二科目あって、独逸語のように文法と読本に分かれておらず、どちらも読本でした。ひとりの教授は科学史のテキストを用いました。工学を専攻する学生にとって適切であったと思います。ところがもうひとりの教授は、前期はJ・D・サリンジャーの『ナイン・ストーリーズ』を、後期はジェームス・ジョイスの『ダブリナーズ』をテキストに用いたのでした。これはわたしにとって、いささか刺激的でした。その後サリンジャーとジョイスを読んだのは言うまでもありません。ちなみにこのジョイスを教えてくれた教授は、雨も降っていないのにゴム長靴を履いて教壇に立ち、畑で野菜でも作っているほうがよほど良く似合ういでたちの、教授としての風采が上がらない姿でした。とても大学教授とは思えない。しかし、わたしは彼のおかげでその後永らくジョイスと付き合うことになったのでした。

『ダブリナーズ』の授業のとき、わたしたちは新潮文庫の安藤一郎訳『ダブリン市民』を手にしていました。残念ながら授業の印象は残っておりません。授業についていくのにきゅうきゅうとしていたのでしょう。授業はそれで済ませたのですが、一年ほど後に中央公論社版・新集世界の文学の「ジョイス」が発刊され、これには『ダブリンの市民』と『若い芸術家の肖像』が入っていて、わたしはそれらを読みました。そして、さらに河出のグリーン版で『ユリシーズ』を読んだのでした。この頃は無茶苦茶な濫読時代で、まさに手当たり次第に本を読みました。系統も分類もありません。文学・哲学はもちろんのこと、聖書・仏典から心理学・精神病理学、量子力学・天体物理学、『少年マガジン』に『少年ジャンプ』、『プレイボーイ』から『平凡パンチ』にいたるまで読み散らしたのでした。また遊ぶほうも忙しく、パチンコ・麻雀・ボウリング・玉突き、勉強などいつしたのか、今振り返っても不思議なくらいです。勉強などしなかったのではないか、などと揶揄られそうですねえ。

閑話休題。

さて、ジェームス・ジョイスは一八八二年、わが国の暦では明治十五年にアイルランドの首都ダブリン郊外で生まれました。イエズス会系の学校で教育を受け、十六歳でユニバーシティ・カレッジ・ダブリンに入学し、二十歳で卒業しています。そして、医学を志してパリへ行ったけれど挫折しました。ジョイスを語る場合、アイルランドがイギリスの植民地であったという政治的問題、またカソリックとプロテスタントの宗教的問題が非常に重要なんですが、ここでは敢えて触れません。ジョイスの上辺だけを撫でるように話します。

彼は若い頃から非常にすぐれた文才を発揮したらしく、作文で入賞したり、雑誌に論文を発表したりしています。二十歳代に書いた『ダブリナーズ』の諸々の作品は短編小説としては非常にすぐれています。そして、『若き芸術家の肖像』はモダニズム文学の傑作といわれています。さらに『ユリシーズ』は、何度も申しましたが二十世紀文学の大傑作であり、以後多くの作家がこの小説の影響を受け、様々な傑作をものにしました。そしてその後、〝天下の奇書〟と呼ぶに相応しい『フィネガンズ・ウェイク』を書き上げました。言葉の魔術師ジョイスは、カバン語といわれる二つの言葉を組み合わせた新しい言葉を造語して文章を連ね、作品を創作したのです。発想は和歌の掛詞や本歌取りと同じですが、その豊穣さ、いや過剰さにおいては比べものになりません。ひとつの言葉に二重三重の意味を持たせ、ひとつの文章を何通りにも読ませる仕掛けをして、一応は物語としての筋はあるのですが、読者に要求するのは想像力と創造力、前者が思いを拡げる想像で、後者がものを造る創造です、だからとても読みづらいのです。しかし、このことはすぐれた現代文学が常に読者に要求することなのです。ジョイスはそれを先駆けていました。

『フィネガンズ・ウェイク』は一応英語で書かれているのですが、英語を母国語とする人にさえたいへん読みづらい、いや、解説書或いは注釈なしには読めない小説なのです。これはわたしが先に話した『新古今和歌集』の場合と同じなんですね。読者にたいへん高いハードルを強いるのです。だから、日本語訳も大変です。まず、全訳は柳瀬尚紀訳がただ一つ、後は宮川恭子の抄訳と複数の人々の共同の部分訳で、わたしの手持ちは三種類です。わたしは学者ではありませんので、学会向けの雑誌等に発表されたものは知りません。一応出版社から刊行されたものしか持っていないのです。

きょうは、そのジョイスの作品を持ってまいりました。まず柳瀬尚紀訳『ダブリナーズ』（新潮文庫）、先ほどお話した安藤一郎訳『ダブリン市民』（新潮文庫）わたしが学生時代に読んだものです、そして結城英雄訳『ダブリンの市民』（岩波文庫）です。『若い芸術家の肖像』は、丸谷才一訳の新潮文庫と大澤正佳訳の岩波文庫です。『ユリシーズ』はハードカバーで、丸谷才一・永川玲二・高松雄一訳の集英社版三冊。『フィネガンズ・ウェイク』もハードカバーで、柳瀬尚紀訳の河出版二冊です。『ユリシーズ』と『フィネガンズ・ウェイク』はともに文庫版がありますが、あいにくわたしは所蔵していないのです。これからみなさんのお手元に回しますので、わたしの話を聞きながら手にとってご覧になってください。

どうぞ、順番にごらんになってください。あちこちから廻すと早く済むのですが、途中で入り乱れて収拾がつかなくなりますので、一方向から廻します。ごらんになったら横の方に送ってください、そして端の方は後ろの方に廻してください。そしてまた横へ。そうすると、順繰りに洩れることなく後ろまで廻ると思います。

さて、特に『フィネガンズ・ウェイク』はどこでもいいから二、三行読んでみてください。まず理解できないことを保証します。妙な保証の仕方ですみません。（笑）でも、他の翻訳書の同じ箇所を参照しても、とても原文が同じだとは思えないくらいなんです。分からなくてあたりまえ。別にこちらの頭が悪いなどと卑下する必要はありません。ジョイスを世に出すために尽力したアメリカの詩人エズラ・パウンドさえこの作品にはさじを投げているのですから。

『ダブリナーズ』は今紹介した本のほかに、福武文庫（今は絶版です）やちくま文庫などがあります。翻訳としては柳瀬訳がすぐれていますが、分かりやすさの点では結城訳の岩波文庫がお勧めです。また『若い芸術家の肖像』でも、翻訳としては新潮文庫の丸谷才一訳がすぐれていますが、同じく分かりやすさの点では岩波文庫の大澤訳がお勧めです。いいえ、わたしは岩波の回し者ではないですよ。（笑）読んだ感想なんです。ただ大澤訳で、他の翻訳者たちが「ディーダラス」としているのを、「デダラス」としているのが気に入りません。ギリシャ神話の工匠ダイダロスを意識してのこととは思うのですが……。

前置きが長くなってしまいました。わたしは『ユリシーズ』の話をする予定なんです。しかし、その前にジェームス・ジョイスについて、また彼の作品について少し語っておこうと思ったのです。ジョイスについては、二十二歳のときアイルランドを出国して、チューリッヒ・トリエステ・パリと居を移し、二十七歳のとき一時帰国した以外はその後の生涯を外国で過ごしたのでした。そのくせ、書いたのはダブリンのことばかりなのです。いまみなさんの手元に廻っている小説は、すべてダブリンを舞台にしています。ジョイスは、身はアイルランドから逃れたけれど、魂はけっしてアイルランドから逃れられなかった作家なのです。そんなジョイスについて語ろうとすれば、今回のように四回の講演をいただいたとしても、けっして語りつくせるものではありません。ところがそれを、『六百番歌合』の講演の最後になって語ろうとしているのですから、本来無茶苦茶なことなのです。そうです、わたしは『六百番歌合』の話をしていたのでした。それを最後の最後になってジョイスの『ユリシーズ』の話をしようとしているのです。いったいどんな関係があるのか、不思議に思われる方もあろうかと推測します。ここはひとまずご清聴をお願いします。

『ユリシーズ』はホメロスの長編叙事詩『オデュッセイア』の英語読みであります。そして、各章の表題も「テレマコス」とか「カリュプソ」とか、『オデュッセイア』に由来しています。ちなみに「テレマコス」はオデュッセウスの息子の名前であり、また「カリュプソ」はオデュッセウスを虜にしたニンフの名前です。おもな登場人物は、文学青年のスティーブン・ディーダラス二十二歳、『若い芸術家の肖像』の主人公の後年の姿です、次に新聞社の広告取りでユダヤ人の血を引くレオポルド・ブルーム三十八歳、そして歌手であるその妻モリー三十三歳の三人です。そして、ブルームはオデュッセウスに、スティーブンはその息子テレマコスに、モリーは妻ペネロペイアになぞらえられます。そのほかに『ダブリナーズ』のかなりの人物が再登場し、その後が描かれています。そして舞台はもちろんダブリン、それも一九〇四年六月十六日ただ一日の出来事を、ジョイスはこの膨大な小説に描いたのでした。

この一九〇四年六月十六日は、ジョイスが後に妻となるノーラと初めてデイトをした日といわれています。彼はそれを記念するかのようにその一日を選び、『ユリシーズ』を書いたのでした。しかし、彼はノーラとの出会いを描いたのではなく、架空の人物レオポルド・ブルームを当時のダブリンの空き家に住まわせ、実景と虚構をない交ぜにした作品を創作したのでした。ジョイスは外国に住んでいたため、たびたび叔母に手紙を書いて、当時のダブリンの様子を調べてもらっているのです。だから非常に正確らしい。この「らしい」というのは、わたしがダブリンへ行って調べたわけでなく、ものの本で読んだ知識であるゆえにそう申しているのです。例えばブルームが町を歩いている場面などは、「彼の意識」「彼の見たもの」「出会った人との会話」そして「作者の語り」が説明もなく叙述されているのですが、これも読みなれてくると、まるでダブリンの町を歩いているような味わいがあります。詳細な地図でも傍らにあれば最高です。ちなみに、河出書房のグリーン版の第二巻の巻末にすばらしいダブリンの市街図が付いています。

みなさんにお配りしているプリントに、「ユリシーズ計画表」というのがありますのでそれをご覧になってください。これはジョイスが友人への手紙で公表したもので、いまみなさんのお手元に廻している『ユリシーズⅢ』の巻末に掲載されているものをコピーしたものです。すごいですねえ。ジョイスはこういう設計図をもとに『ユリシーズ』を創作したというのです。各章ごとに、表題、場面、時刻、器官、学芸、色彩、象徴、技術などと、細かくメモされています。実際に、彼がどのように利用したのかは分かりません。なるほどと頷ける部分もあるのですが、違う部分、いやどこのどれが相当するのか分からないところも多々あるのです。

まず表題は実際には利用されませんでした。いまみなさんの手元に廻している本は、計画表どおりの表題をつけてありますが、彼らが四十年余り前に翻訳した河出のグリーン版では表題を用いず、奇数頁の上に括弧して表記しております。そして、その間に彼らは旧訳のほとんどの文章に手を入れ、まさに新訳というように相応しい見事な翻訳を行いました。また、それ以前の翻訳である新潮社版の世界文学全集の伊藤整・永松定訳では、各章には数字が振ってあるだけで、表題はありません。

次に、場面と時刻はおおよそ合っていますが、器官や学芸は曖昧です。そして技術、これは「語り」とか「教義問答」「独白」などと書かれていますが、実際は後半の第十章からが様々な文体で書かれています。ちょっとメモしてきました。まず第十章が十九の断章で書かれています。現代でいうフラグメントの先駆けでしょう。十一章が音楽でいうフーガの技法。十二章が二種類の語り。十三章が三文小説の文体。十四章が文体史のパロディ。十五章が戯曲体。十六章が老人のようなまわりくどい語り。十七章が問答体。そして第十八章が有名なモリーの独白です。

これは翻訳のほうもたいへんで、例えば第十四章の文体史はもちろん英語の文体の歴史なのですが、ジョイスが過去の様々な作家の文体を模倣して書いたのを、丸谷才一らはこれを日本語の文体史でなぞらえ、祝詞・『古事記』・『万葉集』・王朝物語・『平家物語』・『太平記』・井原西鶴・夏目漱石・菊池寛・谷崎潤一郎の文体を模倣して翻訳したのです。まさに『ユリシーズ』の精神を伝える果敢な挑戦といえるでしょう。ちなみに、伊藤整らは前半を文語、後半を俗語で翻訳しました。また、第十八章のモリーの独白は、丸谷才一らはグリーン版ではすべての文字をひらがなとカタカナで表記しましたが、いまみなさんの手元にある新訳では漢字交じりの表記になっています。そして、これもまるで別人が翻訳したのではないかと思われるくらい改訳されていま す。また、ご覧になっていただくとすぐに分かるのですが、いずれの翻訳も句読点のない、そしてほとんど改行のないたいへんな文章です。訳者らの苦労がうかがえます。

しかし、そんな訳者らの苦労をあざ笑うかのように、わが国の『ユリシーズ』の翻訳は誤訳の歴史でした。専門の大学教授が束になっても敵《かな》わない。以前にグリーン版の訳を批判しているのを読んだことがあります。伊藤整らの訳はもっとひどいらしい。総体にジョイスの作品の翻訳は、新しいほど正確で信頼がおけます。というのも、ジョイスはいまだに世界中で研究発表され、〝ジョイス産業〟などと異名を放っているからです。これには有名な逸話があって、ジョイスは『ユリシーズ』に関して、次のような有名な警句を残しているらしいのです。ちょっと読んでみます。

非常にたくさんの謎やパズルを埋め込みましたから、わたしの意図したことをめぐって大学の先生がたは何百年もの間忙しく論議してくれるでしょう。そうすることで不滅でいられるわけですから。

この言葉はうがった作り話であるという意見もありますが、なかなかに正鵠を射ています。出版されたあと、次々と註解が発表されているのですから。ちなみにわたしが持っているジョイス関係の本で、いちばん新しいのを調べたところ、小島基洋著『ジョイス探検』（ミネルヴァ書房）がありました。奥付を見ると、二〇一〇年六月十六日になっていました。この六月十六日、そうです、『ユリシーズ』に描かれた日です。彼もなかなか凝ったことをしています。

この謎やパズルがどんなものであるか、いまみなさんのお手元に廻してある『ユリシーズ』のページを繰っていただくとその一端がうかがえます。各ページの下段におびただしい訳注がついています。これらの多くは聖書とシェークスピアに関するものですが、ある章などは、本文が終わっているのに訳注が延々と続き、四段組で数ページにわたっているところがあります。これらはすべてジョイス学者たちの成果であります。

ところで、その謎やパズルについて、小説の実作者の立場で少しお話したいことがあります。もう終了の時間が参っておりますが、いましばらくお付き合いください。

わたしは平成十九年の『播火』六十三号に「自在の輪」という小説を発表しました。この作品は「文学界」の同人誌評で勝又浩氏にとり上げられ、ずいぶん励みになったのを思い出します。それはさておき、わたしはこの作品の中に様々なもの、いわゆる謎やパズルを埋め込みました。時間がないので、その中の一つだけ紹介しておきます。

先ほど『オデュッセイア』の話をしましたが、その作者ホメロスにもう一つの長編叙事詩『イリアス』があります。わたしはそれを利用しました。というのは、「自在の輪」は三章仕立ての作品で、各章で主人公が『イリアス』を読む場面があるのです。『イリアス』を読んだ人は気付くと思うのですが、主人公が読む『イリアス』は、内容が章の順番どおりではありません。ここで種を明かしてしまうのですが、第三章の主人公が『イリアス』の初めの部分を読み、第一章の主人公がその後の物語を読み、第二章の主人公が最後の方の部分を読んでいます。「自在の輪」の物語は一・二・三章と続くのですが、『イリアス』を軸に読むと三・一・二章と続いているのです。そして、第三章の主人公は最後のところでノートに物語を書き始めます。その最初の文章が、第一章の冒頭の文なのです。こうして物語に円環の構造をもたせ、さらに追われる者が追う者に変化して「メビウスの輪」であることが明らかになるわけです。こうして『イリアス』に気付いた読者は、もう一度この物語の裏側を読む破目になるのです。勝又氏には分かっていただきました。またその他に、尾崎放哉や種田山頭火の自由律俳句の作品を地の文に埋め込んでいます。これはまったく意味がなく、「誰が気付くだろうか」という作者の遊び心によるものです。機会があれば、探してみてください。

いかがでしょうか？　ジョイスの末裔は、田舎の同人誌を発表の場とする物書きであっても、これくらいの芸は身に着けているのです。ちなみにわたしは、ジョイスの弟子とみなされているアイルランドの作家サミュエル・ベケットの小説『モロイ』を学んだ者と、筆名に名乗っている者です。時間が過ぎておりますので、ベケットの話をする余裕はありません。次に進みます。

これまでジョイスの『ユリシーズ』が、いかに豊潤な内容と形式をもった作品であるか、その概要をお話してまいりました。次に、『ユリシーズ』が二十世紀の文学に与えた影響について、駆け足で語りたいと思います。

いまみなさんの手元に廻している『ユリシーズⅡ』の帯に、「『ユリシーズ』の力がすべてを変え、ぼくたちは制約から解放された」とヘミングウェイの言葉が書かれています。シルヴィア・ビーチの『シェイクスピア・アンド・カンパニイ書店』を読みますと、当時アメリカで発禁であった『ユリシーズ』をカナダ経由で大量に持ち込んだヘミングウェイの才気と行動が詳しく語られています。ちなみにシルヴィア・ビーチは『ユリシーズ』をはじめて出版した女性です。ヘミングウェイは精神において『ユリシーズ』の影響を受けたであろうけれど、その作品の手法・形式に影響を受けた形跡はありません。それを話すなら、アメリカの作家ではまずウィリアム・フォークナーです。彼の小説『響きと怒り』の冒頭を読みますと、いったい何が書いてあるのか、たいへん理解に苦しみます。それを辛抱して読み進めると徐々に内容が明らかになってくるのですが、これは『ユリシーズ』の影響なくして書けない手法です。わたしも『ユリシーズ』の匂いを感じたからこそ、その匂いを頼りに辛抱して読み進んだわけです。

いきなりヘミングウェイとフォークナーの話をしてしまいましたが、『ユリシーズ』に影響を受けた筆頭に挙げねばならないのは、まずT・S・エリオットの『荒地』です。その他に、先ほど名前を挙げたわが師サミュエル・ベケットの『モロイ』他三部作、レーモン・クノーのウリポの実験『文体練習』、さらにはジョルジュ・ペレックの『煙滅』も挙げておきましょう。その先には筒井康隆の『残像に口紅を』があります。SFの範疇に入るけれど、アントニー・バージェスの『時計じかけのオレンジ』、J・G・バラードの『太陽の帝国』。文学から文学を作るメタフィクションではウラジーミル・ナボコフの『青白い炎』、ジョン・バースの『酔いどれ草の仲買人』。果てしもない独白を描いたヘルマン・ブロッホの『ウェルギリウスの死』。ヌボォー・ロマンの作家ではクロード・シモン『フランドルへの道』、ミッシェル・ビュトール『時間割』、アラン・ロブ＝グリエ『覗くひと』。そして、ラテンアメリカの作家たち。ガルシア＝マルケスの『百年の孤独』、アレッホ・カルペンティエールの『失われた足跡』、マリオ・バルガス＝ジョサの『緑の家』、フリオ・コルタサルの『石蹴り遊び』、マニュエル・プイグの『蜘蛛女のキス』、イザベル・アジェンデの『精霊たちの家』、もうきりがありません。この他にデイヴィッド・ロッジやドナルド・バーセルミは名前だけでも挙げておきたい。

このように、二十世紀の文学の重要な作品がジョイスの影響のもとに生まれています。そして、ジョイスを知らずに、先ほどわたしが挙げた作家や作品の影響を受けて、新しい文学を試みる作家さえ現れているのです。

さて、いよいよこの講演も終わりに近づいてまいりました。あらためて思い返してみてくださ い。わたしは『六百番歌合』の話をしていたのでした。それが最後の最後になってジェームス・ジョイスの『ユリシーズ』の話をしたわけであります。何が関係あるのか?

『六百番歌合』の冬上十三番「枯野」の判詞で、藤原俊成が「源氏見ざる歌詠みは遺恨の事なり」と断じて、六条藤家の歌人たちの主張を退け、『源氏物語』や漢籍を典拠にした新しい表現方法を主張したのでした。そして、それがおし進められて「新古今調」と呼ばれる歌風が生まれたのでした。言い換えれば、俊成はこの時代にモダニズム文学を提唱していたのです。モダニズム文学とかポスト・モダン文学なんて手垢にまみれてしまっている、という方々もございましょうが、ここはしばらくご清聴を願います。

わたしは、近代小説はフロベールの『ボヴァリー婦人』に始まり、モダニズム小説はジョイスの『ユリシーズ』に極まるとひそかに信じる者であります。もちろん暴論であることは百も承知していいます。今は時間がないので、言い訳はいたしません。そして、この講演の第一回目の冒頭でこう話しました。「わたしは小説家になりたくて、若い頃から文学を勉強して参りました。それもおもに西欧の文学であります。そして、二十世紀の文学史は文学の新しい方法と新しい形式の模索の歴史であったと理解したのでした」と。言い換えれば、わたしはジョイスに連なる文学を読み、創作の勉強をしてきたのでした。そんなわたしがある時、わが国の『新古今和歌集』の文学が西欧の二十世紀の文学を先駆けるものであったと気づき、勅撰和歌集の勉強を始めたのでした。その中で、『新古今和歌集』の歌風を決定付けた『六百番歌合』の存在を知り、そして、俊成の有名な判詞に出会ったのでした。わたしはここで俊成がモダニズム文学を提唱していると理解しました。わたしの解釈は一挙に八百年後の『ユリシーズ』に飛躍し、俊成の判詞を次のように読み替えたのでした。

ジェームス・ジョイス、歌詠みの程よりも物書く筆は殊勝なり。その上、ペネロペイアの巻は、ことに艶なる物なり。『ユリシーズ』見ざる物書きは遺恨の事なり。

ようやく結論に到着しました。先ほどわたしは世界中の小説家が『ユリシーズ』の影響を受けて、それぞれに新しい文学を創りあげたとお話しました。そして、二十世紀の文学はモダニズムとそれに続くポスト・モダンを強力に推し進めてまいった、と話しました。しかし、もうそれらは手垢にまみれてしまっているのです。特にポスト・モダンの破綻は眼にあまるものがありました。いまわれわれは二十一世紀に足を踏み入れております。われわれは二十一世紀の新しい文学を試みているのです。そして、そのためにいま一度『ユリシーズ』にたち返ることをわたしは提唱しているのです。

言い方を替えれば、若い頃から西欧の文学を勉強してきた者が、わが国の『新古今和歌集』の前衛に気付き、それを研究中に新しい和歌を提唱した藤原俊成の言葉に触発されて、再び現代にたち返り、二十一世紀の新しい文学を模索するためには『ユリシーズ』が重要である、という認識を表明しているのです。その言葉が、

『ユリシーズ』見ざる物書きは遺恨の事なり

なのでした。わたしは藤原俊成にネジを巻かれた思いで、今一度『ユリシーズ』にたち返って二十一世紀の新しい文学を試みることを提唱するものです。

以上で『六百番歌合』の一連の講演を終わります。『六百番歌合』の結論をとんでもないところへ持っていってしまったと、不審に思われる方もあろうかと思われます。最後の最後を『ユリシーズ』で締たことを責めないでください。わたしは国文学者ではなく小説家でありますので、『六百番歌合』の詳細な註解は彼らにお任せして、わたしは小説の実作者として『六百番歌合』に触発された部分をお話ししたのです。そして、その話は皆様方にとってたいへん難しかっただろうと推測いたします。その証拠に、ここにおられる大半の方々が目を瞑ってわたしの話を聞いておられました。（笑）　お赦しください。最後の最後には、わたしは皆様方を無視して、皆様方のさらに後ろの、そのはるか彼方にいるであろうわが国の文壇の方々に向かって話していたのです。

ご清聴ありがとうございました。（拍手）

（注）本稿は平成二十三年四月から七月まで＊＊公民館において四回行われた講演の記録を加筆訂正したものです。

後京極良経

或いは式部史生秋篠月清伝

1　九条良通・良経兄弟

　わたしが『新古今和歌集』（以後『新古今集』と表記）の研究を始めた頃のことです。藤原良経の話をしているときに突然相手の顔に変化が現れて、呑み込み顔になってなにか納得したような表情になることがありました。それはわたしが「ヨシツネ、ヨシツネ」と言っているときに、相手の人は源義経のことと思って聞いていたらしく、それが突然藤原良経のことだったと気づいたときの表情の変化だったのです。

　今では「ヨシツネ」といえば源義経を思うのが一般的で、藤原良経という名前を知る人は少ないと思います。だからこの二人の混同は、わたしの周辺でささやかに起こっていたに過ぎないと思います。特に書物などで読んだ場合、この二人の字は全く違うので混同しようがありません。

　ところがこの二人が実際に生きていた時代に、この二人の名前の混同が問題になったことがありました。この時代に「ヨシツネ」といえば藤原良経、もしくは九条良経のことでした。例えば源義経が壇ノ浦で平家一門を滅ぼして凱旋した文治元年（一一八五年）四月のこと、時の人源義経は二十七歳で、従五位下左衛門少将・検非違使少将でした。方や藤原良経は摂関家の次男で十七歳、従三位左近衛中将でありまして、格段に身分の違いがあったのです。ところがこの年の十一月に頼朝と反目した義経が朝敵として追討されたので、「良経」が「義経」と同訓であることから、良経に改名の問題が起こったのでした。しかし、この時実際には改名されず、義経を義行、さらに後には義顕と呼び慣わすことによって、この問題はけりがついたのでした（久保田淳『新古今歌人の研究』）。この改名には笑い話のようなエピソードがあります。逃亡している義経が捕まらないのは、義行という名の訓が「能く行く」であって、「能く隠れ行く」という意味となるからで、さらに改名するように鎌倉から朝廷に注文があったそうです。それならば「能く顕《あらわ》れる」という意味の義顕が良いと、義顕追討の宣旨が出されたというのです（五味文彦『源義経』）。現在は良経を「ヨシツネ」と読まず「リョウケイ」と読む人もいます。俊成（シュンゼイ）、定家（テイカ）、家隆（カリュウ）と読むのと同じなのです。

藤原良経は嘉応元年（一一六九年）に九条家の次男として生まれました。藤原氏は鎌足より連なる氏ですが、その子不比等の四人の息子即ち武智麻呂（南家）・房前（北家）・宇合（式家）・麻呂(京家)がそれぞれ独立して家を立てました。その房前の系統が平安時代に政権の中枢になって摂政・関白を輩出したのです。良経は北家の良房・忠平・師輔・兼家・道長・頼道・兼実（父）に連なる系統で、当時の三摂家の一つ、九条家の嫡流として、最後には従一位摂政太政大臣となりました（この当時の他の摂家は近衛家と松殿家です）。良経には二歳上の兄である右大臣良通がいましたが、文治四年（一一八八年）に二十二歳で夭折したために、良経は九条家の後継者となったのでした。

一般に貴族の子弟はすべて政界に進出したのではなく、多くは僧侶に出されてしまいました。父兼実の弟慈円も幼いときから寺に入れられ、その後修行を経て天台座主になりました。良経の同腹（母は藤原季行娘・兼子）の兄弟は四人いました。兄良通のほかに後鳥羽天皇の中宮となった任子《にんし》、法性寺座主となった良尋がいます。やはり兄弟の一人が仏門に入っているのです。また腹違いの兄弟で政界に入ったのは良平と八条良輔の二人がおりまして、他には確認できるだけで四人が仏門に入っています。その他に史書には残らない身分の低い女たちが生んだ子供らもおそらく仏門に入れられたのだろうと思われます。また、親鸞の妻の玉目姫は兼実の娘といわれており、良経の異腹の妹にあたります。

良経の昇叙をみてみますと、摂関家の子弟だけあってすこぶる速いのです。治承三年（一一七九年）十一歳で元服して従五位上侍従、四年十二歳で正五位下、翌養和元年（一一八一年）には十三歳で右近衛少将、そして翌寿永元年十四歳で左近衛中将になっています。これが嫡男良通になるとさらに速い。承安五年（一一七五年）九歳で元服して従五位上播磨権介、治承三年十三歳で従二位権中納言右近衛大将になっています。因みに藤原定家をみますと、治承四年十九歳で従五位上、二十二歳で正五位下、文治五年（一一八九年）二十八歳でようやく左近衛少将になっているのです。このとき良経は二十一歳で、正二位権大納言左近衛大将でありました。良通はその前年に二十二歳で正二位内大臣でありながら急死してしまいました。定家にしても、最後は正二位権中納言になった公卿です。その定家など足元にも及ばぬほどの九条家兄弟の出世は早かったのです。

以上年号と補任《ぶにん》が煩雑な表記になりましたが、要するに摂関家である九条家は人臣第一等の家格であったということです。

先程の昇叙をたどると良経は兄の後を素直に追っています。もちろん兄弟の昇叙は父兼実の実力によるものだったのですが、わたしはこの兄の陰にいた頃の良経に関心をもちました。というのは、次男良経は秀才の誉れ高い兄良通と絶えず比較されながら育ったと思われるのに、僻むことなく素直に生きたことが一驚に値するのです。というのも、今日的に言えば、引きこもりとか、或いは不良たちとの付き合いによって転落していく人生が充分に考えられる環境であったと思うのです。平安時代でも没落した貴族の乱行がありました。なかでも荒三位道雅が有名です。藤原道雅は藤原兼家から連なる摂関家の嫡流でありましたが、父伊周が叔父道長との政争に敗れ、中関白家が没落して、荒三位と呼ばれる不良貴族になり果てたのでした。ただこの頃貴族の子弟は厳しい教育を受けながら十歳前後で元服し、自らが成人の仲間入りをした自覚がありましたので、甘やかされて育った現代の青年よりもはるかに精神的に強靭だったと思われます。

良経は優秀な兄とともに政界の道を歩みました。嫡男とともに育てられたことが幸いであったと思われます。またその性格も温和で素直でありました。後のことなのですが、治天の君後鳥羽院から摂政としての信頼が厚かったのもこの性格に由来すると思われるのです。そして、それは政治の世界だけでなく、和歌においても後鳥羽院勅撰の『新古今歌集』の仮名序を院に代わって書いたことからもうかがえます。

文治二年（一一八六年）三月に、右大臣九条兼実は摂政に任命されて、藤原氏の氏長者とする旨の仰せを承りました。そしてその十月には、嫡男である大納言良通は内大臣に任命されまして、大饗という大臣任命の日に行われる宴が盛大に催されたのでした。この時良経は従三位播磨権守左近衛中将です。いよいよ九条家に盛運がおもむいてきました。その絶頂が文治四年（一一八八年）正月の春日神社参詣であります。春日神社は藤原氏の氏神を祀っておりまして、兼実は一門・公卿・殿上人を引き連れて参詣したのでした。この時内大臣良通は九条家の嫡子として御供したのですが、摂政と内大臣がいっしょに参詣するということはめったにあることではありませんでした。内大臣にも摂政と同じく大外記・大夫史・弁・少納言らの先払いの人たちと近衛府の武官らが従いまして、この時の行列は豪華を極めたといわれております。

ところがその翌月に、九条家に突然悲劇が訪れました。二月二十日の明け方、内大臣良通が就寝中に突然亡くなったのです。お側の人が気づいた時はすでに息絶えていたらしい。兼実の悲嘆は大きく、その日のことは日記『玉葉』に記されているのですが、実はしばらく記録を断っておりまして、その間の記事は後に人々に訊ねたり、また思い出して書いたといわれています。

『玉葉』の文治四年二月二十日の条では、「幼年ヨリ学ニ志シ、和漢ノ典籍渉猟セザル無ク、見《ゲン》任卿相《ニンケイショウ》（注・官に任ぜられている公卿）ノ中、其ノ才半《ナカバ》ニ及ブ人無キ歟、文章是天骨ヲ得、詩句多ク人口ニ在リ。（中略）年齢僅カ廿二、儒士ト云フト雖モ、勤学及ビ難キ者歟。国家之棟梁、末代ノ重臣也。頗ル乱世ニ相応セズ哉。（中略）天ニ仰ギ地ニ伏シ、肝ヲ屠リ魂ヲ摧《クダ》ク。何《イズレ》ノ世此ノ恨ミヲ謝シ、何ノ時此ノ歎キを休セン。只《タダ》命ヲ以テ報ズ可《ベ》キ者歟。」と歎きを記しています。

また慈円も『愚管抄・巻第六』の中で、「コノ人ハ三ノ舟ニノリヌベキ人ニテ（注・詩、和歌、管弦の三つの才に秀でた人、「三船の才」という）、学生職者、和漢ノ才ヌケタル人ニテ、廿一ナル（廿二の誤り）年ノ人トモ人ニヲモハレズ。スコシセイチイサヤカナレド、容儀身体ヌケ出テ、人ニホメラレケレバ、父ノ殿モナノメナラズ（注・めったにない）ヨキ子モチタリト思ハレケリ。」と良通の死を悼み、兄兼実の歎きに同情しているのです。

兼実は一時出家を願ったのですが、良通の妹任子が後鳥羽天皇に入内することに望みをかけ、思いとどまったといわれています。九条家に幸いしたのは良通のすぐ下に良経がいたことでした。この時良経は正二位左中将になっており、以後九条家の後嗣となりました。

良通が亡くなったのち三七日の夜、良経の夢に現れて六韻の詩をあらわして唱和するように求めたことが『古今著聞集』に記されています。良経はその姿に涙を流したのですが、生前の様子と変わらなかったので涙をぬぐって六韻の詩を作ったのでした。しかし、目覚めてみると、良通の詩は一句しか憶えていませんでした。

春月羽林悲自秋（春月、羽林自ら秋を悲しむ）

新潮社版『古今著聞集』の頭注には、「春の月夜に、わが人生の春に、早くも訪れた秋、わが命運の秋を自ら悲しむばかりだ。「羽林」は近衛府の唐名。ここは、左大将であった良通自身をいう。」とある。

そして、良経が和した詩は二句しか憶えていなかった。

再会夢中談往事（再会して夢中に往事を談じ）

遺文詞上識春愁（遺文詞上に春愁を識る）

同じく頭注に、「思いがけなくも夢の中で再開して、過ぎし日々の思い出を談じあうことができ、兄上が自ら示された文詞の上に、人生の春にみまかった者のやるせない悲愁の思いを私は読みとった。」とある。

これまで良通が漢詩文に優れていたことを強調するあまり、良経にその才がなかったような印象を与えたかもしれませんが、後に触れるように後鳥羽院主催の「千五百番歌合」では良経は判詞を漢詩で書きました。さらにその後の「元久詩歌歌合」（漢詩と和歌の歌合）では漢詩の方で出詠しております。このことは後述しますが、因みにこの時「水郷春望」という題で藤原家隆の和歌と合わせられ勝となっています。

2　九条家歌壇

年代を再び遡って、九条家歌壇の推移を見てみたいと思います。九条兼実の家には歌人藤原清輔が出入りしていました。清輔は顕輔の子、顕季の孫にあたります。顕季は受領を務める中流貴族でしたが、母が白河天皇の乳母であったため、白河天皇の信任が厚く、上国の国司を歴任しました。さらに大国播磨の守に任官することによって財力を蓄え、六条にあった大邸宅は白河院の院丁ともなったのです。言い換えれば白河上皇は顕季の六条邸に住んで、そこを仙洞御所にしたのでした。こういう例は今までにも多々あって、一般に「里内裏」といわれています。また顕季は歌人としても兼実の父忠通が主宰する歌合ほかで判者を務めるなど当代を代表する歌人でありまして、歌道家六条藤家の祖となりました。その子顕輔も忠通の娘聖子が崇徳天皇の中宮になると中宮亮に任じられ、その後公卿に列しました。また歌人としても優れ、六条藤家の象徴である人麻呂供影を受け継いでいます。そして、崇徳上皇から勅撰集編纂の命を受け、『詞花和歌集』を奏覧したのです。六条藤家三代目の清輔は早くから忠通とその子息たちには知られた存在であり、彼が九条家の祖となった兼実の邸に出入りしたのはごく当然のことでありました。そして、その兄弟の頼輔・重家・季経らも出入りしたと思われます。

清輔は『万葉集』を重視する六条歌学を確立し、また歌学書『袋草紙』『奥義抄』などを残して平安時代の歌学の大成者とされており、九条家で歌合や歌会を主導し、また歌病などを論じて和歌の蘊蓄を傾けたようです。清輔は長治元年（一一〇四年）生まれ、また兼実は久安五年（一一四九年）生まれで、二人の年齢差は四十五歳であります。まさに親子以上の歳の差で、清輔が治承元年に七十四歳で亡くなった時には、兼実は二十九歳で従一位右大臣でありました。この時良通は十一歳、良経は九歳でした。九条家歌壇は和歌の師範を失ったのでした。

先にも話したように、清輔とともに弟の頼輔・重家・季経らも九条家に出入りしていましたが、彼らの中に清輔に代わる者はいませんでしたので、兼実は新しく師範を求めねばなりませんでした。似せ絵で有名な藤原隆信は九条家周辺の歌人でありまして、彼が兼実と俊成の中をとりもったといわれています。隆信は藤原為経の子なのですが、父の出家（寂超）によって離縁された母（美福門院加賀）が俊成と再婚したことで御子左家と縁ができておりました。その頃俊成は歌人としてようやく頭角を現して、あちこちの歌合などで判者を務めていました。兼実は自らが計画している百首歌の点者として俊成を迎えたのでした。そして、これ以降俊成が九条家歌壇を指導するようになったのです。

良通・良経兄弟は幼い頃から大外記清原頼業に就いて尚書を、また明法博士《みょうほうのはかせ》中原明基に名例《みょうれい》律《りつ》（刑罰の名称や法令）を学んでおりました。漢詩文についても、養和元年（一一八一年）頃には九条家に出入りする文人たちと席をともにしていたようです。そして、和歌はそれらの席で遊びとして当座の歌会が行われていた模様です。しかし、文治元年（一一八五年）には兄弟で歌会を開くようになっておりまして、この経緯を考察してみたいと思います。

九条家の歌壇を指導していた清輔が亡くなったとき、兄弟は十一歳と九才でした。彼らは貴族の教養である中国古典や律令また漢詩文などを学んでおり、和歌を本格的に学んだのはその数年後であったのではないかと思われます。先に話したように当家では漢詩の席の座興として和歌が行われていましたので、その席に加わっていた兄弟も和歌を始めたのではないかと思われます。

清輔のあと九条家歌壇を主導した俊成は、清輔のように歌学の知識を開陳するようなことはなく、慎み深く振る舞っていたようです。また清輔の弟たちも出入りしていましたので、和歌を始めた兄弟は俊成に教えを受けたのでなく、こうした六条家の歌人たちに交じって歌を詠んだようです。俊成は良通が亡くなる頃から慈円や寂蓮を通して兄弟の和歌を見るようなったのでした。残念ながら当時の歌は残っておりません。残っているのは俊成が『千載和歌集』（以後『千載集』と表記）に採った七首のみです。

寿永二年（一一八三年）俊成は後白河院より第七勅撰集撰集の下命を受けました。そして、文治三年（一一八七年）に『千載集』を奏覧したのでした。

俊成撰の『千載集』には良通四首、良経七首が採られております。

良通　四首
軒近くけふしもきなく時鳥ねをや菖蒲にそへてふるらむ（夏）
月照菊花といへる心をよみ侍りける
白菊の葉におく露にやどらずば花とぞ見ましてらす月影（秋下）
関路満雪といへる心をよみ侍りける
ふるままに跡たえぬれば鈴鹿山雪こそ関のとざしなりけれ（冬）
称他人恋といへる心をよみ侍りける
忍びかね今やわれとやなのらまし思ひすつべき景色ならねば（恋四）

良経　七首
帰雁の心をよみ侍りける
眺むれば霞める空の浮雲と一つになりぬかへるかりがね（春上）
花のうたとてよみ侍りける
桜さく比良の山風吹くままに花になりゆく志賀の浦なみ（春下）
虫声非一といふ心をよみ侍りける
さまざまのあさぢが原の虫のねをあはれ一つに聞きぞなしつる（秋下）
閑居聞霰といへる心をよみ侍りける

さゆる夜の真木のいたやの独寝に心くだけと霰ふるなり（冬）
　契暮秋恋といへる心をよみ侍りける
秋はをし契はまたるとにかくに心にかかるくれの空かな（恋二）
　称他人恋といへる心をよみ侍りける
知られても厭はれぬべき身ならずば名をさへ人に包ましやは（恋四）
　法花経弟子品、内秘菩薩行の心をよみ侍りける
独りのみくるしき海を渡るとや底をさとらぬ人は見るらむ（釈教）

わたしはこれらの歌を塚本邦雄著『藤原俊成・藤原良経』（日本詩人選23・筑摩書房）から引いたのですが、これに続く彼の評を引用しておきます。

兄弟の十一首入撰は俊成の九条家に対する儀礼的配慮もあったろう。その配慮の下で四首七首の比は明らかに弟良経の歌才を証している。良通は和歌より賦詩作文の資質において弟を凌駕していた。和漢の才の交感交流、特に早逝をさだめられたかに鋭く暗い良通の感性は良経の上に敏感に反映する。千載集冬に「雪こそ関のとざし」と歌う良通の心は良経に「なほ道たゆる峯の白雪」と同じ鈴鹿に行き通い、軒の菖蒲、時鳥には後の日建久六年に「うちしめり」とひそかに歌い返したのだ。良経の心ばえが歌うことによって兄を凌いだ証は「心くだけと霰ふ

る」にまざまざと見られよう。年歯二十歳未満の彼がかくも荒涼たる世界を感じたのはやはり免れがたいさだめであった。

『千載集』奏覧のとき良経は十九歳、従二位左近衛中将で、また兄良通は二十一歳、正二位内大臣左近衛大将でした。『千載集』に採られた兄弟の歌を読むと、明らかに良経の和歌の才は良通以上であったことがわかります。真木の板屋に降る霰の音に耳を澄まし、心砕けと飛び散る景色を心象としてとらえる資質は尋常ではありません。塚本邦雄がいう「免れがたいさだめ」とは良経の厭世観や隠遁願望をいうのでしょうか。

良経の歌には翳りがあります。先に挙げた『千載集』の中の歌に、「一つになりぬ」「あはれ一つに」「独寝に」「独りのみ」などと「一つ」「独り」という言葉が多いのです。それは兄とともに育てられ、兄の陰になって成長していく良経の自我の発露ではないかと思われます。のちに説明しますが良経には隠遁願望がありました。人知れず山奥に住みたいという願いが「真木の板屋の独寝」として表現されたのです。そして、そこで聞いた霰が屋根を打つ音が「心くだけ」とばかりに響いてくる。この歌は単なる独寝の寂しさではなく、自らに由来する孤独を詠ったのではないかと思われます。このとき良経はまだ初々しい十代の青年でした。

3　後嗣良経

俊成の息子定家は文治二年（一一八六年）九条家の家司となって出仕するようになりました。定家は二十歳のとき初学百首を詠み、また翌年には父の厳命で堀河院題百首を詠んで、その優れた作に「父母忽ニ感涙ヲ落シ」、また「右大臣殿（注・兼実）故ニ《ことさら》称美ノ御消息有リキ」と『拾遺愚草員外』に収められたこの百首歌に自記しています。おそらく俊成の喧伝によるものでしょうが、兼実は定家の歌才を認めていました。定家はその前年（文治元年）に殿上で年下の少将源雅之と口論し、雅之の顔面を脂燭《しそく》で打った廉で除籍処分を受けておりました。定家の恩免を願う俊成の「あしたづ」の歌は有名ですが、この時も兼実の助力があったのではないかと思われます。その後、文治五年に二十八歳の定家は左近衛少将に任じられ、翌年従四位下に叙されたのも九条家の恩顧であったのでしょう。

九条家の家司としての仕事は邸の格子を開けてまわるなど、大部分が雑用であったらしいのですが、定家は誠実にこなしたようです。歌才を認められておりましたので、普通の家司とは違い九条家の和歌の催しには参加しておりました。文治五年春に慈円の百首に和した二度の百首歌、「奉和《ほうわ》無動寺《むどうじ》法印《ほういん》早率《そうそつ》露胆《ろたん》百首」と「重《かさねて》奉和早率百首」や、兼実の娘任子の後鳥羽天皇女御としての入内に先立って、同年十二月に詠まれた『女御入内御屏風《ごびょうぶ》歌』の作者の一人にもなっており、また同月の良経主催雪十首歌会にも参加しています（久保田淳著『藤原定家』）。この年正二位権大納言の良経は二十一歳であり、年末には左近衛大将になりました。

良通夭折後も九条家歌壇はしばらく兼実が主宰していたのですが、文治五年十二月の「雪十首歌会」が示すように、やがて若い良経が中心になっていきました。文治六年は四月に建久に改元され、この頃から「花月百首（元年九月）」「二夜百首（元年十二月）」「十題百首（二年閏十二月）」「六百番歌合（三年・四年）」と良経の歌活動は活発になっていきます。そして、「花月百首」の作者は良経、慈円、有家、定家らでありましたが、ここで注意しておきたいのは、定家が身分の隔たりなく参加していることです。

文治・建久の頃は和歌の速詠がはやっておりました。速詠は和歌の上達を目指して行われたものですが、深く案ずることなく作歌されたので秀歌は少ないのです。また歌人によって速詠に対する態度に違いがありました。例えばその作品を遊戯的・余技的なものと見なし、歌に対して常に真面目であり芸術家的であった定家と、遊戯的態度を当然として疑わない殿様的・アマチュア的な慈円が対照的であったのです。慈円はあくまで速さを競いましたが、定家は少し時間がかかっても作品の出来栄えにこだわったのでした。

良経にも「二夜百首」という作品があります。建久元年（一一九〇年）十二月十五日、良経は内裏で宿直を務めていた時に、その無聊を慰めようと定家を誘って百首歌を詠みました。しかし、十五日の宿直中には六十首しか詠めなかったので、残りを十九日に詠み終えました。このとき以外に歌を案ずることは誓ってなかったと、わざわざ百首歌の跋文で明言しています。良経はこの百首をおよそ計九時間半で詠んでおりまして、一首当たり平均六分で詠んだ計算になります。ただしこの百首には二十の歌題が決められており、それぞれ五首ずつ詠まれております。速詠とはいえ、なかなかハードルの高い題詠歌でした。また、このとき定家が詠んだ歌は残されていません。残す価値がないと判断したのでしょう。良経の歌にしても佳作が少なく、この百首の中から『新古今集』に入集しているのは次の一首のみでありました。

帰雁を
忘るなよたのむの沢を立つ雁も稲葉の風の秋の夕暮れ（巻第一・春歌上）

九条家歌壇にはもともと六条藤家に関係する人々が多く出入りしていたのですが、清輔の逝去によって指導者が俊成に代わり、その俊成に伴って若い定家や家隆も参加するようになりました。また寂蓮は兼実の代から九条家歌壇に出入りしていたようです。九条家は当時の歌人たちのサロンになっており、そこには叔父慈円を筆頭に、寂蓮、有家、定家、家隆と、後に『新古今集』に関わる歌人が良経の周りに集まっていたことは興味深く思われます。そして、彼らは百首歌を詠み合い、また和歌の贈答を繰り返し、歌壇は活況を呈し始めたのでした。若い良経は彼らの詠歌活動に影響を受け、自らも混じって歌を詠んだのでした。

建久三年（一一九二年）左大将藤原良経は自らを含む十二人の歌人に百の歌題を与え、その千二百首を六百番に結番《けちばん》させました。当時は「左大将家百首歌合」と呼ばれていましたが、現在は「六百番歌合」が通り名です。歌題は春十五首、夏十首、秋十五首、冬十首、恋五十首でした。そして、それぞれに細かく百の題が付けられていたのです。例えば春十五首では、「元日宴《ぐわんにちのえん》」「余寒《よかん》」「春氷《はるのこほり》」「若草」「賭射《のりゆみ》」「野遊《やいう》」「雉《きぎす》」「雲雀」「游糸《いとゆふ》」「春曙《はるのあけぼの》」「遅日《ちじつ》」「志賀山越《しがのやまごえ》」「三月三日《みか》」「蛙《かはづ》」「残春《ざんしゅん》」です。因みに「三月三日」は宮中で曲水の宴が催されましたので、多くの作者はこれを詠みました。また作者は、左方に女房（良経）・藤原季経（六条）・同兼宗・同有家（六条）・同定家（御子左）・阿闍梨顕昭（六条）、右方に藤原家房・同経家（六条）・同隆信（御子左）・同家隆（御子左）・源定信（大僧正慈円）・沙弥寂蓮（御子左）の十二名でありました。この歌合は『万葉集』を旨とする旧来の和歌を信奉する六条藤家と、物語や漢詩に典拠を求めて新風の和歌を推し進める御子左家が、評定の場で互いを批判し合い、優劣をせめぎあったとして有名なのですが、彼らが単純に左方・右方に分かれたのではなく、右記のように左右に混じりあって歌を合わせました。特に独鈷を手にした阿闍梨顕昭と坊主頭の鎌首をもたげて論難する沙弥寂蓮の激しい応酬を、九条家の女房たちが「独鈷と鎌首」と名づけて評判になったのでした。またこの歌合の判者を務めたのが御子左家の総帥俊成でした。六百番という長大な歌合であったため評定も長期にわたり、すべての判詞が揃ったのは建久五年となっています。

この歌合のもっとも有名な箇所は「冬上・十三番・枯野」の左方女房（良経）と右方隆信の番《つがい》

であります。岩波の新日本古典文学大系『六百番歌合』より引用します（読みやすいように一部書き換えました）。

十三番　枯野

左　勝　　女房

見し秋を何に残さん草の原ひとつに変る野辺のけしきに

右　　隆信朝臣

霜枯の野辺のあはれを見ぬ人や秋の色には心とめけむ

右方申して云わく、「草の原」、聞きよからず。左方申して云わく、右の歌、古めかし。判に云わく、左、「何に残さん草の原」といへる、艶にこそ侍めれ。右の方人、「草の原」、難じ申すの条、尤もうたゝあるにや。紫式部、歌詠みの程よりも物書く筆は殊勝なり。その上、花の宴の巻は、ことに艶なる物なり。源氏見ざる歌詠みは遺恨の事なり。右、心詞、悪しくは見えざる。但にやし、常の体なるべし。左の歌、宜しく、勝と申すべし

（傍点筆者）

この番は六条藤家と御子左家の歌が合わされたのではなく、良経と隆信の歌が合わされたのでした。ここで注意すべき点は、俊成の判詞にあります。意訳して説明しますが、まず右方の方人

が、「草の原」という言葉が墓所を暗示するようでよくないと言ったのです。先の作者のメンバーを見ますと、右方には六条藤家の人間は一人しかいません。藤原経家です。彼が言ったと思われます。そして、ここで有名な台詞がでてくるのです。

「判に云う、左の歌の、「何に残さん草の原」という言葉はまことに優艶である。右の方人が「草の原」という言葉を良くないというけれど、それほど甚だしいことだろうか。紫式部は歌を詠むよりも物書く力が格段に優れている。その上、「花宴」の巻は特に優艶な物語である。『源氏物語』を読んでいない歌詠みはまことに遺憾なことである」

良経が、『源氏物語』の「花宴」から物語取りをして詠んでいたのを、経家は気がつかなかったので、「源氏見ざる歌詠み」と非難されたのでした。以後御子左家が九条家歌壇を主導するようになり、新古今時代を準備したともいえる良経の功績は大きいと言わねばなりません。

慈円は兼実の同母弟で、天台座主を四度務めた大僧正です。また『愚管抄』という歴史書を書きました。歌人としても優れており、『新古今集』には西行の九十四首に次ぐ九十二首が入集《にっしゅう》しています。因みに、良経七十九首、俊成七十二首、定家四十六首であります。良経はこの叔父とよほど気心が合ったらしく、ともに速詠を試みたり、また歌合を行ったりしました。

慈円は、先にも話したように、摂関家の出自であるにもかかわらず仏門に入れられました。長寛二年（一一六四年）十歳の時に父忠通が亡くなり、その翌年に鳥羽法皇第七皇子覚快法親王の室に入れられ、仁安二年（一一六七年）に出家して法名を道快といいました。その後、位は上がっていきますが、山籠もり中でも兄兼実とは連絡をとって、山門の情報をもたらしていたようです。治承三年四月、千日入堂の修行を行った後道快は遁世を兄兼実に願い出ましたが、大僧正を期待される身ゆえ果たせませんでした。そして、治承五年十一月、道快は法印に叙され、改名して慈円と号しました。

僧籍にいながら遁世を願う叔父慈円に似て、良経にも隠遁願望がありました。老荘思想に親しんだ良経に、兄良通の急逝によってにわかに摂関家の後嗣としての重責が身にかかっていたのでしょう。特に若い頃の歌にこの傾向がよく表れており、先に紹介した「二夜百首」には、人知れず山深くに住みたいという願望、人間ではなく植物や動物を友とすることを望んだ歌が多いのです。速詠である故に題詠とはいうものの心情の吐露が頻出しているのだと思います。ここで「二夜百首」の末尾の歌を紹介して、小山順子著『藤原良経』の解説を引用します。

海路

あはれなり雲に連《つら》なる波の上に知らぬ舟路《ふなぢ》を風にまかせて

長男であり家を継ぐはずだった兄良通の死後、予定外に後継者となった良経にとって、摂関家の重責は身に余るものだったのであろうか。しかし、権力や物質的豊かさに背を向け、あるがままの自然に委ねる老荘の生き方は、現実的には叶えられないものであった。隠遁志向、厭人・厭世志向の濃厚に表れる「二夜百首」の行き着いた末尾がこの一首である。広大な海に漂う一艘の小舟という、不安を感じさせる状況に、良経は隠遁の究極の姿を見た。山の中での静かな住まいにとどまらず、広大な自然の中で何ものにも縛られず、その中で得る孤独ゆえに自由な精神こそが、良経の求めた理想だったと思われるのである。

良経のそういった志向は筆名にも表れており、彼の家集は『式部史生秋篠月清集《しきぶししょうあきしのげっせい》』と名づけられています。「式部省（注・文官の人事や選叙を司る省）の下級の事務官である秋篠月清という人物の家集」という意味で、本稿の副題にも使用しました。従一位太政大臣という最高の身分を隠し、あえて史生という八位に満たぬ低い身分を名乗っているのです。またこの他に、南海漁夫、西洞隠士などを名乗りました。

そして、良経と慈円の間に『南海漁父北山樵客百番歌合《なんかいぎょふほくざんしょうかく》』（建久五年仲秋）があります。摂関家の御曹司と天台座主の叔父の二人が漁夫と樵《きこり》に身をやつし、各々が南海漁夫・北山樵客と名乗って歌合を行った形になっています。もちろん風流をかこった遊びです。自らの運命に逆らえぬ温厚な性格の二人のささやかな逸脱であったのでしょう。

この歌合は当初良経の百首詠として詠まれ、それに慈円が合わせて詠んで歌合に結番したもので、良経の『秋篠月清集』には「南海漁父百首」とあり、また慈円の『拾玉集』には「百番歌合」

としてこの南海漁父と北山樵客が合わせたことになっており、その跋文には読者に優劣の判詞を付けるよう書いてあります。良経が百首歌を漁夫が詠んだ態にして叔父に送ったところ、慈円もこれに応じて樵のふりをして合わせたのです。

この歌合の冒頭の一番を紹介します。

四方の海かぜものどかに成《なり》ぬなり浪のいくへに春のたつらむ　南海漁夫
山ふかみあやしくかすむ梢哉《かな》わがかよひぢに春やきぬらむ　北山樵客

良経が「海上に訪れた立春の景」を詠めば、慈円は「深山に微かに訪れた春の兆候」を詠んで合わせました。歌合は四季・恋・羇旅・山家と続き、述懐で互いの身の不遇を詠い合います。そして、最後の百番で、良経が「和歌のうらの契もふかしもしほ草しづまむよゝをすくへとぞおもふ」と、自らの運命の行く末を和歌の浦の玉津島に契りを持つ和歌の詠草に救いを求めて願えば、慈円は「山川のながれにちぎるうたかたはいくよをふともなにかしづまむ」と、山川のように流れる時代の中にうたかたのように浮かぶ九条家の嫡流の将来をあなたは約束されており、幾世を経ても決して沈淪することはないと応えました。こうして歌合の最後は贈答歌で終えたのでした。跋文で慈円は「居《キョ》山海ヲ隔《ヘダ》ツト雖《イヘド》モ、契リ猶ホ芝蘭《シラン》ヲ締《ムス》ブガゴトシ」と、二人の関係は君子の美しい交わりのごとくであると自讃します。隠遁を憧れた二人ですが、漁夫と山がつに身を貶めたこの歌合は、所詮叶わぬ願いを求める二人の遊びでありました。

4　後鳥羽院歌壇

建久七年（一一九六年）、源通親の政変によって関白九条兼実が失脚し、その弟慈円は天台座主を辞しました。また、後鳥羽天皇の中宮であった兼実の娘任子も宮廷から退出させられ、内大臣であった良経も籠居したのでした。そして、通親が上卿となり、前摂政の近衛基通《もとみち》が関白・氏長者に宣下され、九条家は一時逼塞しました。これは関白兼実の強引な政治手法と、有職故実の厳格さが敵をつくり、またこれまで親しんでいた鎌倉の頼朝が娘大姫の入内を模索して源通親に近づいたのを契機に起った政変でした。そして、しばらくは源通親が主導する時代になったのです。

その後、後鳥羽天皇の譲位をきっかけに、良経は正治元年（一一九九年）に許されて政界に復帰し、左大臣に任じられました。これは土御門天皇の外戚となった通親から少し距離をおくための後鳥羽上皇の才覚であったかもしれません。また、若い上皇は通親に導かれて一躍和歌に関心を示すようになりました。もともと和歌の才能があり、また道を極めねば収まらない性格によって、歴代天皇の中でも最高の歌人に成長しました。そして、歌壇は仙洞御所に移ったのでした。

後鳥羽院は正治二年（一二〇〇年）に「初度百首」「後度百首」と続けて歌人たちに応制百首を召しました。この「初度百首」の時、当初定家や家隆は外されていました。年長者を選んだというのが理由です。この時定家は三十九歳でした。因みにこの時良経は二十一歳でしたが、「初度百首」を召されておりました。摂関家の嫡子は別格だったのでしょう。ここで俊成が登場します。現在は「正治二年俊成卿和字奏状」と呼ばれている文書を院に提出しました。この中で、「堀河百首」や「久安百首」を見ても作者を老人に限るという例はなく、息子定家が新しい歌を詠もうとするのを嫉む輩が新儀非拠達磨歌とあだ名して糾弾し、またその筆頭の六条家の歌人たちがいかに物知らずで見識がないかを述べ、院が彼らの言に惑わされることなく、作者の人数にこだわらずに、定家や家隆も加えるべきであると訴えたのでした。その効果はてき面で、すぐに定家・家隆・隆房らが加えられたのでした。この時定家は百首歌を提出する前に、九条家へ行ってそれを良経や兼実にみてもらい、手直しをしたのでした。後鳥羽院は定家の歌才を認め、すぐに内昇殿を許しました。院と定家の蜜月時代が始まります。以後、院は当座歌合などをたびたび行い、仙洞歌壇は活発になっていきました。

建仁元年六月、院は三度目の百首歌を三十人の歌人に召し、その三千首を千五百番に結番させて大規模な歌合を行ったのでした。「千五百番歌合」です。この前代未聞の歌合を、十人が百五十番ずつ判者を務めました。この時判詞を後鳥羽院は和歌の折句で、良経は漢詩で、また慈円も和歌で書いたのでした。これは院や摂関家の人々が、晴れの会で身分の低い臣下と同様の散文の判詞を書くのを避けたことによるといわれています。また源通親は加判中に薨去したために判詞はありません。このように仙洞での和歌活動は活発になり、新古今時代が幕を開けたのでした。

話は少し戻りますが、定家が義弟の藤原（西園寺）公経から初度の百首歌の企画を知らされた頃、九条家では良経の妻が亡くなりました。正治二年七月十三日のことです。三十四歳でした。彼女は一条能保の娘で源頼朝の姪にあたり、長男道家、次男教家、そして順徳天皇の中宮になった立子を産んでいます。なお道家の三男三寅（頼経）はのちに鎌倉四代将軍になっています。多分に政略的な結婚であったと思われますが、良経は彼女をこよなく愛していたようです。彼女は産後に赤痢（消化器系の病気？）に罹り命を失ったようです。定家の『明月記』によると、「建久二年六月に結婚して、この十年のうちに誕生した男女はこの度を加えて七人」と記されています。先に彼女の三人の子を紹介したのですが、残り四人は幼くして早逝したのでしょうか。良経は愛妻を出棺した後遁世を願い、叔父慈円について仏道修行に行こうとしましたが、連れ戻されたようです。

そして、ちょうどこの頃に院の百首歌の下命があったのです。愛妻を失った良経にも下命がありました。良経は哀しみのなかで百首の和歌を詠んだと思われます。

この「正治初度百首」は約五十年ぶりの応制百首（注・天皇や上皇が主催する百首歌）であったため、新しい勅撰和歌集が編まれることが予想されたので、各歌人の秀歌が集まり、この中から実際に『新古今集』に七十九首が撰ばれました。そして、その内良経は十七首という驚異的な数の歌が入集しています。

詞書を略して列記します。

春歌上　帰る雁今はの心有明に月と花との名こそ惜しけれ
春歌上　ときはなる山の岩根にむす苔の染めぬみどりに春雨ぞ降る
春歌下　初瀬山うつろふ花に春暮れてまがひし雲ぞ峰に残れる
春歌下　あすよりは志賀の花園まれにだに誰かは問はむ春のふるさと
夏歌　いさり火の昔の光ほの見えて蘆屋の里に飛ぶ蛍かな
夏歌　秋近きけしきの杜に鳴く蝉の涙の露や下葉染むらむ
秋歌上　荻《をぎ》の葉に吹けばあらしの秋なるを待ちける夜《よ》はのさを鹿の声
秋歌上　おしなべて思ひしことの数々になほ色まさる秋の夕暮れ
秋歌下　きりぎりす鳴くや霜夜のさむしろに衣片敷きひとりかも寝む
冬歌　笹の葉は深山《みやま》もさやにうちそよぎこほれる霜を吹くあらしかな
冬歌　片敷きの袖の氷も結ぼほれとけて寝ぬ夜の夢ぞみじかき
賀歌　敷島や大和島根も神代より君がためとや固めおきけむ
恋歌一　梶を絶え由良の湊に寄る舟のたよりも知らぬ沖つ潮風

恋歌二　恋をのみ須磨の浦人藻塩たれほしあへぬ袖のはてを知らばや
恋歌四　いはざりき今来むまでの空の雲月日へだてて物思へとは
雑歌上　月見ばといひしばかりの人は来で真木の戸たたく庭の松風
雑歌中　忘れじの人だに問はぬ山路かな桜は雪に降り変れども

これらは愛妻を失い、出家までしようとした深い哀しみの中で良経が詠んだ秀歌です。この中には「百人一首」に撰ばれた「きりぎりす…」の歌があります。この時からおよそ三十年後、歌壇の大御所となった藤原定家が古今の歌人百人を選び、その代表となる秀歌を一つ撰んだのでした。それがこの状況下で詠まれた「きりぎりす…」の歌なのです。わたしが驚異的というのは、生涯の名歌とされる歌をこの悲しみの中で詠んだということもあるのです。また良経は「片敷きの…」の歌で、妻を失った独寝の眠れぬ夜は夢も短い、と嘆いています。「片敷き」とは独寝のこと。「峰に残れる雲」「誰かは問はむ春のふるさと」「人は来で」「人だに問はぬ」など、彼は総じて孤独を詠います。そして、「帰る雁」「飛ぶ蛍」「蝉の涙」「さを鹿の声」「きりぎりす鳴く」など動物や、また「梶を絶えた舟」「真木の戸たたく松風」などの景物を詠むことによって、寂寥感を表現しました。これは先の『千載集』の歌以来良経の歌に底流しているものであります。

5　『新古今和歌集』

建仁元年（一二〇一年）七月、後鳥羽院は御所二条殿の弘御所北面に和歌所を設置しました。寄人は良経を筆頭に十四名が選ばれ、院の側近源家長が開闔となりました。開闔とは事務長職のようなものです。さらに同年十一月には藤原定家・藤原有家（六条家）・源通具・藤原家隆・藤原雅経・寂蓮の六人に第八代勅撰集を下命し、いよいよ『新古今集』の撰進が始まったのです。

建仁二年、良経は父兼実が出家したので内覧宣旨を受けて氏長者となり、摂政に任ぜられました。以後政治・和歌に関して後鳥羽院の信任は篤く、院に代わって『新古今和歌集・仮名序』を書いたことは前に示したとおりです。

建仁三年二月二十四日、定家は午前中に家族を連れて大内裏の左近の桜の花見に行ってきたのですが、午後になって和歌所の藤原雅経や鴨長明らが大内《うち》の花見に誘いに来ました。定家は断ることもできず、再び花見客で混雑する大内裏へ行って和歌所の歌人たちと和歌を講じ、連歌をし、その後酒を酌み交わしたのでした。この時定家が詠んだ歌が「年を経てみゆきになるるはなの陰《かげ》ふりゆく身をもあはれとや思ふ」でした。その夜、この有様を側近の源家長から聞いた後鳥羽院は、翌日自らも花見に出かけ、多くの上達部が供奉し、和歌所の歌人たちも召しました。そして帰り際に、庭に散っている花びらをかき集め、それを硯の蓋に入れて、この日花見に参加で

きなかった摂政良経に届けさせたのでした。それに添えられた歌は、

今日だにも庭を盛りとうつる花消えずはありとも雪かともみよ

でありました。歌意は、(明日になる前の)今日だけでも庭を満開にして梢から地面に移った花びら、この落ちた花びらを消えずに残っている雪と思ってみて欲しい。この歌の本歌は、在原業平の「今日来ずは明日は雪とぞ降りなまし消えずはありとも花とみましや」(『古今集・春上』)であります。花の盛りである今日の花見に来なかったなら、明日は雪のように散ってしまいます。花びらは雪のように消えてしまうものではないが、もう花としての美しさはありません。院は『伊勢物語』のこの歌を本歌として、花見の(翌日になる前の)今日に、「雪かともみよ」と言って、良経に届けさせたのでした。そして、良経の返歌は、

さそはれぬ人のためとやのこりけんあすよりさきの花の白雪

でありました。歌意は、「お誘いをいただなかったわたしのために残ったのでしょうか、まだ明日になる前の(即ち、今日の)日に散ってしまった花の白雪は」。御製を踏まえた、今日・明日の言辞の完璧な返しでありました。この贈答歌の歌意に、「明日になる前の」「翌日になる前の」

「即ち、今日の」と括弧で補足を入れたのは、解釈に関わる部分だからです。業平は「花見の翌日」に雪のようになる、と詠んだのに対し、院は「花見の翌日の前の日、即ち今日」に雪かとも見よ、と詠んだのでした。そして良経は、「明日より前、即ち今日」に散ってしまった花びらを雪と見て詠んだのでした。『伊勢物語』の業平の歌を踏まえた二人の贈答歌だったのです。

この時の歌を良経はぜひ『新古今集』に入れて欲しいと願ったそうです。この集でのわが歌の極みであると自讃したと、後鳥羽院は「御口伝」に書いております。ところがそのあとの部分には、先に挙げた定家の「年を経て」の歌が述懐の心がよく詠まれているので、院が『新古今集』に入れるよう指示したところ、定家は固辞した頑固者だと書かれております。これは院と定家の和歌観に関わる問題ですので、ここではこれ以上触れません。ただ「御口伝」は後鳥羽院が身近に接した歌人たちを評価して記しているので貴重な資料です。そこで良経について述べた部分を引用しますと、

故摂政はたけをむねとして諸方をかねたりき。いかにぞやみゆることばのなき歌ことによしある様不可思議なりき。百首などのあまり地歌もなく見えしぞかへりて難ともいひつべかりし。秀歌あまり多くて両三首などはかきのせがたし。

と、べた褒めです。意訳してみると、「良経の歌は格調高く、諸々の方法で思うままに詠んでい

る。これといった目立った言葉がない歌にも風情があるのは不思議としか言いようがない。百首歌を詠んでも秀歌を引き立てるための平凡な歌が少ないのがかえって難と言うしかない。秀歌があまりに多くて、二三首を書き出すのは難しい」と言うのです。定家とは好対照の評価でした。

正治二年に応制百首を召してから、そして新しい勅撰集の編纂を下命してからも、後鳥羽院は頻繁に歌合を行いました。当座歌合、仙洞歌合、影供歌合などがたびたび行われたようです。それらには俊成や定家らも参加して和歌指導を行ったと思われ、院は急速に和歌の腕を上げていったのでした。和歌が面白くて仕方なかったと思われます。もちろんそこには良経もいました。彼はもう老練の域に達していたと思われます。この頃詠んだ和歌で『新古今集』に採られたのは、「老若五十首歌合」（建仁元年二月）から四首、「千五百番歌合」（建仁元年六月）から十首、「影供歌合」（建仁元年八月三日）から二首、「八月十五夜撰歌合」（建仁元年八月）から二首、同じ日の撰歌合後の「当座九品歌会」から二首（驚くべし、同じ日に詠んだ歌が四首採られている）、「仙洞句題五十首」（建仁元年九月）から二首、「水無瀬恋十五首歌合」（建仁二年九月）から三首と、二十五首も入集しているのです。以上は良経の歌に限って調べたのですが、他の歌人たちもこれらの歌会歌合から多く入集しており、勅撰集編纂中の仙洞歌壇の盛り上がりを感じます。

建仁三年四月頃、撰者たちが候補の歌を提出して、その中から後鳥羽院が自ら精選し、翌元久元年七月に撰者たちに差し戻しました。その間に院はほとんどの歌を暗唱してしまったといわれています。撰者たちはそれらの歌を部類・配列する作業を始めました。

同じく建仁三年十一月二十三日、俊成の九十歳を祝う賀が和歌所で執り行われました。当代の歌人たちが詠んだ歌を色紙貼りした屏風が立てられ、院が出御したのち、俊成は長男成家と定家に支えられながら入場したようです。そして、院から鳩杖と法服装束が下賜されました。九条家歌壇、後鳥羽院仙洞歌壇を指導した御子左家の最高の栄誉となりました。このとき良経が詠んだ屏風歌が『新古今集』に採られています。「巻第三・夏歌」から詞書とともに引用します。

釈阿九十賀賜はせ侍りし時屏風に、五月雨
小山田に引くしめ縄のうちはへて朽ちやしぬらむさみだれの頃

ところで、良経のこの歌は屏風に使用されませんでした。実際「五月雨」に使用されたのは藤原雅経の「亀の尾の滝の白玉千代の数岩根にあまる五月雨の空」でした。そして、雅経の歌は『新古今集』に採られていません。ここに屏風歌選定の特殊性があるのですが、簡単に言ってしまえば次のようになります。まず院を含め十一人の歌人が四季の十二の歌題で歌を詠み、各歌題に一首ずつ、それも各歌人が一首だけ（但し、院は二首）選ばれています。例えば春の歌題は「霞」「若草」「花」でした。歌の選定基準はもちろん文学性にあるのですが、それ以上に一帖ごとの歌の連続性にも配慮されているのです。春帖の場合を列記してみると、

霞　春霞しのに衣を織り延《は》へていくか干すらむ天の香具山　摂政（良経）
若草　下萌《も》ゆる春日の野辺の草の上につれなしとても雪のむら消え　御製（後鳥羽院）
花　今日までは木末《こずゑ》ながらの山桜明日は雪とぞ花のふる里　有家朝臣

の歌が選ばれています。これは大和国の「天の香具山」「春日野」、そして近江国の「志賀の古里」と古代に都が置かれた歌枕を詠む歌を並べているのです（『歌が権力の象徴になるとき—屏風歌・障子歌の世界』渡邉裕美子・角川学芸出版）。

この屏風歌の最初に、位人臣筆頭の良経の歌が撰ばれてしまったので、夏の「五月雨」の歌がいかにすぐれていたとしても選ばれるわけにはいかなかったのです。そこで雅経の歌が選ばれたのでした。ところがこの選別にはさらにすごいことがあるのです。後鳥羽院は「若草」で選ばれていますが、選ばれなかった「花」の歌題の歌が、実は『新古今集』に採られているのです。『新古今集』は院の親撰だから勝手に採ろうと思えばできたのですが、ことはそう単純ではありません。『新古今集・春歌下』の巻頭歌を詞書とともに引用します。

釈阿和歌所にて九十賀し侍りし折、屏風に、山に
桜咲きたる所を

桜咲く遠山鳥のしだり尾のながながし日もあかぬ色かな

柿本人麻呂の「足引きの山鳥の尾のしだり尾のながながし夜をひとりかも寝む」を本歌にした名歌です。自らが「春歌下」の巻頭歌に据えた自信作、いや自讃歌であったのでしょう。その証拠に、後年院は承久の乱の敗戦によって隠岐に流されたのですが、そこで編んだ「時代不同歌合」にこの歌を撰んでいるのです。良経の伝記に後鳥羽院の作を解説するのは心苦しいのですが、ここは『新古今集』全般にわたって論じているという言い訳で赦して欲しいのです。「時代不同歌合」というのは、院が隠岐でのすさびに試みた歌合で、古今・後撰・拾遺などの作者五十人の各三首を左方に、後拾遺・金葉・詞花・千載・新古今などの作者のそれを右方に配して競わせた異色の秀歌選です（『史伝・後鳥羽院』目崎徳衛・吉川弘文館）。その中で、院自らも愚詠として三首を選び、その一つが「桜咲く」の歌であったのです。生涯に詠んだ歌の中の三首、まさに自讃歌といっていいでしょう。それでもこの歌は屏風に使用されませんでした。屏風歌がいかに特殊なものであったか、分かっていただけたでしょうか。因みに先に挙げた春帖の三首はどれも『新古今集』に撰ばれていないのです。

俊成は元久元年十一月三十日に亡くなりました。亡くなるとき雪を食べて、「めでたき物かな」「おもしろいものかな」と言ってたいへん喜んだそうです。

6 『新古今和歌集・仮名序』

元久二年三月二十六日に「新古今和歌集竟宴」が行われました。完成を祝う宴です。これまで勅撰集の完成の竟宴は行われたことがなく、国史である『日本書紀』講説を終えたときの竟宴しか例がありませんでした。後鳥羽院は勅撰の『新古今集』の完成をそれに倣って行おうとしたのです。そもそも元久二年（一二〇五年）は、勅撰和歌集の模範ともなる『古今集』が撰進された延喜五年（九〇五年）からちょうど三百年の記念の年であり、また干支も同じ乙丑《きのとうし》でした。ところがこの時、良経が担当している仮名序は完成しておらず、また能筆源家長の清書本も出来上がっていない状態でした。それでも院は竟宴を強行したのでした。竟宴に反対した定家は、父俊成の喪から復任の儀を行っていない、というもっともらしい理由で欠席しました。

竟宴のすぐあと、二十九日に良経の仮名序の草稿が出来上がりました。慈円・定家はその出来栄えに感嘆し、すぐに院に進覧するよう勧めました。名文であるゆえここで全文を引用したいのですが、この稿の冗長を避けるために、適宜解説をします。

大和歌は、昔天地《あめつち》開けはじめて、人のしわざいまだ定まらざりし時、葦原中国《なかつくに》の言の葉として、稲田姫素鵞《すが》の里よりぞ伝はれりける。しかありしよりこの方、その道盛りに興り、その流れ今に絶ゆることなくして、色に耽り心を述ぶるなかだちとし、世を治め民を和らぐる道とせり。かかりせば、代々《よよ》の御門《みかど》もこれを捨て給はず、撰びおかれたる集ども、家々の翫びものとして、言葉の花残れる木《こ》の本かたく、思ひの露漏れたる草隠れもあるべからず。しかはあれども、伊勢ノ海清き渚の玉は拾ふとも尽くることなく、泉の杣繁き宮木は引くとも絶ゆべからず。ものみなかくのごとし。歌の道またおなじかるべし。

冒頭部、まずは和歌の起こり、効用を述べ、代々勅撰によって多くの歌が撰ばれ、賞玩されてきたことを述べています。この集の模範とされた『古今集』の仮名序は紀貫之が書きましたが、これは最初の勅撰集の序として大変立派なもので、彼は和歌の本質・起源・効用を述べ、歌論を説き、また六歌仙に批評を加えました。ゆえにこれは序論というよりも歌論として読むべきものだと思っています。それにひきかえ、『新古今集』は後鳥羽院の親撰ゆえ、この仮名序は先に言ったように良経が院に代わって書いたものであり、内容は院の指示によるものと思われます。良経が発揮したのはその表現力でありましょう。「かかりせば」のあとは、今までの勅撰集で秀歌は撰び尽されたと思われるが、それでも「伊勢ノ海の清い渚の玉はいくら拾っても尽きることなく、また泉の杣山に繁る宮木は伐り出しても絶えるわけがない」「歌道もまた同じである」という意味です。そしてこのあと撰者五名の名前を挙げ、次に続きます。

おのおの撰びたてまつれるところ、夏引きの糸の一筋ならず、夕べの雲の思ひ定めがたきゆゑに、緑の洞《ほら》花芳《かうば》しき朝《あした》、玉の砌《みぎり》風涼しき夕べ、難波津の流れを汲みて、澄み濁れるを定め、安積《あさか》山の跡を尋ねて、深き浅きを分かてり。『万葉集』に入れる歌はこれを除かず。古今よりこの方、七代の集に入れる歌をば、これを載することなし。ただし、言葉の園に遊び、筆の海を汲みても、空飛ぶ鳥の網を洩れ、水に棲む魚の釣を逃れたるたぐひは、昔もなきにあらざれば、今もまた知らざるところなり。すべて集めたる歌、二千二十巻《ふたちぢはたまき》、名づけて『新古今和歌集』といふ。

春霞立田の山に初花をしのぶより、夏は妻恋ひする神奈備《ママ》のほととぎす、秋は風に散る葛城《かづらき》の紅葉、冬は白妙の富士の高嶺に雪積もる年の暮まで、みな折にふれたる情なるべし。しかのみならず、高き屋に遠きを望みて民の時を知り、末の露本の雫によそへて人の世を悟り、たまぼこの道のべに別れを慕ひ、天《あま》ざかる鄙《ひな》の長路《ながぢ》に都を思ひ、高間の山の雲居のよそなる人を恋ひ、長柄《ながら》の橋の波に朽ちぬる名を惜しみても、心内に動き、言外《ことほか》に表れずといふことなし。いはむや、住吉の神は片そぎの言の葉を残し、伝教大師はわが立つ杣の思ひを述べ給へり。かくのごとき知らぬ人の心をも顕はし、行きて見ぬ境の外《ほか》のことをも知るは、ただこの道ならし。

ここではこの勅撰集が院の親撰であることを明らかにします。「洞」は仙洞御所の意味です。各撰者が撰んで進上した歌は一筋のものでなく、決め難いので、仙洞御所において花の芳しい朝、禁庭の風が涼しい夕方に、「難波津」に代表される歌の源流を考えて歌の良し悪しを決定し、また「安積山」の歌に代表される歌の伝統を調べて、歌の心の深浅を較べた、というのです。そして歌を撰んだ基準として、『万葉集』の中の歌は除かず入れた、しかし七代の勅撰集に入集した歌は入れなかった、というのです。秀歌をあまねく集めたけれど、鳥が網から漏れ、魚が釣り針から逃れるように、撰集に漏れがあることは昔から皆無ではないので、今回もまたわからない。すべて集めた歌は二千首、二十巻で、『新古今和歌集』と名づけたというのです。

「春霞立田の山」以降の文章は良経の修辞になります。ここでは『新古今集』に収められた十二の代表歌のさわりを使って内容を示したのでした。以下に列記しておきます。

春上　行かむ人来む人しのべ春霞立田の山の初さくら花　中納言家持
夏　旅ねして妻恋ひすらしほととぎす神奈備山にさ夜ふけて鳴く　山辺赤人
秋下　飛鳥川もみぢ葉流る葛城《かづらき》の山の秋風吹きぞしくらし　柿本人麻呂
冬　田子の浦にうち出でて見れば白妙の富士の高嶺に雪は降りつつ　山辺赤人
賀　高き屋に登りて見ればけぶり立つ民の竈《かまど》はにぎはひにけり　仁徳天皇御製
哀傷　末の露本の雫や世の中のおくれ先立つためしなるらむ　僧正遍昭
離別　たまぼこの道の山風寒からば形見がてらに着なむとぞ思ふ　紀貫之
羇旅　天《あま》ざかる鄙《ひな》の長路《ながぢ》を漕ぎ来れば明石の門《と》より大和島見ゆ　柿本人麻呂

恋一　よそにのみ見てややみなむ葛城《かづらき》や高間の山の峰の白雪　読人しらず
雑中　年経れば朽ちこそまされ橋柱昔ながらの名だに変らで　壬生忠岑
神祇　夜や寒き衣やうすき片そぎの行合ひの間より霜やおくらむ　住吉御歌
釈教　阿耨多羅三藐三菩提の仏たちわが立つ杣に冥加あらせたまへ　伝教大師

この中で、「妻恋するほととぎす」の歌は現在の『新古今集』に入集している歌ではありません。実際に採られている歌は、

夏　おのが妻恋ひつつ鳴くや五月やみ神南備山の山ほととぎす　読人しらず

です。どういうことかと説明しますと、良経が仮名序を書いたときに入集していたのは赤人の歌だったのです。言い換えれば、良経は赤人の歌を頭に浮かべて仮名序を書いたのでした。ところがのちに、この歌が『後撰集』に入集していたことが分かりました。建永元年（一二〇六年）秋のことです。竟宴が行われて『新古今集』は一応完成したことになっていたのですが、その後も院による激しい切継ぎ作業が行われており、編纂はまだ続いていたのでした。そんなときに家隆が『後撰集』に赤人のこの歌を発見したのでした。良経の仮名序には「七代の集に入れる歌をば、これを載することなし」とあります。では仮名序を書き換えればよいということになるので

すが、話は前後しますが、良経はこの年の三月に亡くなってしまったのです。後鳥羽院自身が仮名序を書きなおすというのなら話は別ですが、もう仮名序には触れられません。赤人の歌を入れることはできないが、「妻恋するほととぎす」の歌を入れなければならない。結果的には定家らの案で後鳥羽院がその歌を詠むことになりました。それが「おのが妻」の歌です。但しそれは院の御製としてではなく、読人しらずとして院が詠み捨てたということになっています。承元元年(一二〇七年)三月のことでした。詳しくは拙稿「神南備山のほととぎす」(『播火』63号)を参照してください。

そして、次に後鳥羽院の立場が述べられます。まさしく良経による代作です。

そもそも、昔は五度《いつたび》譲りし跡を尋ねて、天《あま》つ日《ひ》嗣《つぎ》の位に備はり、今は八隅《やすみ》しる名を逃れて、藐《は》姑《こ》射《や》の山に住みかを占めたりといへども、すべらぎは子たる道を守り、星の位は政事《まつりごと》を輔《たす》けし契りを忘れずして、天《あめ》の下しげきことわざ、雲の上のいにしへにも変わらざりければ、万《よろず》の民春日《かすが》野の草のなびかぬ方なく、四方《よも》の海秋津島の月静かに澄みて、和歌の浦の跡を尋ね、敷島の道を玩びつつ、この集を撰びて、永き世に伝へむとなり。

「五度《いつたび》譲りし跡」とは漢の文帝や本朝の継体天皇が五度辞退したのちにようやく帝位に即《つ》いたという先例をいうのですが、後鳥羽院に限っては真っ赤なうそです。後鳥羽天皇は祖父後白河法皇の膝に抱かれて気に入られ、四歳のとき践祚しました。そして、退位したのち「藐姑射《はこや》の山」即ち仙洞御所に住み、和歌界の先例を調べ、歌道を楽しんで、この集を撰び、永く後世に伝えようと思う、というのです。

このあと、下命した帝の御製を載せた例はあるが、十首を満たなかった。それがいま自分の歌は三十首以上ある。これは歌道に耽溺しているために後の嘲りを顧みる余裕がなかったからである、と言い訳をしています。もちろん良経の言い分ではなく、院にこう書いておくように指示されたからです。そして、「時に元久二年三月二十六日なむ、記しをはりぬ」と書いたのでした。この日は『新古今集』完成の竟宴が行われた日です。実際に草稿が出来上がったのは定家の『明月記』によると三月二十九日なのですが、竟宴の日に合わせたのでした。

7　元久詩歌合

『新古今集』の竟宴を行ったあと、二十八日に後鳥羽院は早速切継ぎを命じています。そして、このあと何年も切継ぎが行われ、『新古今集』の完成本がいつ出来たのか定めがたいくらいなのです。また院は新しい歌を求めてその後何度も歌会・歌合を行いました。主なところでは、元久二年（一二〇五年）六月「元久詩歌合」、建永元年（一二〇六年）七月「和歌所当座歌合」、承元元年（一二〇七年）六月「最勝四天王院名所障子和歌」、承元二年五月「住吉社歌合」等々です。これらの歌合で詠まれた歌がかなりの数、切入れられたのでした。ここでは良経が参加している「元久詩歌合」について触れてみたいと思います。というのも、先にも仮名序のところで話しましたように、良経は建永元年三月に急逝しており、そのあとの歌会・歌合には名は見えません。

さて、良経は若い頃から兄良通に劣らず漢詩文にすぐれ、「千五百番歌合」では判詞を漢文で書き、また「元久詩歌合」では漢詩の側で出詠したと先に話しました。そして、家隆の和歌と合わせられて勝を得ていると。確かにその通りなのですが、これには少し事情がありそうなのです。「元久詩歌合」はまず良経邸で企画がもちあがり、定家が出題と歌人を担当して決めました。その後、後鳥羽院が参加を望んだため、催しが公的なものとなり、場所も院の五辻御所で行われました。そして、院の側近も多数加わったのです。

この詩歌合を「水郷春望」の題から順に見ていきますと、まず一番と二番が良経の詩と家隆の歌が合わせられています。そして、ともに左摂政の勝となっています。一般に歌合では一番左女房（主催者）の勝が通例です（実際の主催者は後鳥羽院なのですが、この場合良経が持ち上げられて、院は身を隠しています）。良経の勝にはたぶん挨拶の意味があったと思います。わたしは良経の才を否定しているのではありません。難しい平仄《ひょうそく》（注・漢詩文の韻律の配置）や正しく韻《いん》を踏んだ詩文を作ることが出来たのですから、優れた才能だったと思います。ただ、家隆に勝った勝ったとはしゃいでいた自分を反省しているのです。余談になりますが、このとき大僧正慈円は和歌と詩歌と両方に出詠しているのです。歌は慈円という名で、詩は信定（六百番歌合のときもこの名でした）という変名を使っています。また後鳥羽院も身を隠し、左馬頭藤原朝臣親定の名で出詠しています。そして、「水郷春望」の最後の三十七番と三十八番で、『新古今集・真名序』を書いた藤原親経と合わせられていますが、これには判が付いていません。これも勝敗を避けた挨拶の一部だと思います。このとき院は名歌「見わたせば山本霞む水無瀬川ゆふべは秋と何思ひけむ」を詠んでおり、『新古今集』に切入れられました。

竟宴が終わったあとも、院ははげしい切継ぎを行ったと話しましたが、この「元久詩歌合」では後鳥羽院を始め、通光・定家・家隆・秀能・鴨長明らがそれぞれ一首ずつ、また慈円は二首で、計八首が切入れられました。また後の「最勝四天王院名所障子和歌」では十三首が切入れられ、激しい編纂作業が行われたのでした。

8　曲水の宴

新古今集竟宴の翌月（元久二年四月）、良経は太政大臣を辞しました。そして、この頃には建仁二年十一月二十七日に上棟した中御門京極邸がおおよそ完成していたようです。後年良経の名が中御門摂政（後鳥羽院御口伝）とか後京極摂政太政大臣（百人一首）と呼ばれるのはこの邸に由来します。定家の『明月記』には、七月南池に橋をかけるように沙汰があったとか、九月には自邸の桐を二本中御門殿に進呈したとかの記載があり、また十月十一日には良経がここに居を移したと記しています。良経はこの庭にたいへん趣向を凝らし、摂津の住吉神社の近くの松を惹き植え、また巴の字に水を流して、翌建永元年三月三日には曲水の宴を行おうとしたのでした。曲水の宴とは、三月三日（桃の節句）に、水の流れのある庭園で、その流れのふちに歌人たちが座り、流れてくる盃が自分の前を通り過ぎるまでに詩歌を詠み、盃の酒を飲んで次へ流し、別堂でその詩歌を披講するという行事です。良経は昔藤原道長やその孫の師通が行った頃を偲んで準備をしました。ところが良経が計画したその日に熊野本宮が焼失した（注・二月二十八日の火災による）という報が入り、宴は急遽取りやめになりました。そこで中の巳の日に行われた例もあるということで十二日に延期にしたのですが、七日の夜良経は突然薨去したのでした。十八年前の兄良通の急死に続く九条家の悲劇でした。『尊卑文脈』の良経公伝には、「建永元三七薨頓死但於寝所自天井被刺戟」とあり、寝室で天井から槍で刺されたとされていますが、良通に続く良経の寝所での頓死は、ともに現代でいう循環器系の疾患ではないかとわたしは勝手に思っております。ともあれ良経は『新古今集』の行く末を見定めることなく薨去しました。

このとき定家が家隆に遣わした歌と返歌を紹介します。

故摂政殿、にはかに夢の心地せし御事のあくる日、宮内卿とぶらひ

つかはしたりし返事のつひでに

昨日までかげとたのみしさくら花ひと夜の夢のはるの山かぜ

返し

かなしさの昨日の夢にくらぶればうつろふ花もけふの山かぜ

後鳥羽院を始め人々の歎きは大きく、特に良通・良経と二人の息子を失った父兼実の悲しみは悲痛でありました。兼実は翌建永二年四月に薨去しました。

9　九条家三代

こうして良経の生涯をたどってみると、その事蹟は詩歌に関することばかりでした。これはわたしが恣意的に選んだためではなく、わたしのような素人が手に入る限りの書籍を読んで、伝記としてまとめた結果であります。わたしは『新古今集』という稀有な文学的達成をした詞華集に注目し、研究し始めてから天才歌人藤原良経を知りました。歌人として評価された人物であるので、歌人としての伝記を記せばそれで可とするべきかもしれません。しかし、彼は従一位摂政太政大臣で、位人臣を極めた人物でもあったわけです。言い換えれば政治家として最高の位にあったのです。それなのに政治家としての事蹟がない。彼が生きた時代は太平の世ではありませんでした。平治の乱で平清盛が台頭し、平家一門が繁栄を極めている嘉応元年（一一六九年）に生まれています。以仁王挙兵の治承の乱のとき十二歳で正五位下侍従、木曽義仲入洛の寿永の乱のときは十五歳で従四位上左近衛中将でした。そして、頼朝が鎌倉に幕府を開いた頃は権大納言左近衛大将でした。世は貴族政治から武家政治へ移行する激動の渦中にあったのです。そんな中で、良経が政治の場に記録されたのは、建久七年の源通親による反九条家の政変で内大臣のまま籠居させられた時でした。そして、後鳥羽天皇が息子土御門に譲位して院政を開始したのち、正治元年には元に戻り、以後院の側近として仕えています。

良経は九条家の二代目当主であったのですが、この家系の中でも彼のみが比較的平穏な生涯を送っています。わたしはここで九条家の歴史を振り返っておくのも意義あることと思います。そこで彼の祖父から順に見ていきますと、祖父藤原忠通は院政による摂関政治凋落の中で保元の乱の渦中を生きました。この乱は朝廷の皇位継承問題（後白河天皇と崇徳上皇）と摂関家の内紛（藤原忠通と頼長）を、武家の力を借りて解決した、わが国の政治史のターニングポイントとなっています。以後武家が朝廷の政治に関わるようになりました。また忠通は摂関家の絶大な所領を守るため、父忠実の赦免と引換えに朝廷から「藤氏長者」の宣旨を受諾しました。良経が関わる摂関家の事情なのでもう少し説明しますが、本来「藤氏長者」は代々摂関家の中で決められたのでした。しかし、このとき忠通が後白河天皇の宣旨を受けて氏長者になったことにより、摂関家の自立性がさらに失われ、朝廷に従属するようになってしまったのです。それでも氏長者であった頼長の膨大な所領は没収されて後白河天皇の所領となり、後に後鳥羽院らの権力の経済的基盤ともなったのでした。忠通は関白の地位は守ることはできましたが、摂関家の代償はあまりにも大きかったのです。

良経の父兼実は忠通の六男でした。忠通は長らく後嗣に恵まれず、二十歳以上年下の弟頼長を猶子としていましたが、四男基実（近衛）が生まれたため、頼長との縁組解消の問題がこじれ、父忠実から義絶され藤氏長者の地位も奪われてなかば失脚しました。忠通はその後も五男基房（松殿）、六男兼実（九条）が生まれ、保元の乱後に再び藤氏長者になったのは先に話した通りです。なお、この三人の近衛家、松殿家、九条家が「三摂家」と呼ばれています。忠通のあとを基実が継ぎ、基実が早逝したためにそのあとを基房が継いだのですが、治承・寿永の乱を経て頼朝が武家の棟梁になると、平氏と親密だった近衛家、また木曽義仲と結んだ松殿家は厭われ、九条兼実が摂政・氏長者になりました。これによって兼実は朝廷内での執政の中心となり、政治改革や徳政の推進を行いましたが、それは反面敵をつくることにもなり、源通親の建久七年（一一九六年）の政変によって関白を追われました。兼実が四十年間綴った日記『玉葉』は当時の状況を知るための一級の資料です。

建久の政変によって九条家は失脚し、内大臣であった良経も籠居の身となりました。しかし、後鳥羽天皇が息子土御門天皇に譲位し院政を始めると、正治元年（一一九九年）良経は赦されて左大臣として政界に復帰しました。そして、建仁二年（一二〇二年）内覧となり、土御門天皇の摂政となったのです。良経の出世は家格もさることながら、彼の能力や手腕、また穏当な性格にもよるのでしょうが、後鳥羽院の信任が篤く、亡くなるまで重用されました。しかしこの間これといった政治的な事蹟がありません。この時代は武家社会の全国的な激しい争乱によって、貴族社会と武家社会の枠組みが大きく変化しようとしていました。ただ良経の頃は、鎌倉幕府も関東の地盤を固め、体制を整えることに余念がなく、京の朝廷に関わることが少ない時期でした。さらに朝廷内でも、治天の君である後鳥羽院の権力は絶大で、権力闘争が表面化することはありませんでした。例えば嵐の中で出会うひと時の無風の晴天のような、或いは台風の目の中に入ったような、歴史の小康状態ともいうべきときに、良経は摂政太政大臣だったのです。ゆえに良経は政治家としてよりも、歌人として歴史に名を残すことになったのです。良経の早逝は彼自身にとって、さらに九条家にとっても幸いでした。というのも、こののち後鳥羽院は朝廷側に武力を集め、鎌倉幕府の執権北条義時追討の院宣を出して、承久の乱が起ります。後鳥羽院は敗北して隠岐に流される結果となりました。もしこのときまで良経が存命しておれば、彼は院の側近としてこの事変に巻き込まれています。そして、その類は彼個人に留まらず、九条家にも及んだと思われます。それゆえに幸いだったと言ったのでした。

良経が亡くなったとき、嫡男道家は十三歳で従二位権中納言左近衛中将でした。彼は祖父兼家に寵愛されて養育されており、嫡子として九条家三代目を継ぎました。承元三年（一二〇九年）

道家の姉立子が後の順徳天皇の妃となり、後の仲恭天皇を産みました。また建保七年（一二一九年）三代将軍源実朝が暗殺されると、執権北条義時は道家の三男三寅（頼経）を四代将軍に要請し、道家はこれに応じました。道家の母（即ち良経の妻）が頼朝の姪だったからです。承久三年（一二二一年）順徳天皇が譲位したので、この時左大臣だった道家は仲恭天皇の外叔父に当たるため摂政となり、また藤氏長者の宣下を受けました。道家は順調に昇進していたのですが、京は不穏な状況でした。先に話したように後鳥羽院は武力を集め、将軍実朝の死によって朝幕の力関係が微妙に崩れたのを機に、執権義時追討の院宣を発したのでした。朝廷の権威を畏れる関東武家に、北条政子は頼朝の恩を説いて鼓舞したので、圧倒的な武力でもって鎌倉幕府は勝利し、後鳥羽院は隠岐に、また順徳院は佐渡に流されました。武家が朝廷を処断した初めての例で、以後明治まで天皇が政治を行うことはありませんでした。道家は討幕計画には加わりませんでしたが、摂政を罷免されました。しかし承久の乱後、幕府と関係の深かった岳父の西園寺公経（藤原定家の義弟でもあります）が朝廷での最大実力者となったため、また頼経の四代将軍就任も手伝って、安貞二年（一二二八年）関白になりました。その後道家は従一位に昇叙し、九条家は朝廷の最大有力家として君臨しました。

以上忠通・兼実・良経・道家と続く九条家の歴史を辿ってみたのですが、九条家は保元・平治の乱、治承・寿永の乱、建久の政変、そして承久の乱を経てなお英々と生き延びてきました。その中で良経一人が戦乱に巻き込まれず、治天の君のもとで摂政太政大臣でありながら、歌人としてしばらくの平安の世を過ごしたのでした。

【インタビュー】

鴫《しぎ》立つ沢

――まずはこの度の第三十六回黒川録朗賞のご受賞、おめでとうございます。

諸井　ありがとうございます。

――ようやく認められた、ということですね。

諸井　いいえ、まだまだです…、そうか、この番組がわたしを呼んでくれました。（笑）

――あら！　何とお答えしたらよろしいのやら…。それにしても景色のよろしいところですねえ、穏やかな海で…。遠くに島が見え、船が行き来しています。後ろの山からは鳥の声も聞こえてきます。この海岸へはよく来られるんですか？　散歩なんかに…。

諸井　そうですねえ、天気の良い日の午前中とかに来ています。この季節だと夕焼けがとてもきれいな日があるので、夕方に車を飛ばして来ることもあります、日没までに間に合うようにね。ここで散歩をするようになったのは二年前に胃がんの手術をしてからです。あの西の防波堤の先までここからおよそ八百メートルあります。あそこまで一往復して、あとはこの四阿《あずまや》に座ってぼんやり海を眺めています。若いころはね、ここで本を読んでいました。暑い夏の盛りでも、休日の午前にここへ来て、冷たいビールを飲みながら本を読んでいました。至福の時間でしたねえ。

ここの前の浜辺には海水浴をしている若者たちがいて、輝いていました。わたしも小学生のときはここで泳いでいたんですよ。

――海がお好きなのですねえ。今日はほんに小春日和でようございました、穏やかな海で、風もさわやかで…。もし天候が悪かったら、諸井さんの行きつけの「ぱるちざん」という喫茶店をご指定されていたのですが…。

諸井　日ごろの行いが良い所為にしておいてください。

――そういうことにしておいて、さっそく本題に入りたいと思います。西行についてですね。

諸井　実はこのインタビューの依頼を受けたとき、『新古今和歌集』をテーマに、ということだったんです。それをわたしがわがままを言って、西行にしてもらいました。

――こちらも内輪の話なんですけどね、実は事前に柳谷さんにご相談に行ったんですよ。そしたらね、「諸井さんだったら新古今ですよ」と太鼓判を押していただきました。こちらとしては、(はあ…、古典なんだ…)という気持ちでしたね。諸井さんは小説家ですから、きっとその方面の話、例えばペンネームの由来となったサミュエル・ベケットの話じゃないかな、と思っていました。

諸井　ご期待にそえず申し訳ないことです。(笑)

――こちらは新古今のつもりでご依頼したのですが、当人は西行を話したいというじゃありませんか。こちらはもう破れかぶれですよ。(笑)

諸井　身勝手で、わがままな男です。（笑）

――わがままでなく、よくしゃべる人だと聞いていますよ。柳谷さんからね、「諸井さんは文学の話をし始めたら止まらない人だから、あなた、よくコントロールしてあげてね」なんて言われ、わたしはプレッシャーをかけられているのですよ。

諸井　はい、よく気をつけます。（笑）

――それでは本題に入っていただきたいと思います。これまでの話の流れからいきますと、「なぜ西行か？」というところからですね。

諸井　はい、西行です。わたしはこれまで『新古今和歌集』の研究のなかで、西行については語らない、と常々言ってきました。というのは、西行という歌人は、とても『新古今和歌集』の範疇では捉えられない、もっとスケールの大きな歌人だと思っているからです。確かに西行は、『新古今和歌集』の中で九十四首採られ、第一位の歌人です。『新古今和歌集』を語るのにその西行を抜きにするなんて、とんでもないことかもしれません。しかし、新古今の範疇で捉えられない西行を、新古今論の中で語ることは無謀だと思っていたのでした。だから当初わたしは西行を抜きにして、西行をくっきりとくり抜いた陰画的な新古今論を企んでいたのでした。ところがこれが、逆にとんでもない無謀なことだったと、最近悟ったわけなのです。わたしはいつも、志は高いが技術が伴わない、未熟といわれても仕方がない、いわゆる眼高手低といったところを演じるのです。これまでいろいろと『新古今和歌集』について書き進んできて、いよいよといったところで、西行の陰画なんてとても語れなかったことを認めざるを得なかったわけです。これはもう正面から西行と取り組まねばならない、と悟った次第です。

わたしはかねてより芭蕉について研究したいと思っていました。特に『奥の細道』をやりたいと思っています。わたしは和歌や俳句に関して門外漢ですので、『奥の細道』に興味を持ったのも「漂泊の詩人」としての芭蕉でありました。その意味で、芭蕉は能因・西行・宗祇に連なる詩人です。わたしはその芭蕉研究の準備として、西行関係の書物もかなり集めていたのです。

そこでいよいよ西行に取り組まねばならなくなり、わたしの新古今研究もそろそろ終わりにして、はやく芭蕉に取り組みたいので、この際手元にある西行関係の本を読み始めたのでした。なんか、西行をやらないと言っていたのが、駄々をこねていたような気がします。（笑）

——正直言って、西行をお話しになると聞いたときはちょっと驚きました。また、芭蕉研究のために西行を準備していたとは初耳ですが、その辺のところをお話しいただけますか。

諸井　二十年ほど前、再び文学を志して文学書を濫読したとき、芭蕉の『奥の細道』を読んだのです。これは高校で古典の授業を受けた名残で、「月日は百代の過客にして、行き交ふ年もまた旅人なり……」なんて、冒頭の文章は今でも暗記しています。これはわが国の古典及び中国古典その他を引用した大変な文章です。わたしはそのときふと疑問を感じたのです。当時、いったいどれくらいの人が芭蕉のこの文章の引用を正確に理解できただろうか、という疑問です。芭蕉は『奥の細道』を完成させるのに五年ほどかかっています。まさに凝りに凝った文章です。わたしたちは解説付きの本で読みますから、「成程なるほど……」などと気楽に読んでいます。しかし、原文だけを読まされたら、どれほど理解できるだろうか。はなはだ覚束ないことです。これは『新古今和歌集』についてもいえることです。

また、芭蕉はこの作品の中に虚構を持ち込んでいるのです。旅の順路が同行の曽良の日記と違うのは有名な話です。文中の俳句も旅先で詠んだものばかりではありません。芭蕉は芸術性を高めるために虚構を用いました。わたしが瞠目するのは、芭蕉が紀行文に虚構を持ち込んだという事実です。芭蕉は明らかに後の世に読まれることを意識しています。それも単なる旅行記としてではなく、文学書として読まれることを意識していたのです。この時代に、こんなことをする詩人がいたというのが驚異です。

さらにその頃、わたしは上田三四二の『短歌一生』を読みました。この中で、まず、上田三四二が「歌が巧妙になり、進歩したといえるが、事物性の希薄化が印象を弱くしている」という論を展開する部分を少し引用します。

（前略）次にみるように、西行とて例外ではない。

つねよりも心細くぞ思ほゆる
　旅の空にて年の暮れぬる　『山家集』

年暮れぬ笠きて草鞋はきながら　　　　『甲子吟行』

芭蕉の句を添えたのは、それが西行の歌を本歌としているからだが、ここで芭蕉は、「旅の空」――この西行の空疎さを救うのに、「旅の空」の実体としての「笠きて草鞋は」くの境涯を掴み出している。ことさらに「心細くぞ」と言わなくても、心細さは「笠きて草鞋は」く境涯のうちにある。抽象化した西行の歌が、事物の上に降りていってその直接性を回復するには、五百年後の芭蕉に俟《ま》たねばならなかった。

和歌から俳諧が興ったのは、連歌の道筋など歴史的な事項を省略して乱暴にいえば、詩の言葉は「旅の空にて」ではいけないと知ったからだ。

和歌は『新古今和歌集』において、技術・芸術性において最高域に達しました。そして、以後は衰退していくのは周知の事実です。その『新古今和歌集』の代表歌として、わたしは常に藤原定家の、

春の夜の夢の浮橋とだえして峰に別るる横雲の空

を挙げます。これはまさに象徴詩の極みです。藤原定家はマラルメやT・S・エリオットに比肩

する詩人であるという証です。さらに定家は彼らよりも七百年も前の人なのです。

しかし、上田三四二の論に従ってみると、定家はいったい何を見てこの和歌を詠んだのでしょうか。実は、当時は題詠といって、与えられた題に対して、自らの知識・想像力・作歌技術を駆使して和歌を詠んでいるのです。だから「歌が巧妙になり、進歩したといえるが、事物性の希薄化が印象を弱くしている」ということになったのです。

『新古今和歌集』には、西行の、

津の国の難波の春は夢なれや蘆の枯葉に風わたるなり
風になびく富士の煙の空に消えて行方も知らぬわが思ひかな

があります。これらは西行が荒涼とした難波津や、或いは名峰富士山の煙を見ていると想像できます。西行は当時の和歌の枠組みから少し離れた立ち位置だったと思うのですが、その西行でさえ、事物性の希薄化を問われているのです。

わたしは芭蕉を、俳句を超えた偉大な詩人として研究するつもりです。そして、その予習として西行を勉強するつもりでした。しかし、近年『新古今和歌集』を研究するに至って、どうしても西行を採り上げねばならなくなったのです。

——今回西行を採り上げるのは、いまお話になった芭蕉の前駆をなす歌人としてでしょうか、それともあくまで新古今の範疇でのことでしょうか。

諸井　もちろん『新古今和歌集』の範疇で西行を語ります。まずもって確認しておかねばならないことは、『新古今和歌集』の実質の撰者は後鳥羽院であるということです。一般にいわれている撰者五人、即ち通具、有家、定家、家隆、雅経は単なる候補作の推薦者に過ぎなかったのです。定家はこの件について、日記『明月記』の中で、「身に於いて一分の面目なし」などと嘆いています。

だから西行の和歌が九十四首も採られたというのは、まったく後鳥羽院の趣味なのです。院は後に「承久の乱」によって隠岐に遷幸され、『御口伝』を遺されましたが、その中の西行について述べた部分を引用します。

西行はおもしろくして、しかも心も殊に深く、ありがたくいできがたきかたも共にあひかねてみゆ。生得の歌人と覚ゆ。おぼろけの人まねびなどすべき歌にあらず。不可説言語の上手也。

天性の歌人であり、常人がまねをすべき歌ではない。言葉では説明できない名人である、と後鳥羽院はべた褒めなのです。

またこの『御口伝』のなかで、慈円が西行に似ていると評したあと、慈円の最上の歌を紹介した最後に、西行の、

心なき身にもあはれは知られけり鴫立つ沢の秋の夕暮

が挙げられています。慈円の和歌のさわりを列挙した最後に、「鴫立つ沢の」と並べているのです。これは後に問題にする和歌なので憶えておいてください。

ここで西行の和歌が勅撰集にどれくらい採られたか、確認しておきます。西行の和歌が最初に採られたのは藤原顕輔撰の『詞花和歌集』でした。「よみ人しらず」として、

身を捨つる人はまことに捨つるかは捨てぬ人こそ捨つるなりけれ

という和歌です。この「よみ人しらず」は、作者が卑賤の身分のためにこういう扱いになっているのです。これは西行が出家する以前の、鳥羽院の下北面の武士・兵衛尉《ひょうえのじょう》佐藤義清《のりきよ》が詠んだ和歌ゆえの扱いだったと思われます。因みに、官位相当表によると、兵衛尉は最高位で従六位上です。

そして、次に藤原俊成撰の『千載和歌集』で十八首、『新古今和歌集』では先に言ったとおり九十四首、その次の藤原定家撰の『新勅撰和歌集』では十四首採られました。一般に勅撰集に一首でも採られたならば、それは歌人として大変な名誉でした。俊成撰の『千載和歌集』には有名

な逸話があります。『平家物語』の中に、寿永二年（一一八三年）木曽義仲に都を追われた平家一門の平忠度が、五条三位俊成の邸を訪れ、「生涯の面目にたとえ一首なりとも御恩を蒙りたい」と自選歌を差し出した、という話があるのです。このとき俊成は、忠度の名を出すのを憚り、「よみ人しらず」として、「さざ波や志賀の都は荒れにしを　むかしながらの山ざくらかな」を採りました。歌人として、勅撰集に一首願うのにこの有様です。『新古今和歌集』九十四首は別格として、『千載和歌集』十八首、『新勅撰和歌集』十四首も採取されたのは大変なことなのです。まさに大歌人です。

ところがこれは結果論であって、当時の西行が俊成に願ったことも、平忠度とさして違わぬ状況だったのです。西行もこの度の勅撰集に一首でも多く入集することを願っていたのです。結果として、俊成は十八首採った。ただ、西行が採ってほしいと願った和歌と、俊成が実際に採った和歌に若干のズレがあった。今回はここを問題にしたいと思っています。

――いよいよ本題ということですね。今回は西行と藤原俊成の和歌観の違いですか。

諸井　和歌観の違いか、と問われたら返事に困るのですが、俊成ら御子左家の和歌観では西行が捉えられなかった、いや、西行の和歌がそれをはみ出していた、というのが本質に近いかもしれません。そのはみ出した部分があるゆえに西行の和歌を近代から捉えることができ、継承することができた。だから五百年後の芭蕉は、俊成や定家を継承したのではなく、西行を継承したのでした。その間に宗祇がいるのですが、今回は割愛します。

さて、本題に入ります。

俊成は西行より四歳年上ですが、ほぼ同年代とみていいでしょう。そして、彼らはともに歌人として認めあっていました。晩年西行は『御裳濯河歌合《みもすそがわ》』と『宮河歌合《みやかわ》』を自選して、それぞれを俊成と定家に判詞を依嘱しています。

ちょっと下世話な話ですが、俊成の妻美福門院加賀は、大原三寂の寂超の出家前の妻でした。また、西行は寂超の弟寂然と懇意の間で何度も和歌を詠み交わしております。これは、俊成と西行がともに、若い頃から大原三寂の父常盤為忠の歌壇に出入りしていて、互いに知り合っていたという証でしょう。そして、歌才をたがいに認めあっていた。それゆえに、西行は晩年に伊勢神宮内宮に奉納する『御裳濯河歌合《みもすそがわ》』の判詞を俊成に、また外宮に奉納する『宮河歌合《みやかわ》』の判詞をその子定家に依頼したのでした。

自歌合ですから、左右ともに自分の和歌であり、どちらが勝とうが問題ありそうにないのですが、実はそうでもない。歌人にはそれぞれ自讃歌という、自信作或いは代表作というべき和歌がありますす。そして、ここで先に憶えておいて欲しいと言った「鴫立つ沢」の和歌が出てくるのです。この和歌は西行の自讃歌といってよいでしょう。

ところで、『新古今和歌集』には「三夕《さんせき》の歌」と呼ばれる有名な和歌があり、「鴫立つ沢」はその中の一首です。「秋歌上」の中に並んであるので、まず引用しておきます。

題しらず　　　　　　　　　　寂蓮法師
さびしさはその色としもなかりけり真木立つ山の秋の夕暮
　　　　　　　　　　　　　　西行法師
心なき身にもあはれは知られけり鴫立つ沢の秋の夕暮
　西行法師勧めて百首歌よませ侍りけるに
　　　　　　　　　　　　　藤原定家朝臣
見わたせば花も紅葉もなかりけり浦の苫屋《とまや》の秋の夕暮

の三首です。これらに共通しているのは、上句の最後の詠嘆の「けり」と、結句の「秋の夕暮」です。久保田淳・訳注『新古今和歌集』（角川ソフィア文庫）より、簡単に訳を引用しておきます。

寂蓮　寂しさはとくにその色が寂しいというわけでもないけれども、どことなく寂しいよ、真木の生い立つ山の秋の夕暮は。

西行　もののあわれを解しないこの身にもこのあわれさはわかるよ、鴫が飛び立つ沢辺の秋の夕暮の。

定家　見わたすと花も紅葉も何もないよ、苫葺きの小屋がところどころにある海辺の秋の
　　夕暮は。

今回はこれらを評釈しようというのではありません。まず、『新古今和歌集』の中の有名な和歌であるという事実を提示しておきたいのです。

そして、「鴫立つ沢」。今回はこの和歌を中心に西行を語りたいと思っています。

――「三夕の歌」の比較ではない、ということですね。『新古今和歌集』を論じるならば、わたくしなんかはその方に興味があるのですが……。即ち、寂蓮、西行、定家の立ち位置、和歌観というものを比較すると面白いと思いますが…。

諸井　そういう難しいことは、国文学の先生たちに任せて、わたしはアマチュアの小説家ですので、小説家としての観点から話をしたいと思っています。むしろその方に意義があると思うのです。

さて、この「鴫立つ沢」の和歌ですが、これがいつ頃、どこで詠まれたものか分からないのです。他の二首は分かっています。寂蓮の「真木立つ山」は建久二年（一一九一年）『左大臣家十題百首』中のもの、また定家の「浦の苫屋」は文治二年（一一八六年）西行勧進による『二見浦百首』中のものです。

西行没後五十年頃、即ち鎌倉時代中期、およそ十三世紀中頃に成立したといわれる『西行物語』

料金受取人払郵便

長野東局
承認

753

差出有効期間
令和３年８月
31日まで

（切手をはらずにご投函下さい。）

郵便はがき

3 8 1-8 7 9 0

長野県長野市
柳原 2133-5

ほおずき書籍㈱行

郵便番号 □□□-□□□□

ご住所　都道府県　郡市区

電話番号（　　　）　－

フリガナ お名前	年齢 歳	性別 男・女

ご職業

メールアドレス　新刊案内メール配信を □希望する □しない

▷**お客様の個人情報を保護するため、以下の項目にお答えください。**

○このハガキを著者に公開してもよい➡（はい・いいえ・名前をふせてならよい）

○感想文を小社webサイト・パンフレット等に公開してもよい➡（はい・いいえ）　※匿名で公開されます

愛読者カード

タイトル	
購入書店名	

●ご購読ありがとうございました。
本書についてのご意見・ご感想をお聞かせ下さい。

この本の評価　悪い ☆1 ☆2 ☆3 ☆4 ☆5 良い

●「こんな本があったらいいな」というアイディアや、ご自身の出版計画がありましたらお聞かせ下さい。

●本書を知ったきっかけをお聞かせ下さい。

□ 新聞・雑誌の広告で（紙・誌名）＿＿＿＿＿＿＿＿
□ 新聞・雑誌の書評で（紙・誌名）＿＿＿＿＿＿＿＿
□ テレビ・ラジオで　□ 書店で　□ ウェブサイトで
□ 弊社ＤＭ・目録で　□ 知人の紹介で　□ ネット通販サイトで

■ 弊社出版物でご注文がありましたらご記入下さい。

► 別途送料がかかります。※3,000円以上お買い上げの場合、送料無料です。
► クロネコヤマトの代金引換もご利用できます。詳しくは℡(026)244-0235までお問い合わせ下さい。

タイトル＿＿＿＿＿＿＿＿＿＿＿＿＿＿　＿＿＿＿冊

タイトル＿＿＿＿＿＿＿＿＿＿＿＿＿＿　＿＿＿＿冊

に「鴫立つ沢」の挿話があります。その文脈によれば、西行が陸奥への旅の途中、相模国大庭《おおば》の砥上原《とがみはら》でこの和歌を詠んだとしています。西行は二十代後半と六十代最後の年と、生涯に二度陸奥へ行っているのですが、『西行物語』にはその区別がなく、一度の旅として語られています。この和歌は一般には後の旅のときに詠まれたと解釈されているようですが、わたしは『西行物語』の説を採りません。

また、同じ頃に成立した『今物語』にも「鴫立つ沢」の挿話があります。『今物語』作者藤原信実の父は、俊成の後妻である美福門院加賀の連れ子で、定家の義兄になる藤原隆信です。この隆信の実父は大原三寂の寂超で、西行とも縁のある人です。この構図のややこしさは本題とはあまり関係がないので聞き流しておいてください。西行と大原三寂と御子左家との間に密接な関係がある、とだけ憶えておけばいいでしょう。その『今物語』にこんな話があるのです。

西行が陸奥の方へ修業の旅をしていた時、俊成によって『千載和歌集』が撰進されたと聞いたので、その集の様子を知りたくて都の方へ向かった。その途中で知人に出会い、この集のことを尋ね聞いて、「わたしが詠んだ、鴫立つ沢の秋の夕暮、という歌は入集していましたか」と尋ねたところ、その知人は「いいえ、入集していません」と答えたので、「それでは上京して、何になろうか」と言って、陸奥の方へ帰ってしまった。

西行の和歌は『千載和歌集』に十八首も採られたのですが、自讃歌「鴫立つ沢」が採られなかったのを不服として、陸奥の方へ帰ってしまったというのです。

先にわたしは『西行物語』の説を採らないといいましたが、少し説明したいと思います。西行が陸奥へ二度行ったことは間違いのない事実です。『西行物語』はそれを無視して区別していません。ただ『千載和歌集』の後白河法皇への奏覧は文治三年（一一八七年）であり、また西行が東大寺再建の勧進のために二度目に陸奥に行ったのは文治二年（一一八六年）のことでした。この時の旅で「鴫立つ沢」を詠んだのであれば、『千載和歌集』入集などあり得ぬことです。ならばその前の二十代後半の時に詠んだとすれば、果たして西行が「鴫立つ沢」の境地に達していたか、いささか心もとない。

わたしは西行が「鴫立つ沢」の和歌を詠んだのを、時場所ともに陸奥への旅に固執する必要はないと思うのです。『新古今和歌集』には詞書がないのですが、『山家集』のそれによれば、「秋ものへまかりける道にて」とあります。漂泊の詩人西行が、晩年の旅の途中でこの和歌を詠む機会はどこでもあり得ました。例えば陽が傾き、旅路をいそぐ西行が、突然鴫が飛び立つ羽音に驚き、ふと足を止めて沼地を見渡す。残された鴫たちが脚もとの水面下の虫を啄む姿、或いは虚空を見やる姿を見て、一瞬にして出家してからの自らの半生が脳裏をよぎった。西行はこの鴫立つ沢の夕暮を、出家僧として密教の観相や或いは浄土信仰ではなく、最後まで「心」に執着する詩人としての感性で見たのでした。「心なき身」として自らを捉え、「心」に執着して和歌を詠んだのでした。その意味で、西行は最後まで出家僧ではなく、詩人だったのです。

詠んだ場所の話をしながら、思わず和歌の本論に行きかけましたが、ここはまだ場所の話を続けます。後に江戸時代になって、元禄の末頃、大淀三千風が現在の神奈川県大磯町にこの和歌を詠んだ地点を定め、「鴫立庵」を設けてのち、そこが歌枕となりました。西行が「鴫立つ沢」の和歌を詠んだ場所は、名も知れぬ土地から『西行物語』によって砥上原《とがみはら》になり、また江戸時代の大淀三千風によって大磯町に定められたのでした。因みにこの歌枕は、芭蕉の死後に定められたものであり、芭蕉の知りえぬ歌枕となったわけです。この「鴫立庵」は、現在も多くの俳人が吟行に訪れているという話です。

さて、ここでもうひとつの『今物語』の挿話について語ります。この作者は先にも話したように、西行や俊成に近い人でした。時と場所には齟齬がなく、まったく実話のように思えますが、そうではありません。ただこの物語は事の本質を言い当てていると思うのです。

俊成が『千載和歌集』を撰進するにあたって、西行の自讃歌「鴫立つ沢」を採らなかった。これが西行にとって、とても不満であり、そのことを周囲の人たちは承知していた、というのが事実であるでしょう。それを巧妙に物語に仕立て上げたのが『今物語』だと思うのです。さらに鎌倉時代後期の歌人頓阿《とんあ》の『井蛙抄《せいあ》』では、出会った知人が登蓮とされているそうです。この「そうです」という表現は、わたしが実際に『井蛙抄』を読んだのではなく、孫引きであるという意味です。

ではなぜ俊成が「鴫立つ沢」を『千載和歌集』に採らなかったか。これは先に話した『御裳濯河歌合《みもすそがわ》』に答えがあります。西行は伊勢神宮内宮に奉納する『御裳濯河歌合《みもすそがわ》』の加判を俊成に依頼しました。そして、その判詞が出来上がったのが文治三年といわれていますので、俊成は『千載和歌集』の撰進作業を行いながらこの判詞を書いたと思われます。『御裳濯河歌合《みもすそがわ》』は左右計七十二首を三十六番に番《つが》わされており、「鴫立つ沢」はその十八番にあります。以下、岩波文庫の『西行全歌集』から引用します。

十八番
　左　勝
大方《おおかた》の露には何のなるならん袂《たもと》に置くは涙なりけり
　右
心なき身にもあはれは知られけり鴫立つ沢の秋の夕暮
　鴫立つ沢のといへる、心幽玄に、姿及びがたし。但、左歌、露には何のといへる、詞浅きに似て、心ことに深し。勝べし。

さらに、この判の解説を、高橋英夫著『西行』（岩波新書）から引用します。
このように俊成は「三夕《さんせき》の歌」として名高い「鴫立つ沢」を、左の「大かたの」よりも劣るとしている。今日の鑑賞眼では「大かたの」はいかにもつまらない歌としか言えない気がするので、この評はいささか不思議議である。ただ右の歌は、俊成に言わせれば、後半「鴫立つ沢の秋の夕暮」が幽玄で、すがたもよいのに比して、前半「心なき身にもあはれは知られけり」が理に落ち、作者の我意の肌目《きめ》が荒く目立つ、ということであっただろう。それに対し勝とされた「大かたの」は、言葉は浅くてもなだらかで難がない、というわけであっただろう。

俊成が西行の我意を好まなかったようであるのは、あの「願はくは花の下にて」をも勝とはせず、「持《じ》」、すなわち勝負なしの引分けと判定したのから察することができる。

ここで引合いに出された西行終焉の有名な和歌、「願はくは花の下にて春死なむ　その二月《きさらぎ》の望月のころ」については、また後ほどお話ししたいと思います。

さて、いよいよこの「鴫立つ沢」についてです。俊成が「鴫立つ沢」の和歌を、なぜ『御裳濯河歌合《みもすそがわ》』で勝とせず、また『千載和歌集』に採らなかったかを考察したいのです。

高橋英夫は「俊成が西行の我意を好まなかった」と説明しています。わたしもそう思います。では、その西行の「我意」とは何か。ここでわたしはこの和歌の冒頭の言葉、「心」を考察したいと思います。

「心なき」という言葉は、先に引用した久保田淳によれば「もののあわれを解しない」と訳しています。言い換えれば、「情緒を解する心がない」と自らを卑下した言葉です。よってこの場合、

「心」は「情緒を解する心」という意味になります。そして、そのような出家者のわたしでさえ、この景色の情緒は理解できますよ、と上句は言っているのです。

高橋英夫はこの上句に西行の「我意」があると説明しているのです。ちょっとここで断っておきますが、以後わたしは高橋氏の「我意」という言葉を借用して論を進めていきます。さて、ここまで読み解いてきて、わたしはこの「我意」を、自らを離れた位置から「心なき身」と見据える「心」、と解釈するのです。言い換えれば、客観的に自らを捉えようとする「心」であります。そして、俊成は自らを客観的に捉えた理知的な和歌を嫌ったのではないでしょうか。

では、俊成が勝とした「大方《おほかた》の露」の和歌はどうでしょうか。この和歌を訳した本が手近にないので、インターネットの「千人万首」から引用します。

【通釈】野原一面に置いた大方の露には何がなるのだろうか。私の袂に置いている露は、私の涙がなったものである。一つ一つの草葉の悲しみが露になったのだろうか。

ここでいう「大方《おほかた》の露」とは、野原の草々の葉の上にある露であります。その中を歩けば衣が濡れるほどである。しかし、わたしの袂が濡れているのは、わたしの涙によるものなのです。だとすれば、草葉の一葉一葉の悲しみが、草葉の露となったのだろうか。わたしはそんな景色の中にいる。この和歌の大意はここまでです。しかし、この和歌を詠んだ西行の「心」は、「この草葉の一葉一葉の涙、また袂を濡らすわたしの涙は、秋という季節の風情がもたらす悲しみである」と思い及んでいるのです。そして、この思い及んだ「心」を俊成は「心ふかき」と言って、「大方《おほかた》の露」の和歌に勝を与え、『千載和歌集』に採ったのでした。

ここで注意しておきたいのですが、この二首はいずれも西行の作であるということです。いずれが勝とうが西行のものなのです。問題は「大方の露」を俊成が『千載和歌集』で採り、「鴫立つ沢」を後に後鳥羽院が『新古今和歌集』で採ったという事実です。現代の評価では、「鴫立つ沢」は名歌であり、「大方の露」は凡作となるでしょう。しかし、問題はこの二首の優劣ではなく、『御裳濯河歌合《みもすそがわ》』に対する、俊成と後鳥羽院の違いになってくるのです。

『御裳濯河歌合《みもすそがわ》』から『千載和歌集』に十首採られ、『新古今和歌集』には二十二首採られています。『新古今和歌集』は『千載和歌集』より十七年後の勅撰集ですから、『御裳濯河歌合《みもすそがわ》』からの撰歌の優先は『千載和歌集』にあったわけです。ところが、塚本邦雄が評するところでは、「俊成はわざとのやうに最秀作を避け通した」というのです。秀歌はすべて『新古今和歌集』に撰入され、『千載和歌集』が「落穂拾ひをしてゐるとしか思へない」というのです。

――まさか藤原俊成の眼が曇っていたわけではないでしょう? 一首や二首の駄作が混じるのは仕方がないとして、すべてが二番手というのはあり得ないと思います。これが和歌観の違いということですか?

諸井　『千載和歌集』に駄作が多いというならば、多いのはのはむしろ『新古今和歌集』の方かもしれません。九十四首も採られたのですから当然と言えば当然でしょう。駄作も多いが秀歌も多い。この多さは後鳥羽院の「西行熱症候群の発作」の所為だと塚本邦雄は嗤っています。その塚本によれば、「鳴立つ沢」を「俊成はこれみよがせ無視した」というのです。塚本邦雄著『西行百首』から引用します。

西行の「心なき身」に、俊成が抵抗を覚えたとしても、さして不自然ではあるまい。世を捨てて、風雅の心など辨《わきま》へぬ身とことわってゐるのではあるが、法然や親鸞ならばいさ知らず、歌界を泳ぎ回る達人の「心なき」は甚だ胡散臭く、卑下自慢の逆説に近い。

塚本邦雄はさらに、「私には、判者断ちの誓ひを、(西行の伊勢神宮内宮に奉納する『御裳濯河《みもすそがわ》歌合』加判の依頼によって)強引に破らされた俊成の意趣返しとしか思へない」と言っているのですが、わたしはこの意趣返しの説は採りません。また、わたしは俊成が西行の和歌を評価出来なかったとも思いません。ただ、嫌ったのでしょう、自らを客観的に捉えた理知的な和歌を。いや、「我」を張った和歌といった方がいいかもしれません。

ところで、この「我《が》」という言葉を「我《われ》」と読み替えたらどうでしょう。そして、対象をわが国に限らず、グローバルな視野で見たならば、少し強引かもしれないけれど、「我《われ》」を捉えたのは西洋近代であったと思うのです。ルネ・デカルトの「われ思う、ゆえにわれあり」という言葉に代表される西洋近代哲学の「世界」に対峙する「我」、そして「思うところの我」と「存在するところの我」との乖離という二元性の雛《ひな》を、西行の和歌は内在していたと思うのです。言い換えれば、西行は「己を知ろうとする心」を持っていた。これは高橋英夫のいう「我意」と理解してよいでしょう。

心から心に物を思はせて身を苦しむる我身成けり

歌の良し悪しは別として、西行はこういう和歌を詠む人間だったのです。この時代に、だれがこんな和歌を詠んだでしょうか。そして、西行はこの訳の分からぬ「我意」を持て余していた。

風になびく富士の煙《けぶり》の空にきえて行方も知らぬ我が思ひかな

これは西行が第一の自讃歌としていたものです。文治二年（一一八六年）、東大寺大仏再建のため、奥州藤原秀衡に砂金の勧進を求める旅の途中で詠んだ和歌です。西行六十九歳、入寂の四年前のことです。長年自らがもてあましてきた心を、ようやく「行方も知らぬ我が思ひ」と解き放したように思います。

小林秀雄は「自意識が彼（西行）の最大の煩悩だった」と言いました。わたしは、それは「西行が近代を内包していた」からだ、と言いたいのです。自ら宿した近代の萌芽を、西行は何に由来するものか理解できず苦しんだのだ、と。そして、暴論と誤解を受けるかもしれませんが、俊成が西行の「我意」を嫌ったということは、西行の和歌の当時の歌論からはみ出したこの部分を、彼が理解できず、嫌ったということになるのです。別な言い方をすれば、西行の「我意」を俊成・定家の「幽玄」や「有心」の概念では捉えられなかったということです。これを捉えたのが五百年後の芭蕉でした。芭蕉は、単に能因、西行、宗祇らの漂泊を追慕した俳人ではなく、俊成・定家が捉えられなかった西行の「近代の心」を掴み取った詩人であったのです。芭蕉のことは、『新古今和歌集』の研究を終えてから、別にやりたいと思っていますのでここまでにしておきます。

そして、ここでさらに念を押しておけば、後鳥羽院はこの「我意」を理解して『新古今和歌集』に「鴫立つ沢」の和歌を採ったのではなく、「鴫立つ沢の秋の夕暮」という下句の「幽玄」を採ったに過ぎなかったのです。

――芭蕉、楽しみですね。それにしても、後鳥羽院は歌道の師匠である藤原俊成の歌論を理解していなかったのですか。

諸井　後鳥羽院は非常に聡明で、歴代天皇の中でも屈指の歌人であったから、御子左家の歌論は充分理解していたと思います。わたしは機会あるごとに『後鳥羽院御口伝』を読み返しておりますが、並の評者に書ける歌論ではありません。ただ、当時の後鳥羽院は「治天の君」であり、まさしく帝王ぶりを発揮しているのです。俊成の歌論は理解しているけれど、気にするほどのことはない。『新古今和歌集』全一九七九首はすべて後鳥羽院の好み・思想であります。わたしはかねてより、選択・列挙はその人の思想である、という立場を表明しておりますので、『新古今和歌集』においても例外ではありません。『新古今和歌集』は後鳥羽院そのものです。それだけに特異な和歌集なのです。

例えて言えば、定家撰の第九代『新勅撰和歌集』は俊成撰の第七代『千載和歌集』の延長線上にあると思います。後鳥羽院撰の第八代『新古今和歌集』は、その引いた線のはるか上の特異点に位置するのです。『新古今和歌集』は勅撰集の最高峰と言ってよいでしょう。起点になった『古今和歌集』よりも、文学的に完成度は高い。そして、西洋の二十世紀のモダニズム文学よりも七百年も前にすでに前衛的な文学であったのです。

この新古今時代に優れた歌人が綺羅星のごとく輩出したといわれています。摂政太政大臣藤原良経をはじめ、大僧正慈円、定家、家隆、雅経、俊成卿女、宮内卿ら指折る間もなく名前を挙げられる。しかし、わたしは思うのです。彼らは後鳥羽院の強烈な個性に引きずられるように、いや、現代的な言い方をすればパワーをもらって秀歌を詠んだのだった、と。

ここで摂政良経も入れるのは、もしも後鳥羽院が和歌に興味を持たず、また『新古今和歌集』を勅撰していなければ、彼は間違いなしに和歌を詠まず、漢詩を作っていたと思うからです。後鳥羽院寵愛の蹴鞠の名人藤原雅経や北面の武士藤原秀能は間違いなくそうでしょう。さらに、あの偏屈の定家さえも、後鳥羽院に引きずられて新古今調の和歌を詠んだのではないかと思うのですが、どうでしょうか。これらは国文学の先生に一度お会いして伺いたいと思っています。

さて、いよいよ時間が迫ってきましたので、西行終焉の有名な和歌を採り挙げて最後にしたいと思います。


願はくは花の下にて春死なむその二月《きさらぎ》の望月のころ

建久元年（一一九〇年）二月十六日、西行は河内国弘川寺の草庵で入滅しました。終生桜の花を愛した西行は、生前にこんな和歌を詠んでいたのでした。そして、その願っていたとおり、如月の望月の日に往生したのでした。

先ほどの「我意」の話のついでに、小難しい話を先にしておきますが、俊成はこの和歌を、『御裳濯河《みもすそがわ》歌合』では「持」にし、また『千載和歌集』には採りませんでした。そして、これは後鳥羽院も『新古今和歌集』に採っていません。さらに、定家も『新勅撰和歌集』に採っていません。この和歌が勅撰集に入集したのは、はるか後の、第十一代集『続《しょく》古今和歌集』だったのです。

――わたしは「願はくは」の和歌は『新古今集』に入っていると思っていました。後鳥羽院も採らなかったのですか。

諸井　さすがの後鳥羽院もためらったでしょう。まず、歌の姿がよくない。和歌としての風情がない。ただただ西行の願い、即ち「我意」を五七五七七の和歌の形にしたにすぎないのではないか。これが当時の共通認識でしょう。

和歌としてはたいしたことはなかったけれど、そのとおりに往生した西行が凄かったのです。そして、一躍この和歌が有名になってしまいました。西行の死は大きな反響を生み、人々の間に語り伝えられました。歌人たちにとってはなおさらのことでした。大僧正慈円の『拾玉集』、藤原定家の『拾遺愚草』、九条良経の『秋篠月清集』に、そして、西行の和歌に冷たかった俊成も『長秋詠藻』にも西行の往生について語っているのです。俊成の語を、わたしの資料が乏しいので、目崎徳衛著『西行』より孫引きしておきます。

円位ひじりが歌どもを伊勢内宮の歌合とて判受け侍りし後、又同じき外宮の歌合とて思ふ心あり、新少将（定家）にかならず判してと申しければ、印付けて侍りける程に、その年（去年、文治五年）河内の弘川といふ山寺にてわづらふ事ありと聞きて、急ぎつかはしたりしかば、限りなく喜びつかはして後、すこしよろしくなりて年の果ての頃京に上りたりと申せしほどに、二月十六日になむかくれ侍りける。かの上人先年に桜の歌多く詠みけるなかに

ねがはくは花の下《した》にて春死なんそのきさらぎの望月のころ

かく詠みたりしを、をかしく見たまへし程に、つゐにきさらぎ十六日望日《もちのひ》終りとげける事、いとあはれにありがたくおぼえて、ものに書きつけ侍る

ねがひおきし花の下にて終りけり蓮《はちす》の上もたがはざるらん

また、岩波文庫『藤原定家歌集』より、「拾遺愚草・下」無常の部の西行への挽歌を三位中将藤原公衡の返歌とともに引用します。

建久元年二月十六日西行上人身まかりにける終みだれざりけるよし聞きて三位中将のもとへ

望月のころはたがはぬ空なれど消えけむ雲のゆくへかなしな

上人先年詠云願くは花の下にて春死なむその二月の望月の頃　今年十六日望月也

かへし　三位中将

むらさきの色と聞くにぞ慰むる消えけむくもは悲しけれども

「願はくは」の和歌をたいして評価していなかったけれど、いざそのとおりに西行が入滅したと聞けば、俊成も定家も感動し、自らの家集に和歌を遺したのでした。西方浄土を希求した時代に、西行はまさに最高の往生伝を実現したのでした。多くの人々が随喜したことは想像に難くありません。歌人として俊成・定家の場合を紹介しましたが、これは高野の僧たちにとってはそれ以上の奇蹟を信じたことでしょう。今回、まったく触れなかったことですが、西行は三十年に及ぶ高野山での修業をしており、身分は望まなかった故に低かったけれど、高徳の僧だったのです。高野山を代弁して仙洞との交渉や、東大寺大仏再建の勧進など、並の僧ではできるわけがないのです。それほどの僧であったがゆえに、高野の僧たちも様々な尾鰭をつけて全国に西行上人の事績を喧伝し、「西行物語」や多くの「西行伝説」が出来上がったのだと思います。

西行という人物は、調べれば調べるほど奥が深く、魅力的です。本格的に西行を語るなら、吉本隆明のように、武人として、出家僧として、歌人としての三様の西行を語るのが本筋だと思います。今回は、歌人としての西行の『新古今和歌集』と関わった部分だけを、「鳴立つ沢」という和歌を切口にして語ったに過ぎません。歌人としても、「花」について、「月」について、そして「恋」について、まだまだ語りたい誘惑があるのですが、今回はここまでにしておきます。

――どうもありがとうございました。今日はこんな素敵な景色の中で、すばらしいお話をおうかがいすることができました。これからも諸井さんのご活躍をお祈りいたします。

＊＊＊＊

では、これにてインタビュー番組『はりま才彩』を終わらせていただきます。お相手は川野陽子でした。

＊本作品は、「ＦＭハリマ」のインタビュー番組『はりま才彩』の録音を活字にしたものを、特に引用部分を中心に原本を参照しながら加筆訂正したものです。

軒漏《のきも》る月

——定家艶唱——

『伊勢物語』にこんな話がある。

昔、東の京の五条通りに面したところに、天皇の母である大后《おおきさい》の宮が住んでおられ、その邸《やしき》の西の対の屋に高貴な身分の女性が住んでいた。身分が違うため、成就せぬ恋だとは分かっているのだけれど、その女性がどうしようもなく好きになってしまった男がいて、邸にこっそりと訪れるようになった。

ところが正月の十日くらいの頃に、その女性が突然いなくなってしまった。聞くところによると、天皇の妃になってしまったらしい。とても逢いに行ける相手ではなくなってしまったのだ。それでも男はその女性のことが諦めきれず、慕い続けた。

それから一年たった翌る年の正月、梅の花が盛りの頃に、男は去年のことを恋しく思って、その女性が住んでいた五条の邸を訪れた。そして庭に立って梅の花を見たり、縁に坐って月を眺めたりしても、去年とはすっかり違ってしまった様子に、男は思わず涙を流した。西の対の屋の簾も障子も取り払われたがらんとした板敷きの部屋に、男は夜中過ぎるまで横たわり、去年のことを思い出して和歌を詠んだ。

月やあらぬ春や昔の春ならぬわが身ひとつはもとの身にして

男は夜が明ける頃、涙しながら帰って行った。

この和歌は『古今和歌集』に載っており、作者は在原業平《ありはらのなりひら》である。そして、女性は藤原高子《たかいこ》だったといわれている。

『伊勢物語』と同じ話が『古今和歌集』の詞書《ことばがき》にもあるので、当時としては有名な醜聞《スキャンダル》であったらしい。

さて、話はこれからである。

在原業平といえば恋多き歌人である。この恋に破れてのち、人生から身を引いてしまったわけではない。それからも数々の浮名を流したであろうことは、想像に難くない。

それから数年後のある夜、彼は恋人に逢いに行ったけれど、障りがあって逢うことができず、興もさめての帰りに、たまたま東の五条通りにさしかかった。

ふと見やると、見覚えのある邸である。そう、あの想いを遂げることができずに別れた女性の……。邸は荒れはて、いまは誰も住んでいないらしい。

彼は土塀の崩れたところから入っていった。昔もこうして忍んで入ったのだ。

頃はちょうどあの時と同じ正月、月明かりの中で梅の花が咲き誇っていた。その梅の香りに誘われるように、彼はあの女性とのことを思い出しながら庭の中を彷徨《さまよ》うたのだった。

たがいに和歌《うた》を交わしただけで、手の届かぬところへ行ってしまった女性《ひと》。淡い恋であっただけに、よけいに想い出は清々しく、懐かしさがこみ上げてくる。

彼は西の対の屋まできて、その縁に腰掛けた。板敷きもところどころ朽ちている。庭を眺めながらあの女性との短い逢瀬を思い出す。

梅の香りにふと袖を嗅いでみると、梅の花の移り香がする。梅の花の盛りの中を彷徨うた所為である。

そういえば、「梅が香を袖に移してとどめてば」(注)という和歌がある。その和歌に倣って、この袖に移った梅の香りをあの女性の想い出の形見にしよう。そう思って彼が袖を拡げると、その上に月影が映った。見あげると、軒先が破れてそこから月の光が漏れている。

あらためて袖を拡げると、そこには梅の香りとともに月の光もうつっていたのであった。

梅が香と月影、この二つが袖の上で絡み合って、あの懐かしい女性の新しい想い出となったのだった。

*

「そうか……梅が香に……月かげか……」

藤原定家は南面を開け放し、庭先を眺めながら先ほどから『伊勢物語』を題材に和歌を案じていた。

「殿さま……」

背後から声をかけられて、ふとわれにかえると、部屋の外に家人《けにん》が控えていた。

「小阿射賀《こあざか》（伊勢国の荘園の地名）から沙汰人が参っております」

「ふむ、待たせておきなさい」

定家はそう言うと、やおら傍らの筆を取って和歌をしたためた。

梅の花にほいをうつす袖のうへに軒漏る月のかげぞあらそふ
正治二年（一二〇〇）八月、定家は後鳥羽院から百首の詠進を命ぜられ、荘園の揉め事に頭を悩ませながら、その日は宅に籠って和歌を案じていたのであった。

この和歌は後に『新古今和歌集』に撰入され、この時院に提出した「院初度百首」は定家畢生の大作であった。

（注）　梅が香を袖にうつしてとどめてば春はすぐともかたみならまし
『古今和歌集』（春上）よみ人しらず

大内《うち》の花見

御所の左近の桜を見たいと思った。内裏の紫宸殿《ししいでん》の前庭には、重要な儀式の際に左右の近衛府が陣を敷く目印として、桜と橘が植えられており、それぞれを「左近の桜・右近の橘」と呼ばれていた。筆者は別にその桜の花見をしたかったわけではなかった。またその季節でもなかった。ただ桜がどのように植わっており、また紫宸殿の簀子《すのこ》がどのようなところであるかを知りたかったのである。

この話を家人にすると、京都御所は年に二度、春と秋しか公開されていないと教えられた。迂闊なことであったが、御所のことゆえそれもそうかなと、変に納得したのである。仕方がないので近くの図書館に出向き、御所の写真集をしばらくながめて用を済ませた。

筆者が左近の桜を見たいと思ったのは、建仁三年（一二〇三年）二月に藤原定家が和歌所の同僚たちと内裏へ花見に行ったときの話を書きたかったからである。もちろん定家の時代と現代とでは、内裏の場所も建物も違うし、また桜も違う。現在の御所の桜にしても、何代も植え替えられたものらしい。筆者はその雰囲気だけでもちょっと味わってみたかったのである。そして、定家がこの日詠んだ和歌を、後刻後鳥羽院が知ってたいへんお褒めになり、のちに『新古今和歌集』

に入集《にっしゅう》させようとしたら、当の本人が頑なに拒んだという逸話がのこっている。もちろん定家ごとき軽輩が治天の君に逆らえるものではない。このときの和歌は初句を変えた形で『新古今和歌集』に収められたのだった。

筆者はこれを後鳥羽院と藤原定家の和歌観の違いと理解した。この時よりずいぶんのちになるが、定家は院の勅勘を受けて出仕を停止され、また院はそののち承久の乱によって鎌倉幕府より遠島に処せられた。二人は遠く隔たったのだが、のちに『後鳥羽院御口伝』が伝えられ、その中にはこの時のことが述べられており、この問題が後々までも引き摺られていたことが明らかになったのだった。

藤原定家は、正治二年（一二〇〇年）の「院初度百首」によってその歌才を後鳥羽院に認められ、和歌所寄人に任じられ、そして『新古今和歌集』の撰者の一人に任じられたのであるが、実はこの初期の蜜月時代にすでに二人を隔てるものが兆していたのだった。そして、それはひとえに後鳥羽院と定家の和歌観の違いに由来するものであった。

以下その詳細を語るにあたって、まずは当時の時代背景から述べていきたい。

のちの後鳥羽院、高倉上皇の四の宮尊成《たかひら》親王が生まれた治承四年（一一八〇年）は、源平が争う激動の時代の始まりだった。同年五月以仁王の平氏討伐の挙兵があり、六月に福原遷都、八月には源頼朝が伊豆に挙兵し、また九月には源義仲が信濃に挙兵した。この争いの特異性は、これまでの保元・平治の乱が天皇家の内紛に武士である源平が相乱れて戦ったのに対して、天皇家を慮外して武士同士が覇権を争って戦ったことにある。ここに武家による政治の始まりがあった。平清盛の政治は武家政治の萌芽ではあったけれど、あくまで貴族政治の枠内での権力に過ぎなかった。そして、そんな年の七月十四日に尊成《たかひら》親王は生まれたのだった。

この年のことでもうひとつ事例を挙げておきたい。

歌人藤原定家に『明月記』と称する有名な日記があって、その記事が治承四年（定家十九歳）から始まっている。そして、その九月の記述に、この日記のもっとも有名な文章が記されている。

世上乱逆追討耳に満つと雖も、之を注せず。紅旗征戎吾が事にあらず。

これは平清盛の孫である右近衛少将平維盛が頼朝追討に下向するという噂を耳にしたときの記事である。維盛は富士川の陣で水鳥の羽ばたきに驚いて敗走した。定家はこういう時勢に関わることなく、お家再興を願い、さらに歌道家としての御子左家の確立を志す父俊成の後嗣として、和歌に精進する覚悟を記したのであった。

翌養和元年（一一八一年）二月平清盛が没した。そして、寿永二年（一一八三年）木曽義仲は、倶利伽羅峠で維盛らの軍を破り、京に迫った。追われた平家一門が安徳天皇を奉じて都落ちをしたあと、後白河法皇によって、三種の神器がないまま四歳の尊成《たかひら》親王即ち後鳥羽天皇の践祚《せんそ》が行われた。同年八月のことである。

これにはちょっとした逸話が遺されている。

この度の立王にどの皇子を選ぶかは二転三転と紛糾した。最有力候補は高倉上皇の三の宮惟《これ》明《あきら》親王と四の宮尊成《たかひら》親王である。ところがあちこちから横槍が入り、卜筮《ぼくぜい》でも決められない。結局は面接ということになって、後白河法皇の前に二人が呼び寄せられた。前大僧正慈円の歴史書『愚管抄』によれば、そこで尊成《たかひら》親王は「人見知りもせず、法王の御顔を見てにっこりとなさった」とある。『源平盛衰記』はさらに尾鰭《おひれ》をつけて、三の宮は人見知りが甚だしいので早々に引き取らせ、四の宮はすぐ法王の膝に上ってなつかしげに見上げたので、法皇は老いの眼に涙を浮かべた、と語る。後鳥羽院の生来の闊達なご気性が自らの運命を切り開いたと言える。

さて、その後木曽義仲は源頼朝の命を受けた範頼・義経に近江の粟津で討たれた。また平家一門も義経に一の谷、屋島の合戦に敗れ、ついに壇ノ浦で滅ぼされた。さらにその義経も兄頼朝に討たれ、義経を匿《かくま》った奥州藤原氏も滅ぼされた。そして、建久三年（一一九二年）後白河法皇が崩御した後、源頼朝は征夷大将軍に任ぜられ鎌倉に幕府を開いたのである。

この激動の世を宮中で過ごした後鳥羽天皇は、建久九年（一一九八年）正月、十九歳の若さでにわかに四歳の長子土御門天皇に譲位して院政を始めた。これは天皇の外戚たらんとした権大納言源通親の策謀によるものであった。天皇土御門の母は源通親の養女在子であった。建久七年（一一九六年）の政変で九条兼実を失脚させた通親は、これにより禁裏《きんり》（天皇御所）・仙洞《せんとう》（上皇御所）の権力を掌中にして「源博陸《げんはくろく》」（博陸は関白の異称）と称された。その通親も建仁二年（一二〇二年）十月薨去し、後鳥羽上皇は名実ともに治天の君となったのだった。

話を少し戻して、譲位した後鳥羽院について語りたい。院は譲位の翌日には早速仮住まいの大炊殿の中庭に出て蹴鞠に耽った。帝位を失った翳《かげ》りは微塵もない。院は烏帽子・狩衣・指貫の軽装になり、院司一同もこれに倣った。見慣れぬ装束とその身軽さに院は上機嫌であったという。それは行動にも現れ、洛中洛外の寺社に連日のように御幸し、夜は賑やかに御遊が催され、巫女・舞人・白拍子らの芸を楽しんだ。そして鳥羽殿へ行き、城南寺で競馬《くらべうま》を見、また鳥合《とりあわせ》を行った。遊興に我を忘れた院は、ついにはわが子が里内裏から大内裏へ行幸する晴れの行列の見物さえ放棄してしまったという。近臣たちはその多忙に音を上げ、やがては観念したらしい。そして、父祖伝来の熊野御幸は、この年から遠島流謫までの二十余年間に三十回近く行われたのだった。

この間源通親の薫陶によって、後鳥羽院は和歌に目覚めた。院は天皇時代の和歌を残していない。おそらくは譲位ののち、自由の身になってから、通親邸で催された六条家伝来の影供歌合などに招かれて、和歌に興味を持ち始めたと推測される。やり始めたら何事も極めねば気の済まぬ性格であった。和歌の師は前の勅撰集『千載和歌集』の撰者である御子左家の藤原俊成であった。院は近臣たちと和歌を詠み合い、急速に腕を上げ、後には歴代天皇の中で最高の歌人とまで評価されるに到ったのである。このとき、院の蹴鞠の師である藤原（飛鳥井）雅経や、また北面の武士藤原秀能も共に和歌に励み、当時を代表する歌人に加わったのだった。

　そして正治二年（一二〇〇年）秋、後鳥羽院は二十三名の貴族や歌人たちに百首の和歌を詠進させた。『正治初度百首』という。このとき、藤原定家も同家隆や寂蓮らと共に詠進した。このときちょっとした逸話があるので、それは後述する。さらに同年冬、『正治二度百首』の求めがあり、このときに藤原雅経、源家長、鴨長明、宮内卿らが詠進した。

　翌建仁元年（一二〇一年）六月、院は当代を代表する貴族・歌人三十名に三度目の百首を勅命し、この時の三千首は左右に結番《けちばん》され、のちに空前絶後の『千五百番歌合』が成立したのだった。同年七月には院の御所である二条殿の弘御所北面に和歌所が設置された。寄人《よりうど》として、藤原良経、源通親、慈円、藤原俊成、源通具、藤原有家、同定家、同家隆、同雅経、源具親、寂蓮の十一名が撰ばれ、のちに藤原隆信、同秀能、鴨長明の三名が加えられた。和歌所の開闔《かいこう》即ち事務長には院側近の源家長が指名され、後鳥羽院歌壇の全般を取り仕切った。そして同十一月、院は「上古以後の和歌撰び進むべし」という院宣を、歌人六名に下した。その六名は、参議源通具、大蔵卿藤原有家、左近衛少将藤原定家、散位（前上総介）藤原家隆、右近衛少将藤原雅経、沙弥寂蓮であった。この勅撰集の名は、延喜の聖代に成った『古今和歌集』を範として、『新古今和歌集』と命名されたのである。

さて、再び話を戻して、正治二年の『院初度百首』勅命の経緯について語りたい。『明月記』によれば、七月十五日に妻の弟である西園寺公経から手紙が来て、後鳥羽院が近々歌人たちに百首の和歌を召すようだと伝えられた。定家もその中に加えられるよう運動してくれているというのである。「若し実事たらば、極めて面目本望たり」と一時は喜んだものの、結果的にはその中に入れられなかった。

後日公経が伝えるところでは、当初院は定家を入れることに「御気色甚だ快《よ》し」であったが、内府源通親によってたちまち覆《くつがえ》され、この度は年長者を撰んで事を預かると沙汰したらしい。「古今、和歌の堪能に老を択ばるる事、未だ聞かざる事なり」と、定家は怒りにまかせて日記に書いたもののどうすることもできない。これはきっと藤原季経が通親に賄賂を贈って、自分を貶《おとし》めようとしたに違いないと邪推する始末である。そして、「季経・家経は彼の家の人なり」と書き付けた。

ここで「彼の家」について説明しておこう。「彼の家」とは六条家のことであり、定家の父藤原俊成が率いる御子左家とは歌道において敵対していた。院政期のはじめ、院の近臣である六条家が宮廷和歌の指導的立場にあった。藤原（六条）顕季の子顕輔は第六代勅撰集『詞花和歌集』の撰者になり、その子清輔は『続詞花和歌集』を撰んだけれど、勅命者の二条天皇の崩御によってならず、その後は藤原（九条）兼実が主催する九条家歌壇を指導したのである。その頃、藤原俊成は当代の歌人と認められ、後白河法皇の勅によって、第七代勅撰集『千載和歌集』を撰進した。そして清輔の死後、俊成が九条家歌壇を指導したのだった。

一般的に六条家は『万葉集』を旨とする旧来の和歌を信奉し、方や御子左家は物語や唐詩に典拠を求めて新風の和歌を推し進めた。当時はこの両家が九条家歌壇に出入りしていたのである。そして建久四年（一一九三年）、九条家の後嗣左大将藤原良経が自らに近い歌人十一名に百首を召し、『六百番歌合』を催したのだった。判者は藤原俊成であった。このとき六条家と御子左家は左右入り乱れて論難し合い、六条家の顕昭と御子左家の寂蓮の諍《いさか》いは「独鈷《とっこ》と鎌首」と揶揄《やゆ》された。このとき俊成は「源氏見ざる歌詠みは遺恨のことなり」という有名な判詞を書いて、左右の結番は別として、六条家の歌風を退けたのである。

この後、建久七年（一一九六年）に政変があり、九条家は失脚して源（久我）通親が政治を主導した。歌壇は久我家に移り、六条家はそこへ出入りするようになった。御子左家は九条家が主筋であるので身動きできない。通親は六条家伝来の柿本人麻呂の御影の前で歌合せをする「影供《えいぐ》歌合」に若い後鳥羽院を招いてもてなし、それによって院は徐々に和歌に関心を持つようになった。そして正治二年、院は時の歌人二十二名に百首の和歌を召し、仙洞歌壇を開始したのだった。

この『正治初度百首』に藤原定家が加えられないということは、御子左家にとって由々しきことであった。定家は「此の百首の事、凡そ叡慮の択にあらずと云々。只、権門の物狂ひなり。弾指すべし」と怒り狂うだけだった。義弟の宰相中将西園寺公経もどうすることもできない。切羽詰っていた。しかし、父俊成は冷静であった。もちろん御子左家の危機であることは承知していた。

後に『新古今和歌集』に俊成卿女と呼ばれる女流歌人がいる。彼女は藤原俊成の娘である八条院三条の娘で、俊成の孫娘にあたる。故あって俊成が養女として育てたので、俊成卿女と呼ばれた。その彼女が源通親の息子通具に嫁いでいたので、俊成はその筋を頼って定家が百首のお召しに加えられるよう運動した。しかし、娘婿通具に何度も父通親へのとりなしを依頼したにもかかわらず、いっこうに埒があかないため、俊成はついに強硬手段に出たのだった。即ち、後鳥羽院に直訴したのである。これは「正治二年俊成卿和字奏状」として伝えられている。俊成は百首の先例に老人ばかりということはないと論じ、六条家の無能、謀略を激しく攻撃した。そして、わが子定家を強く推挙した。これが功を奏して、定家・家隆らも加えられたのだった。

そして八月九日午の時（十二時頃）、待ちに待った奉書がきた。請文《うけぶみ》を書く。これは了承の返事である。『明月記』には、「今度加へらるるの条、誠に以って抃悦《べんえつ》」と書いた。手を叩いて喜んだのである。現金なものだ。

定家は、父俊成や主家の九条兼実・良経らに和歌を下見してもらい、二十五日の夜ようやく院に百首歌を提出したのだった。そして、結果はすぐに出た。後鳥羽院は定家の詠草に感動し、内昇殿を許すという内意を出した。これを漏れ聞いた定家は「今百首を詠進、即ち仰せらるるの条、道のため面目幽玄なり。後代の美談たるなり」と上機嫌だった。

この後、定家は後鳥羽院の私的な歌会にも召され、また仙洞の歌合にも参加するようになった。そして、それが衆議判で行われても、大方は定家の判によって決せられたのである。「今夜の儀、極めて以て面目となす」と大喜びで日記に書いた。定家と院との短い蜜月の始まりだった。

そしてその翌建仁元年（一二〇一年）、前に述べたように和歌所が設置され、寄人が任じられた。そして、源通具以下六名に勅撰和歌集撰進の院宣が下された。定家らは日々二条殿の弘御所に出仕して撰歌作業行ったのだった。この花見はそんな頃の話である。

建仁三年（一二〇三年）二月二十四日、藤原定家の日記『明月記』によれば、この日定家は大内裏へ花見に二度行った。二月の下旬に花見とは、現代の感覚からすればずいぶん異様に思えるけれど、これは旧暦のことで、新暦に換算すれば四月の七日のことであった。桜もちらほら散り始めていてもおかしくない頃である。

この日、定家は十時頃から妻子を連れて出かけた。「連れて」と言っても、歩いて出かけたのではない。牛車に乗って行くのである。今でいえば、自家用車といったところか。定家の妻は内大臣西園寺実宗の女《むすめ》で、西園寺公経の姉にあたる。子供は、先妻の子光家は別として、のちの民部卿典侍・香・為家がいた。それぞれ八歳・七歳・五歳であった。

定家はまず正親町《おおぎまち》の参議の家へ挨拶に行った。原文には「相公」と書いてあるが、筆者には誰か分からない。ただ、定家は生涯官位昇進に意欲を燃やしていたので、有力者に挨拶に行き、媚びたのだろう。『明月記』には、除目《じもく》のたびの一喜一憂し、また誰某へ付届けをしたなどということが詳しく記されており、さらに官位への不平・不満・悲観・絶望の言葉が満ち溢れている。

そして、そんな言葉を記した後も、定家は時の有力者に賂《まいない》をした。

定家には悲願があった。それは俊成以来の御子左家の悲願でもあった。というのも、俊成率いる御子左家の目標は、敵対する六条家を駆逐して歌道家としての礎を築くことはもちろんのこと、藤原道長の六男長家の末裔として、忠家よりのちに失った大納言の位に叙爵されることであった。今は中流の貧乏貴族に甘んじているが、元は摂関家の末裔である。その家格を取り戻したかったのである。『明月記』はその執念の記録とも言える。

先走った話になるが、結果的に定家はその悲願を果たすことができず、成し遂げたのはその子為家であった。俊成は正三位皇太后大夫、定家は正二位権中納言で畢《おわ》った。為家が正二位権大納言になったのは、仁治二年（一二四一年）二月のことである。定家はその年の八月二日に逝去した。息子が御子左家の悲願を達成したのを見届けたのだった。

さて、寄り道が長すぎた。

定家は正親町から大内裏へ向かった。家族を連れての花見、何も申すことはない。知人に会えば挨拶もしただろう。近しい人に会えば近況を問い合ったことだろう。内裏の左近の桜は満開で、すでに散り始めていた。平和なひと時が過ぎてゆく。仕事から離れ、家族との和やかな時を過ごしたにちがいない。この間のことを定家は何も書き記していない。

定家はひと時ばかり、即ち二時間ほどして家に帰った。歌人だからといって、花見をして和歌を詠んだわけではない。花を見て、たとえ詩興を得たとしても、詠むべきときのためにそれは秘匿していた。このときも、南殿の前に植わった左近の桜を見て、その満開の姿に何も思わなかったことはないと思う。今自らは左近衛中将である。儀式のときはこの左近の桜の前に立つ身である。思い返せば文治五年（一一八九年）二十八歳のとき左近衛権少将に任じられてから、昨年（建仁二年・一二〇二年）左近衛権中将に任ぜられるまで、実に十三年間も昇進することがなかった。このままで果たして大納言までたどり着くことができるだろうか。様々な思いがあっただろうと思う。

家に帰った定家に休む間もなく客人が訪れた。和歌所寄人の藤原雅経と和歌所の出仕人と思われる兵衛佐貞親が、これから大内《うち》へ花見に行こうと誘いに来たのだ。いまその花見から帰ってきたところだよ、と定家は弁明した。いいじゃないか、われらともつき合えよ。外にみんな待っているから。若い雅経はやや強引である。外には鴨長明らがいた。彼らは牛車二台に乗り合わせて来たのだった。定家はおそらくしぶしぶつき合ったのだろう。

筆者はこの日のことを藤原定家の日記『明月記』によって語ってきたが、幸いこの日のことをもう一人の人物が書き残していた。後鳥羽院の側近源家長で、和歌所の開闔《かいこう》即ち事務長であった。彼の日記は『源家長日記』として今に伝わっている。この日記の特徴は当時の貴族の日記の慣習である漢文でなく和文であり、またその日々を日付でなく回想の形で記したことである。ゆえに思い違いもあり、正確さには事欠くけれど、後鳥羽院の周辺のことが克明に記されており、まずは一級の資料である。

その『源家長日記』によれば、この日何人かの人たちが和歌所に顔を出していた。

うららかな春の日。「世間ではもう桜も満開を過ぎ、ちらほらし始めているのではなかろうか」「大内にも花見の人出が多いらしい」「それじゃ左近の桜が散らぬ間に、われらも花見としゃれこもう」とは筆者の勝手な想像であるが、彼らは車二両に乗り込んで大内裏へ出かけたのだった。

源家長の日記には定家を誘いに行ったなどと、詳しいことは書いていない。途中で定家も誘ってやろう、ということになったのだろう。日頃は堅苦しい男だけれど、生真面目に付合いをする。酒もそこそこにいける口だし、連歌も上手だ。それにもまして当代の大歌人ではないか。ここはお迎えに行くべきだ。しかし、家長はあまり乗り気でない。それではわたしが誘いに行って参りましょう、と若い雅経がその役を買って出た。これまた筆者の勝手な想像である。そして、一同そろって大内裏へ向かった。

この日この花見に参加したのは、『明月記』によれば定家を入れて九名であった。「少将・兵衛佐・馬助家長・其の兄最栄・長明・宗安・兵衛尉景頼・秀能等なり」とある。このとき藤原家隆も参加していたふしもあるが、詳しくは分からない。のちに和歌のところで少し触れることにする。

大内裏の中は花見客で賑わっていた。花見の様子は定家・家長共に記しているが、『明月記』は漢文体で簡潔であり、『源家長日記』は和文で詳しい。よって家長の記述に従って述べることにするが、その前に『明月記』の同じ部分を読み下し文で紹介しておく。

南殿の簀子《すのこ》に坐して和歌一首を講ず。狂女等、謬歌《びゅうか》を擲《な》げ入る。雑人多く見物す。講了りて連歌あり。（中略）家長盃酒を取り出す。秉燭《へいしょく》、大内を出づ。

家長の記述によれば、内裏では先に花見に来ていた僧とか、もったいぶった様子の女房らが、おおぜいぶらぶら歩いていた。彼らは、一行が車から降りて桜の花のもとへ歩いていくのを見て、院の和歌所の名のある歌人たちが来たと、互いにうなずきあったりささやきあったりしたのである。院の和歌所の寄人ともなれば、ちょっとしたスター気取りだったのだろう。「いかてか心つかひもせさらん」と、家長の文章に気負いが感じられる。

さらに定家の記述によれば、一行は紫宸殿の南側の簀子《すのこ》、即ち軒下の勾欄《こうらん》のある縁に陣取った。家長は御階《みはし》のあたりで車座になったと書いている。二人合わせれば場所が正確に特定できる。

ところが、次がいけない。各々行為の順序が違うのである。定家によれば、この後各々和歌を詠み、周囲の見物客が和歌を詠んで彼らのところへ見てくれと持ち寄って来て、その後連歌をした。家長は、まず見物客が和歌を持ち寄り、それから連歌をして、その後に各々が和歌を詠んだ、と書く。おそらく順序としては定家が正しいと筆者は思う。定家はその日のことを簡潔に漢文で記した。しかし、家長はこの日の記述の最要点が定家の詠んだ和歌にあるので、修辞上故意に順序を変えたと筆者は考える。或いは家長日記が後日の回想によって書かれたものなので、記憶違いによる可能性もある。例えそうであっても、家長にとっては定家の和歌が重要なのであって、事の経緯の順序などはどうでもよかったのである。ところで、筆者も本稿において、この日に定家が詠んだ和歌がテーマであるので、修辞上家長に倣って書くことにする。

彼らが車座になって左近の桜を愛でているところへ、見物客の中から花見に詩興をえて詠んだ和歌を持ち込んでくるものがあった。彼らの中には知人や高貴の女もいて、むげに断るわけにも行かなかった。適当に愛想もし、またあしらったりもした。ところが定家は違う。「狂女等、謬《びゅう》歌《か》を擲《な》げ入る」と書く。謬歌とは、和歌にもなにもなっていない作品である。定家の目から見れば、その程度のものだった。そんな作品を見てくれと、和歌所の寄人のところへ持ち込んでくる輩は、定家にとって甚だ非常識な人間であった。家長が記す「よしはめる女房」が、定家には「狂女等」だったのである。そして、花見の人々の中には貴族も高僧も侍もいたであろうに、彼らすべてが「雑人《ぞうにん》」だったのである。このプライドの高さが定家の問題点であった。人間関係をぎくしゃくさせるのである。

さて、車座に坐った一行は連歌をした。連歌は室町初めに二条良基等によって準勅撰扱いの『菟玖波集《つくばしゅう》』が成り、その後宗祇等によって『新撰菟玖波集』が撰ばれた。筆者はかねてより、連歌は室町以降のものと理解していたのであったが、実際は鎌倉初めには大流行していたのである。後鳥羽院の仙洞歌壇では、歌会や歌合のあとでたびたび連歌の遊びが行われていたのだった。

この頃の連歌は、賦物《ふしもの》という言葉の約束事を設けて、前句に対して付句を行うのが一般であった。例えば「木」に対して「草」、「白」には「黒」、「魚」には「鳥」といった物の名を決めておき、必ずそれらの名を句の中にいれなければならない。なかには「国名源氏」といって、五七五の上句には『源氏物語』の巻名を、下句には近江・大和などといった国名を読み込む高度な賦物《ふしもの》もあった。和歌所の歌人たちはこういう連歌を楽しんでいたのだった。

ところでこの和歌所の歌人たちを、非文学的な「狂連歌」で一泡吹かせてやろうと企む連中が院の側近の中にいた。それも多数である。彼らは和歌のことなどあまり分からぬけれど、駄洒落やナンセンスで応酬して、日頃偉そうに振る舞う和歌所の寄人たちを混乱させてやろうというわけだ。この花見の数年後のことになるが、面白い話を定家が『明月記』に記している。

建永元年（一二〇六年）八月十日の記事である。左中弁宣綱らが和歌所の輩を狂連歌で一泡吹かせてやろうと企んだ。定家と雅経らは尋常の歌詞で受けて立った。こんなことが三度ばかりあって、やがてそのことが院の耳に入った。そして、狂連歌の連中を「無心衆」、和歌所の連中を「有心衆」と名づけた。

翌る十一日、鳥羽殿で「有心衆」と「無心衆」の対抗戦が行われた。院は「定家・有家を逃すな」と、逃げ腰の有心衆を次々に召した。有心衆には有家・定家・雅経・具親等、無心衆には参議藤原長房を長者（キャプテン）に、左中弁藤原光親を権長者に推戴し、宣綱ら十数名が名を連ねた。そして、能書の藤原清範が記録した。院は号令した。「片方が六句を連ねたら、負けた方は庭へ下がれ」と。ところが狂連歌という無心衆の土俵に上がっても、言葉の達人揃いの有心衆は次々と句を連ね、無心衆の抵抗むなしく六句連ねてしまった。縁から追い落とされた無心衆は庭に土下座してしょんぼりしている。そんな姿を見て、院はすこぶる上機嫌であった、と定家は記している。

余談になるが、後年後鳥羽院が鎌倉幕府の執権北条義時追討の院宣を出して承久の乱を起こしたとき、最後まで従ったのは彼ら無心衆だった。院にしてみれば、かわいい近臣たちだったのである。

さて、花見にもどる。和歌所の寄人たちはここで和歌を詠んだ。前にも話したように、『明月記』の記述どおり彼らは最初に和歌を詠んだと筆者は考える。ところが、定家はこのとき詠んだ和歌を記していないのだ。家長は和歌のことを書き残している。彼の日記の重要事項であるからだ。筆者も同じである。筆者が家長日記に拠る所以である。次に意訳しながら紹介する。

連歌などしてから、引き続いて各々が和歌を詠んだ。一同は桜を一枝折り取って、それに和歌をつけた。左近衛権中将定家が詠んだ和歌は、

年をへてみゆきになれしはなのかげふり行《ゆく》身をもあはれとやおもふ

というのであった。家長の兄の法橋《ほっきょう》最栄が誘われてこの花見に同行して来ていたのだが、彼が和した和歌は、

梢にはなほおほうちの山桜風もあだにはおもはざりけり

というのであった。これらの和歌は佳作であると、その場の人々が感心したので、特に記録しておいた、という次第である。

まず定家の和歌を解説する。「みゆき」は「行幸《みゆき》」と花の形容としての「深雪《みゆき》」を、また「ふり」は「古《ふ》り」と「降《ふ》り」を掛詞としており、「みゆき」と「ふり」は縁語である。歌意は、年を経てゆくにつれて、深雪《みゆき》のように花弁を降り落とす左近の桜、左近衛府の司として行幸《みゆき》の度にその桜の木の下に立っているわたしであるが、こうして官位も昇らずに老いてゆくわたしを、花よ、お前も哀れだと思ってくれるだろうか、ということだろう。

定家は、文治五年（一一八九年）二十八歳で左近衛権少将になってから十三年間その官位にとどまり、昨建仁二年（一二〇二年）ようやく権中将に昇進した。四十一歳だった。その間に、わが子のような少年たちが次々に自分の官位を追い越して行ったのである。御子左家の本願である大納言位はまだまだ遠い。果たして自分の命あるうちに得ることができるだろうか。

この感慨は、紫宸殿《ししいでん》の簀子《すのこ》に坐って花を見てから得たものではない、と筆者は考える。定家はこの日午前に家族とともにここへ花見に来た。そのとき家族から少し離れたところにいて、独り花を見、また幼い子供たちの無邪気な姿を見て、自らを振り返り、御子左家の将来を想って得た感慨であろうと、筆者は考える。筆者の小説家としての想像に過ぎないが、あながち外れているとは思わない。

身の上を嘆くことを「述懐《しゅっかい》」というが、この当時はそれを「やさし」という感情の発露として称賛されたらしい。この和歌はその場で好評であったという。しかし、和歌所の歌人たちには、同じ官人として身につまされる和歌であった。そして、あまりに生々しくて、だれも和することができなかったのだろう。そこで家長の兄で、俗世を離れた僧の最栄が応じたのだった。

その歌意は、世間の桜はすっかり散ってしまったけれど、ここ大内の山桜の梢にはまだまだ花が多く、美しく咲き誇っている。吹く風も畏れ多い大内の桜の梢をあだやおろそかには思ってはいないのだ、というぐらいか。堀田善衞によれば、この和歌には一種のおどろきと狼狽が含まれているように見える、という。彼もまた小説家である。

この後家長は内裏を出て帰途についたと書いているが、定家は家長が酒盃を取り出したと書いている。もちろんそうだったのだろう。和歌を講じ、連歌で遊んで、その後酒宴になった。酒宴というほどのものでなくとも、賑やかに杯を回したことだろう。

いったいにこの頃は、今日《こんにち》のように猪口で酒を呑んだのではない。杯《さかずき》である。しかし、その大きさがよく分からない。筆者は三合から四合くらいだったろうと見当をつけている。そして、その杯を廻し呑みするのである。普通は三献、即ち三回廻して呑んだ。この場に九人いたとして、一人当たり一合ほどである。ほろ酔いかげんでちょうどよい。

秉燭《へいしょく》、即ち蝋燭《ろうそく》の灯りをともす頃になって内裏を出た。わたしを見捨てて帰るのか、と恨みごとでも言うように花は散っていた。

牛車に乗って、途中同行の一人が笙《しょう》の笛を吹き始めたので、家長が横笛を取り出してこれに吹き合わせた。鴨長明も横笛を吹いた。さらに少将雅経は篳篥《ひちりき》を吹いた。そして、牛車は建春門から内裏を出、待賢門から大内裏を出た。彼らはほろ酔いかげんで笛を吹き鳴らし、ピーひゃら・ピーひゃら楽曲を演奏しながら都大路を牛車に揺られて帰っていったのだった。彼らご機嫌な様子がうかがえる。

この日の定家の日記はここまでである。しかし、家長の日記はさらに続く。

和歌所の寄人たちが大内の花見に連れだって行ったことを、後鳥羽院は耳になさって、夜更けに家長が仙洞御所へ帰ったところを早速呼び寄せた。そして、「だれとだれが記憶に残る和歌を詠んだか」と、お尋ねになった。そこで家長は、定家中将の「みゆきになれし」という和歌をお話申し上げたのだった。

院は「誘われなかったのがまことに残念だ」と笑みをくずし、「うらやましい。明日は私《まろ》も大内《うち》へ行って花見をしよう」と仰せになった。

家長は早速院の御花見に供奉《ぐぶ》できる人たちに、吉報をもたらすために使いの者をあちこちに遣わしたのだった。

そして翌る二十五日。午の刻(午前十二時)の時分に院はお出ましになった。内々に仰せがあったのだが、院の御幸を聞き知った人たちが追々に参るのであろうか、馬や車が数多く行き違ってまことに賑やかであった。

院の御車は待賢門から内裏にお入りになった。花がもしや散ってしまっているのではないか、と院が気がかりになっている様子がひしひしと分かる。近いはずの道もひどく遠いような気がして、道を急ぐ供奉の人々の沓の音も忙しく聞こえる。

院の御幸であると知って、内裏の女房たちが殊更に騒ぎあっていた。それを止めさせよと、院の仰せがあったので、家長が出向いて行って、「花ながらしばしな散りそ木《こ》のもとを」と指図がましく言い掛けたところ、女房の一人が「言はではありと甲斐《かひ》やなからん」と返し、持っていた山吹を家長に渡したのだった。美しい女房たちよ、騒いで花を散らさないように、しばらくそこでじっとしていてください、と言ったところ、上皇様がせっかく御花見においでになったのに、御挨拶も申し上げないのではここにいてもいる甲斐がないでしょう、と言い返された、というところか。

そのようなやり取りがあったのち、院は桜の下に供奉してきた人々を御側近く召し寄せた。定家もこの場にいた。『明月記』のこの日の記事によれば、院からお召しの連絡があり、馬に乗って馳せ参じたのだった。内裏はお供の殿上人や北面の武士たちひしめき合っており、定家はさらに中へ入って有家らが東階の簀子《すのこ》に坐っているのを見つけ、その近くまで行ったのだった。

院は花がひどく少なくなってしまったと、残念そうに仰せになって、硯と紙を御取り寄せになった。そして、めいめいに和歌を詠むように仰せになって、人々に紙を分けて賜った。定家はこの状況で参上したのだった。桜の花を一枝折って、それを文台にして、早くそこへ和歌を書いて置けという次第である。定家は深く思案する間もなく書いて置いた。

「定家はおらぬか」院に召されて、定家は御側近くに参上した。そして、和歌を読み上げた。どんな和歌を詠んだか書き残していない。家長も記していない。このとき後鳥羽院が詠んだ和歌を両者とも記録している。


あまつ風しばし吹きとぢよ花ざくら雪とちりまがふくものかよひじ

たいした和歌ではない。通釈は割愛する。

こののち院は紫宸殿《ししいでん》へお入りになったらしく、定家は馬に乗って帰り、休息した、と書いている。

その後、院は仙洞御所へお帰りになるとき、庭に散っている花びらを掻き集め、それを硯のふたに入れて、この日花見に参加しなかった摂政藤原良経に届けるように仰せになった。それに添えられた和歌は、

今日だにも庭を盛りとうつる花消えずはありとも雪かともみよ

であった。歌意は、（明日になる前の）今日だけでも庭を満開にして梢から地面に移った花びら、この落ちた花びらを消えずに残っている雪とおもってみて欲しい。カッコ内の補足は返歌の解釈に関わるので施した蛇足である。本歌は、在原業平の「今日来ずは明日は雪とぞ降りなまし消えずはありとも花とみましや」（『古今集』春上）である。花の盛りである今日の日に花見に来なかったなら、明日は雪のように散ってしまうのである。花びらは雪のように消えてしまうものではないが、もう花としての美しさはない。院は『伊勢物語』のこの和歌を本歌として踏まえて、花見の翌日になる前の今日、「雪かともみよ」と言って、摂政藤原良経に届けさせたのだった。

家長はその使いの者といっしょに摂政良経の別邸がある三条坊門へ行った。ちょうど摂政が院の御所へ参るというので、前駆・随身たちが庭の前に立っていたが、家長らが中へ入って御硯の花の由を、仲資朝臣を介して申し上げたところ、摂政良経が中からお出ましになって、自ら御硯の花と御製をお取りになったのである。そのときの返歌は、

さそはれぬ人のためとやのこりけんあすよりさきの花の白雪

であった。歌意は、「お誘いをいただかなかったわたしのために残ったのでしょうか、まだ明日になる前の（即ち、今日の）日に散ってしまった花の白雪は」。「さき」が「先」と「咲き」の掛詞くらいで、新古今調の修辞はないが、御製の本歌を踏まえた、今日・明日の言辞の完璧な返し

である。

家長はこの贈答の和歌をのちに聞いたと書いている。

以上が建仁三年二月二十四・二十五日の二日間に行われた「大内の花見」のあらましである。


さて、当時和歌所では『新古今和歌集』の撰歌作業の真っ最中だった。後日、後鳥羽院は定家がこの花見で詠んだ「年をへて」という和歌を、すぐれた述懐《しゅっかい》歌として気に入り、『新古今和歌集』に入集《にっしゅう》させるように指示をした。また、院と摂政との贈答歌も入れたのである。

それでも定家自身は「年をへて」という和歌が気に入らず、『新古今和歌集』から除くよう再三申し入れたらしい。定家自身の評価とは別に、後鳥羽院はこの述懐《しゅっかい》歌を高く評価し、自讃歌とすべきであるまで言った。十数年間昇進することなく、左近の桜のもとに立ち続けた臣下の嘆きを汲むのもまた君主の務めでもあった。院は定家の嘆きを受け止めたということなのだ。

それでも定家には、これは自らが目指している和歌ではない、という思いがあった。では、いったいどんな和歌を目指していたのか。

後鳥羽院歌壇が成立する前、九条家（兼実・良経）歌壇において、御子左家と六条藤家が歌道の主導権を争ったのは前に話したとおりである。そのとき、六条家側は定家の和歌を〝新儀非拠《しんぎひきょ》達磨歌《だるまうた》〟と非難したのだった。新儀非拠達磨歌とは、先例がなく拠りどころもない理解不能の歌ということである。当時中国から伝来した禅宗を達磨宗と称し、その難解な教義になぞらえて新風の和歌を非難したのだった。

　定家は今までの和歌とは違う革新的な表現を求めて和歌を詠んだ、否、和歌を作ろうとしたのだった。言い換えれば、定家は和歌を純粋な文学に仕立てようとしていた。それゆえに和歌における非文学的要素を拒否しようとした。それは、マラルメが純粋詩追求のために、道徳や宗教や歴史や政治のような非詩的要素をきびしく拒否した態度と通じるものがある。

　後鳥羽院にしても、定家らの和歌の前衛性は充分承知しており、自らもそれに倣って秀歌をたくさん詠んでいる。しかし、和歌はその前衛性以前に、宮廷という場で成立するものであり、また挨拶の要素もある。院はその立場で定家の述懐《しゅっかい》歌を採り、また自らと摂政との贈答歌を採ったのである。しかし、この二人の立場の違いは存外に大きい。丸谷才一は「宮廷中心の古代文学はここで終つた」とさえ言っている。言い換えれば、後鳥羽院は古代詩人の終わりで、定家は純粋詩人の始まりということになる。

　とはいうものの、冒頭に話したように定家ごとき軽輩が治天の君に逆らえるものではない。結局この和歌は初句の「年をへて」を「春をへて」に変えられ、『新古今和歌集』（巻第十六・雑歌上）に入れられた。詞書は「近衛司《づかさ》にて年久しくなりてのち、上のをのこども大内《うち》の花見にまかれりけるによめる」となっている。そしてこの和歌は、定家の家集である『拾遺愚草』にも入れられた。

　ここであわてて断っておきたいことがある。筆者は前に、この花見に参加したメンバーの中に藤原家隆がいたかもしれない、と述べた。『明月記』や『源家長日記』のこの日の記述に家隆の名はないのであるが、『拾遺愚草』のこの歌の詞書に、「大内《うち》の花ざかりに宮内卿少将などにさそはれて」とあるのだ。この宮内卿は家隆のことである。「家隆・雅経にさそわれて」と書いているのだ。しかし、定家・家長は当日の参加者の名を、和歌所の役人の名前まで記しているのに、寄人である家隆の名を共に書き漏らしたとは考えにくい。『拾遺愚草』はこの花見から十三年後の建保四年（一二一六年）の成立であり、或いは定家の思い違いによるものかもしれない。

さて、後鳥羽院と藤原定家の和歌観の違いは後々までも引きずった。

承久三年（一二二一年）後鳥羽院は鎌倉幕府の執権北条義時追討の院宣を出し、兵を集めて戦ったけれど武運拙く敗れ、隠岐に遷幸した（流された）。院は延応元年（一二三九年）六十歳で崩御するまでそこに留まり、その間『遠島御百首』『時代不同歌合』『遠島歌合』『隠岐本・新古今和歌集』などを成し、歌道に励んでいる。そして、おそらくそこで書いたと推測される歌論書『後鳥羽院御口伝』（以下『御口伝』）が残されているのである。その『御口伝』のなかで、この時の花見にふれているのだ。それにしても、今から八百年も前のことなのに、このときの花見のことを藤原定家・源家長・後鳥羽院の三人が三様に書き残していること自体が、筆者には奇跡のように思える。

筆者は、『御口伝』にそって、もう一度この花見で詠んだ定家の和歌について論じるつもりであるが、その前に、正治二年に定家が院に認められてから承久の乱ののち院が隠岐に遷幸されるまでの、歌道における二人の間柄を簡潔に述べておきたい。

『正治初度百首』を詠進した定家は、後鳥羽院に認められ、すぐさま内昇殿を赦された。定家と院の短い蜜月の始まりである。仙洞御所での歌合にも参加し、衆議判といわれてもほとんどが定家の判に従ったという。『明月記』には「道の面目、何事か之に過ぎんや。感涙禁じ難き者なり」などと書いてある。そして、和歌所の設置に伴ってその寄人になり、勅撰集の撰者に任ぜられた。この頃に今回の花見が行われたのである。

さて、『新古今和歌集』は勅命者である後鳥羽院の親撰であった。ここが他の勅撰集と違うところである。撰者たちは秀歌の推薦者に過ぎなかった。ゆえに自信を持って撰んだ秀歌が採られず、逆に自讃するほどのものでない和歌を採られたりした。そして、切継ぎという和歌の取捨が激しく行われ、『明月記』では「身に於いて一分の面目なし」と嘆いている。

そして、元久二年（一二〇五年）三月、摂政藤原良経の仮名序が未だ出来上がっていないのにもかかわらず、『新古今和歌集』の竟宴《きょうえん》が行われた。竟宴《きょうえん》とは宮中で編纂《へんさん》などが終わったのちに催される祝宴である。これまでに国史である『日本紀』で行われたことはあるが、勅撰集では例のないことであった。また完成を急いだのは、この年が『古今和歌集』撰進から三百年後の同じ干支である乙丑だからであった。定家は前例がないといってこれに反発し、摂政良経の要請があったにもかかわらず、竟宴《きょうえん》に参加しなかった。

さらに、承元元年（一二〇七年）にできた最勝四天王院の障子四十六枚に名所絵を描き、和歌をつけることになって、院をはじめ歌人ら十名が四十六首の和歌を詠み、その四百六十首から四十六首が撰ばれた。因みにこの中から十三首が『新古今和歌集』に切り入れられている。このとき定家の和歌は六首撰ばれた。ところが定家の自信作、

秋とだに吹きあへぬ風に色変はる生田の森の露の下草

が撰ばれなかった。それを不満とし、あちこちで院の不明を非難し、悪口を言いまわったらしい。このことは院も『御口伝』の中でふれ、「清濁をわきまへざるは遺恨なれども」と自らの非を認めながらも、「傍輩猶誹謗する事やある」と怒っている。おそらく尾鰭《おひれ》がついて院の耳に入ったのだろう。二人の間はぎくしゃくしはじめた。

そして、ついに承久二年（一二二〇年）に事件が起こった。

この頃の歌壇は順徳天皇の宮廷に移っており、後鳥羽院は後見という立場にあった。この年の二月十三日、順徳帝の内裏から歌合のお召しがあったが、定家は母の遠忌を理由に断った。ところが夕方になって俄かに「忌日でも参内すべし」と再三文が参ったので、定家は二首を詠んで持参した。その中の「野外柳」という題の、

道のべの野原の柳したもえぬあはれなげきのけぶりくらべや

という和歌が歌合の終了後に後鳥羽院の目にとまるや、院は激怒し、定家は院勘を受けた。定家は内裏への出仕を停められ、自ら閉門して謹慎した。この間のことは、筆者は別稿を予定しているのでここでは詳しく論じない。定家は院から離れることになったのである。しかし、このことが定家に幸いした。というのは、この事件の翌年後鳥羽院は承久の乱を起こし、鎌倉方に敗れて隠岐に流された。この争乱の火の粉がまったく定家にかからなかったのである。まさに〝塞翁が馬〟というべきか。以後定家は宮廷歌壇の中心となり、御子左家は代々繁栄し、その末裔は冷泉家として現代にまで連なっているのである。

さて、『御口伝』に戻ろう。意訳しながら紹介する。

「定家は左右無き者也」という言葉で定家評が始まる。定家はどうしようもない頑固者だ、というのである。父俊成の和歌ですら軽視しており、まして余人の和歌など眼中にない。確かに和歌は巧緻で、歌道を極めている様は殊勝である。和歌の批評眼も見事である。しかし、自身の和歌を擁護するときは、鹿を馬というような傍若無人ぶりで、理屈が過ぎる。さらに、他人の言うことにまったく耳を貸さない。また、和歌について論じるときは、まったく事により、時によるということがない。言い換えれば、場や折に合わせようとしない、という。院の定家評は的確である。

そして、今回の花見の経緯を述べ、定家の「年をへて」の和歌を紹介する。

院は言う。この和歌は述懐《しゅっかい》の心もやさしく、内容も希代のすぐれたものであるので、自讃歌にすべきと思えた。先達たちも、歌の善し悪しにかかわらずとも、内容もすぐれて面白くもあるような歌を自讃歌とした。定家がこの和歌を詠んだ日に、硯の箱の蓋に庭に落ちた花びらを取り入れて、内裏から摂政良経のもとへ遣わしたところ、「さそわれぬ人のためにやのこりけむ」と返歌があった。この和歌は必ずしもすぐれたものとはいえないけれど、摂政は『新古今集』に入れるよう申し入れ、このたびの撰集のわが歌ではこれが肝心なのだと、何度も自讃したと聞き及んでいる。（中略）しかし、定家は左近の桜を詠んだ和歌を『新古今集』に入れるべきではないと、たびたび評定の座で固辞し続けた。このことは家隆等も聞いていることである。定家のことは万事がこれに明らかである。

そして、さらに院は前に紹介した「生田の森」の和歌の経緯に言及するのである。この和歌が最勝四天王院の名所の障子歌に入れられなかったと、定家はあちこちで嘲《あざけ》り謗《そし》りまわった。院は遺恨のことと非を認めるが、度が過ぎると言い放つ。そして、定家評を再び語る。総じて定家の和歌は格調高く殊勝なものであるが、他人がまねをするような趣《おもむき》のものではない。和歌にこめられた心情を大事にせず、言葉・形が艶にして優美であることを重んじる。ゆえに基本ができていない初心の者がまねをすれば、和歌の根本を見失ってしまうだろう。定家は天性の上手であるから、心情などに重きをおかずとも、言葉や形を美しく詠み続けて見事な歌人なのである。

このあとも院は「生田の森」の和歌を評釈するのであるが、筆者はここらで結論めいたことを言っておきたい。要するに後鳥羽院は、定家が、和歌が宮廷を場として成立する文学であることを無視し、恋愛や述懐の心情など和歌の挨拶としての要素を軽んじ、言葉や形式・方法を重視していると、批判しているのである。なかなか手厳しい。これは定家でなくとも、筆者にしても耳の痛い批判である。というのも、例えば「場」という言葉を「読者」に、「挨拶」を「物語（ストーリー）」に置き換えて読めば、読者を無視し、物語（ストーリー）を軽視して、ただただ言葉や形式・方法を重視して小説を書いてきた筆者への批判となって聞こえてくるのだ。筆者は、モダニズムやポスト・モダンの文学を研究して小説を書いてきた者である。しかしまた、それゆえに定家がめざしていたものもよく分かる。

藤原定家は、和歌を純粋に文学として確立させようとした。そのために、詩的でない要素を容赦なく排除しようとした。その態度はマラルメと通じるものがある。これは歌道家というより、芸術家としての態度である。定家が和歌を詠むにあたって、否、詠むという言葉さえ否定されるべきだろう。和歌を詠むのではなく、和歌を作るのである。定家は和歌を作るにあたって、もはや宮廷という場は必要でなく、恋愛や述懐の挨拶としての要素も重要でない。ただ言葉の優しさや喩えの要素、すがた・かたちの美しさや多義性が重要なのであって、和歌が純粋にそのもの自体で成立するものでなければならなかった。

後鳥羽院は定家がめざすものを理解できたと思う。しかし、院には、和歌が宮廷という場を離れ、挨拶という要素を拒否して、独り文学・芸術として成り立つには危ういものに見えたのである。その立場から定家を批判しているのである。

最後に、本歌取り、漢詩取り、物語取りを駆使した藤原定家の和歌一首と、二十世紀モダニズム文学の旗手であるT・S・エリオットの『荒地』（西脇順三郎訳）の冒頭部分を紹介する。

守覚法親王五十首歌よませ侍りけるに

春の夜の夢の浮橋とだえして峰に別るる横雲の空

『新古今和歌集』（巻第一・春歌上）

＊

『荒地』

Ｉ埋葬

四月は残酷極まる月だ
リラの花を死んだ土から生み出し
追憶の欲情をかきまぜたり
春の雨で鈍重な草根をふるい起すのだ。

冬は人を温かくかくまってくれた。
地面を雪で忘却の中に被い
ひからびた球根で短い生命を養い。
シュタルンベルガ・ゼー湖の向こうから
夏が夕立をつれて急に襲って来た。
ぼくたちは廻廊で雨宿りをして
日が出てから公園に行って
コーヒーを飲んで一時間ほど話した。

（以下略）

この二つの詩のあいだには七百年という驚くべき歳月が流れている。二十世紀の初めに遠く離れた西洋でT・S・エリオットが見つめた文学空間を、わが国の藤原定家ははるか七百年も前に見据えていたのである。

神南備山《かみなびやま》のほととぎす

―『新古今和歌集』秘話―

今朝方はめっきり冷え込んで肌寒い。昨夜は持病の咳の発作でたびたび目が覚め、安らかな眠りに就くことができなかった。しつこい咳に離室の尼が気を揉んで、深夜であったにもかかわらず薬湯をつくり部屋に運んでくれた。それを飲んでからようやく落ち着いて暁方になって少しばかりうつらとした心地になった。

そんな寝不足の重い瞼のまま白粥の朝餉を済ませると、藤原定家《さだいえ》は南面の障子を開け放ち、しばらく明るい陽射しの庭を眺め木々を愛でた。陽が射し始めると部屋もあたたかくなり、やがて気分もよくなってくる。彼は文台にむかって『白氏文集』の筆写を始めた。

この白居易の詩文集は当時の貴族の教養とすべきものであったのだが、定家の父俊成《としなり》に始まる歌道御子《みこ》左家《ひだりけ》流では、物語の一場面或いは漢籍を典拠にした和歌の詠法が重んぜられ、『源氏物語』『伊勢物語』はもとより、『白氏文集』『文選』『漢書』『唐書』の知識は必ず身に付けておかなければならないものだった。

定家は和歌を家の流儀としてお上に仕える者の矜持として、何時如何なる時に如何なる題を与えられても即座に和歌を作詠できねばならぬと考えていた。そして、その為にいつも勅撰和歌集を初め物語類や漢籍に親しみ、また和歌の上手の者の私家集を借りてはそれを書写して研鑽に励んだのだった。

この年の春三月、主筋にあたる九条家の摂政太政大臣藤原良経《よしつね》が頓死した後にも、彼の私家集である『秋篠月清集』を書写させてもらった。

午《うま》の刻を過ぎた頃、藤原家隆《いえたか》に仕える若い青侍が定家のもとへ来て、火急の用があるのですぐに和歌所へお越し願いたいという旨を告げた。

きょう一日はゆるりと白楽天の詩の世界に遊んでいたいと思っていた矢先、後鳥羽院のお召しならともかくも、家隆の急な用とは何事かと不審に思い、定家は諾を告げて青侍を帰らせた。

昨夜の咳の発作で身体がだるく、とても出仕する気分ではなかったけれど、何か家隆の困惑振りが眼に見えるようで、仕方なく家司に出仕の仕度を命じて、定家は奥に入って身支度を整えた。そして、九条の邸から牛車《ぎっしゃ》に乗り込み、院の御所である二条殿に着いたときには未《ひつじ》の刻を少し過ぎていた。

「一大事でござる、中将殿」

定家が和歌所へ入ると、宮内卿藤原家隆が待ち構えていたかのように彼の前を右往左往しながら声を掛けてきた。

（またも、またも大業なことよ……）

そう思いながらも口には出さず、定家は大様な振舞いで寄合いの席に着座した。

家隆もあわてて腰を据える。

「いかがなされた……」

「それがでござる……」

家隆が説明をし始めた。

建永元年（西暦一二〇六年）秋、二条殿の弘《ひろ》御所の北面に設けられた和歌所でのことである。

ここでは後鳥羽院の命により第八代勅撰集となる『新古今和歌集』が撰進され、前年の元久二年三月に一応の完成をみて竟宴《きょうえん》が催されたにもかかわらず、いまだ切継《きりつぎ》の編纂《へんさん》作業がなされている最中だった。

この切継というのは、撰歌が終わった後も部分的に取捨すること、即ち削除（切り出し）したり増補（切り入れ）したりすることである。当時は巻物という形式だったので、巻紙を切り出したり切り入れたりする専門の経師がいたらしい。

ただこの切継は勅命者である後鳥羽院の意向によるものであり、撰者たちには何ら権限はなかった。命ぜられたことをいそいそと執り行う家隆に較べ、当代随一の歌人を自負する定家にとっては「身に於いて一分の面目無し」と、その無念を『明月記』に書き残す次第であった。

さて、家隆の話は定家にしても信じられぬことだった。

彼が言うには、『新古今集』巻第三夏歌、山部赤人《やまべのあかひと》の、

旅ねして妻恋すらしほととぎす神なび山にさ夜ふけて鳴く

という和歌が『後撰和歌集』にあるというのだ。

まことに事実なら家隆ならずとも一大事である。「古今よりこの方、七代の集に入れる歌をば、これを載することなし」と、後京極《ごきょうごく》摂政藤原良経が『新古今和歌集』の仮名序で述べた編纂方針に反するのだ。

「それは『赤人集』から採った和歌であったはず……」

「さればでござる」

家隆は説明を続けた。

確かに撰者たちはその和歌を『赤人集』から採り、これまでの勅撰集には山部赤人の作として採用されていないので撰んだのであった。院もそれを認められた。ところが先日『後撰集』を繙《ひもと》いていると、巻第四夏歌に読人しらずとして載っていたというのである。

一瞬わが眼を疑った、と家隆は語る。

早速和歌所に出仕して索引を調べてみると、たしかに読人しらずとして『後撰集』にあったというのだ。そして、七代の勅撰集で山部赤人の索引の中にこの和歌がなかったゆえに見落としてしまったというわけだ。失態と言えば失態である。

現代なれば歌集の巻末には初句索引があるのが一般であり、親切なものになると作者索引も付いている。和歌ひとつを調べるのは造作のないことである。八百年も前の事とはいえお粗末な限りである。和歌所には初句引きの索引がなかったらしいのだ。

要するに作者の錯誤があって、『後撰集』に採られた和歌を、再び『新古今集』で撰んでしまったのだった。

「いかがいたそうか、定家殿」

「お上にはこのことを……」

「いや、お上にはまだ……、とにかく定家殿にまずは相談をと思った次第で、通具《みちとも》殿や有家《ありいえ》殿にもまだでござる」

「まずはお上に報告いたそう」

「通具殿には……」

「家隆殿にお任せいたす」

あちこちへと気を揉む家隆と違い、「すべては後鳥羽院が決めること」という一種の開き直りが定家にはあった。

そこへ藤原雅経《まさつね》が入ってきた。

「定家殿がめずらしく和歌所へお越しになっていると聞いたので……」

その日、雅経は後鳥羽院に召され、蹴鞠《けまり》の相手をしていたらしい。そして、院が奥に入られたので下がる途中、蔵人から定家と家隆が和歌所に出仕していると聞いて寄ってきた、という。

「お二方で何れの相談を」

この雅経も『新古今集』の撰者のひとりであった。

彼は蹴鞠の師範として建久八年（一一九七年）二月、後鳥羽院の内裏蹴鞠会に召されて鎌倉より上洛してきた。なかなか器用な男で和歌も上手であった。後の蹴鞠と歌道の飛鳥井家の祖である。

「それなら、その和歌を切り出してしまえばよいでしょうが」

雅経は家隆の話を聞いてこともなげに言い放った。

「それができれば苦労はございませぬ」

家隆は弱り切った様子で説明し始めた。

（軽い男よ）

定家はそう思いながらも二人の傍らで何か考えごとをしている振りである。

彼は雅経の和歌を世評ほど高く評価していなかった。それに蹴鞠で院に取り入っているのが気に入らぬ。

さて、ここで家隆に代わって次第を説明しよう。

まず、この和歌を単純に切り出す（削除する）ことはできない。なぜなら、仮名序に「すべて集めたる歌、二千二十巻《ふたちぢはたまき》、名づけて新古今和歌集といふ。春霞立田の山に初花をしのぶより、夏は妻恋ひする神奈備《ママ》のほととぎす、秋は風に散る葛城の紅葉、冬は白妙の富士の高嶺に雪積もる年の暮まで、みな折にふれたる情なるべし」とあるからだ。摂政良経はご丁寧に、春、夏、秋、冬、哀傷、離別、羇旅、恋、雑、神祇、釈教の各部から古歌一首ずつを引いて文章の美を飾ったのであった。ここはどうしても「妻恋ひする神奈備《ママ》のほととぎす」の歌がなければならないのである。

　ならばその仮名序を書き換えればよいではないか。しかし、それもできない。なぜなら、その仮名序を書いた後京極摂政前太政大臣藤原良経がその年（元久三年、四月に建永元年に改元）の三月に突然死んでしまっているのである。仮名序を書き換えるならば全文を改めねばならない。和歌所寄人《よりうど》筆頭の摂政良経に代わってそれを書ける人はいない。家柄、位階、教養、詠歌の資質、いずれにおいても最高の人であった。

　さらに、仮名序の書き換えは後鳥羽院が赦さないであろう。なぜなら、摂政良経は『古今集』の仮名序を書いた紀貫之のように自らの思うところを書き記したのではなく、勅命者である後鳥羽院の思うところを自らの才を傾けて書き記したのであった。仮名序は院自らのものであった、と言える。ここに『新古今和歌集』の特異性があった。というのは、『新古今和歌集』は先の七代集と違って勅命者自らの親撰であったのだ。撰者たちは各々秀歌を推薦したに止まり、その中から取捨選択したのは後鳥羽院自身であった。或いは摂政良経は院から相談を受けたかもしれないと言われているが、上皇の性格からすればそれも危うい。畢竟撰者たちは院が撰んだ和歌を後に分類整理をし、部立てしたに過ぎないのである。そして、竟宴が行われた後も度々切継の仰せがあり、甚だしくはそれから行われた歌合や歌会で詠まれた秀歌を新しく切り入れ、また入れた分だけ切り出されたのであった。前に紹介したように、定家が日記の中で「身に於いて一分の面目無し」と嘆いた所以である。

結局この問題は定家が蔵人清範《きよのり》を通じて後鳥羽院に奏聞することになった。

その数日後の午後、院からのお召しがあって定家が小御所へ出仕すると、撰者たちはすでに居並んでいた。院はまだ出御されていない。定家は遅れたことを悪びれる様子もなく、鷹揚に席に着いた。上から、参議右衛門督源通具、大蔵卿藤原有家、左近衛権中将藤原定家、宮内卿（仮名序では前上総介、この春の除目《じもく》で昇進している）藤原家隆、左近衛権少将藤原雅経の順である。

そこへ和歌所の書記長ともいうべき開闔《かいこう》を務める源家長《いえなが》がはいってきた。

「いやあ、まあ、皆さまお揃いで……。何やら今回もまた切継のようです。毎度ご苦労なことです」

彼は如才なく撰者たちに声をかけ、切継などまるで他人事のようである。

開闔《かいこう》家長はなかなかの能書家で、『新古今和歌集』の最初の清書は彼が行っている。また院蔵人頭という役目柄院に近く、和歌所での出来事などは彼を通じて院に筒抜けになっていた。

例えば後鳥羽院が無聊《ぶりょう》の夜、「何か面白い話はないか」と家長に尋ねられると、和歌所の寄人が御所の花見をした時なども、彼は誰某がこんな和歌を詠みましたと逐一報告したのだった。その時定家が詠んだ和歌を院がいたく褒め、新古今集に入れられるべきと仰せられたにも拘わらず定家が頑強に拒んだという経緯がある。定家にしてみれば、座興に詠んだ和歌を逐一報告されるのも迷惑な話である。ましてや『新古今集』に撰入されるなどもってのほかであった。

蔵人の前触れの後、選者たちが控える中へ後鳥羽院が御成りになった。高座に着くと、院の合図により開闔《かいこう》源家長が口上を述べた。

「今日皆様にお越し願いましたのは、かねてお伝え致しましたように、この度の勅撰集において夏の部に採られた、

　旅ねして妻恋すらしほととぎす神なび山にさ夜ふけて鳴く

という和歌が、すでに『後撰和歌集』に採られていたことが明らかになったので、この和歌をいかが処置すべきか皆様に御詮議して頂きたい由にございます」

「皆の者の意見を聞きたい。忌憚《きたん》なく申せ」

院のお言葉があった。

いつもなら、自ら気に入った和歌を勝手に切り入れ、気に入らなくなった和歌を相談もなく切り出すのに、今回ばかりは少し勝手が違うようであった。

こうして家長の進行によって和歌所での詮議が始まった。

「まずは右衛門督通具殿、件《くだん》の和歌を如何なさるべきと思し召されましょうや」

家長の問いかけに、源通具は笏を上げ、居を正して答えた。

「愚生案じまするに、この和歌は『後撰集』では読人しらずとして採られている由、此度の集では山部赤人の作として採りあげているので、摂政殿の序には反するけれど此度の集にそのまま入れておいても差支えなきことかと存知まする」

源通具は歌才もさることながら、建久の政変で九条兼実を失脚させて実権を握った源通親の次男として、父に代わってこの度の勅撰集の撰者になったと目されていた。またその和歌にしても、先妻であった藤原俊成女《むすめ》に下見または代作をさせているとの噂があった。総じて凡庸。

「大蔵卿有家殿は如何」

藤原有家も同じく居を正した。

「この和歌は切り出すべきと存じます。そして、夏の部から別の秀歌を撰んで仮名序の夏の部のみを書き改めては如何かと存じます」

「誰が仮名序を書き改めるのか」

突然後鳥羽院が口を挟んだ。

「ははっ……」

有家はひれ伏した。

故摂政良経に代わって仮名序を書ける者はいない。周知の事実であった。夏の部のみを書き換えようと、有家は軽く考えたのであろうが、事はそう単純ではない。

因みに藤原有家は『万葉集』を旨とする六条家の出自であったが、定家とも親しく、歌風も象徴主義を目指す御子左家流に近かった。

「定家はどう思うか」

院自らご下問があった。

「右衛門督殿のご意見どおりに作者が異なるとてこのままにすれば、同じ和歌であることは歴然としておりますゆえ、いずれ後の代に『新古今集』の編纂の姿勢を問われ、禍根を残すことになろうかと思われます。また大蔵卿が申すようになき摂政殿の仮名序を書き改めるのも良策とは思えませぬ。昨日も家隆卿と相談したことでございますが、ここは妻恋する神南備山のほととぎすを詠った和歌を他に探してみてはどうかと考えます。ここにいる撰者はもちろんのこと、和歌所の寄人《よりうど》たちにもそれぞれの家に伝えられた歌集が様々にありますゆえ、それらの中に彼のほととぎすを詠った和歌があるかどうかいま一度探してみてはいかがかと……」

「家隆はどうじゃ」

「ははっ、いまのところ中将殿のご意見が最善の策かと……」

「余もそう思う。なき摂政が書いた仮名序をいまさら改めることは出来まいて……。といって、そううまいことほととぎすの和歌があるかのう……。家長！」

「ははっ」

「和歌所の寄人たちにもこのことを命ぜよ。広く探して参れ。ところで、雅経はどうじゃ」

「はい、これはわたしの思案を超えた問題ですので、いかんとも言い難く……」

「ほほう、蹴鞠のときは余にもあれこれ講釈するくせに、和歌のこととなると定家の前では講釈はしにくいか」

「恐れ入ります」

「ところで定家、この前の城南寺では、そちの奇鷹丸《きおう》は立派であったぞ。余の獅子王丸も面目なしじゃ。資実《すけざね》が悔しがってのう……」

「資実はその後怒り狂って、自慢の金鵄丸《きんし》を焼いて喰らうてしまったという話です」

家長の話に一同が笑い転げた。

「とかく武門の輩はやることがはしたないのう」

「それが武門の仕来りとか」

通具の言葉に家長が応じた。

これは鶏合《とりあわせ》の話であった。数日前、城南寺の境内で院主催の鶏合があり、定家も供奉《ぐぶ》して飼っていた鶏を闘わせた。それが意外にも二勝したのだった。生真面目な定家が遊戯人の帝に仕えるため、裏庭に闘鶏を飼って下人に世話をさせていたのである。後鳥羽院にしても定家が鶏合に参加したのに驚いた様子であったが、北面に仕える藤原資実が侮って自慢の金鵄丸を定家の奇鷹丸に合わせたところ、大方の予想に反して金鵄丸が負け、資実は大いに面目を失ったのだった。後鳥羽院は改めて定家を愛で、定家は恐懼《きょうく》した。

「雅経、この後は南庭にて待って居れ。泰通も召しておる」

院はそう言って退出した。これから雅経、泰通を相手に蹴鞠をする予定であった。主がいなくなると、残された者も上から順に退出していった。

こうして家隆が見つけた和歌の重複の問題は充分に詮議されることなく、その日は散会となった。そして、それからも度々歌会や歌合があって彼らはその都度顔を合わせていると思われるのに、この問題について詮議された様子はない。また、神南備山のほととぎすを詠った古歌を探した様子もない。定家の献策は或いは猶予の策であったのかもしれない。

この問題が解決されたのは翌る年(建永二年、十月に承元元年に改元)三月のことであった。

＊

高倉上皇の第四皇子尊成《たかひら》親王は、寿永二年(一一八三年)長兄安徳天皇が木曾義仲に追われた平家一門に連れられて西国に落ちた後、祖父である後白河法皇の詔《みことのり》により、三種の神器がないまま践祚《せんそ》して第八十二代後鳥羽天皇となった。そして、建久三年(一一九二年)後白河法皇が崩御した後、建久九年(一一九八年)十九歳の若さで四歳の長子土御門天皇に譲位して院政を始めたのだった。上皇となった彼が望んだのは政治ではなく遊興を恣《ほしいまま》にすることであった。ここに天下のホモ・ルーデンス後鳥羽院が誕生したのである。

院は蹴鞠、管弦、囲碁、双六にうち込み、宮中の有職故実《ゆうそくこじつ》に通じないものはなく、さらに武芸百般、ことに相撲、水泳、流鏑馬《やぶさめ》、犬追物《いぬおうもの》、笠懸《かさがけ》を好み、しばしば狩猟にも出かけた。また鳥羽離宮や水無瀬の離宮へ遊山に出かけ、競馬《くらべうま》、鶏合《とりあわせ》、賭弓《のりゆみ》に興じ、白拍子や遊女を呼び集め遊興乱舞に時を過ごした。そしてさらには、紀州の霊場熊野三山への御幸は実に二十七回にも及ぶ。庶民が貧苦と疫病に喘ぐのを省みず、後鳥羽院は贅を尽くして遊び呆けたのであった。

院の和歌の師は、前の勅撰集である『千載和歌集』を撰進した当代随一の歌人藤原俊成であった。しかし、院は当初和歌に熱心でなく、天皇時代の和歌は残されていない。院が本格的に和歌を始めたのは譲位後であったが、瞬く間に一流の歌人となり、後鳥羽歌壇を形成したのである。

まず正治二年（一二〇〇年）秋、『院初度百首』を詠進させた。詠進者は院を含めて二十三名。主なところでは、六条派の通親・忠良・季経・師光等、御子左家は俊成・隆信・定家・寂蓮・家隆及び九条家の良経・慈円等が詠進した。その他、式子内親王・守覚法親王・二条院讃岐等当代の歌人も含まれる。

続いて同年冬、『第二度百首』が下命され、範光・雅経・源具親・同家長・鴨長明・同季保・女房宮内卿・同越前等が詠進した。

さらに建仁元年（一二〇一年）には第三度の百首が下命され、院を含めて三十名が詠進した。この三千首は左右に結番《けちばん》され、自らも加わって十名で判詞《はんし》を分担し、前代未聞の『千五百番歌合』

として完成したのである。後鳥羽院はここに和歌の実作者であるにとどまらず、批評家としても成長したのであった。批評家としての達成はもちろん『新古今和歌集』である。そして、歌人としての秀歌は枚挙にいとまないが、とりあえず元久二年（一二〇五年）六月作の、

見わたせば山本霞む水無瀬川ゆふべは秋と何思ひけむ

を挙げておこう。（後に『新古今和歌集』に切り入れされた）

その他にも院はこの前後にさまざまな機会に歌合を開催し、特に『老若五十首歌合』『水無瀬殿恋十五首歌合』が有名である。

後鳥羽院が何故に夥《おびただ》しい歌合を開催し、当代の歌人たちに和歌の詠進を命じたか。それは新しい勅撰集の編纂を企てていたからである。歌人たちは後鳥羽院に鍛えられるように精進し、後に新古今調と呼ばれる秀歌をたくさん詠んだ。そして古今集以来の、いやそれに劣らぬ和歌の全盛時代を迎えたのだった。

これに前後して建仁元年七月末、後鳥羽院は二条殿の弘《ひろ》御所北面に「和歌所《わかどころ》」を設置した。寄人《よりうど》筆頭は藤原良経、以下通親・慈円・俊成・通具・有家・定家・家隆・雅経・具親・寂蓮が寄人に命ぜられ、院蔵人《くらうど》の家長が年預《ねんよ》（開闔《かいこう》）に選ばれた。さらに後には、長明・秀能・隆信が加えられた。

そして同年十一月、通具・有家・定家・家隆・雅経・寂蓮（翌年死亡）の六名に「上古以後ノ和歌、撰進スベシ」と、後に『新古今和歌集』と命名される勅撰集の撰進を命じた。『万葉集』は採るが、『古今集』から『千載集』にいたる七代の勅撰集に入集している和歌は省くという方針であった。そして、今回の問題はこれに抵触したのである。

後鳥羽院は『新古今和歌集』を編纂することによって、「延喜の聖代」を象徴する文化事業である勅撰集『古今和歌集』を、保元・平治の乱以後の「末世」に再現しようと試みたのであった。彼は平安時代前期の「延喜・天暦の治」と呼ばれる醍醐天皇・村上天皇の時代、天皇の権力が最高に達した時代に倣《なら》おうとしたのである。

後鳥羽院には二つの負い目があったと思う。ひとつは三種の神器を受けずに践祚《せんそ》したこと、もうひとつは鎌倉に政治の中心である幕府を作られてしまったことである。院は自らを正統の為政者として、延喜・天暦の時代を理想によき治世を実現したいと願ったのであった。その文化的事業が『新古今和歌集』の編纂であり、政治的改革が「承久の乱」であった。「承久の乱」は失敗し、「天皇御謀反」として院は隠岐に流されたけれど、『新古今和歌集』はわが国の文学史上に燦然と輝く偉業となったのである。

『新古今和歌集』が先の七代の勅撰集と違うところは、勅命者の親撰であったことである。五名の撰者たちは助手に過ぎなかった。彼らは各々秀歌を提示し、その中から後鳥羽院に撰ばれた和歌を部立てし、並べたに過ぎない。並べる順序も度々指示され、切継に次ぐ切継が飽くことなく行われた。何度も引き合いに出すが、定家がその日記『明月記』で「身に於いて一分の面目無し」と嘆いた所以である。

後鳥羽院はまさに当代一流の歌人であり、また批評家でもあった。

＊

この頃の社会に立ち入ってみると、この年（建永元年）の暮れ、法然の弟子安楽と住蓮《じゅうれん》が東山鹿《しし》ヶ谷の草庵で念仏の会を開いたとき、熊野参詣中の院の留守を預かる女房数人が参加して、安楽・住蓮と密通したという噂が広まり、風紀上の問題が院の大きな怒りを呼んだ。年が明けると法然門下の僧侶は次々に捕えられ、安楽・住蓮は処刑されるとともに法然も責任を問われ、建永二年二月法然は僧侶の資格を奪われて四国に配流されたのである。

しかし、法然の流罪はこれが原因だったのではない。この三年前の元久元年（一二〇四年）、叡山の衆徒は専修念仏の禁止を天台座主《ざす》に要求した。この時は『七個条制戒』を師弟百九十人が連署して自戒を誓い、天台座主に差し出して難を逃れた。ところがその翌年、興福寺が八宗同心と称して念仏の禁止を訴えたのである。法然の専修念仏の帰依者は貴族にも多く、院も貴族たちも法然の教えを禁止することにはためらっていたのであるが、その翌年の暮れの鹿《しし》ヶ谷の出来事をきっかけに弾圧に踏み切ったのであった。

この時代の仏教は鎮護国家を旨としながら貴族の現世利益の求めに応じて祈祷を行っていた。ところが法然は、弥陀の本願を信じ念仏を唱えるだけで往生すると説き、貴族のための仏教を庶民に開放したのであった。言い換えれば、堂塔を寄進できる金持ちでなくても、また経典が読める知識人でなくても、ただ一心に阿弥陀仏の名号を唱えるだけで西方極楽に往生できると説いたのだった。この単純で分かりやすい説法に多くの庶民や貴族までが帰依して教団は拡大し、それを危惧した叡山や興福寺が朝廷に法然教団の弾圧を求めたのであった。

建永二年（一二〇七年）二月、法然の四国配流が決定された。そしてその頃、藤原定家は世上の何事にも関係なく日々を送っていたのである。定家は治承四年（一一八〇年）十九歳の時、以《もち》仁王《ひとおう》の平家追討の令旨《りょうじ》に応じて頼朝・義仲らが挙兵し、世が戦乱に塗《まみ》れたときに「紅旗征戎我ガ事ニ非ズ」と『明月記』に記したのであるが、以来彼の関心は和歌と自らの昇進以外になかった。この二月にも院に供奉して水無瀬殿に参った後、嵯峨にて舎利講・地蔵講を修し、また日吉神社に参詣した。そして三月になって、七日に賀茂歌合御幸に供奉した後、九日は嵯峨の私邸に赴き、自ら裁定した庭の樹木の成長する様を眺め、その花を愛で、精神を涵養した。

そして三月十九日、午頃《ひる》に院の蔵人である清範《きよのり》が使いに来てお召しであることを定家に告げた。彼は数日前から歯痛で難儀していたところであったが、蓮塩《はすじお》を煎じた薬で口を濯ぎ、それを押して未の刻に参上した。

小御所に伺候するとすでに家隆が控えていた。二人だけが召されたらしい。そして二人には何ゆえ召されたかが分かっていた。昨年秋以来の懸案である「旅ねして……」の和歌が『後撰集』と重複しているのを如何すべきか下問されるのである。

この件に関しては、定家はすでに昨年のうちに家隆とも相談してすでに答弁を用意していた。亡き父俊成が立場を同じくしても同じ答えを出すであろうと、強い確信さえ定家にはあった。いや、むしろ父俊成が『千載集』を編んだときに行った様々な技巧を検討したときに、口伝として伝えられた秘儀があったのである。家隆も聞き知っていた。

その家隆は定家の隣で開闔《かいこう》の源家長と如才なく世間話を交わしていた。定家は、家長とは反りが合わぬこともあって、目を瞑ったままわれ関せずという姿勢である。

やがて清範が先導して後鳥羽院が御成りになった。

「定家、為家はなかなか筋がいいぞ」

院はご機嫌な様子で着座するなり定家に声をかけた。

「ははっ……」

定家はひたすら平伏した。

蹴鞠の話である。息子為家はこの春から院に召されて蹴鞠の相手をしているらしい。

「歳若くまだまだ未熟者ですので、お上の邪魔にならぬかと恐懼しております」

「親に似ず、なかなか敏捷である」

「いまだ家の流儀もままならぬ身でありますゆえ……」

「和歌はそちが指南すればよかろう。蹴鞠は余と雅経が仕込んでみようと思う」

「恐れ多いことでございます」

　定家は再び平伏した。

「ところで、家隆がのう……」

　隣の家隆が平伏した。

「家隆が気を病んでのう、去年の秋からおちおち眠ることも出来ぬそうじゃ。女房どもをけしかけて、早く何とかせいと急《せ》かしてのう……」

「滅相もございませぬ」

「よいよい、例え話じゃ。余も放っておいたわけではない。この問題は此度の勅撰集の編纂姿勢を問われる重大な問題である。もし対処を過てば、後世の批判に耐えられず、この勅撰集の評価は失墜するであろう。それゆえ此度は余もちょっと慎重になった。ただ、いずれはそちたち二人が解決するであろうと期待はしておった。どうじゃ、定家」

「はい、昨年秋より宮内卿とも相計って思案をして参りました。今日こそは解決策を奏上したいと願っております」

「なかなかに力強い言葉である。赦す、申してみよ」

「まず摂政殿が書いた序は一字一句改めてはなりませぬ」

「余もそう思う」

「妻恋の和歌は『後撰集』と重複しておりますゆえ、必ず切り出さねばなりませぬ。しかし、摂政殿が仮名序に引用した和歌が夏の部だけないというのはおかしい。ここはどうしても妻恋する神南備山のほととぎすの和歌がなくてはなりませぬ。そこで過去の勅撰集をよくよく調べてみますれば、和歌の並びをよくするために、撰者が必要な和歌を詠んで、それを読人しらずとして撰入した例があります」

「ほう、読人しらずの和歌をのう」

「はい、古くは『古今集』恋歌五巻末歌読人しらずの

流れては妹背の山のなかにおつる吉野の河のよしや世の中

これは紀貫之の作と思われます」

「『古今集』に例があるのか」

「はい、新しくはわが父俊成が撰んだ『千載集』において、夏歌巻末歌読人しらずの、

みそぎする河瀬にさ夜やふけぬらん返るたもとに秋風ぞ吹く

は、間違いなく父俊成が詠み捨てた和歌であると、本人から伺っております」

「ほう、俊成がなに故に」

「まず、この和歌の前にすでに父の和歌が採られており、撰者の和歌が多くなるのを恐れたこと、また秋歌に移行するにあたって、夏歌の最後に秋風の和歌が必要になって、源氏の物語取りをした和歌を詠んだと聞いております」

「なるほど、必要な和歌を撰者が読人しらずとして新しく詠むわけか」

「左様でございます。そこでこの度は撰者であるお上に妻恋の古歌を本歌取りした和歌を詠んでいただき、それを読人しらずとして切り入れしていただきたく思います」

「余に赤人の古歌を本歌取りした和歌を詠めと申すか」

「御意」

「余の代わりに定家に詠めと言えば、どうじゃ」

「それはなりませぬ。『新古今集』の真の撰者はお上であられますゆえ、ここは是非ともお上に詠んでいただかねばなりませぬ」

「家隆もそう思うか」

「御意」

「本歌取りとは難しいことを申すのう……、それも本歌が決まっておる。読人しらず、か……。よし、気に入った、詠んでみようぞ」

「有難きお言葉でございます」定家・家隆の二人は平伏した。

後鳥羽院が奥に入られた後、二人は和歌所寄合いの席に下がった。

白湯を飲みながら雑談していると、蔵人清範が院の使いでやって来た。定家・家隆の二人に妻恋の和歌の本歌取りを詠むように、という達しである。

「それはなりませぬ。ここはどうしてもお上に詠んでいただかねばなりませぬ」

定家が強く主張すると、清範は黙って引き下がった。

「難しいのだろうか」

家隆がぽつりと言った。

しばらくしてから源家長が現れた。

「そうではないのじゃ。お上はお二方の本歌取りの和歌を参考にしたいとの仰せである。すぐに硯箱の用意をさせるゆえ、お願い申す」

専門歌人として宮廷に仕えていた二人にとって、即座に和歌を詠むことはたいして難しいことではなかった。当時の歌会はほとんどが題詠であって、あらかじめ決められた題に則して和歌を詠んだのである。自然の移りに感応し、人情の哀楽を詠む時代は過ぎており、歌枕、序詞、縁語、掛詞、その他に句切れ、体言止め、本歌取り、物語取り等の手法を駆使して、頭の中で創り上げげた象徴的な世界を詠むのが常であった。この度は本歌取りの本歌までをも決められた難しい作詠であった。後鳥羽院が当代の二人の名人の和歌を参考にしたいと思うのも、最もな話である。言い換えれば、後鳥羽院もこの件に関してそれだけ慎重であったと言える。

二人はそれぞれ「異様三首」を詠進した。高体・疲体・艶体の三体に詠み分けたといわれるが、残念ながら和歌は残っていない。家長はそれを持って小御所へ行った。

それからずいぶん時間が経過した。陽が翳《かげ》り始め、家隆は退屈して欠伸で顎が緩み、定家は歯痛がぶり返してきたのか顔を歪めていた。こうして静かに控えているのも仕事である。

辺りが薄暗くなりはじめたので、蔵人が二人に燭台を持って来て灯りをともした。周囲に灯りの影が揺らめいた。

やがて清範が奉書紙を捧げて入って来た。

「お待たせ致しました。御製《ぎょせい》を三首詠まれましたので、お二方に撰んで欲しいとの仰せであります」

まず定家が奉書紙を一旦捧げてから開いた。そして、微かに声を出しながら朗誦した。読み終わると納得したような仕草で紙を畳んで家隆に手渡した。家隆も厳かに一旦捧げてから紙を開いた。静かに口ずさむように読んでいる。そして、家隆が読み終わって畳むのを待って、定家が口を開いた。

「宮内卿殿はいずれが宜しきかと」

「はい、御製《ぎょせい》三首いずれもめでたきと感心致しましたが、三首目の

おのが妻恋ひつつ鳴くや五月やみ神南備山の山ほととぎす

なる和歌がさらに優れているかと思われます」

「わたしも三首目のその和歌が、本歌の旅を捨てて「五月やみ」としたところが、本歌取りとして殊のほか宜しく思われます。幸いに二人の思いが同じくなりましたので、この御製を切り入れするようお上にお勧め致しましょう」

定家は家隆から受け取った奉書紙を清範に渡しながら次のように言った。

「お上にはこう奏上してくだされ。御製三首お見事な和歌でございます。その中でも「おのが妻」の和歌が殊のほか宜しく、われら二人感服仕りました。この和歌の切り入れのお沙汰をお待ち申しております、と。それから、すぐに経師を召して下され」

清範は足早に小御所へ行くと、時をおかず慌ただしく戻ってきた。

「早速に切継を行うべし、との仰せでございます。なお経師にはすでに蔵人頭から使いが出ております ゆえ、すぐに参るであろうとの仰せです」

和歌所は急に慌ただしくなり、人々が出入りし始めた。下の方で経師が切継の道具を広げている。

開闔《かいこう》の源家長が『新古今和歌集』の夏歌の巻物を捧げて入って来た。そして、それを蔵人に渡して経師のところへ持って行かせると、自ら紙を取り寄せ御製を清書した。家長は建保四年にすべての切継が完了した時点でも清書したけれど、残念ながらそれは今に伝わっていない。おそらく後鳥羽院が隠岐へ持って行ったであろうと推測されるのだが、崩御とともに散逸したらしい。

経師は家長の指示に従って、山部赤人の

旅にして妻恋すらしほととぎす神なび山にさ夜ふけて鳴く

という和歌を小刀で見事に切り出し、読人しらずとして後鳥羽院に詠み捨てられた、

おのが妻恋ひつつ鳴くや五月やみ神南備山の山ほととぎす

という和歌を器用に糊で張り合わせて切り入れた。

仕上がった巻物は家長のもとに届けられ、彼が広げて点検した後、定家・家隆の二人に披露された。

定家は歯痛のために先程まで歪めていた頬を緩め、何度も頷きながら「殊勝、殊勝」とつぶやいた。

ようやく一件落着して、定家・家隆の二人が和歌所を退出して東棟門に向かう途中、定家がふと足を止めて空を傾げて見上げた。

「いかがなされた、中将殿」

そう言いながら後に続く家隆も足を止めて同じく見上げた。

「いや、ほととぎすが鳴いたように思われたので……」

「それは中将殿の空耳でしょう。ほととぎすが鳴くには少々季節が早すぎます」

「それもそうじゃ。今頃にほととぎすが鳴くわけがない。しかし、これで亡き摂政殿にも面目が立ち申した」

二人は門の外で待つ牛車へ足早に向かった。

【テキストとの対話】

諸井　きょうは、わたしが『神南備山のほととぎす』を執筆する契機となった丸谷才一著『後鳥羽院』（筑摩書房）殿にお越しいただき、『新古今集』巻第三夏歌に、「おのが妻恋ひつつ鳴くや五月やみ神南備山の山ほととぎす」という和歌を、後鳥羽上皇が読人しらずとして詠み捨てた経緯についてお話しを伺いたいと思います。と言いますのも、昭和四十八年に「日本詩人選」の第10巻として初版が出てからずいぶん経ちまして、最近第二版が出版されましたが、今回わたしがテーマとした部分において、初版と第二版とでは違う意見を述べておられます。そこのところをもう少し詳しくお聞きしたいと思い、今回の対談を企画した次第です。きょうはお忙しいところお越しいただきありがとうございます。

『後鳥羽院』　最近は王朝和歌をやる人が少なくなったので、大学でテキストとして扱われることも少なくなり、特に『新古今集』は難解との世評が高く、わたし自身の出版部数も増えていない。わたしの語るところを読んで一編の小説を書き上げたというあなたの話を聞いて、ずいぶん興味を持った次第です。またその経緯もわたしには興味があります。

諸井　あなたが初めて書店の書棚に並んだ昭和四十八年というと、わたしは大学を出て二年目の年で会社勤めをしておりました。その頃は、いや今もそうなのですが、休日に書店とレコード店を漁るのが唯一の楽しみでしたので、あなたが姫路の誠心堂の書棚に並んでいた姿を今も鮮やかに思い出すことができます。そして、その後に吉本隆明の『源実朝』もあなたの隣に並びました。

『後鳥羽院』　最初からわたしの存在を知っていてくれたわけですね。

諸井　当時はフランス文学に興味がありましたので、前年から刊行し始めた新潮社のアルベール・カミュの全集なんかを読んでいました。また、白水社のサミュエル・ベケットの著作集を集中的に読んだのもこの頃です。それからヌボォー・ロマンの作家たち。国内では安部公房とか埴谷雄高を読んでいました。だから出版されたのは知っておりましたが、ついぞ手にとることはなかったわけです。あなたが読売文学賞を受賞したのもつい先日まで、つまり第二版の帯を読むまで知らなかった次第です。

『後鳥羽院』　丸谷氏にしても、『年の残り』で芥川賞、『たった一人の反乱』で谷崎賞を受賞したあと、わたしの読売文学賞で、それも批評部門の作品だから、先の小説の時とは違って長年の研究が認められたという別の喜びがあったと思います。

ところで、わたしを初めて読まれたのは第二版の方ですか。

諸井 いえ、初版の方なんです。それも最近のことです。正確には今年（平成十九年）の三月でした。読むきっかけとなったのは、数年前に賢明女子学院短期大学で国文学を研究しておられる森本穫教授の知遇を得てお話を伺った時、わたしがわが国の最高の文学作品は『新古今和歌集』であるという持論を臆面もなくぶってしまいまして、それに対して先生が、それなら丸谷才一氏の『後鳥羽院』を読みなさい、と教えてくれたのでした。丸谷氏は西洋の文学、特にジョイスやエリオットを研究した後にわが国の勅撰和歌集の偉大さに気付き、『新古今和歌集』を研究した人です、と。わたしはジョイスの『ユリシーズ』を丸谷氏等の共訳で読みましたが、『後鳥羽院』は出版当時見かけたことはあるけれどすでに絶版になっていて手に入れるのは難しいでしょう、と答えたのでした。このときは第二版が出版されていることを知らなかったのです。それから数年経って、昨年秋にたまたま塚本邦雄の『新古今集新論』というのを読みました。それをきっかけに、小説執筆の合間に同じく塚本の『定家百首』を読み、また今年になってから堀田善衛の『定家明月記私抄』（正続）などを再読したりしておりました。そこで森本先生のお言葉を思い出した訳なんです。今はインターネットという便利なものがありまして、古書のサイトにアクセスしましたらすぐに『後鳥羽院』が見つかり入手できました。ちょうど『自在の輪』を書き上げた後のことでしたので、ちょっと腰を据えて読ませていただきました。

『後鳥羽院』　感想はいかがでしたか。

諸井　付箋を片手に貪り読んだという感じです。（笑）

『後鳥羽院』　それはそれは、大変お褒めいただいたと解釈しておきます。（笑）　わたしが執筆されたのは丸谷氏が国学院大学で英語の教師をしていた頃で、国文科の先生方に色々ご教示いただきながらわが国の中世文学を研究していたのでした。まさに森本教授がおっしゃるとおり、丸谷氏は西欧二十世紀文学とわが国の中世文学を同等のものとして研究していたのでした。あなたの場合、どのようにして『新古今和歌集』に近づかれたのですか。

諸井　なにか主客が転倒してしまった感じですが、ここで先にわたしの立場を明らかにしておく意味でお話しします。『新古今和歌集』をわが国の最高の文学であると評価するに至った経緯は次回のテーマでもあるのですが、簡単にお話すれば、まず学生時代に大学に入学して間なしの頃に本居宣長の『玉勝間《たまかつま》』を読んで『新古今集』が最高の歌集であると教えられたのです。その後宣長の『排蘆小船《あしわけおぶね》』や『石上私淑言《いそのかみのささめごと》』を読みました。今回の小説の準備をしている時に学生時代のノートから『排蘆小船《あしわけおぶね》』の抜書きを見つけたのですが、こんな部分がありました。「心には悪心《アシキココロ》あれども善心《ヨキココロ》の歌をよまむと思ふてよむ歌はいつはりなれども、その善心《ヨキココロ》をよまむと思ふ心にいつはりはなき也。すなはち実情《マコトノココロ》なり。たとへば花をみてさのみおもしろからねど、歌のならひなれば随分面白く思ふようによむ、面白と云は偽りなれど、面白きやうによまむと思ふ心は実情也《マコトノココロ》」、と。その時はそんなものかなあ、と思ったくらいの記憶しかないのですが、今になって思えば、これは虚構に関する話であって、後々にわたしが小説の虚構性を重視する姿勢に随分影響していると反省した次第です。

『後鳥羽院』　宣長の『美濃の家づと』は読まれましたか。

諸井　いいえ、まだ読んでいません。

『後鳥羽院』　でも、随分若い頃に宣長を読んだのですねえ。

諸井　ちょうど筑摩書房から宣長の全集が刊行され始め、高校で古典を教えていただいた井手義朗先生の影響もあって、その全集を購入しました。話を戻しますが、それから後に小説を書くことを志すようになって、フローベール以後の西欧近代小説を濫読したのですが、近代の西欧文学史は小説が形式を重んずるようになり、そのための方法が様々に試みられた歴史であると気づいたのでした。二十世紀の小説はプルーストの『失われた時を求めて』とジョイスの『ユリシーズ』が双璧であるという意見にはもちろん同意するのですが、それ以後にもシュルレアリスムの運動、ウリポの実験、そしてヌボォー・ロマンの作家たちの様々な試みがありました。しかし、ヌボォー・ロマンは読者を置き去りにした小説のための小説になってしまったので、必然的に袋小路に入り、閉塞してしまいました。ところがここで立ち止まって振り返ってみれば、わが国の中世に同じ事が起こっていたのに気がついたのです。それが『新古今和歌集』でした。この中で歌人たちは和歌に関してあらゆる技法を試み、重層的に意味を重ねて和歌を象徴的な複雑なものにすることに腕を競い合ったように思えます。言い換えれば、和歌を詠むのではなく、和歌のための和歌を作詠することに熱中したのでした。

『後鳥羽院』　そのとおりです。彼らは本歌取りを試みる以上、何倍も込み入った仕掛けにしなければ本歌に対し、つまり文学史の伝統に対し、申し訳ないという健気《けなげ》な気持ちを持っていたと思われます。

諸井　ここで文学史全体を見渡してみれば、西欧の文学がやろうとしたことを、わが国ではその七百年も前に平安貴族たちがやり切っていたのでした。彼ら、即ち後鳥羽院・摂政良経・定家・家隆たちは文学のための文学を、言い換えれば前衛文学を平気でやっていたのです。わが国の文学は『源氏物語』という世界に先駆けた小説を有するのですが、さらに『新古今和歌集』という偉大な前衛的詞華集を持っていると世界に誇ってもいいと思うのです。そういう意味で、わたしは『新古今和歌集』をわが国の伝統文学としてとらえるのではなく、世界の文学の一環として論じたい、それがわたしの立場なのです。

『後鳥羽院』　『新古今和歌集』は短詩の世界で、比較となると少し無理があると思うのですが、詩人として較べてみればマラルメに対してその象徴性では定家の方が上のように思います。

諸井　そして、ランボーより藤原良経の方が上とか。（笑）

『後鳥羽院』　すごい贔屓だね。（笑）

諸井　フランス文学者に叱られそうです。（笑）　ところで、ようやく本題に入りたいのですが、わたしがあなたの語るところを読んでまず興味を持ったのは、今回のテーマにもなった、後鳥羽院が「おのが妻……」の和歌を読人しらずとして詠み捨てた経緯なんです。これは『新古今和歌集』の性格を端的に示す逸話である思いました。そして、読み進むうちに作家的な想像力が働いて作品として仕立てる気持ちになったのでした。

『後鳥羽院』　なるほど、確かにこの問題は、『新古今集』が後鳥羽院の親撰であり、撰者たちは助手に過ぎなかったこと、竟宴後に何度も切継が行われたこと、そして新古今調といわれる和歌が頭の中で創られた象徴の世界を詠んだものであることなどを端的に現しています。

諸井　そこで創作の準備として、新古今関係の書物を渉猟《しょうりょう》して様々な本を読んでみたのですが、驚いたことに国文学者にしても歴史学者にしても誰もこの小事件に触れていない。各社の『新古今和歌集』の注解を覗いてみても詳しいものでも「後鳥羽院が本歌である万葉歌がすでに後撰集に載っていたので代りに新作した歌」であるくらいしか書いてない。素人が一番頼りにする岩波文庫にいたってはこの歌が「隠岐本」に残されたという印しか入っていない。わたしが入手できる本はごくごく一般的なものに限られるのですが、二十冊余り読んで触れていたのはあなたと岩波文庫版の『藤原定家歌集』に年譜として『明月記』を抄出している部分だけだったのです。そこでその年譜の建永二年三月十九日の項だけを、我流ながら漢文を読み下したノートを座右に置いてこの作品を創作しました。

『後鳥羽院』　なるほど経緯はよく分かりました。今回のあなたの原稿を興味深く読ませていただきましたが、ひとつ気に入らないところがある。それも冒頭の表題なんです。いや、題が気に入らないないわけじゃない。ふりがなが気に入らないのです。神南備山という字、あなたは「かみなびやま」とルビを振っておられるが、ここはどうしても「かむなびやま」と振って欲しかった。

諸井　そこはちょっと迷いましたが、久保田淳先生が「かみなびやま」とルビを振っておられるので、一応それに従いました。

『後鳥羽院』　そうですか……。（不満そう）

諸井　校正刷りが上がってきたら検討してみます。

『後鳥羽院』　ぜひ、そうしてください。

諸井　さて、ここであなたにお尋ねしたいのですが、この逸話について、初版では「巻第三夏歌、読人しらずの、旅ねして……が後撰集にあるといふのだ。（中略）撰者たちないし後鳥羽院は古歌集から取ったが、『後撰』では山部赤人の作になっているため、こういう失態が生じたのである。」と語っていたのですが、およそ三十年後の平成十六年に出版された第二版において、同じ箇所が「巻第三夏歌、山部赤人の、旅ねして……が『後撰集』にあるといふのだ。（中略）撰者たちないし後鳥羽院は『赤人集』から取ったが、『後撰』では読人しらずの作になってゐるため、かういふ失態が生じたのである。」と変更されていますね。後者が歴史的かなづかいになっているのは、丸谷先生の主義ですからこの際問題はありません。要するに、「読人しらず」が「山部赤人」に、「古歌集」が『赤人集』に変わっているんです。

『後鳥羽院』　なかなか細かい部分に気がつかれましたね。
諸井　いや、細かい部分と言われましても、わたしはこの部分の逸話に興味を持って小説を創作したのだから、大変な問題なんです。
『後鳥羽院』　第二版はいつ読まれましたか。
諸井　この八月です。『神南備山のほととぎす』を三分の一くらい書いた頃でした。偶然あなたが第二版で語りを変えているのを発見したのです。まさに藤原家隆に劣らぬ驚愕の発見でした。
『後鳥羽院』　なかなか興味深い話ですなあ。
諸井　その日は休日でして、先にもお話したように書店をぶらぶらしておりました。新潮文庫の棚でたまたま丸谷先生の『新々百人一首』を見つけ、上巻を手にとって拾い読みを始めたのです。その時はまあ、先生がどんな和歌を撰んでいるのかくらいの興味でした。ところが目次を見ていると、山部赤人の作として「旅にして妻恋すらしほととぎす神《かむ》なび山にさ夜ふけて鳴く」があったのです。この和歌は読人しらずのはずなのに、と思いながら本文を読んでみると、「事実、『新古今集』の撰者たちがこの和歌を巻第三夏歌に赤人の詠として入れるつもりでゐたところ、途中で『後撰集』に読人しらずとして入集してゐることを知ってやむを得ず捨てた、といふ事情については前に記した（拙著『後鳥羽院』を参照）。」と書いているじゃないですか。「ええっ！　そんな馬鹿な！」っていう感じです。まるで反対じゃないか。わたしは急いで古典の書籍が並んでいる書棚へ行き、慌てて『後鳥羽院第二版』を開いて当該部分を読んだのです。前々からここに第二版が並んでいるのを知っていて、新装版が出たくらいにしか思っていなかったので、手に取ったことはなかったのです。ところが読んでびっくり。『新々百人一首』と同じ論旨が書いてあるじゃないですか。まったく狐につままれたような気分でした。とにかくその日は『新々百人一首』と『後鳥羽院第二版』を買って帰ったのでした。

『後鳥羽院』 丸谷氏になり代わりお買上げの御礼を申し上げます。（笑）

諸井 冗談言ってる場合じゃないですよ。

『後鳥羽院』 そう興奮なさらずに。

諸井 いいえ、興奮しました。（笑） 早速帰って初版本の当該箇所を読みました。帰る車の中では、もしかするとわたしが間違って読み込んでいたのではと、ちょっと心配になっていたのです。最近よく忘れたり、勘違いをしたりするものだから。ところが読んでみれば、やはりわたしが思っていたとおりのことが初版には書いてあったのです。あなたの方が言説を翻していたのです。これじゃわたしが今までに書き上げた箇所を訂正しなければならない。それでなくても、登場人物の位階の関係が分かりにくく、生活様式も分かりにくくて書きあぐねていたものだから、その日は徒労感に苛まれましたよ。投げ出したくなりました。あなたのこの二枚舌、これはいったいどういうことですか。

『後鳥羽院』 二枚舌とは恐れ入ります。（笑） しかし、ここは率直にあなたにお詫びします。あなたの言うとおり、初版と第二版で言説を翻しました。原因は、端的に言って、丸谷氏の原典の読み間違いです。初版を発刊した後、わたしの口から誰とは申せませんが、丸谷氏の知人からご指摘があったようです。丸谷氏は後人が編纂した『赤人集』の存在を知らなかったらしいのです。だから初版では「ただしわたしの調べたところでは、一首は『後撰』でも読人しらずになっている。赤人の詠とする異本があったのであろうか。」なんて言ったわけなんです。第二版では、同じ部分を「ただしわたしの調べたところでは、『赤人集』では第一句が「旅に出て」になってゐる。ひょっとすると、このへんから混乱が生じたのか。」と言い換えました。

諸井　要するに、初版では『後撰集』が『赤人集』から採ったのに対し、『新古今集』は『古歌集』から採ったと言い、第二版では『後撰集』が『古歌集』から採ったのに対し、『新古今集』は『赤人集』から採ったと言っているわけなんですね。

『後鳥羽院』　そのとおりです。

諸井　原典といえば、もちろん定家の『明月記』なんですが、ここにある岩波文庫の『藤原定家歌集』の年譜として附いている承元元年（一二〇七年）の、この年は十月二十五日に改元されたので正確にはまだ建永二年なんですが文庫版に従います、三月十九日の項を引きますと、その部分は「件歌赤人歌にて入㆓後撰㆒之由去秋宮内卿見出依㆓作者替㆒不㆓覚悟㆒也此事告㆓下官㆒」とあるわけなんですね。これは佐佐木信綱の校訂です。これを素直に読めば「赤人の歌として『後撰集』に入っていたが、作者が違っていたので分からなかった」と言っているように思うのですが。初版と同じ意見のように……。

『後鳥羽院』　そこの部分は「赤人の歌として『後撰集』に入っていた」と読むのではなく、「その歌は赤人の歌であって、すでに『後撰集』に入っていたのが作者が違っていたために分からなかった」と解釈すべきなんです。

諸井　なるほど、そうなんですか。でも、にわかに信じがたい説ですが……。しかし、「にて」なんてひらがなが漢文の中にあるのがおかしい。とにかく、定家の漢文は下手糞ですねえ。堀田善衛が『明月記私抄』に書いていたけど、中にはとんでもない当て字があるらしい。

『後鳥羽院』　その点は良経なんかの方が余程しっかりしておりました。定家も九条家の家司をしていた頃には良経たちが漢籍の講義を受けていた末席に連なっていたと思われるのだけど、良経のようにはきっちりと教育を受けていない。

諸井　実を言うと、先に挙げた『明月記』の部分で、わたし自身しばらく読み違えていて後で分かったところがあるんです。

『後鳥羽院』　ほほう……。

諸井　先に挙げた『明月記』の文章の最後にある「下官」という言葉なんですね。わたしはこれを「身分の低い蔵人」と思っていた。だから「宮内卿がこのことに気づいて蔵人に告げた」と解釈していたのです。そして、この後に続く文章も「蔵人がそのことを院に奏聞した」と理解していた。

『後鳥羽院』　そこは、院に対しての下官なんだ。

諸井　そうなんですよ。或る日、堀田善衛の『明月記私抄』を拾い読みしていて、彼が「下官」を定家のこととして解説している部分に行き当たったんです。これまた「ええっ？」っていう感じです。
『後鳥羽院』　創作の裏話を聞くようで、なかなか興味深いですなあ。
諸井　すると、先の部分は「宮内卿がこのことに気づいて定家に告げ、定家がそのことを院に奏聞した」ということになるんです。
『後鳥羽院』　そのとおりです。
諸井　でも、定家の身分では直接後鳥羽院に奏上できるはずがないから、作品では『明月記』に度々出てくる蔵人清範を通じて院に奏聞したことにしたのです。
『後鳥羽院』　なるほど。
諸井　ここで再び後鳥羽院の「おのがつま……」の和歌に話を戻しますが、この挿話の最後のところで源実朝の和歌を挙げておられますね。
『後鳥羽院』「さつきやみ神なび山の時鳥《ほととぎす》つまこひすらし鳴く音かなしき」ですか。
諸井　そうです。その中であなたは「彼（実朝＊註諸井）は一首が上皇の詠であることをおそらく知らなかったはずだが、それはともかく、明らかに後鳥羽院を模してしかも遠く及ばない。」とおっしゃている。
『後鳥羽院』　実際にそうは思いませんか。格が違う。

諸井　まあ、おおよそは『後鳥羽院』殿に同意しますが、ただ実朝のこの和歌を正岡子規が知っていたかどうか知りたいのです。というのも、子規は『歌よみに与ふる書』の中で、貫之以下『古今集』以後の王朝和歌を徹底的に否定して、とにかく『万葉集』まで返れと言っている。そして、その中で源実朝だけをべた褒めなんですね。公暁に殺されずにもう十年も長生きしていたなら大歌人になっていただろうと言っている。しかし、おそらく後鳥羽院の「おのがつま……」の和歌を本歌取りしたのであろう実朝の「さつきやみ……」の和歌は、素人のわたしからみても本歌取りになっていない。後鳥羽院の和歌の言葉を組立て直して和歌を詠じたに過ぎないといえば言い過ぎでしょうか。

『後鳥羽院』　あなたもなかなか過激なことをおっしゃる。（笑）　しかし、正岡子規の立場になると、ああ言うのは勢いなのです。わが国の詩歌史の中で、『新古今和歌集』以後の和歌の世界はもう空中分解しているのです。そもそも『新古今和歌集』自体が「夢の浮橋」だったので、現実に立脚していなかった。だからそれ以後のわが国の詩歌のエネルギーは連歌に移行していく、さらに江戸時代になると、その連歌の発句から俳諧が発生して庶民のものとなり、わが国の詩歌が大いに発展したわけなのです。だから明治の子規から見れば、江戸時代の和歌なんてとんでもない貧弱なもので、その原因を遡れば『新古今和歌集』に、さらに遡れば貫之に発する『古今集』に行き着くわけなんです。だからそれ以前の『万葉集』に再び返れと声を大にして言ったのが『歌よみに与ふる書』なのです。そして、その過程で万葉調の源実朝を褒めたのです。

諸井　いえ、その経緯はわたしも承知しているのですが、実朝の歌人としての素質はあなたもおっしゃったように後鳥羽院以下四人の資質にとても及ばないでしょう。それは正岡子規にも分かっていたはずだ。ただ万葉調を賛美したいがために実朝を持ち上げた。

『後鳥羽院』『新古今和歌集』を子規に否定されたあなたの悔しさは理解できます。しかし、子規の功績は認めてやらねばならないでしょう。現在どの新聞をみても、短歌や俳句の投稿がいつも紙面を賑わしております。まさに子規に発する「アララギ」と「ほととぎす」の功績です。

諸井　いえ、そのアララギの頑固な写実が現代短歌を矮小なものにしていると思うのです。ちょうど小説の場合に、わが国特有の私小説なるものが、わが国の小説の可能性をだめにしてしまったように。

『後鳥羽院』なるほど、ここで小説に結び付いてきたか。(笑)

諸井　いいえ、もう止めます。(笑)　この件は後々の課題にしたいと思っていますので。話を元に戻しますが、ここで改めて『後鳥羽院』殿に苦言を申し上げておきたいのです。

『後鳥羽院』矛先がまたわたしに戻ってきた。(笑)

諸井　というのも、初版の言説を第二版で翻しておきながら、そのことをどこにも断っていない。極めて不誠実です。少なくとも第二版の注記か後記でこのことに触れておいてくれれば良かったのに。

『後鳥羽院』そう言われれば面目ないとは思うけど、非を素直に改めたことだし、断るほどのことではないと思いました。
諸井　そんな細かいことに愚図愚図言う奴はいないと思ったのですか。
『後鳥羽院』　細かいのではなく、堅苦しいと思います。
諸井　でもね、あなたの二枚舌による今回のドタバタのおかげで、新しい知見を得て小説に盛り込んだところもあるんですよ。
『後鳥羽院』　二枚舌は止めてくださいよ。（笑）　でも、その話聞きたいネエ、創作の裏話は大好きです。（笑）
諸井　というのが、『後鳥羽院第二版』といっしょに買って帰った『新々百人一首』の平忠度《ただのり》の項を読んだからなのです。これは『平家物語』巻七忠度都落で有名な逸話で、俊成の『千載和歌集』に採られた、

ささなみや志賀の都は荒れにしを昔ながらの山桜かな

を『新々百人一首』で丸谷氏が採っているのです。ご存知のようにこの和歌は『千載集』では読人しらずとして採られており、俊成が政治的理由を慮《おもんばか》って読人しらずとしたのが定説です。丸谷氏はこの項で読人しらずの例をを徹底的に論述しており、今回の後鳥羽院の場合も、撰者自身の作であるにもかかわらず読人しらずとして撰歌した例として述べておられます。その中で「す

なはちこれは、御子左家の秘伝である」という部分に触発されて、小説の中では、定家が「口伝として伝えられた秘儀があった」として俊成の例を挙げ、表現に膨らみを与えることが出来ました。

『後鳥羽院』なるほど、では『千載集』で俊成が読人しらずとして詠み捨てたという挿話も出典はここですか。

諸井　ご賢察のとおりです。（笑）紀貫之の話もここから摘《つま》みました。

『後鳥羽院』この「読人しらず」の問題だけでも、話し出せば切りがない。特に南北朝の後醍醐天皇の皇子宗良《むねよし》親王が、準勅撰の『新葉和歌集』に自詠五十四首を読人しらずとして撰入したにもかかわらず、詠み捨てることができずに同じ和歌を彼の私歌集である『李花集』に入れられていた事実を、撰者の操作の実例として笑いながら語ることができるのですが。

諸井　それはまた次の機会にすることとして、ちょうど料理が並び始めましたので、あなたの話で知った折口信夫の『女房文学から隠者文学へ』という論文を最後の話題にして、そろそろこの対談を終えたいと思います。

『後鳥羽院』折口信夫を読んだのですか。

諸井　はい、「中公クラシックス」の『古代研究Ⅳ』で読みました。

『後鳥羽院』難しかったでしょう、折口先生、説明が下手だから。

諸井　折口信夫の読みにくさは、小林秀雄と同類なんです。頭のいい人は自明のこととして途中

を端折ってしまうのです。ところが我々凡人はそこで付いて行けなくなって、突き放されたような状態に陥ってしまう。（笑）

『後鳥羽院』　なるほど、面白い説明だ。

諸井　でも、碩学《せきがく》の書いたものはやはり読んでおくべきものだと、随分感心しました。『古代研究』をⅠから順に読みたくなりました。

『後鳥羽院』『女房文学から隠者文学へ』は後鳥羽院を論じた最高の評論だと思っています。

諸井　その中で、折口信夫が面白いことを言っているのです。

『後鳥羽院』　ほほう。

諸井　つまり新古今調についてなんですけど、新古今調という歌風は後鳥羽院を中心とする歌合の雰囲気によって醸し出された群集心理によるものだというのです。そして、その音頭をとった後鳥羽院の性格・気分が一番新古今調に近かった。

『後鳥羽院』「隠岐本」の話だな。

諸井　そうです。新古今調の和歌をたくさん詠んだ良経・定家・家隆らですら、彼らの家集である『秋篠月清集』・『拾遺愚草』・『壬二集《みにしゆう》』では新古今調から離れた自由な作風であるいうのです。言い換えれば、彼らでさえ後鳥羽院に引き摺られた格好で和歌を詠んでいた。新古今調というのは彼らにしてもずいぶんハードルの高い作風だったわけで、他の場所では穏やかで自由な作風の『千載和歌集』に近い和歌を詠んでいるらしい。だから、『新古今和歌集』というのは後鳥羽院ひとりの作風の延長であり、さらにその歌風・鑑識を徹底的に示した「隠岐本」は『新古今和歌集』の理想の達成であるというのです。

『後鳥羽院』　だから、定家の有名な「見わたせば花も紅葉もなかりけり浦の苫屋の秋の夕暮れ」も、「隠岐本」では切り出された。

諸井　これは定家も相当ショックだったでしょうね。

『後鳥羽院』　定家の自信作でしたから。

諸井　でも、新古今調に乏しい。

『後鳥羽院』　定家とはすでに関係が悪くなっていましたから、切り出すのに遠慮はなかったと思います。それに『後鳥羽院御口伝』では定家はもうぼろくそです。

諸井　わたしはその『御口伝』をまだ読んでいないのです。

『後鳥羽院』　そうですか。

諸井　それに、鴨長明の『無名抄』も合わせて読んでみたいと思っています。ところで、いよいよ酒が運び込まれてきました。そろそろこの対談もお開きにして、『後鳥羽院』殿と一献傾けたいと思います。

『後鳥羽院』　その氷漬けされているボトルは日本酒ですか。

諸井　こちらの地酒で、大吟醸『白鷺の城』です。

『後鳥羽院』　地酒とは嬉しいですな。ガラスの盃がなかなか宜しい。

諸井　では一献。
『後鳥羽院』　諸井さんもどうぞ。
諸井　それでは、八百年前の偉大な前衛文学である『新古今和歌集』に乾杯！
『後鳥羽院』　乾杯！　今夜はおおいに飲みましょう。（笑）

宇津の山べ

――定家の恋歌――

平安時代の貴族の恋愛事情は現代とはずいぶん違う。街ですれ違った女の子を振り返って、「いい子だネ！」なんていう場面はあり得ない。「ねえ、ちょっと！　お茶しない？」こんなナンパも出来なかった。合コンもない。友達の紹介もない。とにかく自分の周りに恋の対象となる女性がいないのだ。この時代の姫君は家の奥で大事に育てられているため、男に顔や姿を見せることはなかった。男たちは姫君の噂や評判を聞いて心を躍らせ、その家の周りを尋ねて「垣間見《かいまみ》」をし、奥から聞こえる琴の音に美しい姫君を想像する。何かのまちがいで御簾の間から姫君の姿を見ようものなら、男の心は舞い上がり、恋の病に臥《ふせ》ってしまったのだった。

男はまだ見ぬ女性を想い、文を出す。懸想文、そうラブレターである。それも文章をごちゃごちゃ書かない。三十一文字《みそひともじ》、五・七・五・七・七、即ち和歌を送る。当時の男たちの教養の基本は漢詩文であったが、彼らはこの日のために和歌を勉強してきた。テキストは勅撰和歌集で、『古今和歌集』から始める。ほとんど暗唱してしまう。女性においても、中宮定子が一条天皇の前で『古今和歌集』を全部暗唱してみせたと、清少納言が『枕草子』に書いている。当時の貴族は和歌に精通していなければ恋もできなかったのだ。例えばその『古今和歌集』より壬生忠岑の歌「春日野の雪間をわけて生ひ出でくる草のはつかに見えし君はも」（巻第十一・恋歌一・四七八）を例に取ると、これは忠岑が春日の祭りに行った時に見かけた女のもとに送ったもので、「家をたづねてつかはせりける」と詞書がある。忠岑が見染めて、歌を送った。この「つかはす」という言葉に注意して欲しい。当時は郵便などないので、従者に持って行かせた。『源氏物語』の光源氏にはいつも惟光《これみつ》がついていて、彼の手足となって仕えている。時には相談相手にもなる。そのような従者が姫君にお付きの女房や侍女、ときには女童《めのわらわ》に文を渡すのである。ここでもう一つこの詞書の「たづねて」という言葉に注意して欲しい。これは現代で言う「聞き合わせ」の意味がある。見合い結婚などで、紹介された相手の近所へ身辺を調べに行く。見染めた女性がどこのだれかも調べずに懸想文を遣るわけではない。これは先に使用した「垣間見」という言葉にも同様の意味を含んでいる。垣間見とは本来家の周りを囲んでいる透垣《すいがい》や小柴垣《こしばがき》から覗き見ることだが、言外にその家の「聞き合わせ」をする意味もある。その家の家格や父親の官位などを調べるのである。但しこれらは一般的なことを述べているのであって、恋の道も色々あるので必ずしもこの手順を踏んだとは限らない。

さて、男から遣わした懸想文はそのまま姫君の元へ届けられるわけではない。まずお付きの女房（たち？）が歌を点検する。男の教養の程度を調べるのだ。字も上手であることが大事である。また姫君の父親や兄が家に相応しい男であるか判断する。男の家格・官位を調べ、高貴であれば玉の輿、万々歳というところだ。そして、それらが適えばようやく姫君の元に懸想文が届けられる。
　ところでその姫君にしても、これまでに男性の姿など見たこともない。知っているのは父親と母を同じくする兄弟くらいか。だから姫君の恋の主導はお付きの女房がしたのである。返歌を作ったのもおおむね女房と見てよい。時には歌の上手な姉君、或いは母親が代作した。慣れてくれば姫自らが筆を取るようになる。これも歌の練習だ。こうして文のやり取りが始まる。『源氏物語』では光源氏が様々な女性と付き合い、この文のやり取りの手練手管が詳しく書かれている。そして、光源氏がお付きの女房を手蔓《てづる》にして女性に近付いて行ったりするので、それだけでも大変面白い物語である。

　さて、これからわたしは歌人藤原定家が詠んだ恋歌を紹介する。定家は平安時代の末から鎌倉時代初めに活躍した人である。一一六二年（応保二年）に生まれ、一二四一年（仁治二年）に八十歳で亡くなった。世相で言えば、平治の乱ののち平清盛が台頭した頃に生まれ、鎌倉幕府が安定して御成敗式目を制定したのちの頃に亡くなった。時代的には公家政治から武家政治の過渡期、源平の戦いの最中に歌人として生きたのだった。彼の日記である『明月記』の一一八〇年（治承四年）九月の記事に、「世上乱逆追討耳に満つと雖も、これを注せず。紅旗征戎吾が事にあらず」と書かれている。世の中乱れて武士が争っているが、それらを記録しない。戦争はわたしには関係ない。そう言って、宮廷での官位の上昇と和歌の芸術に一生を過ごしたのだった。

わたしは長らく『新古今和歌集』を研究してきて、定家の歌をかなり読んできたつもりだった。しかし、それらはほとんど勅撰集に採られた歌や、解説書に取り上げられた歌ばかりであった。だからそれらは定家の生活に密着した歌ではない。というのは、この頃の歌は題詠歌といって、あらかじめ題を決められて詠んだ歌がほとんどであった。例えばわたしが前に研究した「六百番歌合」（左大将家百首歌合）では百首すべてに題が与えられていた。どんな題かというと、春歌では「元日宴《ぐわんにちのえん》」「余寒《よかん》」「春氷《はるのこほり》」「若草」と時候が進んでいき、夏歌、秋歌と季節が進んでいく。恋歌が五十首あるが、これも「初恋」「忍恋」「聞恋」「見恋」と始まり、「寄月恋《つきによするこい》」「寄雲恋」「寄風恋」から「寄遊女恋《うかれめ》」「寄海人恋《あま》」「寄商人恋《あきびと》」等様々である。だから定家の恋歌を読んだといっても、ほとんどが題詠歌であった。そして、「新古今和歌集」に採られた定家の恋歌も例外ではない。この集に入集《にっしゅう》している定家の恋歌は十三首である。すべてを引用するわけにはいかないが、若干取り上げてみる。

摂政太政大臣家百首歌合に（「六百番歌合」で題は「初恋」）
なびかじな海人の藻塩火たきそめてけぶりは空にくゆりわぶとも

冬歌（「水無瀬恋十五首歌合」より）
床の霜枕の氷消えわびぬ結びもおかぬ人の契に
（「六百番歌合」で「祈恋」）

年も経ぬ祈る契りは初瀬山尾上の鐘のよその夕暮れ
（八月十五夜、和歌所にて、月前恋といふことを）
松山と契し人はつれなくて袖越す波に残る月影
摂政太政大臣家百首歌合に（「六百番歌合」題は「寄席恋」）
忘れずは馴れし袖もやこほるらむ寝ぬ夜の床の霜のさむしろ
千五百番歌合に
消えわびぬうつろふ人の秋の色に身をこがらしの杜の白露
水無瀬恋十五首歌合に（題は「寄風恋」）
白妙の袖の別れに露落ちて身にしむ色の秋風ぞ吹く
題しらず
掻きやりしその黒髪の筋ごとにうち臥すほどは面影ぞ立つ

以上八首を取り上げたが、括弧の中はわたしの注である。

わたしは「本歌取り」という和歌の修辞の解説を書いているときに、例歌として上の「掻きやりし」という歌を取り上げた。角川ソフィア文庫『新古今和歌集』の久保田淳による歌意は「共に臥した時わたしが掻きやったあの人の黒髪の一筋一筋までもくっきりと、ひとり臥すときはあの人の面影が浮かんでくるよ」である。この歌の本歌は和泉式部の「黒髪のみだれてしらずうちふせばまづかきやりし人ぞ恋しき」(『後拾遺和歌集』恋三・七五五)で、歌意は「黒髪が乱れるのもかまわずにうち臥すと、(床の中で)その黒髪を優しく掻きあげてくれた人が恋しく偲ばれる」というところか。和泉式部が掻き上げられた黒髪の感触によって男を想って詠んだ歌を本歌として、定家はその黒髪を掻き上げた指の感触で女の身体を想う実に艶めかしい歌を詠んだのであった。詳しいことはそちらの作品に譲るとして、わたしはこの定家の歌を調べているとき、角川ソフィア文庫の訳注で、この歌が定家の私家集『拾遺愚草・下』の恋の部にあることを知った。そこで『藤原定家全歌集』(久保田淳校訂・訳・ちくま学芸文庫)にあたってみた。すると歌合などで詠んだ題詠歌が六十七首並んだあとに、「はじめて人に」の詞書で始まる明らかに定家が私的に詠んだであろう恋歌が六十一首並んでいたのであった。そして、その中に「掻きやりし」の歌があった。

この時、この歌の歌番号を調べ、久保田淳の訳注を読めば事は終わるのであるが、生来わたしはよく道草をする男である。調べ物が済んだら原稿に戻ればいいのに、その本をあちこち拾い読みするのだ。今回も定家の私的な恋歌に興味をもって、「はじめて人に」という詞書の歌から読んでみた。すると定家が恋人に送ったであろうと思われる歌と、その返しが並んでいるではないか。面白い。

平安貴族の恋の手順はこの稿の冒頭で解説しておいた。要約すれば、彼らは和歌を詠めなければ恋もできない。美しい女性の噂を聞けばまず和歌を送る。気の利いた上手な和歌であることが必要だ。その和歌は親や周辺の女房たちに点検される。そして相手から返しが来る。無視される場合もあるが挫けず送る。そんな手順を経て恋を実らせ、逢瀬にこぎつけるわけだが、平安貴族の末裔である定家もその例外であったわけがない。様々な女性とのやり取りが家集である『拾遺愚草』に残されていたのだ。「はじめて人に」という詞書のある歌から読み始めた。なるほど定家は見染めた女にこういう歌を送っていたのか、と感慨を覚える。さらに恋歌が続く。どうやら恋が進む順に並べているらしい。それも一人の女に送った歌を並べたのではなく、過去に送った様々な女性への恋歌の中で定家が自選したものを残したと考えられる。平たく言い直せば、最初の「初恋」の歌は必ずしも定家の若かりし頃のものではなく、中年になってから見染めた女性に送った歌であるかもしれない、ということである。また題詠などで「初恋」という題は「ハツコイ」とは読まない。「ハジメテノコヒ」と読む。女性との恋の初めという意味である。そして、読んでいて詞書のある歌が面白い。想像力が膨らんできて、作家としてとても興味深いのだ。

それでは適宜拾い出して紹介しよう。

はじめて人に

二四七九　かぎりなくまだ見ぬ人のこひしきはむかしやふかく契りおきけむ（続古）

歌の最後の（続古）は『続古今和歌集《しょく》』に入集していることを示す。ただ『続古今集』は一二六五年成立の第十一代勅撰集で、この歌は定家が亡くなってから採られたものであることに注意すべきである。歌意は「まだお逢いしたこともないあなたがひどく恋しく思われますのは、きっと前世で、あなたと私とはこの世でお逢いしましょうと約束をして置いたからでしょうか」と久保田淳は訳している。前世で約束したなどと勝手な言いがかりをつけて歌を送るのですねえ。恋にはまめまめしさが必要だ。

神無月のころ、まどろまであかして
二四八六　かなしさのたぐひもあらじ神無月ねぬよの月のありあけのかげ

どんな女性に恋い焦がれて一晩中月を眺めたのでしょうね。初冬の澄み切った空に浮かぶ月を朝まで眺め、恋しい女性を想う。相手は幾たびか文を送ったけれど、まだ逢っていない関係とみたい。現代ならメルアドを交換しただけの仲だ。彼は眠れぬままに廂《ひさし》に出て月を眺め、恋人のことを想う。夜も更けてきた。この美しい月を一緒に観たい。場所は違っても、同じ月を、同じ時刻に…。彼は袂《たもと》からそっとスマホを取り出し、歌を案じながら打ち込む。月を見上げては画面を見る。「かなしさの…」そして、送信！
彼女の枕元でピロ～ン♪　と着信音が鳴った。しかし、彼女は目覚めない。寝返りを打つ。

彼は返信を待っている。雲が幾たびか月を隠す。冴えた眼で待ち続ける。やがて夜が明けようとするのに返信がない。気がつけば袂がしっとり濡れている。夜露で濡れたのか、はたまた涙で濡れたのか。着信音を待ち続ける男、かなし…。

　　春ものごしにあひたる人の、梅花をとらせていりにける、又のとし
　おなじ所にて
二四八八　心からあくがれそめし花の香に猶物思《おもふ》はるのあけぼの（続拾）
　又
二四八九　我のみやのちもしのばむ梅花《むめのはな》にほふのきばの春のよの月（続拾）

（続拾）は『続拾遺和歌集』の入集歌を示す。これも一二七八年成立の第十二代勅撰集で、定家が亡くなってから採られた。ある年の春に几帳か屏風を隔てて合った人が、庭の梅の花を取らせて中に入ってしまわれた。定家にとって気になる女性であった。その翌年に同じところで梅の花を見て詠んだ歌である。「梅の香」を女性の美しさにたとえ、歌意は「あなたの美しさにあこがれ始めてからは、いつまでも物思いにふけっている春の曙です」というところか。久保田淳は、『伊勢物語』四段のような恋、作者は「わが身を業平となして」（京極中納言相語）歌っている、と注している。因みに京極中納言は定家のこと。

『伊勢物語』四段をかいつまんで話すと、在原業平は藤原高子《たかいこ》のところへねんごろに訪れていたが、ある日彼女は突然いなくなった。聞くところによると高貴な人（天皇）のところへ行ってしまったので、通っていくこともできない。あくる年になって梅の花盛りの頃、昨年のことを恋しく思って高子が住んでいた家へ行ってみたが荒れ果てて見る影もない。朽ちかけた板敷に横になって詠んだ歌が「月やあらぬ春やむかしの春ならぬわが身一つはもとの身にして」である。定家は現実の恋を『伊勢物語』に重ね、わが身を業平に仮託して詠んだのだった。

ことなることなき女の、心高くおもひあがりて、つれなかりければ

二四九一　さても猶折らではやまじ久方の月の桂の花と見るとも

さほど身分も高くないのに、気位だけが高い女にすげなくされたのでしょうか。わたしが推測するに、彼女は、家格は高くないが学問・知識は豊かでさらに美人であった。それで高貴な人の女房として仕えている。現代でいうなら〝バリキャリ〟というところ。こういう女性は甘えがない。近寄りがたい。でも定家は歌人・知識人であるから、なよなよした女性よりもちょっとおすまし顔の知性あふれる女性に心惹かれたのである。そこでちょっと誘ってみたらすげなくされた。定家にもプライドがある。それが「折らではやまじ」という言葉。それが例え「月の桂の花」のように手の届かない女性であったとしても…。でもね、この女性は定家さんをすげなくあし

らったのではなくて、キャリアウーマンで仕事に追われていて、男出入りの経験もなくてね、男性にどう接したらいいかわからなかったかもよ。そう気負わないでもう一度気の利いた歌を送ってみたらどう。

宮仕へしける女の局にてたづぬるに、かくれければ、鏡の蓋をとりかくしてかへさざりけるのち、その女或る人のもとにさだまりゐにければ、その蓋をかへしてやるとて

二四九二　ます鏡ふたりちぎりしかねことのあはでややがてかけはなれなん

返し

(二四九二)　身こそかくかけはなるともます鏡ふたり見しよの夢はわすれず

かなり親しんだ女性とのやり取りである。通っていた女の元へ行ったら逢ってくれなかったので、定家はその女が使っている鏡の筥《はこ》の蓋を持ち帰って意地悪をした。女が返してくれと頼んできても相手にしない。ところが、その女は他の男の元へ嫁いでしまったのだ。この時代では一般的に男が女のもとへ通う。同じ女のところへ通えば問題ないのだが、得てして他の女のところへも通う。右大将道綱母の『蜻蛉日記』はそうした状況で待つ女の恨み節に満ちている。しかし、女の方も一人の男に縛られていることもなかった。この女にしてみれば、なるほど定家は身分も

高く知性にあふれたいい男であった。しかし、定家には正妻がいる。そこへこの女に言い寄る男が現れたとしたら…。その男は定家より身分は低いが受領で資産も多くあった。ましてや正妻に望んでくれている。女は定家から身を隠し、その男の家に入ってしまった。そんな状況を知った定家は、仕方なく返す蓋に「ふたりの約束が適うことなく鏡筥の身と蓋のように離れてしまうのでしょうか」という歌を付けて送った。その返歌が「身は離れてしまいましたが、二人で見たあの夜の夢は忘れません」と、なかなか男心をくすぐる返歌がきた。いい女だったと思うが、彼女の幸せを願ってここはあきらめてくださいい、定家さんよ。

次の歌は定家が三位中将の女に手を出したのかな

ある所なる人を、我にはばかるよしをききて、三位中将
（二四九五）君ならでかよふ人なきよひよひをゐぬ関守にかこたざらなん
返し
二四九五　逢坂は君がゆききときぎしよりまだ見ぬ山にふみもかよはず

三位中将とは藤原公衡で、定家の従兄である。文治五年（一一八九年）に従三位左近衛中将になって、建久四年（一一九三年）に三十六歳で亡くなっているので、歌はこの数年の間のもので

ある。定家は三十歳くらいで、二人は親密な間柄であったらしい。その従兄から「あの女の元へ君しか通う者がいないのに、わたしを居もせぬ関守に見立てて、恋路の邪魔をするなんて言わないでください」という歌が来た。従兄を言い訳にして女のもとへ定家が歌を送ったのでしょうねえ。そこへ、いい加減なことを言うなと従兄から歌が送られてきた。そして、その返しが「逢坂は君が通っている道と聞いたので、まだ山も見ていない（逢ってもいない）し、踏み歩いてもいませんよ（文も交わしていません）」という歌である。定家はしらばっくれているのだ。でもこれって女の方の悪戯だと思いませんか。ふつうは恋人に他の男の話はしないものだ。女はこの二人が従兄弟で仲が良いのを知った上で三位中将にそれとなく漏らした。諍いにはならないと見切っていたのだ。案の定ふたりはとぼけた歌を交わした。

二五〇四　思やれさとのしるべもとひかねてわが身の方にくゆるけぶりを
（二五〇四）とひかぬるさとのしるべに中たえていまやあとなきけぶりなる覧《らん》
その人のもとより、返事に
（二五〇五）なにかとふ思ひもいとど末の松わがなみならぬ浪もこゆなり
返し
二五〇五　こえこえず心をかくるなみもなし人の思ひぞ末の松山

定家もあちこちの女に手を出すから色々な歌が残っている。これは「末の松山」という歌枕があるから取り上げた。状況を推測すると、まずねんごろな女房がいた。当初は熱い思いで逢っていたが、やがて間遠になり、知らぬ間にその女は里へ下がってしまっていた。いなくなると恋しくなるのが哀しい性である。定家はちょと惜しい気がしたのかも。そこで女のもとへ歌を送った。「あなたの里の道しるべも聞きかねて、恋い焦がれていぶっているわたしをあわれと思ってくださいい」と、相変わらず身勝手なことをいう。道しるべもわからずにどうして歌を送られるのかと、突っ込みをいれたくなる場面だが、恋は理屈抜きのまめまめしさが大切だ。しかし、その場の返しは「道しるべも訪いかねて、二人の仲は絶えてしまったので、今は通う道もなく煙にむせんでいることでしょうね」というつれない返事だった。

ところが女の方からまた返歌がきた。つれなくするのなら放っておけばいいのに、文を出す。ここが恋のややこしいところだ。「今さら何を言っているのですか。恋しい思いも末となって、わたしではなくあなたの方が心変わりをしてしまったのですから」という内容である。ここで少し解説をすると、これには『古今集・巻第二十・東歌』に「君をおきてあだし心をわが持たば末の松山波も越えなむ」という元歌があって、それは「わたしが心変わりをしたならば、寄せ来る波が（海岸から遠い）末の松山を越えることでしょう（そんなことはありえません）」という意味である。だから「末の松山を浪が越える」とは「心変わりをした」という意味になる。この「末の松山」は恋の場面で何度も歌われており、もっとも有名なのは、清少納言の父清原元輔が詠んだ「契りきなかたみに袖をしぼりつつ末の松山波こさじとは」という百人一首にも採られた歌である。「末の松山」は恋のあちこちの場面で詠われたのだった。ここでの定家の返しは「越えるも越えないも、そもそも心に掛ける浪（他に恋人）もありません。あなたの方こそ末の松山を浪が越えているのでしょう」と詰《なじ》っている。女と定家はすでに情を交わした間柄なので、恋歌も直情には歌わない。揶揄《やゆ》ったり詰ったりする。当初わたしは女が定家の行動によほど腹を据えかねて歌を送ってきたと思っていたが、案外女の方がちょっとひねってみたように思える。定家の返しがそのように読み取れるのだ。恋歌の贈答はちょっと拗ねて返すのが常道であるから、案外道しるべができて、二人の仲はよりを戻したのかも。

ところで定家は『古今和歌集』から三百年後の人間である。それでも彼らは恋歌に「末の松山」を詠んでいる。清原元輔の例をあげたが、『源氏物語』にもある。宇治十帖で薫が浮舟と匂宮との関係を知った時に浮舟に送った歌、「波こゆるころともしらず末の松待つらむとのみ思ひけるかな」である。あなたが心変わりをしたとも知らず、待っていてくれているとばかり思っていたのに、という歌意である。「人に笑はせ給ふな」という痛烈な言葉が書き添えてあった。このうに「末の松山」は恋歌のいたるところで詠まれ続け、「歌の道」のひとつとして受け継がれていった。そして、それが延々と明治まで続いたのだから、「『古今集』はくだらぬ集」と言い放った正岡子規の苛立ち・怒りもむべなるかなという思いがする。

人のもちたるあふぎに、うつの山べのうつゝにもとかきたるを見て

二五二〇　さぞなげくこひをするがのうつの山うつゝの夢の又し見えねば（続後）

詞書から説明すると、扇に書いてあった「うつの山べのうつつにも」とは『伊勢物語』第九段「東下り」にある話で、業平が駿河の宇津の山まで来て、蔦《つた》や楓《かえで》が茂り、暗く心細く歩んでいると京で見知った修行者に出会い、そこで思う人のところへ手紙を書いてことづけた歌「駿河なる宇津の山辺のうつつにも夢にも人にあはぬなりけり」をいう。当時は、夢で逢うことは、相手が自分のことを思っている証拠だと思われていたので、夢でも逢わなくなったのはわたしのことなど忘れてしまったのでしょうね、と恨んでみせた歌である。もちろん本気ではなく、こうして拗ねたり逆らったりするのが当時の流儀であった。ところでこの詞書のなかの人というのが、さていったい何者か。おそらくどこかの局の女房と見たい。定家も中年にさしかかっており、むかし情を交わした女と語る機会があった。ふと手元を見ると、扇に「宇津の山べ」のうたが書いてある。そこで女に文をやった。歌意は「恋をするわたしは業平のように嘆いています。夢のような出来事だったあなたとの現の夢を二度と見ない（訪れない）ので」というところか。言外にわたしのことを忘れてしまったのですか、という意味がある。要するに、もう一度いっしょに現の夢を見ませんか、という誘いである。歌枕や掛詞を多用しているので訳しにくいが『伊勢物語』をふんだ歌で、たぶん相手の女は歌の上手な知的な女房だったのだろう。もちろんこのあとふたりは昔

語りをしながら夜を過ごしたと思われる。

このように『伊勢物語』は和歌を詠むにあたって『古今和歌集』に劣らぬテキストであった。定家の時代には「本歌取り」という手法が流行していて、これらのほかにも『源氏物語』や白居易の詩『白氏文集』が重用された。しかし、そんな中でも定家が『伊勢物語』をいかに重要視していたかを示す逸話を最後に紹介したい。

元久二年（一二〇五年）二月、『新古今和歌集』の編纂がいよいよ大詰めになったころ、定家らは毎日和歌所に出仕して歌の並べ替えをしていた。堀田善衛『定家明月記私抄』によると、仕事のあとは宴会があって、各自持ち回りで準備をしたらしい。二十日は開闔（事務長）の源家長、二十二日は源具親で「酒ヲ巻物ノ如キ竹筒ニ入ル」という趣向があったという。そして二十五日が定家の番で、和歌所から食器類を借りて高坏《たかつき》や瓶子《へいじ》その他の器それぞれに『伊勢物語』に因んだ歌を付け、また酒の瓶にも因んだ藤の花を飾り、酒肴と『伊勢物語』が入り組んだ文学中毒の料理を提供したという。定家が嬉々として『明月記』に書き残した料理の詳細を、堀田善衛は丁寧に訳してくれているが、読んでみるとあまりに煩雑で引用する気力も失せてしまった。まさに文学的酒宴といえるものであったが、その料理はおどろくほど貧相であったという。定家は料理にも文学的フィクションを持ち込んだと、堀田善衛は解説している。定家は歌世界だけでなく、実生活にも『伊勢物語』を引用したのだった。まさに芸術の鬼であった。

民部卿、勅勘!?

今朝の新聞を見て驚いた。『平安日報』の大見出しに、黒抜きで「民部卿、勅勘!」と大書された活字が躍っていたのだ。

民部卿とは、正三位藤原定家朝臣のことである。その卿が、「勅」とあるゆえ天皇或いは上皇から、きついお叱りを受けたらしいのだ。

承久二年(一二二〇年)二月十四日の朝のことだった。

わたしはダイニングの椅子に座ってその記事を読んだ。

当節の大歌人、御子左家流和歌家元藤原定家卿の一大事である。

「民部卿、勅勘!」の見出しの下に、定家卿の似せ絵が描いてあった。

そして記事に云う、

〈政府筋に拠ると、十三日の夜、正三位民部卿藤原定家朝臣が一院(筆者注・この時上皇は二人いて、後鳥羽院を一院、土御門院を新院と呼んだ)の勘気に触れ、出仕停止の処分を受けた。この日、禁裏(天皇御所)において主上(順徳天皇)主催の歌会があり、民部卿も参らるべく仰せがあったけれど、卿は母の遠忌を理由に出仕しなかった由である。ところが夕刻になって、主上から急に忌日を憚らず参内せよとの仰せがあり、蔵人兼内宮権大輔家光が再三に文を使わしたところ、当人はあくまでも出仕を固辞し、和歌二首を差し出した。

主上もそれで善しとして、歌会を終えたのであるが、夜になって仙洞（上皇御所）から歌会の下問があり、禁裏ではその日の秀歌を十数首選んで報告したところ、一院はそれを見てにわかに激昂し、民部卿の出仕停止を命ぜられたのであった。

一院がいかなる理由で民部卿を勅勘に処したかは明らかでないが、その旨は速やかに民部卿邸に伝えられ、すぐさま閉門謹慎することによって恭順の意を表しているようである。〉（2面、9面参照）

わたしは急くようにしてページを繰った。
2面には、その日の歌会の参加者の名前や、歌題が「春山月」「野外柳」の二題であったことを報じ、また宮内卿藤原家隆朝臣の談話が載っていた。
談話に云う、
〈民部卿は院も認める和歌の大家ではありますが、われわれと違って和歌の出来具合に固執し、少し偏狭なところがあります。若い頃はそうでもなかったのですが、卿には和歌を詠む場というものを軽視する傾向があり、和歌そのものの出来具合だけに執心するのです。そのところを院はお嫌いになったのではないのでしょうか。〉

成る程、双方に差障りのない意見で、当たらずとも遠からずといったところか。

さらに9面を繰って読んでみた。

そこには定家卿の家の様子が書かれていた。屋敷は閉門され灯りも消されており、裏口から出入りする青侍や青女に取材を求めても、彼らは一様に口を閉ざし、取材陣を避けるように逃げるらしい。表向きは平静を装っているが、屋敷内では慌しく対処している様子が報じられていた。

わたしは新聞をテーブルに置いて、トーストを焼き、インスタントのポタージュ・スープを作った。冷蔵庫からアルカリイオン水を取り出し、ウコン・にんにく卵黄・ブルーベリーのサプリメントをいっしょに飲んだ。そして、焼きあがったトーストにローズマリーの蜂蜜を溢れんばかりに載せ、スープと水をかわるがわる飲みながら食べた。果物は蜜柑一個である。バナナのときもある。また家人が林檎の皮を剥いておいてあるときもあった。

食後は薬のオンパレード。高血圧の薬三種。高脂血症、胆石、痛風の各薬。そして最近狭心症で心臓冠動脈にステントを入れたので、新たに二種類。それらを今度は浄水器を通した水で飲む。そして、いつもならそのあと珈琲を淹れて飲むのだが、定家卿の記事を他の新聞でも読みたかったので、珈琲は行きつけの喫茶店〈ぱるちざん〉へ行って飲むことにした。

近年わたしは『新古今和歌集』を、特にその前衛性に関心をもって研究してきた。先年は、建仁三年（一二〇三年）二月に当時左近衛中将だった藤原定家が、大内裏へ花見に行って詠んだ述懐歌について書いた。また、世界に先駆ける前衛文学を開花させた、新古今時代を準備したと思う「六百番歌合」についても講演したこともある。わたしは『新古今和歌集』を編んだ後鳥羽院と定家卿らについて、彼らの事跡を追って研究していたのだった。それ故、今回の事件は、「ついに……」という思いがあった。後鳥羽院と定家卿、この二人の間には近年ギクシャクしたところがあったのだ。

〈ぱるちざん〉に入ると、『都新聞』と『平安スポーツ』を手にとってカウンターの席に座った。黙って座っても珈琲のオーダーは通る。

「久しぶりやなあ、先生」

隣の席の顔見知りの常連客が話しかけてきた。

「先生やなんて、しょうもないこと言わんといてか。オレ、何も教えたことがない」

「そやかて、小説家の先生やろが……」

「違う違う。小説家いうのは、原稿書いて金をもらう人やねん。オレは原稿書いて、金を払ってるねん。発表するのは同人雑誌やから、掲載料を払うねん。まあ、ヨメはんに言わせたら、道楽者や」

「道楽もん……、そら、そうやなあ」

この男、妙なところで納得した。わたしは構わず『都新聞』を拡げた。

一面下の本の広告欄に、天台座主慈円著の『愚管抄』の発売が告げられていた。「反鎌倉に傾く時代に警鐘を鳴らし、公武合体を説く歴史書、ついに完成！」と、銘打っていた。

わたしは『都新聞』を繰ってみたが、その記事から新しく知ることはなかった。禁裏の方でも、定家卿出仕停止という突然の後鳥羽院の命令にわけが分からず、対応に苦慮しているらしい。そして、談話は院の側近である但馬守源家長朝臣から取材していた。

但馬守が云う、

〈この日、院は北面・西面の武士らを召して笠懸《かさがけ》に興じられ、彼らの技にたいへん満足して、ご機嫌はすこぶる好かったのです。御所に帰ってから、禁裏より取り寄せた主上主催の歌会の和歌を見て、突然機嫌を損なわれ、民部卿の出仕停止を命ぜられたのでした。われわれは経緯も分からず、右往左往する始末。その後の宴も取り止めになって、院は奥に入ってしまい、蔵人たちは腫れ物に触るように恐る恐る仕えています。

最近、院は民部卿を快く思っていなかったのは確かです。民部卿が和歌の名人であることは院も認めておられたのですが、時や場所がらをわきまえぬ詠みぶりであると不満を仰せられて

いました。その不満がついに爆発したのかもしれませぬ。〉

さすがに後鳥羽院の側近だけあって、院の心情ににまで及んでいた。しかし、定家卿の和歌の何が気に入らなかったのか分からない。

「ここへ来て新聞など滅多に読んだことがないのに、きょうは珍しいことですなあ。何か面白いことでも載ってます?」

マスターがカウンターに珈琲を出しながら言った。

「いいや、家でも読んだけど、ほかの新聞も読みとうなって……」

わたしは珈琲を一口飲んでから『平安スポーツ』を手にした。

一面は蹴鞠《しゅうきく》(けまり)の記事だった。今月末に下鴨神社で行われる蹴鞠会、「八咫烏《やたがらす》杯」に出場する鞠足《まりあし》(プレイヤー)の特集が掲載されていた。

構わず裏面を拡げて繰って見た。

そこには「定家卿、出仕停止」と、赤い大きな字で縦に書かれていた。そして、「上皇様よりきついお叱り!」と、上段に横書きされていた。ここでも定家卿の似せ絵が大きく描かれていた。そして、御所の歌会の絵、定家卿の屋敷の絵など、スポーツ紙らしく絵ばかりで記事は少ない。別に新しいネタもなかった。ただ定家卿の屋敷の青侍らに取材して、義弟の大納言西園寺公経卿や息子の為家などの使いの者、近しい人の使者らが慌しく出入りしている様子が書かれていた。

再び一面に戻る。

よく見ると、定家卿の息、左近衛中将の為家が載っていた。彼は当代の名足（名プレイヤー）と謳われ、御所の懸《かかり》（競技場）で高く鞠を蹴る姿が大きく描かれていた。この日は御子左家が親子して新聞の一面を賑わしていたわけだ。

余談になるが、後鳥羽院と順徳天皇はともに蹴鞠の名足で、とくに院は蹴鞠の長者と奉られていた。というのは、承元二年（一二〇八年）四月七日、按察使《あぜち》泰通卿、前陸奥守宗長朝臣、右中将雅経朝臣の三人の名足が連署して、長者の称号を院に上表したのだった。ちなみに宗長朝臣と雅経朝臣は兄弟で、前者は難波流、後者は飛鳥井流の蹴鞠の家の祖であった。

二面を開いてみると、但馬守家長朝臣が『都新聞』で話していた笠懸《かさがけ》の記事が載っていた。笠懸とは疾走する馬上から様々な的に鏑矢《かぶらや》を射る競技である。流鏑馬《やぶさめ》が儀式的であるのにたいして、笠懸は的も多彩で技術的に難しく、より実践的であった。

この日、北面・西面の武士たちが各々その技を競いあった。日頃武芸を好む後鳥羽院のもとには、それぞれの達人・名人・上手の者がひしめいており、笠懸にしても、彼らは当たり前のように的を射て外すことがなかった。院も興ざめして、誰か変わったものを射る者はおらぬか、と言い出す始末。ここに上総国の左衛門尉景清という武士が前に出て、馬で駆けるや的を吊るした紐を次々と弓で射切って行ったのだった。矢は狩俣《かりまた》（筆者注・蛙が股を開いたような形の鏃《やじり》のついた矢で、鏃の内側には刃がついている）であったという。後鳥羽院はたいそう喜んで、景清に御所焼《しょやき》の太刀を賜った、と書いてある。御所焼とは後鳥羽院が御所内で刀鍛冶に太刀を打たせ、自ら焼きを入れた太刀をいう。また菊作・菊銘ともいわれた。

後鳥羽院は和歌の才において歴代天皇のなかでまず一等である。そのほかに蹴鞠・管弦（特に琵琶）・囲碁・双六《すごろく》にうち込み、また宮中の有職故実《ゆうそくこじつ》に通じないものはなかった。さらには武芸百般、ことに相撲・水泳・流鏑馬・犬追物《いぬおうもの》・笠懸を好み、鳥羽殿や城南寺で遊んでは、競馬《くらべうま》・鶏合《とりあわせ》・賭弓《のりゆみ》に興じたのだった。ところが最近では武具にも力を入れ、有名な鍛冶を番鍛冶と称して御所に召し、打たせた太刀に自ら焼きを入れて御所焼とし、気に入った武士たちに下賜していたのだった。

『新古今和歌集』の編纂が終わってから、歌壇は仙洞から禁裏へ移り、順徳天皇が歌壇を主宰するようになっていた。後鳥羽院は憑き物が取れたように和歌から離れ、近年は武芸に熱中するようになっていた。それが新たに番鍛冶による御所焼きの制作や、また西面の武士の登用となっていた。

北面の武士は、白川上皇が院の警護のために組織したのであるが、次第に形骸化し、儀礼的な面が強くなって、その武力が低下していた。そして、後鳥羽上皇はその武力を補うために、新たに西面の武士を登用したのだった。彼らの多くは鎌倉の武将であって、身分は低かったけれど、西配下に家の子・郎党を数多く抱えていた。言ってみれば、彼らは将校クラスであったわけだ。西面の武士を召すことによって、後鳥羽上皇は数千の兵力を得たことになる。まして彼らは実践に長けていた。口さがない京雀たちは、院は戦を始める気ではではないかと噂しあっている。

わたしはさらに新聞を繰って、競馬《くらべうま》の記事を開いた。「雲分《くもわけ》・万全」という文字が目に入った。今月末に「水無瀬ステークス」があるのだ。記事では栗東での調教の様子が報告されている。本命は秦兼季《はたのかねすえ》が騎乗する雲分らしい。しかし、わたしは下野敦頼《しもつけのあつより》が騎乗する宮城に肩入れしている。まだまだ研究の余地があるようだ。

＊

次の日の『平安日報』にも、定家卿の記事が続いて載っていた。わたしはレタスとロースハムと薄切りチーズをはさんだロールパンを食べながら読んだ。

記事の中で、定家卿が詠んだ和歌が二首紹介されていた。

春山月

さやかにもみるべき山はかすみつつわが身の外も春の夜の月

野外柳

道のべの野原の柳したもえぬあはれ歎きの煙《けぶり》くらべに

その記事によると、「野外柳」の和歌が後鳥羽院の逆鱗に触れたのであろう、ということである。この和歌は、菅原道真の「道のべの朽ち木の柳春来ればあはれ昔としのばれぞする」また「夕されば野にも山にも立つ煙嘆きよりこそ燃えまさりけれ」を本歌にしているという。

その解説によれば、菅原道真は醍醐天皇の右大臣であったが、藤原時平の讒言《ざんげん》によって大宰府に左遷され、そこで没した悲運の大学者であった。「東風《こち》吹かば……」の和歌が有名である。

ところで、菅原道真の配流については、非は天皇側にあったことはいまや周知のことであったから、これに触れることは宮廷にあっては禁忌となっていた。定家卿はその禁忌に触れたので勅勘を受けた、というのである。

食事を終えると、わたしはまた〈ぱるちざん〉へ行った。

カウンターに座ると、ママが水とお絞りといっしょにターナーの絵の特別展のパンフレットを持ってきた。英国の画家ジョゼフ・マロード・ウィリアム・ターナーである。

「神戸の市立博物館へ行って来たんかいな?」

「ちょっと、目からウロコ……、って感じ」

「ほほう……」

わたしたちは展覧会を観に行ってきては、お互いに感想を報告し合う間柄だった。そして、フェルメールの絵を見た数を競い合っていた。

しばらくターナーの話をしていると、マスターが「おいしいのが、はいりました」と言って、淹れたての珈琲をカウンターに差し出した。

わたしは珈琲を一口飲んで、『都新聞』を拡げた。

三面に定家卿が若い頃に出仕停止の処分を受けたときのことが書いてあった。


〈文治元年（一一八五年）十一月二十四日の夜、殿上で十八歳の少将源雅行に些細なことから嘲弄せられ、腹を立てた定家朝臣は矢庭に脂燭をもって雅行の顔をなぐったため、除籍せられる事件があった。そのため定家朝臣は歳の暮を自宅で謹慎して過ごした。

定家朝臣の父俊成卿は大いに憂慮し、翌年三月六日、左少弁藤原定長に左の和歌を入れた書簡を送り、何分年少の輩の遊戯の如きものであるから、どうかもう譴責は許されるようにとりなして欲しいと願った。


あしたづの雲ぢまよひし年くれてかすみをさへやへだてはつべき

これに対して間もなくおゆるしがあり、定長は、

あしたづは雲井をさしてかへるなりけふ大空のはるるけしきに

の返歌を下された。

定家の歌の才が認められていたこともあるが、ひとえに父俊成の名声が大いに預かって力があったことを示す。また、この年内覧〈筆者注・天皇に奉る文書や天皇が裁可する文章を先に見る役職〉になった九条兼実の力添えがあったともいわれている。〉

定家はよほど癇の強い男らしい。若輩どもが家柄や出自の良さだけで次々と自分を抜いて出世していく。その中でも生意気な源雅行が悪態をついたので、ついカッとなって近くにあった蝋燭で殴ってしまったのだ。意図して仕掛けたことではなかった。気がついたら、大きな蝋燭を握っていたのだと思う。

しかし、今回は違う。『平安日報』の記事によれば、己の昇進の不満を菅原道真になぞらえて、というのは道真の和歌を本歌として、「道のべの……」の和歌を詠んでいるのであるから、今回は確信犯である。いや、そうとられても仕方がない。

以前、建仁三年(一二〇三年)二月のこと、定家が大内裏へ花見に行って詠んだ述懐《しゅっかい》の和歌、

春を経てみゆきになるる花の陰ふりゆく身をもあはれとや思ふ

を、後鳥羽院は激賞した。

同じ官位昇進の不満でも、今回院は激怒し、出仕停止を命じたのであった。菅原道真という朝廷での禁忌に触れたからだという。

ちなみに、「春を経て……」の和歌を編纂中の『新古今和歌集』に入れるよう後鳥羽院が命じたところ、定家は拒んだらしい。「定家は左右なき者なり」と院が側近にこぼしたという話を漏れ聞いている。

定家卿はよほど扱いにくい男のようである。

『ニッカン・ヘイアン』を開いてみると、やはり蹴鞠の記事が一面を飾っていた。昨日仙洞御所の庭で行われた試合である。一面には稀代の鞠足・左近衛少将本田圭佑朝臣がとんぼ返りで鞠を蹴っている姿が大きく描かれていた。俗にいう、オーバーヘッド・シュートである。知良親王《カキングズ》が大きく蹴り外した鞠を、左少将圭佑が矢のように疾駆して追いつき、とんぼ返りをして空中から鞠壺《まりつぼ》へ蹴り返したというのである。後鳥羽院は圭佑朝臣の業に感服して、女装束一重を下賜されたと書いてあった。

三面には閉門している定家卿の家の様子が書かれていた。家司から情報を得たのだろうが、定家卿は部屋に籠って『後撰和歌集』を筆写しているという。定家卿の典籍書写は広範で、歌関係の三代集をはじめ、『源氏物語』『伊勢物語』『土佐日記』『更級日記』の物語日記のほか、『兵範記』『台記』等記録類、また漢籍や仏典にまで及んでいる。とくに『源氏物語』の校訂書写は、後々の世まで恩恵を施した。

新聞を畳んで、冷めた珈琲を飲みながらマスターと世間話をしているところへ中学の同級の林田が入ってきた。

「久しぶりやないか」

彼はそう言ってわたしの隣の椅子に座った。

「相変わらず商売が忙しそうやないか」

「いいや、暇で、暇で……。それより身体の調子はどうや?」

「まあまあ、というところや」

われわれはステント友達だった。ステントとは心臓冠動脈に挿入される網状の金属片である。われわれの心臓には共にこれが挿入されていた。

半年ほど前、夕食を終えて自室に戻ったわたしは異様な気分の悪さに襲われた。左胸が痛く、左肩が凝ったように痛んだ。二度目であった。実はその一週間ほど前にも同じような状態になったのだ。しかし、その時は五分ほど安静にしていたら症状は治まったのだった。

今回は違った。だんだん息苦しくなって、冷や汗が出始めた。そして、これは心臓病ではないか、と思い至った。

わたしは家人を呼んだ。そして、救急車を呼ぼうかと迷ったけれど、結局はタクシーを呼んで、夜間救急病院へ行ったのだった。

林田は一年余り前に心筋梗塞になって、救急車で循環器病センターに搬送され、緊急手術を受けた。世間に疎いわたしは後にそのことを知って、退院後の林田に、このカウンターの席でその時の病状について根掘り葉掘り聞いたのだった。今から思えば、小説を書く人間の性だったのかと思う。

林田の奴、この発作を何度も辛抱してやり過ごしたのだ、とタクシーの中でわたしは思った。

その翌日、わたしは循環器病センターで心臓冠動脈にステントを入れる手術を受けた。

「真ん中の冠動脈が九十八パーセント詰まっていました。いつ心筋梗塞を起こしてもおかしくない状態でした」

ＩＣＵのベッドで右足を固定されたわたしに、担当医が言った。

わたしは六日間の入院後、退院した。林田は一ヶ月以上入院したらしい。わたしは心筋梗塞を起こす前に手術を受けたので、心臓は百パーセント回復している、と言われた。しかし、林田は心筋梗塞の発作を起こしていたので、心臓にダメージを受けており、今の生活は、食事以外にも活動に制限を受けていた。

＊

二日前に雪が降ったなどと、とても思えぬ陽気だった。午後からわたしは海辺へ車を走らせた。駐車場に数台の車が置かれていたが、海岸には誰もいなかった。遊歩道の柵に凭《もた》れて海を眺めていると、海からの冷たい風が頬に気持ちよい。

わたしはよくこの海岸へ来て、これから書こうとする小説の構想を練った。

穏やかな海だった。淡い太陽の光が海面をキラキラと輝かせていた。遠くの向島が霞んで見える。航行する船はなかった。

波打ち際にカラスが一羽、何やら啄《ついば》んでいる。遠くの防波堤で、小さな子供を連れた家族が戯れている様子が窺えた。その先で釣り人が一人いるようだ。

わたしはしばらく海を眺めた。

思い出すのは夏の海。遠くにヨットが浮かび、水着姿の男女の群れが目の前の浜辺で戯れていた。わたしは海岸の東屋で冷たいビールを飲みながら本を読んだ。飲酒運転の取締りがさほど厳しくない頃のことだ。焼けた砂浜の熱気のせいで、額から噴出す汗をタオルで拭いながらツヴェタン・トドロフの『幻想文学論序説』を読んだ。その頃、わたしは自らの仕事の将来に見切りをつけ、若い頃に願った文学を再び志そうとしていた。わたしは日々の睡眠時間を削って小説を書き、そのために自らの寿命を縮めてもよいとさえ思った。

また、秋風が波を白立たせている頃、缶ビールとニール・ジョーダンの『チュニジアの夜』を

持って、この海岸に来た。そして、遊歩道のベンチに座って、ビールを飲みながら本を読んだ。その中の短編「皮」の一節、

彼女は思い切って水に足を浸してみようと心を決めた。ぐるりと見まわすと、遠くのほうであたりを嗅ぎまわっている犬らしい、小さな黒い点が見えるだけだ。そこで、彼女はコートの前をはだけ、スカートをたくし上げてストッキングを脱いだ。そのまましばらく波打ち際にたたずんでいた。

彼女は脱いだストッキングとサンダルと一緒に、寄せる波に濡らされずにすむと判断した場所に放り投げた。足を踏み入れると、くるぶしのまわりに小さな波が打ち寄せてきて歓喜に満たされた。足がすぐに冷たさで青白くなる。血液の循環のことを思い出し、絶対に長く水に浸かっていないようにしようと思う。だが、なんて気持ちがいいんだろう！　すがすがしい海水の湿りけが、もうふくらはぎにまで感じられる！　くるぶしだけちょっと水に浸すだけにしておくのでは惜しい。ほどなくして彼女は膝まで海水に漬かってしまい、スカートの裾がすっかり濡れそぼった。彼女の脚のまわりを走る、命ある緑の水流。花嫁の花輪のように彼女を取り巻く、膨らみ寄せ集まった白い泡。彼女は、小さな女の子がするようにスカートをひっぱり上げてショーツにたくし込み、ルネサンス時代の王子のようないでたちになって、冷たく吹きすさぶ風と波しぶきを脚に受け止めた。ひときわ大きい波が打ち寄せて下腹と太腿を濡らし、彼

女は息が止まりそうになった。その感触といったら、気持ちよくて痛く、凍りつきそうに冷たいのに焼けるように熱い！

でもこれはやりすぎだわ。彼女はそう判断した。いい年をして、スカートをまくり上げてだれもいない海にはいるなんて。

（西村真裕美＝訳）

この文章を読みながら、わたしは彼女が目の前の浜辺にいるように感じていた。本から目を上げると、波が規則正しく打ち寄せていた。わたしは誰もいない浜辺に今読んだばかりの彼女の幻想を追った。そして、わたしはこんな瑞々しい表現ができる小説家になりたいと願った。

帰りにコンビニに寄った。ちょうど『週刊平安』の発売日だったので、手にとって目次を開いてみると、「民部卿藤原定家の罪」と大書されていた。「院をも懼《おそ》れぬ傍若無人」とも書かれている。わたしはサンドウィッチといっしょにその週刊誌を買って帰った。

ダイニングでサンドウィッチをつまみ、ビールを飲みながら週刊誌を読んだ。

そこには定家卿がこれまでに後鳥羽上皇の意向に背いた様々な事歴が書かれていた。

まず前に触れた、建仁三年（一二〇三年）二月の大内裏の花見のときのことが、定家が詠んだ和歌とともに紹介されていた。この和歌を後鳥羽上皇がお褒めになり、是非自讃歌として編纂中の『新古今和歌集』に入れるように指示したところ、定家は頑に固辞したという。もとより治天の君に逆らえるわけがなく、その和歌は入集《にっしゅう》された。

和歌というものを純粋な芸術に仕立てようとしていた定家は、宮廷の挨拶としての述懐歌を自讃歌とするわけにはいかなかったのである。しかし、彼も宮仕えの身であってみれば、素直に従うのが処世の知恵であっただろう。

そして、この『新古今和歌集』の編纂にあたって、度々の切り継ぎに、撰者であった定家は「身に於いて一分の面目なし」と周囲に不満を述べていたようである。このことは和歌所の開闔《かいこう》（事務長）で、院の側近であった源家長によって後鳥羽院の耳に入っていた。

さらに元久二年（一二〇五年）三月二十六日、『新古今和歌集』の竟宴《きょうえん》が行われた。竟宴とは完成を祝う宴である。これまでに勅撰和歌集の完成を祝った竟宴など行われたことがなく、『日本書紀』の講筵の後に行われたのが先例であった。しかし、後鳥羽院は『新古今和歌集』の完成を、国史である『日本書紀』の講筵になぞらえ、強引に開催したのであった。というのは、この年が乙丑《きのとうし》であり、『古今和歌集』撰進が延喜五年（九〇五年）の四月で、ちょうど三百年前の乙《きのと》丑《うし》であったので、それに合わせようとしたのだった。そして、摂政太政大臣藤原良経の仮名序が未だ出来ておらず、また源家長による清書も完成していなかったにもかかわらず、後鳥羽院は宴を強行したのだった。

定家はこれに反発した。主家である摂政良経の要請にも応じず竟宴を欠席したのだった。後鳥羽院は苦虫を噛み潰していたという。

また承元元年(一二〇七年)に完成した後鳥羽院の御願寺である最勝四天王院の障子のために、院を含めた当代の歌人十名が四十六の名所絵に添える和歌を詠んだ。もちろんこの歌人のなかに定家もいた。いや、彼は院の意向によって各々の絵師たちに名所絵の指図さえ行っているのである。さらには藤原家隆とともに、計四百六十首の和歌の中から各名所につき計四十六首を撰進したのであった。ところが『新古今和歌集』のときと同様、院はそれを無視して独自に撰んだのであった。

定家が摂津の名所生田の森を詠んだ和歌、

秋とだに吹きあへぬ風に色変わる生田の森の露の下草

は会心の作であり、自讃歌にさえした。

かつて大内裏での花見の述懐歌を院が自讃歌にせよと命じたのを頑に拒んだ定家が、自ら自讃歌とする作を院が撰ばなかったのであった。定家はあちこちで院の不明を難じ、嘲り誇るという大胆不敵な行動をとったのであった。身分秩序について厳しい当時の社会では考えられない行動であった。もちろんこのことは院の耳にも入っていた。

後鳥羽院は歌人としての定家には尊崇の念があったのだろう。自らの選定の誤りを素直に認め、「定家は左右なき者なり」と言って、彼の行動を聞き流したのであった。鎌倉を調伏しようとさえする治天の君が、このとき定家の傍若無人を赦したのであった。

しかし、今回は違った。ついに堪忍袋の緒が切れたというべきか。野外柳の和歌を見て、「おのれ定家、赦さん！」と、順徳院歌壇への出仕停止を命じたのだった。

定家の院勘は起こるべくして起こった、と結んであった。

*

わたしの休日はなかなか忙しい。朝から銀行、ホームセンター、ドラッグストアー、スーパーマーケットへと、家人を車に乗せて連れ廻らねばならない。特にスーパーへは、週に二回必ず行かなければ生活に支障をきたす。休日の木曜日と日曜日がその日だ。

というのも、わが町には八百屋・食料品店というものがなく、東西のどちらかの隣町にあるスーパーへ買い物に行かねばならなかった。

思い返せば、近所に食料品店があった頃は幸せだった。休日はホームセンターや書店へ行ったり、またちょっと足を伸ばしてショッピングセンターへ行って一張羅の服の替えを買ってもらって、大好きなビールを飲みながら昼食を食べたりしていたのだった。繰り返すが、その頃は飲酒運転の取締りが今ほど厳しくなかった。

ところで、家人はなかなか心の広い人で、休日にわたしがガールフレンドといっしょに絵を観に行くのを許してくれる。

昔は家人といっしょに美術館へ行っていた。ところが兵庫県立美術館が王子動物園の横から現在のところへ移転してから状況が変わった。阪神岩屋駅から歩いて県立美術館へ行くと、看板は大きく、建物はすぐに分かったのだが、さて入り口が分からない。もとより方向地理に疎い夫婦はここで迷ってしまったのだった。

「こんなアホな建物、誰が造ったんや!」

家人は猛り狂った。

いえいえ、安藤忠雄大先生の設計だったのです。海からの見栄えはいいが、陸上交通機関には不親切。さらには絵を観る順路にまで彼女は不満を述べた。

「もう、二度と来ない!」

この言葉は安藤先生が設計した姫路文学館にも及び、彼女は決して足を向けない。さらには、シロトピア記念公園内にある黒川紀章設計の一億円トイレをあげつらい、果ては姫路市行政をアホ扱いにした。

よってわたしはなかば公然とガールフレンドといっしょに美術館へ行ける身分になったのであった。

例えば県立美術館で「ゴッホ展」があったとき。わたしたちは三ノ宮で待ち合わせ、まず創作寿司などを食べさせるおしゃれな店で昼食を摂る。吟醸酒で口も滑らかになって、これから観るゴッホの絵の話をする。なかなかいい雰囲気だ。食後はタクシーに乗らず、阪神電車で岩屋駅まで行き、そこから少し歩いて美術館へ。

彼女は音声ガイドのヘッドホンを耳に当て、わたしは何も纏《まと》わず、自らの眼を頼りに絵と対峙する。

「ゴッホは本当にデッサンが下手だ」

大きな声で話すわたしに、彼女は眉を顰《ひそ》める。そして、弟テオが所蔵したエドゥアール・マネのデッサンを誉めそやした。

ゴッホのデッサンが下手な理由は分かっていた。例えば人間の姿態を描くとき、ゴッホは外形をなぞったのではなく、内臓まで描こうとしたのだった。ゆえにデッサンは異形になった。さらに言わせてもらえば、ゴッホの天才を示す絵は、その絵の中に人間の精神に横たわる深い溝を描いているのであった。彼が最後に描いた三点の大作の一つ、「荒れもようの空と畑」を画集で観ていると、涙が溢れてくる。これほど深い哀しみがあるだろうか。そして、「鳥のいる麦畑」。わたしはこの絵の前では言葉を失い、ゴッホがわれわれに提示した深い絶望に堪えねばならなかった。

絵画は一般に作者の精神を反映するものである。しかし、ゴッホはその精神の底に横たわる深い溝を覗き込み、そこに見た絶望を描いたのだった。

美術館からタクシーで三ノ宮へ戻り、おしゃれな喫茶店で珈琲を飲みながら彼女にゴッホの話をした。

「ゴッホの絵は、彼が生きているときたった一枚しか売れなかったんだ。それも買ったのは親戚の人」

ゴッホは生活の糧を得ることができず、兄の才能を信ずる弟テオの援助によって、貧窮の中で絵を描き続けた。

「才能は同時代には評価されないものなんだ」

わたしはフランツ・カフカや数学者エヴァリスト・ガロアを思いながらゴッホの話を彼女にした。

彼女はゴッホを哀しみ、目頭をハンカチで押さえる。

そして、「これから静かなところで休息でも……」というと、なかなかいい雰囲気になる。わたしはこれから彼女と＊＊《チヨメチヨメ》したり、＊＊《ムニュムニュ》したりして、楽しいひと時を迎えようと心をときめかせた……。

「いけない、いけない」

わたしは突然そう叫んで席を立った。

「これから用事があるので帰らねばならない」

わたしはどんなことがあっても、休日は六時までに帰って、家人を買い物に連れて行かねばならない身であった。わたしはガールフレンドを三ノ宮に残したまま、そそくさと新快速に乗車したのであった。

さて、ここでちょっと立ち止まって考えてみて欲しい。女房を買い物に連れて行かねばならないと言って、そそくさと帰ってしまうような男に果たしてガールフレンドがいるだろうか？　もちろん、いるわけがない。よって、以上の美術館へ行った話は、わたしの空想による産物なのであった。

「こんどの休み、友達と大阪へ行くから、ガールフレンドとどこへでも行ってらっしゃい」

家人にこう言われても、わたしは独り県立美術館やジュンク堂三ノ宮店へ行き、帰りに立ち呑みのスタンドに寄って、串カツ片手に生ビールをジョッキで飲むのを常とした。

その日の休日は、すべての用事を済ませた後、マッサージ店へ行こうということになった。ところが予約時間が思ったより遅くなって、買い物のあと時間ができたので、行きつけの喫茶店へ行った。以前わたしはその店でハムサンドとビールを注文していたのであるが、諸般の事情で甘党に宗旨を変え、最近は小倉ワッフルを楽しみにしている。

ドアを開けて店内に入ると、新聞雑誌を置いた棚で、「定家卿の母」という文字が目に留まったので、その雑誌を手にしてテーブルに座った。『週刊女房』という女性週刊誌だった。

この週刊誌ははるか昔、紫式部女史の『源氏物語』を連載して、洛陽ならぬ平安京の紙価を高らしめた。宮廷の女房たちは『週刊女房』が発売されると、奪い合うようにむさぼり読んだと聞く。さらには紫式部のライバル清少納言は、『女房自身』にエッセイ『枕草子』を連載して才女ともてはやされた。こんな話をすると、「そんなアホなこと……」と皆様は眉をしかめる。しかし、わたしは『源氏物語』を、渡辺淳一の新聞連載小説をぐ～んとスケールを大きくしたものである、というぐらいの評価をしている者である。吉川英治の『三国志』がどこから読んでも面白いように、『源氏物語』もどこから読んでもよい。古くは与謝野晶子訳、新しくは瀬戸内寂聴訳が入手しやすい。これは別に『源氏物語』を貶めたものではない。

ここで断っておくが、わたしは『源氏物語』を世界に誇るべき大小説であり、また『新古今和歌集』は世界に先駆ける前衛文学であると主張する者である。スタンダールの『赤と黒』が『源氏物語』のおよそ八〇〇年後、T・S・エリオットの『荒地』が『新古今和歌集』の七〇〇年後の作品なのである。恥ずべきはわが国の現代文学の体たらくである。わが国の出版界は、読者にパンとサーカスしか与えていない。

さて、『週刊女房』を開いてみると、定家卿の父俊成卿と母美福門院加賀の話が載せてあった。美福門院加賀は若狭守藤原親忠の娘で、鳥羽天皇の皇后藤原得子（美福門院）に仕え、女房名を加賀と呼ばれた。皇后宮少進藤原為経の妻となり、隆信を生んだ。その後為経は出家して寂超と名乗り、兄寂念・弟寂然とともに大原三寂と呼ばれている。

藤原俊成は十代の末頃から鳥羽院近臣の常盤為忠家の歌壇に参加し、為忠の三人の息子（大原三寂）と交友が始まり、また為忠娘との間に四人の子女を設けていた。俊成は妻の兄嫁であった加賀に強い思いを抱いていたのか、為経（寂超）が出家後、加賀と再婚し一男六女を設けた。『新古今和歌集』巻第十三・恋歌三の巻末に二人の和歌が採られている。

女につかわしける　　　　　　　　　　皇太后宮大夫俊成

よしさらばのちの世とだに頼めおけつらさに堪へぬ身ともこそなれ

返し　　　　　　　　　　　　　　　　藤原定家朝臣母

頼めおかむただされぱかりを契りにて憂き世の中の夢になしてよ

このとき俊成二十七歳であった。

加賀の連れ子隆信は俊成に育てられ、御子左家の歌人として和歌所寄人にもなっている。また彼は似せ絵（肖像画）の名人で、神護寺所蔵の国宝源頼朝像は隆信の手によるものと伝えられている。

定家卿の母はちょうど二十七年前の建久四年（一一九三年）二月十三日に亡くなった。

定家は女性歌人殷富門院大輔や主家の左大将藤原良経から弔問の歌を受け、それぞれに返している。

そして初秋の七月九日、野分が京の街を吹き荒れたので、定家は父を見舞った。そのとき二人は加賀を偲んで和歌を詠み交わした。俊成の家集『長秋詠藻』によるものが紹介されていた。

七月九日、秋風荒く吹き、雨そそきける日
左少将まうできて帰るとて、書きおきける
たまゆらの露も涙もとどまらずなき人恋ふる宿の秋風

返し
秋になり風のすずしく変るにも涙の露ぞしのに散りける

その年の暮れに、定家は比叡山の根本中堂にこもり、新春の訪れも忘れているので、俊成はわが子を案じ、使いをやった。

そして、このたびの事件である。このときに交わした和歌も紹介されていた。

二月十三日は、二十七年経っているとはいえ母の忌日であったので、仏事を行い、自らも読経して追善を祈った。そして、この日の内裏での二首歌会は辞退したのであった。しかし、忌日をはばからず参上せよとの御使を三度も遣わされたので、ついに固辞しきれず二首を持参したのであった。その和歌が後鳥羽院の逆鱗に触れた。

『週刊女房』はこのたびの勅勘は災禍であったとまで言い、その論調は定家に同情的であった。

マッサージ店に入ると若い女性たちが笑顔で迎えてくれる。心地よいアロマの香りに心身ともに癒される。

仕切られた部屋の施療台にうつ伏せに身体を伸ばした。六十分全身コース。

「どこか、気になるところはありますか?」

「う〜ん、脚、腰、背中、肩、首……。う〜ん、これって、全身……」

彼女はわたしに跨って、両手で背中を押さえ始めた。

「すっごく、背中が張っている」

わたしは目を瞑《つむ》り、彼女の指に身を任せる。

いつもなら、マッサージが始まるとものの五分と経たぬうちにいびきをかき始めるらしいわたしであるが、この日は彼女の巧みな会話にうつらうつらとしながら付き合った。

息子と娘がそれぞれこの店を利用しているので、彼女のリップサービスについつい親バカを演じてしまう。「こんなに身体が張って、お仕事が大変なんですねえ」などと言われると、(嗚呼、彼女は分かってくれている)などと勝手に思い込み、身心ともに癒されてしまうのだ。

「前に小説を書いていると言っていたけど、いまも書いているの?」

以前わたしは彼女に心を許し、小説を書いているなどと口走ってしまったらしい。

「推理小説? それともミステリー?」

わたしは彼女の精一杯の営業会話に突っ込みをいれず、

「う〜ん、まあ……色々」と口を濁した。

「よくスラスラと書けるものですねえ」

読者にとってはスラスラと読めるように、滞ることのない文章を書いているが、実際に書く姿はそうではない。スラスラと書いたり、書きあぐねて原稿を次々に反故にしたりするのは、読者の幻想である。

「いいえ、例えばプラモデルを造るように、毎晩コツコツと書いているんですよ」

いつもわたしはそう答えている。

実際にわたしの場合、テーマが決まるとまず構想を練り始める。プラモデルで例えれば設計図の作成だ。そして、必要な資料を集め、読み始める。わたしが書きたいことは、これまでに興味をもって読んできた本に由来するので、資料のほとんどはわたしの蔵書の中にある。特殊な本や雑誌は図書館で借りる。そして、仮題を決め、パソコンのＷＯＲＤで書き始めるのである。このとき資料の大半は読み終えて、ノートを取っている。

書き始めたら、一日として休むことはない。毎晩零時にパソコンを立ち上げ、ＣＤの音楽を再生させながら三時頃まで書いている。今はバッハの『ヴァイオリンとチェンバロのためのソナタ』がかかっている。そして、いくら書きあぐねても、一日二百字を自らに義務付けている。翌日読み直して、そのすべてを削除することになっても、それを懼《おそ》れず兎に角書く。

「美人マッサージ師が出てくる小説を書いてください」

わたしはハッとわれに返った。わたしはうつらうつらとしていたようだ。

「美人マッサージ師ね。うん、書くことにしよう」

わたしはここちよい雰囲気の中で安易に引き受けてしまったのだった。

美人マッサージ師……。わたしは三十歳以下の女性の顔を識別できぬのであるが、いま、わたしは美人マッサージ師に身も心も委ねているのであった。わたしは朦朧とした頭で考えた。美人マッサージ師と……、この個室で……、＊＊《チョメチョメ》なんかしたりして……。わたしはよからぬことを空想して、しばらく至福のひとときを味わったのだった。

＊

夜、K女史から電話がかかってきた。

「原稿、進んでる?」

彼女は先輩の同人で、すでに数冊の著書を出版している。わたしたちはともに遅筆で、原稿の仕上がりはいつも締切日を大幅に遅れ、編集長をやきもきさせている仲なのだ。

「まだ一行も書いていない。おおよその構想はできてるけど、まだ資料を読み込んでるところや」

「わたしは六枚で止まってる」

彼女はわたしの様子を窺いに電話をかけてきたのであるが、互いに書いていないことを報告しあう妙な仲なのだった。

彼女とは文学の話をしない。この夜も彼女の膝痛とわたしの腰痛の話に華が咲いた。

今回も締切日から大幅に遅れそうだ。


本を借りに市立図書館の白浜分館へ行った。図書館を利用するようになったのは最近のことである。

以前、フェルナンド・ペソアの稿を書いたとき、『現代詩手帖』（特集フェルナンド・ペソア）がネットでも手に入らなくて、県立図書館まで閲覧に行った。後日そのことを森本穫先生にお話したら、近くの図書館で取り寄せてもらえると教えていただいたのだった。

昨年定家の大内裏での花見の稿を書いたとき、吉野朋美の論文を読みたくて、白浜分館で『国語と国文学』の雑誌を探してもらったら、簡単に取り寄せてくれた。以来、わたしはしばしば図書館を利用するようになったのだった。

この日は、「後鳥羽院宸記」と「順徳院御記」を探してもらった。ともに『史料大成』の「歴代宸記」の中にあり、城内図書館が蔵書しているという。ただ、持ち出し禁止の本なので、城内図書館まで行って閲覧してくれというのである。あそこは駐車場が有料ではないか、と不足を言ったら、無料の時間が切れる前に一度車を出してまた戻ってくればよい、とテクニックを教えてくれた。

わたしは納得した。さらに九条道家の日記『玉蘂《ぎょくずい》』を調べてもらうと、やはり城内図書館にあって、これは取り寄せてもらえた。

その後書架を巡ったら、『古今著聞集』があったので、上下二巻借りた。蹴鞠や競馬、笠懸等の面白い逸話はないかと思ったからである。

またの日、『玉薬』を取りに行って、『承久記』を申し込んだ。

またの日、『承久記』を取りに行って、『玉薬』を返却した。『玉薬』は読んでいない。必要な部分をコピーしただけである。原文は漢文体であり、書き込みをしていかなければ読めないのである。

またの日、『承久記』と『古今著聞集』を返しに行って、『歴史体系』の「公卿補任《ぶにん》」を探してもらったら、この本は城内図書館と香寺分館にあった。そして、城内図書館のものは「歴代宸記」同様持ち出し禁止であったが、香寺のものは貸し出しできるという。ただ香寺のものは一巻欠けているらしい。わたしは「公卿補任」を見たことがなかったので、必要とする承久二年の項がいずれの巻に載っているか分からない。そこで香寺にある四巻をすべて借りることにした。欲しいところがその中になかったら、城内図書館へ閲覧に行くしかない。

ところで、「公卿補任」が城内と香寺の二ヶ所にあったわけが、借りてみて分かった。わたしが借りた本の天に「香寺町立図書館」のゴム印が押してあったのだ。神崎郡香寺町は二〇〇六年に姫路市に編入合併したのだった。その結果図書館も併合され、姫路市は二組の『歴史体系』を蔵書することになったのだった。

「公卿補任」を借りてみて、さらに「尊卑文脈」を借りねばならないことが分かった。

白浜分館から連絡があって、「尊卑文脈」を取りに行くと、受付の女性が困った顔をしていた。

「家族の方で、どなたか貸出券を持っていませんか？」と尋ねてきた。訳を聞くと、一人に六冊までしか貸出しできないらしい。わたしはすでに「公卿補任」を四冊借りていたのだった。そして、カウンターの上には「尊卑文脈」が四冊積んであった。

「きょうは二冊しか貸出しできないのです」

彼女は申し訳なさそうな声でわたしに言った。これまでの本の検索はすべて彼女がしてくれたのだった。ややこしい本ばかり借りに来るオジサンに、彼女は親切に応対してくれたのだ。

「いいですよ。ここで閲覧させてもらって、必要なものだけ借りるから」

わたしは彼女の笑顔を見て、自身嬉しくなった。

わたしが必要なのは、九条家と御子左家の系図だった。その日、わたしは藤家の系図が載っている二冊を借りたのだった。

＊

休日は家人の用事に付き合うだけでなく、自身の用事も済まさねばならない。わたしの用事は月に一度、高血圧治療のために主治医の診察を受けに病院へ行くこと。同じく新刊書を買いにジュンク堂書店へ行くこと。そして、同じく散髪に行くこと。歳がいくにつれて小奇麗にしておかないと駄目よ、と近しい女性に言われていた。

この日は散髪に行った。

あいにく先客がいて、わたしはしばらく待つことになった。そして、ソファーの前のラックから『週刊今昔』を手に取った。「死ぬまで現役！」などと、男性自身を鼓舞する見出しが載っていた。精力増強を謳った煎じ薬の広告があり、また強精に効くという灸のツボが絵図とともに解説してあった。

グラビア女性にしばらく目を休め、ページを繰っていくと、「定家卿、柳事件」というのがあった。例の勅勘事件かと思い、興味をもって読み始めたが少し様子が違った。

記事によると、
建暦三年（＝建保元年・一二一三年）正月二十八日、検非違使《けびいし》の別当（今でいうなら検察庁長官）が定家卿の冷泉第へお忍びでやって来て、庭の柳の木を二本掘り取って後鳥羽院の御所のひとつである高陽院《かやのいん》へ渡せと定家卿宅の青侍に言って帰った、というのである。定家卿はすぐに使いを検非違使庁へたてたが閉門していて音沙汰なく、空しく帰って来たらしい。

そのあくる日、また使者を遣わしたところ、この柳の件は「勅定」、即ち後鳥羽院の勅命だという。そして、昼過ぎに検非違使の別当が多数の侍を引き連れて定家卿宅へやって来て柳二本を掘って持って行った、というのである。

高陽院の柳がみな枯れたらしい。しかし、それは定家卿に関係ないことであった。にもかかわらず自邸の柳が後鳥羽院の勅命によって持ち去られたのであった。「近代ノ儀、草木猶此ノ如シ」と、定家卿は憤怒を漏らした。

その後定家卿は後鳥羽院に召されてたびたび高陽院へ行っている。行けばその庭に植えられた柳の木が必然的に目に入る。あれはうちの庭に植わっていた柳ではないか……。

定家卿の胸にむらむらと込み上げてくるものがあっただろう。

また後鳥羽院にしても、定家卿の不満は耳に入っていた。日頃提灯持ちやおべっか野郎たちに取り囲まれている院にしてみれば、定家卿はお上を畏《おそ》れぬ臣下であった。

そこへ今回の野外柳の和歌である。

道のべの野原の柳したもえぬあはれ歎きの煙《けぶり》くらべに

一般的に、定家卿が自らを菅原道真公になぞらえて述懐歌を詠んだとして、後鳥羽院の勘気に触れ、順徳院歌壇への出仕停止の勅勘を受けたとされている。しかし、人間の喜怒哀楽は元来直情的なものである。高尚な理由はむしろ後付けのものではないか。そして、今回の野外の柳は、菅公の柳ではなく、むしろ高陽院の柳ではないか。「定家の奴、まだ根に持っておるのか！」というのが、後鳥羽院の怒りの本元ではないだろうか。

というのが、『週刊今昔』の記事の主旨であった。

わたしは散髪屋の椅子に仰向けに寝かされて、ひげを剃ってもらいながら目を閉じて考えた。『週刊今昔』の記事は、案外本質を突いているかもしれない。『週刊今昔』は『週刊平安』などより卑近な記事を載せている。それだけにわれわれの本性本質に近いものがある。

確かに定家卿が詠んだ野外の柳の和歌は、自らを菅公になぞらえて詠んだ述懐歌と解釈されて、宮廷の禁忌に触れたゆえに後鳥羽院の勘気を蒙った、とするのがもっとも学術的な理由である。

さらにそれまでの二人の関係の齟齬として、まず大内裏の花見で詠んだ定家の述懐歌を、後鳥羽院が誉めて『新古今和歌集』に入集させようとしたのを、定家が固辞したこと。次に『新古今和歌集』の撰者たちの意向を無視して、院が勝手に切り継ぎしていることに定家が「身に於いて一分の面目なし」などと周囲に不満を漏らしたこと。さらに『新古今和歌集』の竟宴を、前例がないという理由で定家が欠席したこと。また最勝四天王院の障子和歌を召されたとき、定家が摂津の名所生田の森を詠んだ和歌を院が採用しなかったこと。

この和歌は定家の自讃歌とするべく会心の作であったため、定家はあちこちで院の不明を難じ、嘲り誇るという大胆不敵な行動をとった。もちろんこのことは院の耳にも入っていた。

こうした伏線があって、今回後鳥羽院が定家を勅勘に処した、というのももっともなことである。

人間というものは案外単純なものではないだろうか。

「おのれ定家、まだ言うか！」

後鳥羽院は高陽院の柳を思い出し、堪忍袋の緒が切れたのではなかったか。

生田の森の和歌の件は、後鳥羽院も自ら非を認め、定家の行動を見逃したのであった。これは院自身も定家の和歌の才能を認めていたため、遠慮もあっただろうと思われる。

しかし、高陽院の柳の件はこれとは違う。治天の君が勅命で臣下の所有する柳を献上せよと命じたのである。これはだれも文句が言える筋合いのものではなかった。

定家はそれを和歌で詰った。たとえ尊敬する歌人であったとしても、これは赦せることではない。後鳥羽院は即座に定家を勅勘に処したのであった。

とはいえ、後鳥羽院の真意はだれにも分からない。あれこれ理由を述べてみても、真実は藪の中である。

＊

さて、いよいよ原稿を書き始めるときがきた。

わたしは夕食を摂ったあと、ソファーに寝転んでテレビを観ながらしばらく眠ってしまう。およそ半時間から一時間くらいの睡眠である。目が醒めたら風呂に入る。風呂から上がると、アロエ入りヨーグルトを食べ、アルカリイオン水とともにサプリメントを飲む。ウコンとマカ、にんにく卵黄の錠剤である。

わたしは呑ん兵衛を自認しているので、ここ十年間ウコンを毎日飲んでいる。そのおかげで、血液検査のγ－GTPの値は三十五、六である。以前は百五十ほどであった。

「君は毎晩ビールを三本ほど飲んでいるのか？」

主治医に問われて振り返ってみれば、ビール・日本酒・焼酎・ウィスキーと品を変え、ビールの大瓶に換算すれば毎晩それくらいは飲んでいる。

アホなわたしは酒を止めることを考えず、かつてひとに勧められたことがあるウコンを試してみた。これが功を奏し、半年後にγ－GTPは七十台になり、一年後には三十五、六になって現在に至っている。酒の量は減っていない。それも一年三百六十五日欠かさないのである。風邪をひいて寝込んでいても、「熱があるから、冷たいビールが飲みたい」などとほざいているアホであります。

自室に戻ると、テレビを観ながらアフター・シェーブローションと育毛トニックを使い、足の裏に「ユースキン」を塗ってマッサージをする。わたしは顔にクリームなど塗ったことはないが、足裏には半年で「ユースキン」を一瓶は使用する。わたしの足裏は贅沢な奴で、すでに三十数個の「ユースキン」を消費している。そして、『足裏健康法』という本で得た知識で足裏をマッサージする。胃、肝臓、腎臓の反射区を重点的に揉む。若い頃から腰が悪いので、腰の部分も丁寧に揉む。ときどき生殖器と示された部分も揉んでみるが、ここは反応がない。そして、ふくらはぎをテレビの番組で教えられたとおり丁寧にマッサージしてから、真向法《まっこうほう》という健康体操を四種類する。これは詳細を語らない。煩雑である。

　人間とは様々な儀式を持っているものだ。ちょっと振り返ってみても、夕食を済ませてからでもこれだけある。わたしは毎晩これを行っているのだ。さらに寝る前のバランコンバンドでの運動や中山式快癒器の使用、朝起きたときの儀式などを省みれば、わたしは日々様々な儀式を繰り返して生活しているのだった。

　真向法を終えると、わたしはテレビのスイッチを切り、パソコンを立ち上げる。パソコンというものは、買ったときはサクサクと処理して喜ばせてくれるのだけど、そのうち何故だかだんだんのろまになっていく。現在ではわたしを苛立たせるほど立ち上げが遅い。さらに言えば、ＷＯＲＤを使っていると、わたしの言葉の使い方が間違っていると生意気に注意を促してくる。ほとんどが古語を使用しているときである。日本語を知らないのは貴様の方ではないか、と突っ込みを入れながらわたしはキーボードを叩くのだった。最近はウインドウズＸＰのサポート終了を理由に、新しいパソコンの購入を家人にお願いしている次第である。

　さて、パソコンのスイッチを入れると、わたしは階下の台所へ行って焼酎の湯割りを作る。夏は水割りである。現在わたしは薩摩の芋焼酎『海童』を愛飲している。かつて麦焼酎の『かのか』を愛飲していたのであるが、従兄に「もっとよい酒を飲め」と哂われてから彼の薦める『海童』に変えたのだった。よい酒といっても、この程度のものだ。酒の話をすればとどまるところを知らぬわたしであるが、ここは別の機会に譲る。

湯割りを大事に持って上がってくると、パソコンはようやく立ち上がったところである。わたしはキーボードの横に湯割りを置くと、ステレオのスイッチを入れる。そして、CDの盤を入れる。J・S・バッハの『ヴァイオリンとチェンバロのためのソナタ』である。演奏は、ヴァイオリンはヘンリック・シェリング、チェンバロはヘルムート・ヴァルヒャである。これから毎晩、わたしは原稿を書きながらこの曲を聴くことになる。これも儀式のひとつであった。

わたしは机に向かい、湯割りを一口飲んでからWORDを立ち上げる。マウスで「ファイル」をクリックして、さらに「ページ設定」をクリックする。そこでは「用紙」をクリックして「A4」に設定する。次に「余白」をクリックして印刷の向きを横に設定する。さらに「文字数と行数」をクリックして、「文字方向」を横書き、「文字数と行数」をそれぞれ四〇と二〇に設定する。最後にOKをクリックして、さらに「挿入」をクリックして、ページ番号を下に設定する。字体はMS明朝、フォントサイズは10・5である。

さあ、いよいよ原稿を書き始めるのだ。

わたしは一呼吸して気持ちを落ち着けた。

さらに、湯割りを一口飲んだ。
まずタイトルを。
おもむろにキーボードを打ち込んだ。
『民部卿、勅勘!?』

隠岐への道

1　美保関・境港

今年（平成二十一年）の九月は、敬老の日と秋分の日が連なって五連休となり、シルバーウィークと呼ばれた。わたしの仕事は、日曜祝祭日とは関係なく、毎週木曜日が休みであるが、この浮かれた国民的休日の最後の日である水曜日に珍しく休みを取って、正月お盆以来の連休をすることにした。そして、隠岐へ行くことにした。連休最後の日に出発すれば、渋滞はなく、ホテルは空いているだろうという目算である。そのホテルと渡航する船の手配はインターネットで調べ、電話で簡単に片付いた。便利な世の中になったものだ。

隠岐へ行く目的はただひとつ、承久の乱に敗れた後鳥羽院が流された地がどんなところか、一目見たかったからである。

最近のわたしは『新古今和歌集』に興味をもっている。それは長年勉強してきた西洋の文学が二十世紀になってようやくたどり着いた文学の前衛を、わが国では七百年も前に平安貴族の末裔たちが鎌倉時代の初頭に和歌の世界で興じていたことに気づいたからである。そして、その成果が『新古今和歌集』であった。それはまさにわが国が『源氏物語』とともに世界文学に誇りうる作品であると自信をもって思う。ただ残念なことに、『新古今和歌集』は翻訳によって世界文学に組み込まれ得る作品ではない。

後鳥羽院は『新古今和歌集』の勅命者であり、また実質の撰者でもあった。藤原定家・家隆らは撰者に任命されたにもかかわらず、実質は和歌の推薦者および部立ての編集者に過ぎず、和歌を撰んだのは勅命者である後鳥羽院自身であった。ここに他の勅撰集とは違う『新古今和歌集』の特異性があった。

その後鳥羽院は、鎌倉幕府の執権北条義時の追討を命じた承久の乱に破れ、隠岐に流された。院はそこで十九年間を過ごし、京に帰ることなく、六十歳で生涯を閉じたのであった。

わたしはかねてから、後鳥羽院が配流の身を過ごした隠岐の島を、一度訪ねてみたいと思っていた。


出立の前夜。

「明日は六時に起きてください」

家人はそう言って早々に寝室に入った。

日頃わたしは午前三時まで読書または執筆をして、翌朝八時に起きるのが常であった。明朝六時に起きるためには、午前一時には就寝しなくてはならない。

風呂上がりの日課にしている健康体操の「真向法《まっこうほう》」を済ませると、ジーン・ウルフの『ケルベロス第五の首』をしばらく読んでから寝室に入った。

午前一時、すべて予定通りである。

ところが……、である。眠れない。しばらくベッドを輾転とする。やはり眠れない。わたしはベッドに入るとスイッチを切ったようにすぐに眠ってしまうと、いつも家人から噬われている。時・場所をかまわずに、どこででも眠る人間である。それが眠れない。思い返せば遠くは小学生のときの遠足の前の夜、近くは下手なゴルフを始めた頃のコンペの前夜、心騒いで眠れなかった夜の再来であった。この度の旅行はそんなに嬉しく心弾むものではなかったはずだが……。それでもやはり隠岐への思いに心躍るものがあったのだろうか。

わたしは起き上がって焼酎の水割りを作りに台所へ行った。明日からは久々の連休、わたしは秘蔵の焼酎「百年の孤独」で水割りを作った。ガルシア＝マルケスの小説と同名の焼酎があるのを見つけて、値段に目を瞑って買った一品である。もちろん、美味い。わたしはベッドに凭れて、それを飲みながら、まだ見ぬ隠岐に思いを馳せた。

少しは酔いがまわってきたようだ。再び電気を消して、蒲団を被り、目を瞑る。……ところが、再び輾転とする。やはり眠れない。また灯りをともして枕元の本を手にした。この頃ベッドの中で読んでいる湯川秀樹著『本の中の世界』（岩波新書）である。「文章規範」の項を読む。湯川秀樹は周知のように日本人で初めてノーベル賞を受賞した物理学者であるが、この新書を読むと、彼がいかに幅の広い教養を身につけた人間であったかが分かる。高い嶺が幅広い裾野をもつが如くである。量子力学は哲学とほとんど隣り合わせている学問であるが、この新書の中で表明している氏の老荘好きが、或いは中間子論の思索に功を奏したのかもしれない。酒を飲んで、そんな小難しいことを考えていると、ようやく眠くなってきた。結局灯りを消したのは午前三時であった。

そして、目を瞑った途端に家人から起こされた。灯りをともされた部屋は眩しく、睡眠不足と相俟って眼の奥が痛い。

（いま眠ったところではないか！）

いやいや、そんなことはない。薄目を開けて壁にかかった時計を見れば、午前六時を過ぎている。慌てて飛び起きた。一瞬にして三時間が過ぎていたのだ。

わたしは家人に追われるようにバッグを手にして駐車場へ向かった。そして、ヴィッツのエンジンを始動させると、たちまちに発進した。

車は播但道を姫路から福崎に向かい、そこから中国自動車道に乗り、落合ＪＣＴから米子道を通って境港を目指す。十一時四十分発の高速船〈レインボー２〉に間に合わねばならない。わたしは、家人が作ったサンドウィッチを頬張りながら珈琲で流し込み、ヴィッツを運転した。

承久三年（一二二一年）、承久の乱に敗れた後鳥羽院は、鳥羽殿に移され、そこで藤原信実《のぶざね》に似せ絵を描かせたのち、七月八日にわが子道助法親王《どうじょほっしんのう》を戒師として落飾した。この似せ絵は生母七条院（藤原殖子）に形見として贈られ、今日に伝わっている。十三日には隠岐に流されることになり、同行者としては、殿上人二人・女房一人・白拍子の伊賀局・聖一人・医師一人のみが許された。院の乗り物は「逆輿《さかごし》」である。「さかごし」とは、進行方向と反対向きに乗せることで、罪人を送る作法であった。院は「逆輿」の中で前を見ることなく、己が来たった過去を見詰めながら送られたのである。

後鳥羽院一行は、播磨・美作・伯耆を経て、同二十七日出雲国美保関に到着した。ここで大方の警護の武士たちは帰洛し、院は日本海を望み、都にいる母七条院と修明門院（後鳥羽院妃・藤原重子・順徳院母）へ二首の和歌を詠み送っている。

たらちめの消えやらでまつ露の身を風よりさきにいかでとはまし
しるらめや憂きめをみをの浦千鳥島島しほる袖のけしきを

早朝の中国自動車道は霧が多い。視界の悪い山中をヴィッツは駆け抜けてゆく。岡山県に入った頃には見通しも良くなった。しかし、FM放送が入らなくなったので、車内の音楽をCDに切り替えた。家人は本田路津子《るつこ》のディスクを選んだ。すると、車内に天使の歌声が流れ始める。曲は「秋でもないのに」「耳をすましてごらん」「藍より青く」等々。社会人になった当初、朝起きの苦手なわたしは、毎朝本田路津子の歌を目覚まし代わりにしていた。

途中、勝央サービスエリアで休憩した。砂糖抜きのカフェ・オーレを自販機で買って飲んだ。

また、蒜山高原サービスエリアで休憩した。エスプレッソを自販機で買ったが、甘くて飲めない。口直しに冷たい伊右衛門を買って飲んだ。

トンネルが多くなり、ところどころ対面通行になる。その度に車の速度が少し遅くなる。意識してアクセルを踏んだ。大山が見えたのはしばらくの間だけだった。

米子道は米子インターチェンジで終わる。そこから先は国道四三一号線を走る。

ところでこの日は、シルバーウィーク最後の日である秋分の日であった。政府は国民を怠惰な者に仕立てるために遊べ遊べと煽りたて、そのために土曜日曜祝祭日には、高速道路を何処まで走っても、ＥＴＣ搭載車は料金を千円とした。わたしは年に一度も高速道路を走ることはないので、車にはＥＴＣを搭載していない。よって米子インターの料金所では一般のゲートに入り、三九五〇円を支払った。隣のゲートではＥＴＣ搭載車が停車することなく次々と通過して行く。彼らの料金は千円である。

「この理不尽！」

隣で家人が叫んだ。

境港へ行く道を料金所の職員に尋ねると、彼は丁寧にボックスから出てきて教えてくれた。なかなか親切な人だと感心していると、四倍の料金を支払ったのだから当たり前だ、と家人は宣った。

国道四三一号を恐る恐る運転すると、境港までの距離は思っていたよりも遠い。右手松林の向こうには日本海が広がるのだが、運転席からはまったく見えない。境水道大橋を見ながら左折すると、道は境水道の南岸を、岸沿いに西へ進む。

この境水道大橋を渡れば、対岸は島根県美保関町で、かつて後鳥羽院が、隠岐へ渡る風待ちのために、一週間ほど滞在した行在所《あんざいしょ》といわれる仏谷寺《ぶっこくじ》がある。しかし、今回はそちらへは行かない。海上保安庁の巡視船が停泊しているのを見ながら、車は高速船〈レインボー2〉が出航する岸壁に到着した。

後鳥羽院一行は陸路で安来に到着し、そこから船で美保関へ向かったという。途中、弓ヶ浜半島の上道《あがりみち》付近に立ち寄り、松の下で休息していた後鳥羽院は、地元の翁から茶とそば餅の接待を受けたことに喜び、その翁に短刀一振りと松下の姓を下賜したという伝承を残している。

わたしはこの伝承にいささか疑念をもつ。というのは、当時わが国に茶が請来されていたかどうかあやしいのだが、よしんば請来されていたとしても高級品であり、田舎の翁がそれをもって院を供応できたとは思われないのである。翁が院に差し出したのは、茶ではなく、白湯か、或いは何かを煎じた湯ではなかったかと、わたしは推測する。

真偽はともかくとして、後鳥羽院の消息が知れる話に心が少し和む。というのも、隠岐での後鳥羽院の消息が極めて少ないのだ。和歌に関しては、『遠島百首』『御口伝』『隠岐本・新古今和歌集』等がある。院が配流の身の無聊を、和歌によって自らを慰めたことは疑う余地がない。しかしながら、わたしが小説家である業のなせる所為か、後鳥羽院が、十九年間隠岐でどのような生活を送ったのか、すこぶる気になっていたのであった。例えば好きな蹴鞠をしたのだろうか、卑近なことかもしれないが新鮮な魚介を食したのだろうか（墨染めの衣であることは承知である）、また菊銘の太刀を隠岐でも作ったとされる番鍛冶伝説の真偽等、気になることは多々あった。そして、隠岐とはどんなところなのか、その風景を一目見てみたいというのが、今回の旅行の目的であった。

境港市は『ゲゲゲの鬼太郎』の作者水木しげるの生誕地であり、妖怪を観光の目玉にしている町であった。そして、この日は祝日であったため、家族連れが大勢路上にひしめいていた。十一時四十分の出航までにまだ時間がある。その間に昼食を済ませておこうと、水木しげるロードを散策しながら食堂を探した。道端に妖怪ブロンズ像がたくさん並んでおり、「ねずみ男」や「子なき爺」、「一反木綿」くらいしか名前は分からず、見たことはあるが名を知らぬ妖怪ばかりであった。途中、土産物屋を覗いて、「目玉おやじ」の携帯ストラップを見て、急に欲しくなり、買った。そして、ポケットから携帯電話を取り出し、鼻が折れた「お茶の水博士」のストラップと取り替えた。飲食店は数軒あったけれど、まだ準備中の看板があがっており、結局は駅前に戻って、最初に見かけた交流館の中の食堂に入ったのだった。

この旅行を計画した当初、ホテルに予約を入れたときには、費用七千円で観光タクシーがあると聞いて、それを利用するつもりでいた。しかし、後日海士町《あま》観光協会に電話をしたとき、協会にレンタカーがあると聞いて、それを予約したのだった。

アルコール依存症予備軍を自他ともに認めるわたしは、境港で車を駐車場に入れた後は、機会あるごとに飲酒を楽しもうと考えていた。ところが、急遽レンタカーを予約したので、飲酒を控えねばならなくなったのだ。先ほど水木しげるロードを歩いたとき、千代むすび酒造の店では、地酒の試飲を謙虚にも辞退したのであった。そして、昼食のときも、海鮮丼を注文しただけで、アルコール飲料は自ら禁じたのであった。家人は山かけ蕎麦で簡単に済ませた。海鮮丼は旨かったけれど、アルコールの伴わない食事は、満足のいくものではなかった。

2　崎・三穂神社

十一時四十分に出航した高速船〈レインボー2〉は、島後《どうご》の西郷港を経由して、島前《どうぜん》の西ノ島別府港に十三時五十分に到着する。およそ二時間十分の船旅であった。

わたしたちは中程の左の窓際に座った。

船は境港を出ると、境水道を東へと進んで行く。鳥取県の境港市から出航したのであるが、すぐそこに見える対岸は島根県松江市美保関町である。後鳥羽院が風待ちをしたといわれる仏谷寺はどのあたりだろうかと、しばらく景色を眺めて過ごした。

前の方の席の団体客には、弁当と缶ビールが配られているのが気になった。わたしも缶ビールを飲みながら本でも読んで、この船旅を楽しむつもりであったのだが、例のレンタカーの予約の所為で、我慢せねばならぬ身の上である。

船は速やかに進んで行く。美保関町のガイドマップを手にしてしばらく対岸を眺めていたけれど、どこがどこだか何も分からず、地蔵崎の灯台を過ぎて、船が日本海へ出たので、わたしはバッグから本を取り出して読み始めた。鈴木彰・樋口州男編『後鳥羽院のすべて』である。この旅行を計画してから、後鳥羽院に関係した本を読んでいる。

本を読み始めてまもなく、わたしは至福の眠りに陥った。昨夜、というより今朝方というべきか、輾転反側した睡眠不足の所為である。本を読みながら眠る、これほど贅沢な眠りはない。

ふと目覚めて窓の外を見遣ると、島影も見えず、船は快速に進んでいた。船内の大半の客は眠っている。隣の家人も眠っている。わたしは広げた本を閉じて再び目を瞑った。そして、そのまま吸い込まれるように再び寝入った。

隠岐は遠流の地である。古くは文人小野篁《おののたかむら》がこの地に配流された。

承和二年（八三九年）、遣唐副使に任命された小野篁は、翌年四隻の船で九州を出発したが難破し、このとき遣唐大使藤原常嗣の船がひどく損傷したので、常嗣は朝廷に請うて副使篁の乗船と交換した。篁は朝廷に強硬に抗議し、断乎渡航を拒否して、「西道謡《せいどうよう》」という詩を作って、遣使をそしったのだった。さしも篁の詩才を愛した嵯峨上皇も大いに怒り、死罪一等を減じて隠岐国に遠流にしたのであった。

小野篁が隠岐へ船出するときの作が『古今和歌集』に採られている。巻第九羇旅歌より引用する。

隠岐の国にながされける時に、舟にのりていでたつとて、
京なる人のもとにつかはしける
小野たかむらの朝臣
わたの原八十島《やそしま》かけてこぎいでぬと人にはつげよあまの釣《つり》舟

次に承久の乱に敗れた今回の後鳥羽上皇である。

承久三年、「北条義時追討院宣」を発した後鳥羽院の軍は、院の威光によって相手が自滅するであろうという、当初の杜撰な目論見に反して、十九万騎という圧倒的な鎌倉幕府軍の武力によって粉砕された。

ここで少し後鳥羽院の弁護をするが、院にはもともと倒幕の意志はなかったのではないかと思う。将軍実朝亡き後、院の意思にそぐわぬ執権北条義時を廃し、幕府を自らの支配下に入れようと思った。しかし、院のもとに参集した者は幕府に対立する輩であり、また義時追討を倒幕の危

機にすりかえた尼将軍政子の巧妙な演説によって、院の思惑は外れ、さらには公家政治から武家政治に移行する社会的矛盾の清算となって、院自ら治天の君から天皇御謀反の罪人に成り果てたのだった。

幕府軍が都に攻め寄せ、三浦胤義・山田重忠・源翔ら院方の敗将たちが、もはやこれまでと、御所に立て籠もって討死したいと訴えたとき、院は、彼らに退去せよと、冷淡な返事をした。胤義らは無念の思いで東寺に立て籠もり、それぞれ落ちて討死したのであるが、これとて別に後鳥羽院の非情を提起する事柄ではない。胤義らは武士の論理としての主従関係を院に望んだけれど、極端な言い方かもしれないが、院は彼らを飼い犬としか認識していなかった。主《あるじ》は飼い犬と運命を共にすることはない。このとき、後鳥羽院はまだ自らが治天の君であると思っていた。

承久の乱を治めた鎌倉幕府の処置は厳しかった。武士たちは容赦なく斬られ、公家たちは鎌倉に連行される途中で、京方に知られることなく殺された。さらに後鳥羽院は、鳥羽殿に幽閉されたのち、出家させられ、隠岐に配流となったのである。順徳院は佐渡へ配流され、土御門院は自ら望んで土佐に流された。

前に紹介した隠岐への「逆輿《さかごし》」の中で、院は初めて自らが治天の君から天皇御謀反の罪人に堕ちたことを認識したのではなかったか。院の悲嘆は、美保関から母七条院と妃修明門院に送った和歌二首に顕著に現れている。小野篁の和歌と比較するためにここで再掲するが、あまりに哀しい。

たらちめの消えやらでまつ露の身を風よりさきにいかでとはまし
しるらめや憂きめをみをの浦千鳥島島しほる袖のけしきを

「人にはつげよあまの釣舟」と詠んだ篁の強く太い調べに較べて、「消えやらでまつ露の身を」「憂きめをみをの浦千鳥」と詠んだ院の調べはまことに弱く細い。象徴詩の名人藤原定家でさえ及ばなかった丈高い和歌を、かつては詠じた後鳥羽院の名誉のために、ここは院がのちに隠岐でこのときのことを思い出して詠んだ和歌を、『遠島百首』から引用しておく。

みほの浦を月とともにや出《いで》ぬらんおきの外山にすぐるかりがね

そして、再び遠流の話にもどるが、さらに百年後の鎌倉末期に、後醍醐天皇が元弘の変によって隠岐に遷幸された。後醍醐帝は一年ほどで隠岐を脱出し、建武の中興を果たしたのであるが、この経緯については『太平記』に詳しいので、そちらに譲ることにする。

船内がざわつき始めたので目が覚めた。窓の外を見やると、島が目前に迫っていた。船は島後《どうご》の西郷港に近づいたらしい。しばらくは間近に迫る島影をぼんやりと眺めた。前方の団体客はここで降りるようで、それぞれが荷物を整理している。乗船時に弁当を配っていた男性が慌しく駆け回っている。

西郷港で団体客が降りたあと、わたしたちは最前列の席に移動した。そこからは船員と港の職員が係留する綱を遣り取りする様子がよく見えた。これから別府港まで、およそ三十五分である。わたしは本も読まず、前方の海を眺めて過ごした。

隣で家人が、航路の時刻表を見ながら、西ノ島・別府港から目的地の中ノ島・菱浦港への連絡船をしきりに心配している。というのは、わたしが電話で海士町観光協会にレンタカーの予約をしたとき、〈レインボー2〉で別府港に着くと話したところ、それでは菱浦港に到着するのは十四時なので、レンタカーを十四時から十七時までの契約にしておく、と観光協会の職員は答えたのだった。ところが家人が手にしている資料では、それはあり得なかった。

家人はホテルや船の時刻表、観光地などの情報をインターネットで調べ、それらをプリントアウトして手にしていた。

それによると、〈レインボー2〉が別府港に着くのは十三時五十分、そこから菱浦港へは十四時二十分発の〈フェリーどうぜん〉が連絡している。観光協会の職員が言うように、十四時には菱浦に到着できないのである。能天気な予約をしたと、わたしは家人に責められた。そう言われたら、わたしも気分がよろしくない。「あれが三郎岩かしら」と言われても、ちょっと横目で見ながらも、わたしは素知らぬ風を装う。白々しい空気が流れる。船は島の間をぬうように進んで行く。

するど、「やっぱり、そうよ！」と叫んで、家人は窓の外を指差した。見ると〈フェリーどうぜん〉がすれ違うように進んでいく。

「あれが十三時四十分発。次が十四時二十分発よ」

家人はわたしに時刻表を見せながら、勝ち誇ったかのように説明した。これで十四時に菱浦港に着くことができないのだ。

別府港に着岸すると、乗船時にはんこを押してもらった船員に、その乗船券を渡して降りた。港には一応通路のような施設はあるのだが、どこからでも出入りが自由で、どこを通ってもいいようになっている。初めはその通路を歩いていたけれど、途中からふらふらと外に出てしまった。

家人は、乗船券を買ってくると言って、さっさと歩いて行く。わたしも後について行き始めたが、隣の岸壁に泊まっている小型船からこちらを見ている兄ちゃんと目が合ったので、わたしは愛想のつもりで近づいて、菱浦港へ行く船はどこから出るのか尋ねてみた。すると兄ちゃんは、この船が今から菱浦へ行く、と言うではないか。切符はどこで買うのか、重ねて尋ねると、船の中で料金を貰うという返事。わたしは慌てて家人を追った。

「お～い、船が出るぞ～」

結論を言えば、内航船には〈レインボー2〉と連絡した〈いそかぜⅡ〉があったのだ。別府港十三時五十五分発、菱浦港十四時一分着、わずか六分の航路である。

われわれは観光協会の職員が言ったとおり、十四時少し過ぎに観光協会のカウンターに到着した。案ずるより生むが安し、とはこのことだ。船には乗ってみよと、昔から言うではないか。〈いそかぜⅡ〉なんて、インターネットには出てこなかったと、家人は不満顔であった。

八月五日、早朝に美保関を出発した後鳥羽院一行が乗った御座船は、ベテラン船頭の判断で出航したにもかかわらず大時化《しけ》に遭い、船はめざす海士《あま》郡苅田《かった》郷ではなく、夕刻に島の南方にある崎の港にたどり着いた。院の随行者をここで確認しておくと、もと北面の武士藤原能茂（法名西蓮）、出羽前司藤原清房（法名清寂）、医師和気長成（法名拝信）、女房坊門の局、そして伊賀の局（亀菊・法名歸本）であった。もう一人聖がいたという記録もあるが、詳細は定かではない。この大時化《しけ》で船は木の葉のように波にもてあそばれ、彼らの船酔いは尋常ではなかっただろうと容易に推測できる。内臓まで吐き出す思いではなかったか。

しかし、着船するや、能茂と清房は船患いを理由に休息できる立場ではなかった。今宵の院の宿泊地をただちに手配せねばならなかったのである。夕闇がせまるなか、二人は宿泊地を求めて村の中を駆け巡った。

船が順風で目的地の苅田郷に到着していたならば、そこでは院を保護し、監視する命を受けた村上家が用意した宿に一行は入ることができたであろう。しかし、ここは島の南端にある崎の入り江の村であった。上皇の突然の上陸に、村人たちは恐懼《きょうく》した。二人が院の宿泊地をもとめて走り回ったにもかかわらず、村長《むらおさ》をはじめ、院に宿を提供するものはない。いや、むしろ提供できる家をもつ者がいなかった、と言ったほうが正確だろう。

二人が宿を求めて走るあいだ、後鳥羽院は、船着場の近くの石に腰掛けて、船酔いの疲れを癒した。白拍子あがりの伊賀の局・亀菊は、砂にまみれた院の衣の裾を払い、あれこれ身の回りの世話をしたけれど、姫様・坊門の局はくたびれた院のお姿に涙を流すばかりであった。

村人は院に清水を捧げ、伊賀の局がそれを取り持った。

「甘露じゃ」

院は村人に言葉を賜った。

このとき院が腰掛けた石は、今も「後鳥羽上皇御腰掛之石」として史跡となっている。

結局、院は近くの三穂神社の参籠舎に宿泊することになった。神社とはいうものの粗末さは限りなく、茅葺きの参籠舎は村人によって拭き清められているとはいえ、およそ上皇の寝所にはそぐわぬものであった。美保関の仏谷寺も鄙びたところであったけれど、日本海の荒波に揉まれてようやくたどり着いた隠岐の島は、さらに侘しいところであった。

後鳥羽院は都を離れるにしたがって、落ちぶれていくわが身を実感したことであろう。それは想像以上のものであったと思う。しかし、それでも院は、このとき自らの将来にまだ希望をもっていた。都へ還るときがくると信じていたのだ。

後に、この夜のことを詠んだ和歌をやはり『遠島百首』より引用しておく。

限《かぎり》あればかやが軒端《のきば》の月も見つ知らぬは人の行末の空

人の将来は分からぬもので、もしかすると再び都へ還ることができるかもしれない。そんな意味が読み取れる。

『遠島百首』は着島一年が経った頃の早い時期に一応纏められ、その後の長い時期に語句の推敲、或いは切り継ぎが行われたといわれている。そして、この和歌は当初雑の部に編入されていたにもかかわらず、後に切り出されたのであった。この和歌の切り出しの経緯は、後鳥羽院が当初は都に還る希望をもっていたけれど、島での生活が長引くにつれて、やがてはその希望を失ったということを如実に示すものである。

午後二時五分、海士町観光協会の職員が先日言ったとおり、わたしは協会のカウンターの前に立っていた。そして、自らを名乗り、レンタカーを借りる手続きをした。軽四輪の乗用車で、三時間三千五百円であった。もちろん千円加算して、保険にも加入した。

レンタカーの後部座席に荷物を放りこみ、まずは後鳥羽院一行が着船した崎の港に向かった。一行が船出した美保関は、旅程の関係で今回は訪ねることができなかったけれど、それはまた別の機会に譲るとして、隠岐の旅をまずは崎の港から始めたかったのである。

「途中は田舎の田園風景ですよ」

　レンタカーの引渡しのとき、崎までのおよその道筋を尋ねたわたしに、女性職員は地図を示しながら丁寧に応え、最後にこう言った。家人は観光協会でもらった隠岐島前《どうぜん》の観光ガイドブックを手にして助手席に乗り込んだ。

　エンジンをかける。さあ、出発だ。軽四のエンジンはうるさいけれど、心は同時に弾んでいる。道は女性職員が言ったとおりに進んでいく。レンタカーを返すとき給油するガソリンスタンドもチェックした。家人はそれぞれをガイドブックの地図に印を付けている。道は海岸から離れ、風景はまさに刈り取りを待つ黄金色の稲田であった。途中出遭った車両の大半には、紅葉のマークが貼り付けてあった。

　再び海が見え始めると、道は上り坂になる。さらに山道は曲がりくね始める。海が見たり見えなかったりする。クーラーが負担になるのか、車のエンジンが喘ぎはじめた。またたく間にスピードが落ちる。道は右に左に曲がりくね、さらに坂道を上下する。やむなくクーラーを切って窓を開けると、さわやかな風が舞い込んだ。

「この方がいいじゃない」

　ガイドマップを見ながら家人がつぶやいた。

　この旅行の準備をしているとき、観光協会にレンタカーやレンタサイクルがあるのを知って、わたしは当初予定していた観光タクシーを止めて、レンタカーにすることにした。その時初めはレンタカーではなく、レンタサイクルを利用しようと家人に提案した。市販のガイドブックの地図を見ながら、「菱浦から崎まで、ほんの五キロくらいじゃないか。ちょろい、ちょろい」と、飲んでいたビールの勢いも手伝ってわたしは強気であった。

「何を言ってるの、赤いちゃんちゃんこを着る歳になって……」

家人はわたしに冷や水を浴びせた。

そして、結果的にはそれが正しい判断であった。地図は平面の表記であって、道に上下の勾配は記されていない。実際は車のエンジンも喘ぐ坂道であった。とても還暦を迎えた男が自転車で走れる道ではなかった。

「ちょっと、おかしい」

わたしはそうつぶやいて車を停めた。先ほど「七尋女房《ななひろにょうぼ》の岩」を通り過ぎた。そこまでは正しい。しかし、そのあと三叉路で左に曲がったけれど、まっすぐに行くべきではなかったか。今走っている道は、御波《みなみ》や知々井《ちちい》へ行く道ではないのか。わたしの問いかけに家人は何も答えず、ガイドマップを見詰めたままである。実は地理に弱いのだ。

わたしは車をUターンさせて三叉路に戻り、先ほどの道をまっすぐに走った。すると道はどんどん下り始めた。そして、やがて風呂屋海水浴場への案内板が現れた。

違うじゃないか。やはり先ほどの道が正しかったのだ。わたしは再び車をUターンさせて、元の道に戻った。右往左往とはこのことだ。

わたしは車を運転しながら考えた。

後鳥羽院一行は三穂神社に泊まったあと、翌日陸路で苅田郷へ向かったとされている。わたしが調べた本はすべてそう書いてあった。しかし、彼らはこの起伏にとんだ坂道を本当に歩んだのだろうかと、疑念が湧いてきた。御座船の突然の漂着であったがゆえ、崎の村に輿が用意されていたわけではない。院のためにせいぜい馬が用意されたくらいだろう。或いは院も供の者同様徒歩《かち》であったかもしれない。

それよりも、院一行は再び御座船に乗って崎の港から苅田の港へ向かったのではないかと、わたしは推察した。この島では、その方がよほど楽に移動できる。それとも、あくる日も海が時化《しけ》て船を出せず、一行はやむなく陸路を行ったのだろうか。様々な思いが頭をよぎる。

崎の港に到着すると、わたしは車を岸壁に停めた。史跡はすぐに見つかった。御影石の標柱の正面には「後鳥羽上皇御着船の地」とあり、またその横面には「後鳥羽上皇御腰掛の石」と書かれていた。そして、それは気まぐれな形の石に囲まれて、コンクリートで固められていた。手持ちの『後鳥羽院のすべて』に掲載されている写真では、石の標柱の横に平らな石があり、立て札とともに鉄柵と鎖で囲まれていた。そして、背景は山肌に草木が繁っている。しかし、今はその山もコンクリートで固められ、道路が通っていた。

わたしはその角の平らな石に腰掛けて、あらためて周囲を眺めた。コンクリートの岸壁に囲まれた小さな漁港であった。わたしの家の近くの漁港とたいして変わりはない。後鳥羽院の面影はそこにはもう見受けられなかった。

家人が伊賀の局よろしく、わたしに伊右衛門を差し出した。

近くに三穂神社があり、中良公園の駐車場に車を停めて、そこを訪れた。急な石段を上がっていくと、狭い境内の左手に小さな平屋があり、続く社の横を通って回り込むようにして本殿の前に立った。ちょうど裏側から入ってきた算用になる。なかなか珍しい構造だと、家人と語り合った。

本殿の横に「後鳥羽上皇御駐泊址」という石碑があった。およそ八百年前に後鳥羽院が泊まった神社がどんな形をしていたか、今は知るよしもない。しかし、それだけ謂れのある古い神社が今も存在することに一種の畏敬を感じたのだった。二礼二拍手一礼する。

帰る途、境内にある歌碑を見て立ち止まり、「あっ」と驚いた。

そこにはこう刻まれていた。


命あればかやが軒端の月もみつ知れぬは人の行く末のそら

わたしは慌てて家人にカメラを求め、シャッターを押した。

先に紹介した『遠島百首』で「限あれば」となっているのが、ここでは「命あれば」となっていた。また、「知らぬは」が「知れぬは」になっている。

自宅に帰ってからもあちこち本を調べてみたが、ほとんどが「限あれば」であった。ただ一件、島根県のインターネットのホームページの中に海士町のウォーキングマップがあり、その中の豆知識としてこの和歌が「命あれば」とあった。そして、先ほどの歌碑の写真をよくよく見ると、揮毫者は島根県知事の肩書きであった。

さすればこの和歌は、島根県では「限あれば」でなく「命あれば」が、公式に採用されているのだろうか?

3　新島守

現在の隠岐は観光の島である。日本海の荒波に削られた岩々は、ローソク島や国賀海岸など奇岩景勝に富み、訪れる旅人を飽きさせることがない。島へ行く航路にしても、フェリーあり、高速船あり、はては飛行機で行くこともできる。一泊二日の簡便なツアーを利用すれば、景勝・旧跡を駆け足で観光し、新鮮な海の幸に舌鼓を打って堪能できる。宿のテレビでその日のニュースを知り、先週観たドラマの続きをホテルの部屋で観ることさえできる。わが国の文化・文明は均一化し、もはや地の果てではなくなった。

後鳥羽院の時代はそうではなかった。隠岐は遠流の地であり、文化果つる地であった。罪人を悔い改めさせるために流す島であって、決して快適な土地ではない。特に京に住む貴人にとって、そこは耐え難い環境であったと思われる。

院一行は、承久三年（一二二一年）七月十三日鳥羽殿を出発し、八月五日に隠岐に到着した。美保関での風待ちを差し引いても、半月余りを要している。供の者は数名に過ぎない。その周りを警護の武士たちが取り囲んでいる。彼らはもちろん院を護っているのだが、さらには途中で院に味方する者たちに襲われないように警戒しているのだ。

後鳥羽院はかつて二十八回も熊野詣を行った。これは後白河法皇の三十三回に次ぐ多さである。そして、その道中の様子は、建仁元年（一二〇一年）の熊野御幸に供奉した藤原定家の『後鳥羽院熊野御幸記』に詳しく記されている。供奉する者は数十名におよび、各王子での毎夜の饗宴に定家は悲鳴すらあげている。まさに治天の君の豪勢な旅であった。

しかし、今回は違う。前に紹介したように、進行方向に背を向けて乗せられる「逆輿《さかこし》」であった。天皇御謀反の罪人としての配流の身である。これほどの不自由、これほどの心細さをかつて味わったことはなかったであろう。

院にとって、隠岐はまさに地の果てであった。

今回、わたしたちは隠岐の観光コースから外れ、中ノ島海士《あま》町の後鳥羽院に関係した所ばかりを訪れた。

三穂神社をあとにして、次に「海士町後鳥羽院資料館」に向かった。来た道を帰る。再び坂道を上下し、また左右に曲がりくねる。途中、海が見えるところで車を停め、景色をカメラに収めた。

海は穏やかであった。その海を眺めながら、わたしは院一行が再び御座船に乗って崎の港から諏訪湾の苅田へ向かった案が捨て切れなかった。現在の舗装された道を自動車で走っても険しい道のりである。当時の山道が思いやられる。御座船で島沿いに行く方がよほど安逸である。明治の中頃、小泉八雲＝ラフカディオ・ハーンが隠岐に遊んだとき、菱浦から後鳥羽院の御陵へ行くのにさえ舟を使っている。さてはあくる日も波が高くて御座船を出せなかったのだろうか。

「後鳥羽院資料館」の横の駐車場に車を停めると、そこは海士町観光休憩所の前である。中を覗いてみたが、薄暗く人の気配はなかった。もちろん駐車場付近にも人はいない。資料館へは横手の入口から入る格好になって、人気のない館におそるおそる入っていくと、左手に受付があって二人の女性職員がいた。人の姿を見て安堵した次第だ。

そこで入場券を買った後、厚かましくもだれか館内を案内してくれる人はいないか、尋ねてみた。だれか後鳥羽院に詳しい人はいないか、と。

「わたしが案内いたします」

歳の頃二十四・五歳、若い方の女性がきっぱりと言った。当方としては館長あたりを引っ張り出そうとの魂胆であったのだが、彼女の態度に気後れして、「お願いします」と答えてしまった。

彼女はわたしたちの前を颯爽と歩き、その説明によどみなく、後鳥羽院に関する知識は充分あることを示した。彼女の説明に、わたしはただただ頷くばかりだった。

途中刀剣を展示した所で、わたしはささやかな疑問を彼女に質した。後鳥羽院がここ隠岐でも刀鍛冶を召して太刀を打ったかどうか、という点である。

後鳥羽院は実に多芸多才であり、和歌・連歌・今様・蹴鞠《けまり》から水練・鷹狩・競馬《くらべうま》・笠懸《かさがけ》と、文武両様に逸話を残しているが、武の延長として刀鍛冶を召して番鍛冶を組み、自ら御所焼き・菊銘と称される太刀を製作したと伝えられる。そして、北面・西面の武士の中で、気に入った者たちに自ら焼きを入れた太刀を授けたらしい。承久の乱のとき、彼らは後鳥羽院から拝領した太刀を持って戦ったという。

隠岐に遷幸された後も、後鳥羽院は優れた刀鍛冶を召して番鍛冶を組んだという伝説がある。刀剣を鑑賞する世界での菊銘の太刀を権威付けるための伝説に過ぎないとして、これを一笑に付することは簡単であるが、わたしがこれをことさら問題にするのは、後鳥羽院の隠岐での生活の自由度に関わると思うからである。

刀を武の象徴と認めれば、それを製作することができた後鳥羽院は再び鎌倉に対抗する武力を持ち得たことになる。そしてそのためには、院の保護と監視を鎌倉から命ぜられた村上助九郎の協力を得なければならない。もし村上家が院に協力したのならば、院は十九年の配流生活の後にここで崩御されることはなかったと思う。

「上皇は、この隠岐では太刀を打ちませんでした」

わたしの質問に、彼女はきっぱりと答えた。番鍛冶を組むにはかなりの財を必要とし、上皇にはそれだけの財力がなかった、というのが彼女の意見だった。この問題を、彼女は経済的な見方をし、わたしは社会的な見方をしたわけであるが、共通して村上家の協力がなかったという見方であった。

ひと通りの説明を聞いたあと、わたしはもう一度館内を巡回した。その中で、先の説明のとき興味を持った「御手印御置文」を注意深く観た。それは水無瀬神宮所蔵の国宝の複製であったが、鮮やかな朱色の後鳥羽院の手形に目を惹かれたのだ。それは、武を好んだといわれる院の、力強い手形であった。御無念のほどが窺えた。

再び受付に戻り、先ほどの職員に案内の礼を言った後、そこに展示されていた田邑二枝著『隠岐の後鳥羽院抄』を購入した。そして、わたしたちは入館した時とは違う方向の、正面玄関から「後鳥羽院資料館」を出たのだった。

隠岐に到着した後鳥羽院の行在所《あんざいしょ》、即ち起居したところは源福寺《げんぷくじ》であったと伝えられている。これはもちろん村上家が用意した住居であったのだが、もともと寺ではなく、出家した後鳥羽院が崩御した後、その住居が寺院になったと見たほうが事実に近いのではないかと思う。

わたしの推測では、院一行はひとまず村上家に逗留した。そして、そこで新しい御所ができるのを待ったと思われる。というのも、隠岐配流が決まってひと月足らずの間に新しい御所を用意できるわけがなかった。また、院一行が起居できるほどの大きな屋敷がここにはなかった。村上家は大急ぎで御所を建築したのだと思う。

しかし、御所といっても名ばかりの田舎建築、確かに周辺のとま屋よりは大きい建物ではあったけれど、葦葺きで板びさしの粗末な造りであった。都とは比べものにもならぬ。一同の落胆の様子が窺われる。所詮、後鳥羽院は罪人であった。

その住まいの様子を『増鏡』より引用する。

このおはします所は、人離れ、里遠《さととほ》き島の中なり。海づらよりは少しひき入《い》りて、山陰にかたそへて、大きやかなる巌《いはほ》のそばだてるをたよりにて、松の柱に葦葺《あしふ》ける廊《らう》など、けしきばかりことそぎたり。まことに「柴《しば》の庵《いほり》のただしばし」と、かりそめに見えたる御やどりなれど、さるかたになまめかしくゆゑづきてしなさせ給へり。水無瀬殿《みなせどの》思《おぼ》し出《い》づるも夢のやうになん。はるばると見やらるる海の眺望《てうぼう》、二千里の外も残りなき心地《ここち》する、今更めきたり。潮風のいとこちたく吹きくるを聞こしめして、

われこそは新島守《にひしまもり》よおきの海の　荒き浪風《なみかぜ》心して吹け
同じ世にまたすみのえの月や見ん　今日こそよそにおきの島守

『源氏物語』の須磨を踏まえて優雅に感傷的に語ってはいるが、侘しさはこの上もない。かりそめの御所とはいえ、この先幾歳月ここに住まわねばならぬのか、見当さえつかない。柴の庵は海辺に近く、深夜、眠れぬ寝所に波の音が引きもきらず聞こえてくる。少し天候が悪くなると、海は荒れ、風は厳しく吹きすさぶ。侘び住まいが身に沁みる。鎌倉の仕置きは意外に厳しかった。

隠岐の海を前にして、院の口からふと言葉が洩れた。

「われこそは新島守よ……」

さて、この新島守の和歌は、後鳥羽院の御製のなかでもっとも人口に膾炙したものである。わたしも高校の古典の授業でこの和歌を習い、以来、この度『新古今和歌集』の研究を始めるまで、後鳥羽院の御製はこの和歌しか知らなかった。その古典の授業で、故井出義朗先生からこの和歌をどのように教えてもらったかは、今となっては思い出す由もないが、わたしは勝手にこう解釈していた。

われこそはこの隠岐の島の新しい島守である。これまでの島守とは違う。かつてはこの国を治める帝であった身であるが、よんどころなく隠岐の島守となった者である。だから隠岐の海で気ままに荒ぶれた浪風どもよ、今までとは少々勝手が違うぞ、よくよく気をつけて吹いてこい。

ところで、この新島守の和歌には二通りの解釈がある。即ち、この和歌の最後の「心して吹け」の部分に関しての異論である。

ひとつは、「隠岐の海の激しい波風よ、この新参の島守をいたわって注意して吹いてくれ」と、哀願したと解する。これは『増鏡』の作者の解釈をはじめ、『新古今和歌集』にも三例の「心して吹け」という言い回しがあり、そのいずれもが秋の強風に対しておだやかに吹くように願ったもので、勅撰者である後鳥羽院は当然それを踏まえている、という立場である。

いまひとつは、「隠岐の海の激しい波風に、この新しい島守は今までとは違う、これまでこの国を治めていた手ごわい島守だ、よくよく腹をくくって吹いてこい」と、恫喝したと解する。わたしの勝手な解釈もこれに準ずるのであるが、それはさておき、丸谷才一氏がこの立場である。これはもともと文語動詞の命令形が、命令と懇願と二通りの意味に使用されるからである。こんなところで文法などという無粋なものを持ち出したことをお詫びするが、根本はこの「吹け」という動詞を、命令と解するか、或いは懇願と解するかが問題なのである。

わたしは『新古今和歌集』を研究するにあたって、まず丸谷氏の『後鳥羽院』を読んだ。そして、この新島守の和歌は冒頭二首目に評釈されていた。それはわたしの勝手な解釈とほぼ同じであったため、疑念なく次に読み進めたのだった。ここでその部分を氏の『後鳥羽院第二版』（初版は現代かなづかいで書かれており、氏が主張する歴史的かなづかひで書かれている第二版を尊重する）より引用しておく。

（前略）後鳥羽院が沖の海の浪風に「我こそは」と呼びかけるとき、それはみじめな流人として、しかも自分のため、哀願してゐるのでは決してなく、この島を守る者として、誰か他人のため、海に命令してゐるのだといふことである。その誰かとは荒天のため舟を出せずに当惑してゐる漁師であると考へてもいいわけで、「新じま守」といふ言葉には、案外、つい先日まで支配してゐた日本の国全体の広さにくらべれば、こんな小島を司るくらゐすこぶる易しいといふ自負がこめられてゐるかもしれない。どうやら新任の島守は、今までの者とは格段に違ふ手ごはい相手だよと海をおどしてゐるやうに見受けられる。

その後、わたしは講談社学術文庫版『増鏡(上)』を読んで、訳注者井上宗雄氏の解説によって、初めて「心して吹け」の二通りの解釈に問題意識を持ったのだった。具体的に言えば、前の引用文で丸谷氏が「哀願してゐるのでは決してなく」、「海に命令してゐるのだ」と、明らかに二説併記して論を進めているのに、迂闊にもそれに気づかなかったのである。

井上氏は丸谷説を紹介した後、自説を次のように述べている。

(前略)隠岐における院の心情は、悲嘆・憤怒・絶望・怨恨・諦観といった筋道であったと思うが、いずれの情でも「おきの海の荒き浪風」を叱咤《しった》し、命令することになるのかどうか疑問である。(中略)後鳥羽院御百首(引用者注・『遠島百首』と同じ)にも勢いこんだ歌はほとんどなく、悲嘆・絶望・怨恨《えんこん》といった情の歌であり、「われこそは」の歌はやはり『増鏡』のように解する(つまり通説に従う）のが自然ではなかろうか。

わたしは手近にある資料に当たってみた。

まず『中世和歌集・鎌倉篇』（岩波書店）所収の『遠島御百首』の校注者樋口芳麻呂は、「私こそは新しい島の番人であるぞ。隠岐の海の荒々しい波風よ。充分配慮して吹け」と訳している。明らかに命令である。

碩学折口信夫は『女房文学から隠者文学へ』の中で、「この歌には同情者の期待は、微かになっている。この日本国第一の尊長者であることの誇りが、多少外面的に堕していながら、よく出ている。（中略）新古今の技巧が行きついた達意の姿を見せている。叙事脈に傾いて、ややはら薄い感じはするが、至尊種姓らしい格《ガラ》の大きさは、十分に出ている。」と、同情よりも誇りを多とし、命令と解している。

西野妙子の『後鳥羽院・光臨流水』は上記折口の引用部分を紹介して、自らの解釈に代えている。

綱田紀美子の『小説後鳥羽院』では、この和歌の注として、「我こそは新しくやってきた島守だぞよ。隠岐の海の荒い浪風よ、気をつけて吹けよ」と、命令と解して記している。

また『後鳥羽院のすべて』の中で、平田英夫は「隠岐の後鳥羽院」において、「自身を新島守と称し、荒き波風に命をくだすその姿勢は（後略）」と、命令と解している。

史学者目崎徳衛は『史伝後鳥羽院』において、「少なくとも、われこそは新島守よ隠岐の海

の　荒き波風心して吹け　と昂然とうそぶく王者の風格は、（後略）」と、命令と解しているようだ。

こうして見てくれれば、手近な文芸書はすべて命令調に解しているように思えるが、ここに一書哀願と解している本があった。最近刊行された松本章男著『歌帝・後鳥羽院』である。松本氏は「わたしこそはこの島の新しい見張り番である。荒ぶる波風よ、わたしを痛めつけないでほしい。加減をして吹くよう心がけてくれ」と訳している。

尚、現代の定家とも称される塚本邦雄の『菊帝悲歌・後鳥羽院』、また日本浪曼派の批評家保田與重郎の『後鳥羽院』はこの和歌に触れていない。

以上がわたしの手近にある後鳥羽院関係の本の中で、この和歌に関する解釈を調べた結果である。

井上氏は哀願を通説と述べておられるが、学会での通説なのだろうか。

ところで、わたしは休日に時間があればまず書店に足を運ぶ。欲しい本があるなしにかかわらず書店へ行くのである。最近欲しい本は、新刊古書を区別なくインターネットで調べて購入してしまうけれど、それでも書店へ行く。本は背表紙を眺めているだけでいい、と嘯《うそぶ》いている。そして、書店にはいつも新しい発見がある、と。

そんなわたしであるから、図書館ともなれば、そこは宮殿・極楽・パラダイスのように思っている。だから充分に時間があるときには朝から図書館に行き、昼食も忘れて書架の間を彷徨うている。例えばニコライ・ゴーゴリの全集を前にして、「嗚呼、これらをすべて借り出して、日がな一日読んでいたい」と、夢見ている。図書館に住めないのが残念なくらいだ。（家人はわたし

の書籍の収集ぶりに、わが家が図書館になってしまうのではないか、と懼《おそ》れているらしい）
過日、わたしは姫路市立図書館の書架から、樋口芳麻呂著『後鳥羽院』を抜き出した。そして、新島守の和歌の部分を拾い読みして、アッと驚いて慌てて借り出したのだった。以前から、わたしはこの本がここにあることを知っていた。手に取ったこともある。またこの本と同じ「王朝の歌人」シリーズ（集英社）の久保田淳著『藤原定家』はすでに読んでいた。しかし、この本を読むのはもっと先のことだと思っていたのだった。
というのは、わたしの当初の予定では、隠岐の後鳥羽院について書くのはもっと先のことで、『隠岐本・新古今和歌集』をとりあげる時であった。それまでに、新古今時代を準備した藤原良経主催の「六百番歌合」について、或いは後鳥羽院が初めて和歌を召した「正治二年院初度百首」について、また藤原定家が後鳥羽院から勅勘を受けた「野外の柳」事件等について書きたかったのである。ところが、この度僥倖のように時間と資金ができたため、突然の隠岐旅行となったのであった。それゆえ、現在は慌てて後鳥羽院関係の本を読み漁っているのが現状である。笑い話になるが、内田康夫著『後鳥羽伝説殺人事件』まで読んでしまった。（これはこれでまた面白い小説なのだが）
ところで、ことのついでにここで言い訳をしておくが、本稿では『後鳥羽院御口伝』と『隠岐本・新古今和歌集』については触れないことにする。これらについては、もう少し研究をした後に、稿を改めて論じてみたいと思っているからだ。

さて、樋口芳麻呂著『後鳥羽院』についてである。

この本は、後鳥羽院が詠まれた和歌を編年体で紹介しながら院の生涯を語った好著である。御製が詠まれた経緯が、年月日及び歌会・歌合とともに詳細に紹介されており、また、われわれ素人には手にし難い『源家長日記』の引用が多いのも気に入った。

そこで新島守の和歌であるが、樋口氏はその本の中で「隠岐配流以後の後鳥羽院の歌については、（中略）詠作年時の不明確なものが多く、とても一年ごとに区分してみてゆくわけにはいかない。」と断った上で、まず『増鏡』から本稿と同じ部分を引用紹介している。そして、次に丸谷説をこれまた本稿と同じ部分を引用紹介した上で自説を述べている。

以下引用する。

しかし、「新島守」の新古今歌人の理解や、「心して吹け」の歌句の『新古今和歌集』における用例などからの桐原徳重の反論や井上宗雄の慎重論もあり、歌意は、「わたしこそはこの島の新しい島守だ。隠岐の海の荒い波風よ、気をつけて吹いて、わたしをいっそうなげかせるようなことはするな」と解しておく。このようにみるにしても、隠岐の海の波風によびかけ、命じている点、小原幹雄もいうように、強く堂々たる調べをもっており、帝王らしい格の大きい歌であることは、かわらないといえるだろう。

最後の部分は言い訳に聞こえる。ここでは樋口氏は哀願と解しているように思えるのだ。この注解は国文学者に似合わぬ曖昧な表現なので、語句を少し入れ替えると分かりやすい。即ち、「隠岐の海の荒い波風よ、わたしをいっそうなげかせるようなことはするな、気をつけて吹いて（おくれ）」とすれば、明らかに哀願である。（詳しい論は省くが、「吹け」を「するな」と、命令が摩り替わっているのも問題である。）また、引用部分冒頭で、「しかし」と丸谷説を否定しているのだ。

わたしが図書館でアッと驚いた所以である。

樋口氏は前に紹介したように、『遠島御百首』の訳注で「配慮して吹け」と、命令と解している。そして、『後鳥羽院』では「気をつけて吹いて」と、哀願と解している。

ここで両著の奥付を参照してみる。

『遠島御百首』を所収している新・日本古典文学大系『中世和歌集・鎌倉篇』（岩波書店）は、一九九一年九月三〇日第一刷発行とある。また「王朝の歌人」シリーズ『後鳥羽院』（集英社）は、一九八五年一月二十三日第一刷発行となっている。哀願の解釈が先で、命令の解が後であったことになる。これ以上は詮索しないが、新島守の和歌の「心して吹け」の解釈の現状を報告しておく。

そして、いよいよわたしの解釈を述べねばならない。高校の時に習った当初の稚拙な解釈はさておいて、最近の読書によって得たわたしの解釈を述べることにする。

まず、この新島守の和歌を含む『遠島御百首』は、院が隠岐に配流された初期の頃に詠作されたものであり、井上宗雄氏が言うように悲嘆・絶望・怨恨といった情の和歌が多い。そして、この頃はわずかながらも都へ帰る希望を持っており、それが読み取れるのが、「同じ世にまたすみのえの月や見ん」という和歌である。わたしは新島守の和歌よりも、住江の月の和歌のほうが好きである。院の思いが素直に表現されていると思う。

後鳥羽院がこの新島守の和歌を詠んだとき、院は「新参の島守をいたわって吹いてくれ」と、まさに哀願の気持ちで詠んだであろうとわたしは思う。院の親撰である『新古今和歌集』にもその用例があり、それが当時の理解であった。

承久の乱の後、後鳥羽院の孫・仲恭天皇は廃され、皇統は後鳥羽院の兄である後高倉院の子・後堀河天皇に移った。しかし、その子・四条天皇で血筋が絶えると、皇統は再び後鳥羽院系の土御門院の子・後嵯峨天皇に戻ったのであった。そして、われらの後鳥羽院が「後鳥羽院」と称されるようになったのは、後嵯峨天皇が践祚してから半年後であった。院は、隠岐配流後は隠岐院と呼ばれ、また崩御後は顕徳院と贈諡《ぞうし》された。それが後嵯峨天皇によって後鳥羽院に改諡《かいし》されたのだった。その後、後鳥羽院は幕府によって鎌倉に奉祀され、その怨を宥められている。

この改諡及び奉祀の経緯は、後鳥羽院の名誉回復にあたって、非常に大事であった。今日《こんにち》院は文武両道に秀でた英邁《えいまい》な天皇として語られる。その評価が定着したのは、この時の名誉回復があってのことである。それに反し、保元の乱で讃岐に流された崇徳院はついに名誉回復がなされず、今日にいたっても不当に評価が低いように思われる。

わが国の文学史において、詩歌の本流は和歌から連歌に流れ、連歌の発句から俳諧に発展したというのが一般である。和歌は『新古今和歌集』において最高に達し、以後の十三代集に見るべきものはない。そして、和歌は衰退したけれど、和歌の研究は進展した。わが国の詩歌が五七の並びであるがゆえ、歌人はもちろん、連歌師も俳諧師も和歌を研究したのであった。

さて、新島守の和歌の解釈にあたって、丸谷才一氏は前述のように室町時代の連歌師の古注を引用して論を進めた。そして、最後は「室町時代の人々が一首を正しく読むためには、年老いた家隆をはるばる隠岐の島へと旅させるほどの果敢な幻想が必要だつたのである。おそらくこのころに日本文学はまつたく新しい時期を迎へてゐたのであらう。」と結んでいる。

後鳥羽院が崩御して約百年後には鎌倉幕府が倒れ、わが国の現在の文化の源ともいえる室町の世となった。能・茶・華・建築等様々な文化がこの時代に花開いたのである。この頃になると、後鳥羽院の名誉はほとんど回復され、怨霊伝説もなくなり、『新古今和歌集』その他の和歌から得られる英邁な院の姿が形作られるようになった、と思われる。

室町時代には、新島守の和歌の「心して吹け」の解釈として、「おだやかに吹くように」懇願したとするのが通常であった。しかし、文武両道にすぐれ、古来最高の歌集である『新古今和歌集』を親撰した英邁な天皇の御製として、この和歌を懇願よりも自然現象をも威嚇した命令と解するのが時代に先立つ要請となっていたのではなかったか。この和歌に古注を付した連歌師は明晰にそれを認識していた。そのためには、丸谷氏が言うように、「年老いた家隆をはるばる隠岐の島へと旅させるほどの果敢な幻想が必要だつた」のである。この時代、わが国の詩歌の本流は和歌から連歌に形を変え、貴族・僧侶・武家から、さらに新しく台頭した民衆に拡がりつつあった。

後鳥羽院が自然現象に懇願した和歌が、時が過ぎ、世が代わるにつれて、命令したと解釈されるようになったのである。院にしてみれば、これは忌みじき禍事《まがごと》であるかもしれない。「麿はそのように詠んではおらぬ」と宣われるかもしれない。しかし、考えてもみよ。作品は発表された時点から作者の手を離れ、読者の解釈に身をゆだねられる、と言われるではないか。わが国屈指の天皇歌人であってもそれは同じこと。そんな意味ではないと宣われても、命令であると評釈されれば、それはそれで受け入れねばならないのである。

4　隠岐神社・行在所《あんざいしょ》跡

「後鳥羽院資料館」の前の道を渡ると、隠岐神社の参道である。両側に桜並木があり、長い参道を歩きながら、春の花の頃に来たならどれほど美しいか想像を逞しくする。後鳥羽院の御製があたまに浮かぶ。

桜咲く遠山鳥のしだり尾のながながし日もあかぬ色かな

この和歌は『新古今和歌集』巻第二・春歌下の巻頭歌で、藤原俊成の九十歳の賀を和歌所で催したときの院の屏風歌である。柿本人麻呂の有名な和歌を本歌にした院の傑作であり、自信作である。その証拠に、この隠岐で後に『時代不同歌合』を組んだとき、自詠三首の中に院はこの和歌を撰んでいる。

わたしは桜咲くこの参道をあかずに眺めている自らを思い描きながら歩いていった。そういえば、丸谷才一氏も『後鳥羽院（初版）』のあとがきに、桜が満開のときに野坂昭如とここを訪れたと、書いていたのを思い出した。

家人はもちろんそんな話を知るわけもなく、わたしの前をずんずん歩いていく。

神門の手前に歌碑があったので、近づいてみると、それは後鳥羽院のものだった。慌てて家人を呼び止めて、カメラを求めた。

人もをし人もうらめしあぢきなく世をおもふ故にもの思ふ身は

前章で、わたしは新島守の和歌を、後鳥羽院の和歌の中でもっとも人口に膾炙したものであると紹介した。しかし、ここでわたしははたと戸惑いを覚える。この和歌を忘れていたのだ。

もちろんご存知の方は多いと思うが、この和歌は『小倉百人一首』のなかの後鳥羽院のものである。そして、『小倉百人一首』といえば、象徴詩の名人（ここは和歌の神様と言い換えてもよい）藤原定家が、当時の古今の歌人百人の代表作を一首ずつ撰んだものである、というのが通説である。新島守の和歌よりも、むしろこちらの方が人口に膾炙しているのではないか、と危惧する。

さて、この和歌の現代語訳を、島津忠夫訳注『新版百人一首』から抜書きしておく。

人がいとしくも思われ、あるいは人がうらめしく思われることよ。つまらなく、この世を思うところから、いろいろと物思いをしている自分は。

後鳥羽院の数ある名歌の中から、定家が何ゆえこの和歌を撰んだのか、様々に言われている。因みに、わたしもこの撰歌には不満であり、わたしなら『新古今和歌集』巻第一春上の「ほのぼのと春こそ空に来にけらし　天の香具山霞たなびく」を撰ぶ。和歌のレトリックである本歌取りを行い、象徴詩としての曖昧性を保ち、さらに帝王振りを遺憾なく発揮した名歌である。

しかし、定家には事情があった。詳しい論議は別の機会に譲るが、定家は順徳帝の内裏歌会で、「道のべの野原の柳したもえぬ　あはれなげきのけぶりくらべや」の和歌を詠んで後鳥羽院の勅勘を受け、以後院に対しては崩御するまで謹慎の身であった。

さらには、後堀河院より勅撰集撰進の命を受けた定家は、撰歌集を後堀河院の崩御に伴いひとたびは廃棄したけれど、摂政藤原道家の指導により、後鳥羽院と順徳院の和歌を削除した『新勅撰集』を撰進したのだった。そして、両院の代わりに武士の作を多く入れたので、「宇治川集」(「もののふの八十宇治川の」の和歌に引っかけた仇名《あだな》)などと誹謗されたのだった。

「小倉百人一首」の成立は、定家が宇都宮頼綱から障子色紙に古来の歌人の和歌を一首ずつ揮毫して欲しいとの依頼を受け、天智天皇より家隆・雅経に至るまでを撰んだもの、というのが定説である。『新古今和歌集』においては、後鳥羽院の度々の切り継ぎによって撰者の面目を失い、『新勅撰集』においては、鎌倉幕府への追従によって古来最大の天皇歌人の和歌を一首も採ることができなかった。定家にとってこれらは痛恨の極みであり、せめて自らが撰ぶ百人の秀歌は思いのままに果たすものでなければならなかった。その第一が後鳥羽院の和歌の撰入であった。そして、後鳥羽院のあまたの和歌の中から定家が撰んだのが「人もをし」の和歌だったのである。さらに定家はこの和歌を撰ぶことによって、鎌倉への意趣返しをしたのである。

ここでもう一度この和歌の解釈について述べておきたい。島津忠夫の訳は初心者にとってはそのままで良いのであるが、後鳥羽院の生涯に立ち入って語る者としてもう少し詳しく評釈しておきたいのだ。

即ち、をし(愛し)人とは誰か、またうらめしき人とは誰であるのか。さらには、あぢきなくおもう世とはどんな世であったのか。これが問題点である。

一般的には恋歌と解し、をし人とは寵妃・寵童であり、うらめしき人とは意にそわぬ女または少年たちであった。そして、つまらない世とは男女の仲のことであった。今ひとつは述懐と解し、をし人とは仙洞御所の側近たち、うらめしき人とは鎌倉幕府の武士たちであった。そして、つまらない世とは思うにまかせぬ鎌倉幕府専横の政治情勢であった。

後鳥羽院は恋ゆえの物思いであれば、こんなに愛憎に悩まされることもないのに、鎌倉ゆえに……、と二つの意味合いを含んで詠んでいるのであった。もちろん定家はそのことを充分承知していた。ゆえに後鳥羽院の数ある名歌の中からこの和歌を撰んで『小倉百人一首』に採ったのであった。

神門を潜ると、美しい玉砂利の中に石畳が真直ぐに拝殿に向かって伸びている。均整のとれた清楚な社である。境内は深閑として誰もいない。わたしたちは賽銭を入れ、本殿に向かって参拝した。二礼二拍手一礼。

隠岐神社の祭神は後鳥羽上皇である。昭和十四年（一九三九年）が上皇の七百年忌になるので、当時の県知事三樹樹三が奉賛会長に就任し、昭和十二年から三ヶ年の歳月を費やして建立された。昭和十四年四月、遷座祭と共に、祭神後鳥羽上皇七百年祭が執り行われ、献詠祭、献茶祭、日本刀鍛錬祭、奉納琵琶、刀剣奉納祭、日本刀焼入祭等多彩な祭事が行われたという。

境内の横手に祭器庫のようなものが建っていた。以前は「海士町歴史民族資料館」として後鳥羽院関係の資料が展示されていたらしいが、今それらは前に案内した「後鳥羽院資料館」の方に移されている。中を覗くと古い神輿《みこし》があった。

「小さな神輿やで」

隣で家人がわたしを見て嗤った。わたしの祭り自慢、神輿屋台自慢が始まったからだ。わたしは常々自分のところの祭りが一番由緒があり、自分の村の神輿屋台が一番立派であると吹聴している男である。わたしには他所の祭りや神輿屋台を見下す癖があった。結婚当初に、わたしはこれを寝言で宣ったらしい。以来、家人からは嗤われ、呆れられ、今はもう諦められている。祭りバカである。

祭器庫の横に白い看板があり、『遠島百首』の中の和歌が書かれていた。

いまはとてそむきはてぬる世の中になにとかたらふ山ほととぎす

和歌の紹介が多いのはご容赦願いたい。『新古今和歌集』という、西洋の文学が追いつくのにおよそ七百年を要した、偉大な前衛文学を勅命指導した天皇歌人について語っているのだから。とはいえ、ここは紹介だけにとどめておく。

この境内にはわたしたちのほかに誰もいないと前に話したけれど、神門の横の社務所の受付に男の人がひとりいた。宮司だろうか。わたしたちが境内に入ってから出てきたようである。その前まで行って、並べてある御守やおみくじを眺めたけれど興味をそそる物はない。宮司と目が合えば、彼は穏やかな顔で頷いた。互いに黙したままである。

わたしたちは石畳に戻り、拝殿を背景に写真を撮ろうとした。

「わたしが撮りましょうか」

家人に向かってカメラを覗くわたしの背後で、突然声がした。振り向くと、宮司はもうそのつもりらしく、社務所から出て来て、こちらに向かっていた。有無を言わせぬ親切である。わたしは家人と並んでカメラの前に立った。

「もう一枚、全景を入れて撮ります」

彼はそう言って数歩下がった。後でカメラのディスプレイを覗くと、拝殿がきっちりとフレームに納まっていた。この旅行中唯一の二人並んだ写真ができていた。

この境内にはそのほかに、加藤楸邨の句碑「隠岐やいま木の芽をかこむ怒涛かな」があった。しかし、加藤楸邨については本題から外れるのでここでは触れない。また、参道の宮柊二の歌碑も同じ。

隠岐神社の神門を出て、右側へ小道を歩いていくと行在所跡《あんざいしょ》に通じている。その手前に小さな池があり、苅田の池という。その横にまた歌碑が立っていたので、カメラに収めた。縦長の石のでこぼこした表面に和歌が彫られている。

蛙なく苅田の池の夕たたみ聞かましものは松風の音

歌碑を見てすぐに読めたのではなかった。観光協会でもらったガイドブックにそう書いてあったのである。内容はそう難しい和歌ではない。「聞かまし松風の音」が、都からの便りを暗示しているのに気がつけばよい。院にしては凡庸すぎる。ただ苅田の地名が入っているので歌碑になったのだろう。

ところが、である。ないのである。帰ってから調べていて、ちょっと慌てた。何がないのかというと、この和歌の出典が見つからないのである。今わたしの手元には、『後鳥羽院御集』と『遠島御百首』がある。その中にこの和歌がないのだ。この二冊に、院の御製のほとんどが収録されている。「熊野懐紙」と「春日社三十首」が抜けているくらいだ。苅田の蛙の和歌がその中にあるとは思われない。明らかに隠岐で詠まれた和歌であるからだ。これには三日ほど手を取られた。

上記以外に関係した本の初句索引を調べてみた。丸谷才一著『後鳥羽院（第二版）』、松本章男著『歌帝後鳥羽院』にもない。あちこちの本のページを繰ってみる。和歌の引用は行が空き、また段を落として印刷してあるから、それを頼りにページを繰る。あれもなく、これもない。そして、やっと見つけた。西野妙子著『後鳥羽院・光臨流水』（初句索引がない）である。この本には出典が『後鳥羽院御百首』とある。『遠島百首』のことである。

今わたしの手元にある新・日本古典文学大系『中世和歌集・鎌倉篇』（岩波書店）に所収されている『遠島御百首』にこの和歌はない。異本所載歌が九首掲載されているが、その中にもない。

いかなる異本に所載されているのだろうか。西野氏が巻末に掲示された参考文献の中に、『遠島百首』はないのである。

さらにもうひとつ。『海士町史』（田邑二枝・海士町役場）の中で、『遠島御百首』をすべて記した後に、「他書にある隠岐での御製」として、この和歌が紹介されている。他書とあるから、『遠島百首』のものではない、ということである。ではその他書とは何なのか、記載されていない。ますます分からなくなった。

行在所跡は白い石の柵で囲まれた空き地であった。それほど広い敷地ではない。その中に石碑が立っていた。中へ入ることはできないが、おそらく「後鳥羽院行在所跡」とでも刻まれているのだろう。その背後の斜面には鬱蒼と木が茂っている。

後鳥羽院の行在所は源福寺であったといわれている。前にわたしは、話が逆で、行在所が後に源福寺になったのではないか、と勝手な解釈を述べた。もちろんその説を翻すつもりはないが、ここでは海士町発行の『海士のあれこれ』を参照して源福寺の紹介をする。

源福寺は天平年間に聖武天皇の勅によって建立されたと伝えられている。苅田山苅田寺転法輪院と称し、六坊と鐘楼、仁王門があり、本尊は大日如来で行基作とされている。承久三年、後鳥羽上皇が還幸され、寺内が行宮所となって、上皇の勅許により源福寺隠岐院となったという。そして、明治二年の廃仏毀釈によって全部取り壊され、現在に至っている。

行在所跡を見まわしても何もない。当時を偲ぶよすがもない。ただの空き地である。柵の左端の前にまた歌碑があったので、カメラを持って近づいた。

　ふるさとをしのぶの軒に風過ぎて苔のたもとに匂ふ橘

『遠島百首』夏より、昭和五十二年高松宮喜久子殿下の書を石碑にしたものらしい。

「急がないと、レンタカーを返す時間に遅れますよ」

　家人が振り返って、歌碑の前でぐずぐずしているわたしに言った。

　およそ八百年前、ここに後鳥羽院が住んでいたのか、という想いが、ただの空き地である行在所跡を立ち去りがたくしていた。

　石柵の横に、真直ぐに伸びた大きな杉があり、その木に沿って空を見上げた。

　真っ青な空に白い雲が浮かんでいた。雲はゆっくりと東に進んでいる。この雲は、やがて都の空に浮かぶのだろうか。水無瀬は……。

「医王……」

「はッ」

　僧形の若い男が即座に応えた。

「許せ、都のことを思うていたゆえ、つい昔の名前を呼んでしもうた」

後鳥羽院は苦笑いをしながらそう言って、そそくさと庭から縁に上がりこんだ。

医王と呼ばれた男は院に従い、踏み石の横に控えた。彼は院の寵臣藤原秀能の子・能茂《よしもち》で、幼いときから医王丸と呼ばれて仕えていた。この度の遷幸にお供するために剃髪し、法名西蓮を名乗ってお仕えしている。

「西蓮、雅経を存じておるか」

「はッ、幼い頃の記憶にお姿がおぼろげながら浮かんで参りますが、あらましは父からうかがっております」

「雅経が生きておれば……」

後鳥羽院は廂の下に立ったまま、遠く海のほうを見ながらつぶやいた。

藤原雅経（飛鳥井家の祖）は定家や家隆等と『新古今和歌集』の撰者を務めたが、若い頃は鎌倉にいて源頼朝に厚遇され、幕府の重臣大江広元の女を妻としていた。後鳥羽院の内裏蹴鞠会に召されて上洛し、蹴鞠と和歌で院に仕えた。新古今撰進後は関東に下向し、和歌・蹴鞠の指導をしていたようだが、京歌壇との橋渡しもしていたらしい。定家が将軍実朝に『万葉集』を献上したとき、雅経が取り次いだと『吾妻鏡』が記している。その雅経は承久三年三月、乱の前に薨去した。

「美作権守さまがおられたなら、鎌倉への取次ぎもよしなに……」

「そうではない、西蓮。麿は鞠のことを言うておるのじゃ」

「ここには鞠のお相手をする者がおりませぬ」

「承元の頃であったか、雅経が泰通や宗長とともに、磨に蹴鞠の長者を名乗るよう仰々しく奏上してきおった」

院は昔を思い出しているのか、穏やかに頷きながら話した。

「飛鳥井家は蹴鞠と和歌の家柄で……」

「いや、和歌は定家じゃ。定家は左右なきもの、生来の名人である。されど、余人が真似をしてはならぬ歌詠みじゃ。その点雅経は苦しみながら歌を詠む。しかし、歌は上手じゃった」

「わたしの知る頃には、美作権守さまは鎌倉に下向しておられることが多くて……」

「最後は最勝四天王院の障子和歌だったか……、ふるさとをしのぶもじずり露乱れ　木の下しげき宮城野の原」

院は雅経が詠んだ和歌を口ずさんだ。

「あの頃は右近衛府の中将とのことでした」

「そうか、橘か……」

「……」

伊賀の局・亀菊が近づいてきた。

「村上からお迎えが参っております」

先頃、かつての側近藤原清範が、京からの消息や身の回りの品々の届け物を持ってはるばる隠岐にやって来た。母七条院や修明門院の心づくしの品々を前に消息を読むと胸がつまり涙がこぼれた。年老いた家隆の手紙には、都歌壇の遣いになりたいと、変わらぬ忠節を申し出ていた。若い頃の家隆の和歌はいざ知らず、建久以後は秀歌も多く、定家に劣らぬ歌詠みになった。清範の都話に喜び怒り、また昔話に哀楽した。

隠岐の豪族村上助九郎は鎌倉の命を越えて院に忠勤に励んでいた。院は清範が届けた品々の中から、都の珍しい物を助九郎に下賜したのだった。助九郎はそれに応えて、院を自邸で供応したいと申し出ていた。

「西蓮、今宵は珍味ぞ。仕度をして参れ」

若い西蓮の喉がゴクリと鳴った。

西蓮と亀菊が去ると、後鳥羽院は「たちばな、たちばな……」とつぶやきながら、扇で軽く手を打って部屋に入った。そして、文机に向かって懐紙を拡げ、思案をしながら墨を磨った。ふるさとをしのぶもじずり……、匂ふ橘……。

しばらくの後、亀菊が逸るのを抑えながら近づいてくる足音を感じた。出立を急かしに来たのだ。院は筆に墨を付けると、懐紙に和歌を書き付けた。

ふるさとをしのぶの軒に風過ぎて苔のたもとに匂ふ橘

亀菊が廊下から障子越しに声をかけた。

「上さま……」

「急がないと、レンタカーを返す時間に遅れますよ」

家人が前の方で、わたしが遅いのを咎めた。わたしはようやく行在所跡から離れた。なだらかな段状の坂を下ると、「後鳥羽院御火葬塚」がある。石柵に設けられた木の扉から石畳があり、小さな鳥居をくぐって白壁の門塀の向こうが塚になっているらしい。木の扉から先は入れないので想像するよりほかはない。家人はカメラを覗くわたしに構わずずんずん進んでいく。

参道からようやく国道へ出たところに「綱掛けの松」と呼ばれる松の切り株があった。幕末まで諏訪湾の海岸線はここまであり、この松の幹に船を繋留していたと、隣の案内板に書いてあった。明治初年の干拓によって、現在の海岸線になったらしい。ということは、行在所のすぐ前まで海が迫っていたということである。行在所から漁師らの舟が見えただろう。

駐車場の奥は海士町観光休憩所になっており、その中に「海士町民具展示館」があった。外から覗いてみると、来たときと同様で、中は暗く人の気配がない。時間はそう残されていない。それでも中に入ってみた。家人はやれやれという顔つきでついてくる。

ところがわたしたちが二、三歩入ったところで、まるでセンサーが反応したように館内の照明が点灯し、カウンターの前に女性が現れた。機械仕掛けのようである。

館内をひと通り見た中に、『海士のあれこれ』という小冊子があったのでそれを購入した。

さあ、帰ろう。わたしは軽自動車のエンジンをかけて出発した。もう村上家に寄る時間はない。先ほど買った『海士のあれこれ』から村上家を紹介する。

村上家は古くから海士町森郷にあって、隠岐で隠然とした勢力を張って繁栄した在地豪族で、後鳥羽上皇が崎上陸以来、十九ヶ年に亘って忠勤を励んだ。崩御ののちは私財を投じて御陵を守り、修理を行った。また同家では、後鳥羽上皇の御霊を邸内に別室を設けて祀り、高間と称して妄りに出入りさせず、清泉を供え、毎月二十二日には高間に詣でて御陵に参拝したという。

その村上家については、その門らしきものを、車内からちらりと見ただけだった。

わたしたちは菱浦へと急いだ。

《参考書》

［テキスト・注釈書］

『万葉集』（上）（下）　伊藤博／校注　角川日本古典文庫
『萬葉集1』　小島憲之・木下正俊・東野治之／校注・訳　小学館
『古今和歌集』　佐伯梅友／校注　岩波文庫
『古今和歌集』　窪田章一郎／校注　角川日本古典文庫
『新版　古今和歌集』　高田祐彦／訳注　角川ソフィア文庫
『後撰和歌集』　松田武夫／校訂　岩波文庫
『拾遺和歌集』　武田祐吉／校訂　岩波文庫
『後拾遺和歌集』　西下経一／校訂　岩波文庫
『千載和歌集』　久保田淳／校注　岩波文庫
『新訂　新古今和歌集』　佐佐木信綱／校訂　岩波文庫
『新古今和歌集』（上）・（下）　久保田淳／訳注　角川ソフィア文庫
「新勅撰和歌集」　久曽神昇・樋口芳麻呂／校訂　岩波文庫
「玉葉和歌集」　次田香澄／校訂　岩波文庫
「後鳥羽院御集」　寺島恒世／著　和歌文学大系　明治書院
『藤原定家歌集』　佐佐木信綱／校訂　岩波文庫
『藤原定家全歌集』（上）（下）　久保田淳／校訂・訳　ちくま学芸文庫
『西行全歌集』　久保田淳・吉野朋美／校注　岩波文庫

『新訂　山家集』　佐佐木信綱／校訂　岩波文庫
『撰集抄』　西尾光一／校注　岩波文庫
〈新日本古典文学大系〉『中世和歌集　鎌倉篇』「南海漁父北山樵客百番歌合」　片山享／校注　岩波書店
『六百番歌合・六百番陳状』　峯岸義秋／校訂　岩波文庫
〈新日本古典文学大系〉『六百番歌合』　久保田淳・山口明穂／校注　岩波書店
後白河院「梁塵秘抄」　植木朝子／編　角川ソフィア文庫
〈新釈漢文大系〉『白氏文集　四』　明治書院
『歌論集』（藤原俊成「古来風躰抄」／藤原定家「近代秀歌」「詠歌大概」「毎月抄」）　橋本不美男・有吉保・藤平春男／校注・訳　小学館
〈日本歌学大系　第参巻〉『後鳥羽天皇御口傳』　佐佐木信綱／編　風間書房
〈中世の文学　歌論集（一）〉『正治二年俊成卿和字奏上』　三弥井書店
〈新日本古典文学大系〉『袋草紙』　藤岡忠美／校注　岩波書店
正徹『正徹物語』　小川剛生／訳注　角川ソフィア文庫
『新版　伊勢物語』　石田穣二／訳注　角川ソフィア文庫
『新版　枕草子』（上）（下）　石田穣二／訳注　角川ソフィア文庫
『新版　百人一首』　島津忠夫／訳注　角川ソフィア文庫
『平家物語』（上）（下）　佐藤謙三／校注　角川文庫
慈円『愚管抄』　大隅和雄／全現代語訳　講談社学術文庫
『増鏡』（上）　井上宗雄／全訳注　講談社学術文庫
『今物語』　三木紀人／全訳注　講談社学術文庫

参考書

『西行物語』 桑原博史／全訳注 講談社学術文庫
〈新潮日本古典集成〉『古今著聞集』（上）（下） 新潮社
『現代語訳 吾妻鏡』「8 承久の乱」 五味文彦／著 本郷和人／編 吉川弘文館
『源家長日記全註解』 石田吉貞・佐津川修二／著 有精堂
『訓読 名月記』（全六巻） 今川文雄／著 河出書房新社

〔引用・参照した研究文献〕
（叢書・コレクション日本歌人選） 笠間書院
『飛鳥井雅経と藤原秀能』 稲葉美樹／著
『鴨長明と寂蓮』 小林一彦／著
『源平の武将歌人』 上宇都ゆりほ／著
『後鳥羽院』 吉野朋美／著
『西行』 橋本美香／著
『俊成卿女と宮内卿』 近藤香／著
『式子内親王』 平井啓子／著
『藤原俊成』 渡邊裕美子／著
『藤原定家』 村尾誠一／著
『藤原良経』 小山順子／著

（後鳥羽院関係）
『海士町史』　田邑二枝／著　海士町／出版
『隠岐の後鳥羽院抄』　田邑二枝／著　海士町役場／発行
（観光ガイド資料）「海士のあれこれ」　波多倉志／著
『菊帝悲歌—小説後鳥羽院』　塚本邦雄／著　集英社
〈日本詩人選10〉『後鳥羽院』　丸谷才一／著　筑摩書房
『後鳥羽院　第二版』　丸谷才一／著　筑摩書房
『保田與重郎全集』（第八巻）「後鳥羽院」　保田與重郎／著　講談社
『後鳥羽院—光臨流水』　西野妙子／著　国文社
『歌帝　後鳥羽院』　松本章男／著　平凡社
〈王朝の歌人10〉『後鳥羽院』　樋口芳麻呂／著　集英社
『史伝　後鳥羽院』　目崎徳衛／著　吉川弘文館
『小説後鳥羽院—新島守よ、隠岐の海の』　綱田紀美子／著　オリジン出版センター
『後鳥羽院の「大内の花見」』「国語と国文学」74（4）　吉野朋美／著　至文堂
『後鳥羽院のすべて』　鈴木彰・樋口州男／編　新人物往来社
『後鳥羽上皇』　五味文彦／著　角川選書
『別冊歴史読本　1990年11月号』「後鳥羽上皇　野望！　承久の乱」　新人物往来社
〈敗者の日本史6〉『承久の乱と後鳥羽院』　関幸彦／著　吉川弘文館
『新古今集　後鳥羽院と定家の時代』　田渕句美子／著　角川選書
「明治日本の面影」　小泉八雲／著　講談社学術文庫

参考書

〈藤原定家関係〉
『定家　明月記私抄』（正）（続）　堀田善衞／著　新潮社
〈人物叢書〉『藤原定家』　村山修一／著　吉川弘文館
〈日本詩人選11〉『藤原定家』　安藤次男／著　筑摩書房
『藤原定家』　川田順／著　創元社
〈王朝の歌人9〉『藤原定家』　久保田淳／著　集英社
『藤原定家　火宅玲瓏』　塚本邦雄／著　人文書院
『藤原定家　愁艶』　田中阿里子／著　徳間文庫
〈日本史リブレット030〉『藤原定家　芸術家の誕生』　五味文彦／著　山川出版社
『藤原定家の時代―中世文化の空間』　五味文彦／著　岩波新書
『夢のなかぞら　父藤原定家と後鳥羽院』　大垣さなゑ／著　東洋出版
『藤原定家の熊野御幸』　神坂次郎／著　角川ソフィア文庫

〈西行関係〉
〈人物叢書〉『西行』　目崎徳衛／著　吉川弘文館
『西行』　川田順／著　創元社
『西行』　高橋英夫／著　岩波新書
『西行』　白洲正子／著　新潮文庫
『西行　魂の旅路』　西澤美仁／著　角川ソフィア文庫

「西行百首」　塚本邦雄／著　講談社文芸文庫
『数奇と無常』　目崎徳衛／著　吉川弘文館
『漂泊　日本思想史の底流』　目崎徳衛／著　角川選書

〔その他〕
『新訂増補　國史大系　公卿補任　第二篇』　吉川弘文館
『新訂増補　國史大系　尊卑分脈　第一篇』　吉川弘文館
『新訂　官職要解』　和田英松　講談社学術文庫
『歌枕歌ことば辞典　増訂版』　片桐洋一／著　笠間書院
『古今歌ことば辞典』　菅野洋一・仁平道明／著　新潮選書
『和歌文学の基礎知識』　谷知子／著　角川選書
『青白い炎』　ウラジーミル・ナボコフ／著　富士川義之／訳　ちくま文庫
「チュニジアの夜」　ニール・ジョーダン／著　西村真裕美／訳　国書刊行会
『西脇順三郎コレクション』（第Ⅲ巻　翻訳詩集）「ギオイス詩集」「エリオット『荒地』」「エリオット『四つの四重奏曲』」「マラルメ『詩集』」　慶應義塾大学出版会
『フロベールの鸚鵡』　ジュリアン・バーンズ／著　斎藤昌三／訳　白水社
『ユリシーズ』（Ⅰ）（Ⅱ）（Ⅲ）　ジェームス・ジョイス／著　丸谷才一・永川玲二・高松雄一／訳　集英社
〈日本詩人選23〉『藤原俊成・藤原良経』　塚本邦雄／著　筑摩書房
『藤原俊成論考』　上條彰次／著　新典社

参考書

『新古今の天才歌人　藤原良経』　太田光一／著　郁朋社
〈京都大学国文学論叢（13）〉『藤原良経「二夜百首」考』　小山順子／著
〈日本の作家100人　人と文学〉『寂蓮』　半田公平／著　勉誠出版
〈人物叢書〉『源通親』　橋本義彦／著　吉川弘文館
『源義経』　五味文彦／著　岩波新書
『院制　もうひとつの天皇制』　美川圭／著　中公新書
『歌が権力の象徴となるとき　屏風歌・障子歌の世界』　渡邉裕美子／著　角川書店
『王朝文学の楽しみ』　尾崎左永子／著　岩波新書
『宮廷文学のひそかな楽しみ』　岩佐美代子／著　文春新書
『恋の歌、恋の物語　日本古典を読む楽しみ』　林望／著　岩波ジュニア新書
『新古今歌人の研究』　久保田淳／著　東京大学出版会
『新古今集新論』　塚本邦雄／著　岩波書店
『新古今和歌集を学ぶ人のために』　島津忠夫／編　世界思想社
『中世の歌人・俊成より幽斎まで』　三浦三夫／著　右文書院
『短歌一生』　上田三四二／著　講談社学術文庫
『中世の文学伝統』　風巻景次郎／著　岩波文庫
『古代研究Ⅳ―女房文学から隠者文学へ　後期王朝文学史』　折口信夫／著　中公クラシックス
『花にもの思う春　白洲正子の新古今集』　白洲正子／著　平凡社ライブラリー
『日本文学史早わかり』　丸谷才一／著　講談社文芸文庫
『6月16日の花火』　丸谷才一／著　岩波書店

『新々百人一首』（上）（下）　丸谷才一／著　新潮文庫
『百人一首の作者たち』　目崎徳衛／著　角川ソフィア文庫
『平安女子の楽しい！生活』　川村裕子／著　岩波ジュニア新書
『平安朝の生活と文学』　池田亀鑑／著　角川文庫
『平安の春』　角田文衛／著　講談社学術文庫
『和歌の読みかた』　馬場あき子・米川千嘉子／著　岩波ジュニア新書

あとがき

振り返ってみると、『新古今和歌集』（以下『新古今集』と表記）にずいぶん長い間関わってしまいました。当初は『新古今集』の前衛性に驚き、二十世紀の世界の前衛文学に劣らぬ作品が、わが国では八百年も前に作られていたという驚異を皆さんに知っていただきたく手がけたことでした。

『新古今集』に関する作品は最初から一冊の本に仕上げる予定でしたので、わたしは「播火」の柳谷編集長にその計画を話し、『新古今集』の前衛性に敬意を払って様々な表現方法を駆使して書くことを約束しました。今となって遺憾に思うのは、手紙と日記の形式を残していることです。さらに残念に思うのは、慈円、家隆、寂蓮に関する作品を欠いていることです。これらは宿題ということにしておきたいと思います。

わたしは当初この本の序章として「宣長・ロブ＝グリエ・後鳥羽院」という作品を予定していました。それはわたしが本居宣長からわが国の最高の歌集は『新古今集』であると教えられたこと、そして文学に耽溺してモダニズム文学からヌヴォー・ロマンに至る西洋文学に親しみ、アラン・ロブ＝グリエの『新しい小説のために』を繰り返し読んで小説を書いていたこと、さらにわが国の古典である『新古今集』が西洋に劣らぬ前衛文学であることに気づき、丸谷才一著『後鳥羽院』の示唆するところからこれらの作品ができたことを語る予定でした。しかし、ここ十数年の間に発表した作品を編むにあたり、それはもう無用なことと思うようになったのでした。それらは単なる発端に過ぎず、今となっては枝葉を付けることは必要ないと思ったからでした。まずはそのことを話してから、各々の作品について順次お話ししていきたいと思います。

そもそも年譜とは巻末に付されるものなのですが、それを冒頭にもってきたのは、ほとんどの皆さんが『新古今集』という作品の名前を知っているにもかかわらず、作品内容はもちろんのこと、その時代背景を知る人が少ないと感じていたからでした。わたしは『新古今集』がどういう時代にどういう経緯《いきさつ》で成り立ったかを皆さんに知って欲しかったのです。ゆえに年譜を単なる出来事の羅列でなく、物語性のある史書のような形をとりました。

当初、わたしは俊成や定家がどのように作歌していたのか大変興味がありました。「読売ファミリーニュース」に原稿用紙五枚の掌編小説を「播火」の同人たちが毎月輪番で発表していたとき、わたしは『軒漏る月』を発表しました。そして、次の番に『桐火桶』を予定していたのですが、先に「播火」七十号記念の『増殖』で発表してしまいました。

次の『草の庵』では、『桐火桶』で創作した女房美濃を再び登場させて、俊成が和歌を作る様子を描いたのですが、この作品は本文が七枚であるのに対して、注釈が三十五枚もある変わった形をしています。そして、この注釈には本来の補足・説明の用を逸脱した虚構の部分があり、創作が含まれています。事実と虚構がない交ぜになった注釈を皆さんに腑分けをしながら読んでいただきたいと思います。また、この注釈の中で藤原昭光と女房美濃の恋物語をフラグメントのように配置して語りたかったのですが、わたしの非力により果たせませんでした。

そして、セミナーの講義、伝記、ラジオ番組のインタビューと、それぞれ違った形式の作品を次々と発表したのでした。

「神南備山のほととぎす」は初出一覧にもあるとおり『新古今集』に関するわたしの最初の作品です。この集の中に後鳥羽院が「よみ人しらず」として詠み捨てた和歌があることを知り、その経緯《いきさつ》を小説に仕立てたのでした。ところがその創作中に、丸谷才一氏が『後鳥羽院　第二版』でその経緯を錯誤しておられるのを読んで驚き、それをこの作品の中で取り上げるべく第二部で著者が『後鳥羽院　第二版』と対談するという荒唐無稽な話を書き加えたのでした。

わたしは常に驚きをもって作品の着想をする癖があり、『宇津の山べ』は『藤原定家全歌集』を読んでいて一群の彼の私的な恋歌を発見し、それらに対する随想を書き連ねたのでした。これらはすべてがわたしの勝手な解釈と想像であり、文学的な評価に耐えるものではありませんが、正直この原稿を書いている時は楽しい思いをしました。もう少し発想を跳ばすことができれば…、という反省があります。

現代文学の中には、小説を書くということをテーマにして書く形式があり、一般にメタフィクションと呼ばれています。『民部卿、勅勘!?』は、現代の生活の中でジャーナリズムの内容のみが鎌倉時代であるという架空の文学空間を設定し、主人公のわたしがそれらの記事を読みながら『民部卿、勅勘!?』という作品を書く過程を作品にした小説です。文学のための文学でありますが、いかがでしたでしょうか。

わたしには「アフリカの日々」とか「ポルトガルの夜」と題する異国での出来事を描いた小説がありますが、現地へ行って取材したことはありません。旅の雑誌『るるぶ』があれば、どこへでも行った小説が書けると日ごろ嘯いています。本当は小売商という多忙な日常生活の中で、行く余裕がなかったというのが実情です。『隠岐への道』は唯一取材旅行をした作品です。旅なれぬ夫婦が、隠岐での後鳥羽院の跡をたどる紀行文として仕上げました。その中に掌編小説をはめ込んだのは、わたしの小説家としての性《さが》です。

ところで、かねてよりわたしは新古今関係の原稿をまとめて上梓するとき、『新古今集』と二十世紀のモダニズム文学とを論じた作品を最後に掲載しようと思っていました。例えば「プルーストと記憶」「ジョイスと神話」「T・S・エリオットと引用」をテーマにして、わが国の和歌文学と比較する論考を計画していたのです。実際に昨年（平成三十年）の夏から『夢の浮橋』という題で書き始めたのですが、わが国の和歌文学の伝統と修辞から語り始めたがゆえに話が膨らんでしまい、原稿が二百枚を超えた現在も「播火」に連載中という事態に陥ってしまいました。

そして、ついに本書に掲載することを諦め、別に上梓することを決意しました。しかし、わたしにはもう一つの懸案があり、それはこれだけ『新古今集』に関する原稿を書いたにもかかわらず、その時は、先にも言ったように慈円、良経、家隆、寂蓮に関する作品がありませんでした。そこでこの中から一人、藤原良経を選んで彼の事蹟を伝記という形式で書き下ろしました。良経は『新古今集』の「仮名序」の作者であり、また入集歌は七十九首と、西行・慈円に次ぐ歌人であります。さらに彼が主催した九条家歌壇は後鳥羽院の仙洞歌壇に引き継がれ、『新古今集』に至るわが国の和歌の文学的達成を成し遂げる場を提供した立役者でありました。良経については一般に知られることが少なく、資料も乏しいのですが、可能な限りそれらを集めて作品にしました。

一般に巻末に挙げる参考書は著者が執筆するときに参考にしたり、また引用したりした書籍・文献の紹介であります。論文などでは剽窃の問題もありますので、必ず表記しなければなりませんが、本書のような作品ではあまり必要ではありません。また仰々しく並べ立てるのは著者の誇示のように思われかねません。現に筆者は編集部から「参考書の一覧などあまり読む人もいませんので…」と婉曲に窘められました。しかし、わたしにはその参考書を舐めるように読む性癖があるのです。というのは、わたしは独学で文学を勉強してきましたので、ある本を読んだあと、その中で取り上げられた書物や、或いは巻末に列記された参考書などを随時参考にして次々と芋づる式に本を読んできたのでした。特に文学史や文学論ではそうしましたし、また書評なども好んで読みました。その結果、編集という作業が編集者の思想信条及び好みを反映しているのと同様に、参考書の列記の中にも著者のそれらを孕んでいることを確信するようになったのでした。

このあとがきの中で、『草の庵』の注釈の中に虚構を持ち込んだと解説しましたが、本来それは著者が語るべきものでなく、読者の解釈・発見に委ねるべきものでした。それをあえて行い、また巻末に不必要と思われる参考書を列記したのは、それもわたしの創作の一部であることを表明しておきたかったからです。例えば、わたしは『美濃聞書』の出典を参考書として表記していません。それは女房美濃が虚構の人物であり、『美濃聞書』は架空の書であるからです。本来ならば参考書一覧に出典がないのを問題にして、美濃及び『美濃聞書』が虚構であることを読者が解明すべき事なのです。しかし、こんな些末なことを、著者がボルヘスやナボコフでない限り誰が問題にしてくれるでしょうか。わたしは神を信じる者ではありませんが、「神は細部に宿る」という言葉は信じています。

最後に、本書の執筆に際し、わたしに有益な示唆をしていただいた元賢明女子学院短期大学教授の森本穫先生、また「これは国文学者でない小説家のあなたが書くから値打ちがあるのですよ」と絶えず励ましていただいた同人誌「播火」の前編集長柳谷郁子さんにこの場を借りて厚くお礼を申し上げます。

また、本書を出版するに際し、出稿段階からのわたしのわがままな注文をやさしく聞いてくださったほおずき書籍㈱の木戸ひろし社長、また編集部の方々にも改めてお礼申し上げます。

令和元年十一月十日　　　朝日が射す書斎にて

《『神南備山のほととぎす』初出一覧》

1	『新古今和歌集』年譜	「播火」96号　平成27年８月
2	桐火桶	『増殖』「播火」70号　平成20年12月
3	草の庵	「播火」71号　平成21年４月
4	六百番歌合	「播火」81号・82号　平成23年10月・平成24年１月
5	後京極良径	書き下ろし
6	鴫立つ沢	「播火」95号　平成27年６月
7	軒漏る月	「読売ファミリーニュース」〈掌編シリーズ39〉　平成19年７月25日
8	大内の花見	「播火」87号　平成25年４月
9	神南備山のほととぎす	「播火」65号　平成19年11月
10	宇津の山べ	「播火」105号　令和元年８月
11	民部卿、勅勘 !?	「播火」91号　平成26年５月
12	隠岐への道	「播火」74号・75号　平成22年１月・４月

略歴

諸井　学［もろい　まなぶ］
本名・伏見利憲
1950年　兵庫県姫路市的形町生
1972年　名古屋工業大学卒
2006年より文芸同人誌「播火」同人
2018年　姫路文連より「第36回黒川録朗賞」を受賞
著書・『種の記憶』『ガラス玉遊戯』（ほおずき書籍）
共著・『恋いして』（ほおずき書籍）
兵庫県姫路市在住

神南備山のほととぎす

—わたしの『新古今和歌集』—

2020年２月27日　第１刷　発行

著　　者　諸井　学

発 行 者　木戸　ひろし

発 行 元　ほおずき書籍 株式会社
www.hoozuki.co.jp/
〒381-0012　長野市柳原2133-5
TEL（026）244-0235㈹
FAX（026）244-0210

発 売 元　株式会社 星雲社（共同出版社・流通責任出版社）
〒112-0005　東京都文京区水道1-3-30
TEL（03）3868-3275

ISBN978-4-434-27137-3